KRISTINA GÜNAK

Die Liebe kommt auf Zehenspitzen

AF201932

Weitere Titel der Autorin:

Man wird ja wohl noch träumen dürfen
Wer mich nicht mag, hat keinen Geschmack
Wer weiß schon, wie man Liebe schreibt
Glück ist meine Lieblingsfarbe

Titel auch als Hörbuch erhältlich

Über die Autorin:

Kristina Günak wurde 1977 in Norddeutschland geboren. Nachdem sie jahrelang als Maklerin arbeitete sowie als Mediatorin und systemischer Coach tätig war, ist 2011 ihr erster Roman erschienen. Seither hat sie sich mit ihren humorvollen Büchern unter Liebesromanleserinnen einen Namen gemacht. Sie schreibt auch unter dem Pseudonym Kristina Valentin. Weitere Informationen unter: kristina-guenak.de.

KRISTINA GÜNAK

Die Liebe kommt auf Zehenspitzen

Roman

lübbe

Dieser Titel ist auch als Hörbuch und E-Book erschienen

Die Bastei Lübbe AG verfolgt eine nachhaltige Buchproduktion. Wir
verwenden Papiere aus nachhaltiger Forstwirtschaft und verzichten
darauf, Bücher einzeln in Folie zu verpacken. Wir stellen unsere
Bücher in Deutschland und Europa (EU) her und arbeiten mit den
Druckereien kontinuierlich an einer positiven Ökobilanz.

MIX
Papier aus verantwor-
tungsvollen Quellen
FSC
www.fsc.org   FSC® C014496

Originalausgabe

Dieses Werk wurde vermittelt durch die
Literarische Agentur Thomas Schlück GmbH, 30161 Hannover

Kapitel 1

Ich wartete. Schon seit zehn Minuten stand ich im härtesten Winter seit Anbeginn der Wetteraufzeichnungen am Straßenrand und wurde immer wütender. Meine Mitfahrgelegenheit entpuppte sich als unzuverlässig. Und das, noch bevor die Reise überhaupt losging. Da hätte ich meine Post vorhin gar nicht in größter Eile vorne in meinen Rucksack stopfen müssen, sondern die Briefe auch in aller Ruhe noch nach oben bringen können. Und vermutlich hätte ich auch noch Zeit für zwei Tassen Kaffee gehabt, während ich mir Gedanken machte, wie ich die Rechnungen – es konnte sich bei den Briefen nur um Rechnungen handeln, ich bekam nie etwas anderes – bezahlen würde.

Ich hätte den Zug nehmen sollen, dachte ich, während die Kälte mir in die Knochen kroch. Meine Mutter hätte mir sogar eine Zugfahrkarte spendiert. Aber nein, Lucy Bradford reiste auf eigene Kosten! Ein kleines Abenteuer in meinem sonst zu langweiligen Leben.

Meine Eltern hatten mir schließlich schon mein Studium finanziert. Irgendwann musste man dann doch auch mal auf eigenen Beinen stehen. Dass der Kühlschrank zuverlässig am Zwanzigsten jeden Monats leer war, verschwieg ich zu Hause wohlweislich, sonst hätte meine Mutter angefangen, Carepakete zu schicken. Oder sie wäre gleich selbst gekommen und bei mir eingezogen, um mein Leben in die Hand zu nehmen. Das galt es unbedingt zu verhindern. Zumal sie dann sofort begriffen hätte, wie unfassbar dröge der Alltag ihrer dreißigjährigen Tochter war, besonders im Gegensatz zu ihrem eigenen. Die Tage meiner Mutter waren eine bunt sprühende Fontäne an Ereignissen; sie lebte quasi am Strand, traf ständig interessante Leute, organisierte Lesungen und malte schrillbunte Bilder.

Hätte ja auch keiner ahnen können, dass ich nach meinem Literaturstudium anfangen würde, selbst zu schreiben. Seitdem war ich eine verarmte Künstlerin, von der noch nicht eine einzige Zeile gedruckt worden war. Ich versuchte dieses Defizit durch Kellnern, einen Nebenjob im Bioladen und das Übersetzen von Romanen aus dem Englischen auszugleichen, aber es gelang mir nur bedingt.

Der eisige Ostwind zischte über mich hinweg, und ich zog den Kopf noch weiter zwischen die Schultern wie eine Schildkröte. Meine Hände in den von meiner Mutter selbst gestrickten Fäustlingen spürte ich schon seit sieben Minuten nur noch schwach, und meine Füße gaben gar kein Lebenszeichen mehr von sich.

Ich trat ein wenig auf der Stelle und fing dann an zu hüpfen. Was es nicht besser machte, weil der Wind so eine wesentlich größere Angriffsfläche hatte und diese auch willig nutzte. Also kauerte ich mich in den Windschatten meines Koffers – was vermutlich recht sonderbar aussah, wenig half, aber immerhin eine Maßnahme darstellte.

Dort saß ich also, als ein uralter Golf in Signalrot neben mir anhielt, eine Tür klappte und sich jemand zu mir auf den Fußweg hockte.

»Geht es dir gut? Bist du Lucy? Brauchst du Hilfe? Ist was passiert?«, schoss dieser Jemand eine Reihe von Fragen auf mich ab. Er klang besorgt.

»Bist du Ben?«, fragte ich scharf und richtete mich auf.

»Ja.« Nun klang er vorsichtig, als wäre er auf der Hut. Gut so, denn ich war echt sauer. Und echt durchgefroren.

»Hör mal!« Ich streckte den Zeigefinger anklagend in seine Richtung, was er nicht sah, weil da noch die Fäustlinge drum herum waren. »Du bist dreiundzwanzig Minuten zu spät! Und das bei der Kälte!«

»Ja. Tut mir leid. Der Wagen ist nicht angesprungen.« Er richtete sich ebenfalls wieder auf, stand stramm und sah für einen Moment aus, als würde er gleich auch noch die Hacken zusammenschlagen.

»Dann hättest du dich ja mal melden können.«

»Du hättest auch einfach reingehen und drinnen warten können. Du wohnst doch hier.« Er deutete hinter mich und hatte natürlich recht. Hätte ich tun können. Hatte ich aber nicht. Weil ich gedacht hatte, das lohnt nicht. Er würde schon gleich kommen.

Tja.

Ich spielte kurz mit dem Gedanken, noch ein wenig rumzumotzen, sah dann aber davon ab. Lieber betrachtete ich Ben ein wenig genauer, er sah nämlich gut aus. Ziemlich groß, mit einer hellblonden Bad-Boy-Frisur – oben lang und verstrubbelt, die Seiten raspelkurz rasiert. Dazu ein markantes Kinn, ein etwas verwegen wirkender Wikingerbart und strahlend blaue Augen.

»Ich nehme deinen Koffer.« Er packte meinen Überseekoffer und lud ihn in den Kofferraum, als wäre er eine Feder. Was er nicht war. Er wog exakt fünfunddreißig Kilo. Ich hatte ihn vor meinem Aufbruch auf die Waage gestellt. Das tat ich immer, auch wenn ich nicht flog und es eigentlich keine Rolle spielte. Aber es war doch gut zu wissen, wie viel Kilogramm Heimat man mit sich herumzerrte. In diesem Fall also fünfunddreißig, bestehend aus dem Inhalt meines Kleiderschranks und zwei Kilo Käse. Für Papa. Er liebte Käse. Und dieser Käse, der trotz mehrfacher Umwickelung mit Alufolie meine Klamotten verpestete, kam direkt aus der Schweiz und war aus der Milch von sehr glücklichen Kühen auf sehr hohen Bergen hergestellt. Das Geschenk für meine Mama war sogar noch schwerer. Sie liebte Steine, und ich hatte ihr einen riesigen Rosenquarz und mehrere kleine Bergkristalle gekauft. Mein Bruder bekam nichts. Der durfte sich daran erfreuen, dass ich Klein Wöhrde besuchte. Während er auch da war. Ich vermied sonst Besuche, wenn er auch da war. Liam war anstrengend, und außerdem hatte ich meine Eltern lieber für mich allein.

Mit einer galanten Bewegung riss Ben die Beifahrertür auf, und ich ließ mich hoheitsvoll auf den Sitz fallen.

Unauffällig beäugte ich das Innere der alten Kiste. Schäbig war noch untertrieben. Nun hatte ich damit theoretisch kein Problem, aber diesem Auto sah man seine sehr lange Laufbahn einfach an.

Es muffelte auch leicht, was der Duftbaum (Es gab sie wirklich, ich hatte sie für einen Mythos gehalten!) nicht übertünchen konnte. »Weihnachtliche Freude« stand auf dem am Rückspiegel baumelnden Teil. Wie schön, dass in diesem Moment auch noch »Last Christmas« aus den Lautsprechern tönte.

»Na, dann wollen wir mal nach Husum fahren!« Ben schien bester Stimmung zu sein. Ich zückte den Umschlag mit dem Fahrtgeld und legte ihn in die Mittelkonsole.

»Danke«, sagte er und lächelte, während er den Motor anließ und die alte Kiste Richtung Autobahn steuerte. Ich versuchte mich zu erinnern, wann ich das letzte Mal mit einem derart gut aussehenden Mann unterwegs gewesen war. Es war offenbar ziemlich lange her, denn mir fiel kein konkretes Ereignis ein. Ich lehnte den Kopf an die Stütze und setzte mich so, dass ich Ben ein bisschen angucken konnte.

»Und du willst deine Eltern besuchen?« Er warf mir einen Seitenblick zu. Vielleicht irritierte es ihn, dass ich ihn so anstarrte, deswegen schaute ich erst mal wieder auf die Straße.

»Ja, einmal im Jahr zu Weihnachten trifft sich die ganze Familie am Ende der Welt. Das heißt in Schleswig-Holstein Klein Wöhrde, und da ist mal so gar nichts los.«

Er lachte. »Der Weihnachtsklassiker. Alles strömt an den Feiertagen zurück nach Hause.«

»Du also auch?«, fragte ich ihn.

»Meine Eltern leben in Island«, sagte er. »Ich fahre nach Husum, da wohnen Freunde von mir.«

»Was machen deine Eltern in Island?«, fragte ich. Island! Wie toll!

Bens Lächeln bekam etwas Unverbindliches. »Ach, dies und das. Und was machen deine Eltern in Klein Wöhrde?«

»Sie vermieten Strandkörbe«, erklärte ich. Sie taten noch weit mehr als das, aber ich wurde abgelenkt. »Oh. Es schneit!« Kindliche Freude flutete mich. Es hatte die letzten Jahre fast nie geschneit, dabei hatte ich es mir jeden Winter aufs Neue gewünscht.

Eine Stunde später schneite es immer noch. Fünfmal hatte meine Mutter seitdem angerufen und mich vor lang anhaltendem Schneefall im Norden Deutschlands gewarnt.

Der Norddeutsche an sich war beim Erscheinen von Schneeflocken ja doch schnell überfordert. Also, nachdem er gestaunt hatte (Oh, Schnee!), sich gefreut hatte (Toll! Endlich mal!) und dann eine Panikattacke bekommen hatte (Oh Gott! Wir werden einschneien! Hilfe! Eine Naturkatastrophe!).

Wir waren immer noch erst kurz hinter Hamburg und bewegten uns im Schneckentempo vorwärts. Ben war vollkommen entspannt, ich hingegen das genaue Gegenteil. Schließlich war ich genetisch betrachtet sehr norddeutsch, während Bens Vorfahren irgendeiner Dynastie bayrischer Milchbauern entstammten, so viel hatte er mir bis jetzt von sich erzählt. Und er schien sich besser mit Schnee auszukennen als ich.

»Das Problem ist auch nicht der Schnee selbst, sondern mehr die Tatsache, dass kurz hinter Hannover alle Autofahrer aufhören, Auto zu fahren und stattdessen verkrampft herumschleichen. Wenn man einfach aufmerksam, aber trotzdem zügig weiterfahren würde, würde nichts passieren«, erklärte er gerade, hielt dabei aber das Lenkrad etwas fester umklammert, als man es gemeinhin tun würde. Sein Handy klingelte. Er deutete mit dem Kinn zur Mittelkonsole.

»Könntest du …?«

»Klar.« Ich griff mir das Handy und fuhr mit dem Finger über das Display. »Hallo, hier ist Lucy, die Mitfahrgelegenheit von Ben. Der fährt und kann grad nicht telefonieren.«

»Ah, Max hier. Bens Weihnachtsdate. Die Unwetterzentrale meldet gravierenden Schneefall. Ist der schon bei euch angekommen?«, fragte Max. Im Hintergrund hörte ich ausgelassenes Gelächter, und sogar das Gläserklirren kam ziemlich deutlich bei mir an. Ich starrte auf die fetten Flocken vor der Windschutzscheibe.

»Jo«, antwortete ich und lauschte der ausgelassenen Feierstimmung. »Aber Ben fährt sehr vertrauenerweckend, und der Golf hat Winterräder. Sagt Ben zumindest.«

»Okay, dann gute Weiterfahrt. Sag ihm bitte, dass Alex morgen zum Frühstück kommt. Das sollte er vielleicht wissen. Und haltet uns auf dem Laufenden!«

Ich legte das Handy wieder in die Mittelkonsole. »Wir sollen deine Freunde auf dem Laufenden halten, und Alex kommt morgen zum Frühstück«, erklärte ich Ben, der daraufhin eine Augenbraue hochzog. Und sie in dieser Position hielt, bis ich fragte: »Alles okay?« Ich fühlte mich dazu bemüßigt, denn mein Chauffeur sah plötzlich ein wenig angegriffen aus. So als wäre eine der beiden Informationen, die ich gerade an ihn weitergegeben hatte, ein herber emotionaler Schlag gewesen.

»Prima«, sagte er und ließ die Augenbraue wieder sinken. Eine Weile schwiegen wir, während Frau Holle uns unablässig mit Schnee puderte. Es war mittlerweile so viel, dass die Fahrbahn komplett weiß war und man sich eigentlich nur noch an den Spuren der voranfahrenden Autos orientieren konnte.

»Und, Lucy«, sagte Ben irgendwann. »Was machst du so, wenn du nicht grad in den Norden reist?«

Ich zögerte kurz, nahm dann aber meinen Mut zusammen und antwortete: »Ich schreibe. Bücher.«

Ben warf mir einen kurzen, überraschten Seitenblick zu, die

übliche Reaktion auf diese Aussage, meistens gefolgt von der Frage, ob man was von mir kennen müsse (Nein, wie auch?), und der Frage, ob man davon leben könne (Himmel, so was von nein!). Aber Ben fragte stattdessen: »Woran schreibst du gerade?«

»An einem Liebesroman«, erwiderte ich. Dabei schrieb ich schon seit Tagen nicht mehr. Ich kam nicht weiter. Was schlecht war, denn irgendwann würde ich das Ding fertig haben müssen. Es war mir nämlich gelungen, den Roman an einen ziemlich großen Verlag zu verkaufen, und zwar mit einem Umfang von 380 Seiten. Von denen es aktuell genau fünfzig gab. Ich blickte nach vorn auf die verschneite Straße und wartete auf eine abfällige Reaktion, so etwas wie: »Ach, Liebesromane! Ha ha!«. Liebesromane verkauften sich gut, Unmengen von Leuten mussten sie also auch lesen. Aber keiner gab es zu.

Aber Ben lachte nicht. »Und worum geht es?« Er schien ernsthaft interessiert zu sein.

»Um die Liebe.« Ich wollte eigentlich gar nicht so wortkarg sein, aber bei diesem Thema wurde ich immer sehr norddeutsch. Ich konnte überhaupt nicht gut über meine größte Leidenschaft sprechen. Es war wie verhext: Sobald es ums Schreiben ging, schrumpfte ich zu einer klitzekleinen Maus zusammen, die nichts mehr zu sagen hatte. Dabei war ich sonst keinesfalls auf den Mund gefallen.

Ich starrte weiter auf die immer dichter werdenden Flocken. Der großen Liebe auf die Spur zu kommen, war eben ein ambitioniertes Vorhaben. Das war eine echt große Nummer.

»Ich würde gern mal ein Buch von dir lesen«, verkündete Ben, was ich irgendwie süß fand. Und lustig. Es gab ja kein Buch von mir. Noch nicht. »Ich lese sonst nämlich nur Fachzeitschriften.«

»Ich habe noch nichts veröffentlicht«, wandte ich vage ein. »Eigentlich lebe ich aber vom Übersetzen. Meistens übersetze ich Liebesromane vom Englischen ins Deutsche«, schob ich hinterher.

»Dann ist der Name Bradford tatsächlich so englisch, wie er klingt?«

»Du kennst meinen Namen?«, fragte ich zurück, und Ben schenkte mir ein einseitiges Grinsen. »Dann kenne ich auch deinen Namen«, fügte ich hinzu, aber der wollte mir wirklich nicht einfallen. Bei der Mitfahrzentrale musste man immer seinen vollen Namen angeben, und ich hatte ihn sogar meiner Mutter geschickt, damit sie wusste, mit wem ich unterwegs war, aber ich hatte ihn vergessen. In meinem Kopf waren zu viele Dinge.

»Benedict Greifenberg«, half Ben mir auf die Sprünge.

»Oh. Ja. Sorry.« Ich grinste verlegen. »Mein Vater kommt aus Cornwall. Du hast also recht, mein Name ist sehr britisch, und ich bin zweisprachig aufgewachsen. Was natürlich für den Job enorm hilfreich ist«, erklärte ich, und dann trat Ben voll auf die Bremse, und wir rutschten quer über die Autobahn. Ich packte den Griff an der Tür und schnappte nach Luft. Wir waren so langsam gewesen und hatten trotzdem noch so viel Schwung drauf. Ein paar Zentimeter neben mir zog die Leitplanke vorbei. »Scheiße!«, brüllte ich inbrünstig, als wir endlich zum Stehen kamen. Ohne eines der anderen Autos zu treffen. Oder von der Straße zu rutschen, in der Leitplanke zu landen oder gleich per Überschlag an der Böschung kleben zu bleiben.

»Hmpf«, erwiderte Ben. Um uns herum standen noch mehr Autos quer auf der Straße, und einige Leute stiegen aus. Ben ebenfalls, weswegen ich beschloss, erstmal sitzen zu bleiben. Draußen hatte sich eine weiße Wand vor den Golf gestellt, die mir Angst machte. Wenige Minuten später tauchte Ben schneebedeckt wieder auf. Kaum saß er neben mir, fing ebendieser Schnee an zu schmelzen und tropfte in den Fußraum.

»Da war doch tatsächlich einer mit Sommerreifen unterwegs. Der ist jetzt allerdings in der Leitplanke gelandet. Ist niemandem was passiert«, setzte er hinzu, als er mein erschrockenes Gesicht sah, und begann, sich mit einer Decke vom Rücksitz trocken zu tupfen.

Ich atmete erleichtert auf. »Mein Bedürfnis nach Abenteuer ist jetzt schon gedeckt«, erklärte ich und ließ zitternd den Türgriff los, den ich immer noch umklammert gehalten hatte.

»Du hast ein Bedürfnis nach Abenteuer?« Ben legte die Decke zurück auf den Rücksitz und schnallte sich wieder an.

»Ja. Gestern noch habe ich gedacht, mein Leben wär total langweilig. Heute allerdings muss ich sagen, es reicht völlig aus, hin und wieder eine neue Kaffeesorte auszuprobieren. Das hier brauche ich so schnell nicht wieder.« Plötzlich begannen unsere Handys zu klingeln, und da es in diesem Moment eh nicht weiterging, konnten wir auch beide gleichzeitig und höchstpersönlich die aufgelösten Menschen beruhigen, die auf uns warteten. Bei mir waren allerdings nur meine Mutter und mein Vater aufgelöst. Mein Bruder brüllte aus dem Hintergrund – vermutlich mit heißer Schokolade auf dem Sofa vor dem Weihnachtsbaum sitzend –, er würde mir keinen Krümel vom Christstollen übrig lassen. Was mich zugegebenermaßen schwer verletzte. Ich liebte Christstollen.

Seufzend legte ich auf und blickte zu Ben hinüber. Der tat es mir gleich und griff dann erneut auf die Rücksitzbank, um eine Dose mit Weihnachtsplätzchen hervorzuziehen. »Von einer Patientin«, erklärte er, öffnete den Deckel und hielt mir den Inhalt vor die Nase. Die Plätzchen sahen aus, als hätten sie in einem Weihnachtsspecial irgendeiner dieser Food Blogs die Statisten gespielt. Zumindest die obersten waren ganz und gar gleichförmig in Engelsform ausgestochen, glänzten matt vom Zuckerguss, und die bunten Streusel glitzerten verheißungsvoll im Schein der dämmrigen Innenraumbeleuchtung des Golfs.

»Die besten Weihnachtskekse ever«, erklärte Ben, vielleicht weil ich die Dose immer noch anstarrte. Ich sah auf.

»Eine Patientin?«, fragte ich, während er sich einen kompletten Engel quer in den Mund schob.

Vorsichtig nahm ich ebenfalls einen Keks und biss eine Ecke ab. Er schmeckte so perfekt, wie er aussah.

»Bist du Arzt?«, fragte ich, weil Ben immer noch kaute. Er nickte. »Was denn für ein Arzt?«, fragte ich weiter.

»Allgemeinmediziner.«

Wow. Allgemeinmediziner. Ich hätte mit so manchem gerechnet – Rockstar, Model, irgendein Start-up-Gründer für die alternative Gewinnung von Ionenlithium oder so etwas –, aber nicht damit. Außerdem dachte ich immer, Ärzte wären reich. Und wenn nicht reich, dann doch mindestens so vermögend, dass sie einen schnittigen Neuwagen fuhren. Ben blinzelte mich mit seinen irritierend blauen Augen an. Er sah nicht so aus, als wollte er diese erstaunliche Information weiter kommentieren, sondern angelte sich stumm ein Vanillekipferl vom Boden der Dose.

Nach einer gefühlten Ewigkeit konnten wir endlich weiterfahren. Außerordentlich langsam, aber es ging voran. Ich hätte es nicht für möglich gehalten, aber je weiter wir in den Norden kamen, desto dichter fiel der Schnee. Mittlerweile waren wir fast zwei Stunden unterwegs, doch bei dem Tempo hätten wir genauso gut zu Fuß gehen können. Da man aber vor lauter Flocken die eigene Hand vor Augen nicht mehr sehen konnte, hätten wir uns vermutlich verlaufen. Dann doch lieber der alte, muffige Golf, in dem die Heizung wenigstens rudimentär funktionierte.

Wir schwiegen. Im Radio liefen abwechselnd Weihnachtslieder und Unwetterwarnungen. Als der Radiomoderator irgendwann mit ernster Stimme sagte, spätestens jetzt solle jeder zusehen, dass er ins Haus kam, warf ich Ben einen Seitenblick zu. Er wirkte hoch konzentriert und hielt das Lenkrad so fest, dass seine Fingerknöchel ganz weiß waren. Ben bemerkte meinen Blick. »Es sind nur noch knapp hundert Kilometer.«

Seine Worte sollten mich beruhigen. »Klar. Das schaffen wir locker!« Ich fühlte mich aber nicht beruhigt. Ich meine, wenn schon der Mann im Radio sagte, man sollte sich umgehend einen festen Unterschlupf suchen, musste es wirklich ernst sein. Das war nämlich der gleiche Typ, der auch Montagmorgens moderierte, und zwar mit einer Gagdichte, die mich regelmäßig dazu brachte, mein Radio aus dem Fenster werfen zu wollen. Der Kerl schien sonst Stimmungsaufheller zu frühstücken. Aber heute war er so ernst wie ein Pastor, der über die Erbsünden sprach und unter Verstopfung litt.

Aber Ben blieb vollkommen ruhig. Zumindest äußerlich.

Also riss ich mich zusammen. Cool bleiben, Lucy. Du hättest es schlimmer erwischen können.

Kapitel 2

»Warum sind wir hier eigentlich alleine?« Ich starrte die weiße Wand vor dem Autofenster an. Der Scheibenwischer schaffte es fast nicht mehr, die Flocken beiseitezuschieben. Ben kroch im Schneckentempo voran, was sinnvoll war, denn es war nur noch grob zu erahnen, wo genau sich die Fahrbahn eigentlich befand. Eine Leitplanke gab es hier nicht. Und irgendwie auch keine anderen Autos mehr um uns herum.

Ben antwortete mit einiger Verzögerung. »Das könnte daran liegen, dass hinter Itzehoe die Autobahn gesperrt wurde.«

Mein Herz holperte, und leichte Panik kroch mir im Nacken hoch. »Was?«

»Ja, offenbar hat sich direkt hinter uns ein Lkw quer gestellt. Und nun ist da alles dicht. Das kam vor einigen Minuten in den Nachrichten. Da hast du mit ziemlich finsterem Gesichtsausdruck in die Schneehölle gestarrt und meditiert. Hast es wohl nicht mitbekommen.«

Ich ließ diese Information auf mich wirken und versuchte tief ein- und auszuatmen. »Dann sind wir offenbar auf uns alleine gestellt. Ich bin froh, mit einem Arzt zu reisen. Und Kekse haben wir auch noch. Leider sind meine Fähigkeiten als Liebesromanautorin in einem winterlichen Überlebenskampf nicht sehr hilfreich.«

»Du kannst mir nachher was vorlesen«, antwortete Ben leichthin, aber wenn ich mich nicht täuschte, schwang auch in seiner Stimme leichte Angst mit.

»Nachher?«, fragte ich argwöhnisch. Nachher wollte ich bei meiner Sippe sein, Unmengen der Bio-Gans verspeisen, die mein Vater seit gestern vorbereitete, und mindestens eine ganze Flasche Rotwein trinken. Um die kläglichen Reste des Christstollens runterzuspülen, die mein Bruder mir hoffentlich übrig gelassen hatte. Vermutlich waren es jetzt sowieso nur noch mikroskopisch kleine Krümel.

»Vielleicht sollten wir auch den nächsten Parkplatz ansteuern«, ließ Ben vernehmen, und ich blickte lauernd zu ihm rüber.

»Wieso sollten wir das tun?«

»Hm.«

»Bitte antworte mir.«

»Weil an meinem Auto eine rote Lampe neben dem Tacho leuchtet, die ich noch nie gesehen habe. Und die eventuell nichts Gutes bedeutet.«

Ich bekam vor Schreck Schluckauf. Dann drückte ich den Anruf meiner Mutter weg, die just in diesem Moment versuchte, mich zum 34. Mal zu erreichen. Ich konnte ihr einfach nichts sagen, das ihr mütterlich besorgtes Herz nicht in Hysterie verfallen lassen würde. Schließlich stand ich selbst kurz davor. Also atmete ich tief durch, steckte mir drei Vanillekipferl auf einmal in den Mund und kaute hektisch. »Da war ein Parkplatzschild«, nuschle ich mit vollem Mund.

»Bist du sicher? Meine Siri sagt, dass der nächste Parkplatz noch fünf Kilometer weit weg ist.«

»Ganz sicher«, antwortete ich. Jetzt wieder verständlich. Ich staunte selber, wieso ich dieses Schild im Weiß der dichten Flocken und der einsetzenden Abenddämmerung so klar hatte erkennen können.

Da wir nur noch in Schrittgeschwindigkeit unterwegs waren, dauerte es eine ganze Weile, bis endlich das nächste blaue Schild mit dem Hinweis auf den Parkplatz auftauchte. Hätten wir nicht aktiv Ausschau gehalten, wären wir daran vorbeigefahren, es wurde nämlich von Minute zu Minute dunkler. Wir rutschten langsam weiter, und Ben lenkte den Golf vorsichtig nach rechts, dorthin, wo er wohl die Ausfahrt vermutete. War sie auch. Allerdings war der Parkplatz als solcher nicht mehr zu erkennen. Einzig die hohen Bäume auf der rechten Seite ließen erahnen, was sich unter dem Schnee befand.

Der Golf, bei dem jetzt übrigens mehr als nur ein Warnlicht begonnen hatte, lustig zu blinken, pflügte sich einen Weg, rollte noch ein paar Meter und schaltete sich dann kommentarlos aus.

»Uff!«, untermalte Ben diesen erschütternden Moment mit dem passenden Laut.

»Heiliger Hollerbusch«, fügte ich hinzu. Und dann saßen wir im Dunkeln. Im Schnee. Fernab der Zivilisation, während die Welt in Trilliarden von Schneeflocken versank. Und andere Menschen ihre Weihnachtsgans verspeisten, Lieder sangen, den Weihnachtsbaum betrachteten und sich sinnlose Geschenke überreichten. Mein Klingelton riss mich aus meiner Starre. »Hallo Mama.«

»Und? Wo seid ihr? Die Gans ist in einer Stunde fertig, sagt dein Vater, und so langsam müsstet ihr doch mal ankommen.« Ich verstand sie kaum, es knisterte in der Leitung.

»Wir sind jetzt auf einem sehr hübschen Parkplatz«, erklärte ich munter. »Alles ist tief verschneit. Noch nie in meinem Leben habe ich so viel Schnee gesehen. Es ist sehr schön!« Meine Mutter schrie auf, und ich hörte sie hektisch durch die Gegend laufen.

Offenbar hatte sie meinem Bruder das Handy in die Hand gedrückt, denn im nächsten Moment fragte Liam mich: »Wo GENAU bist du? Ich brauche eine exakte Angabe, damit wir die Polizei verständigen können.« Er klang, als hätte er das Notfallmanagement übernommen und würde jeden Augenblick die Kavallerie losschicken. Oder einen Heli. Er arbeitete bei der Sparkasse in Husum und hielt sich für außerordentlich wichtig. Immerhin hatte er sieben Mitarbeiter, und ich glaube, die waren immer sehr glücklich, wenn er mal nicht da war.

»Mann, reg dich ab. Die Autobahn ist gesperrt, und das schon eine ganze Weile.«

»WAS?«, brüllte er mir ins Ohr. »Ich hab dich nicht verstanden!«

Ich wiederholte, was ich gesagt hatte, diesmal langsam und laut.

»Was genau macht ihr dann auf der Autobahn, wenn sie gesperrt ist?« Seine Stimme war schneidend.

Matt ließ ich das Handy sinken und lauschte einen Moment auf Ben, der offenbar eine ähnliche Unterhaltung mit seinem Kumpel Max führte. Er brummte irgendwas und gab aufmunternde Laute von sich. Als er meinen Blick bemerkte, zuckte er die Schultern und seufzte bleischwer.

Als ich meinen Bruder wieder ans Ohr nahm, sprach der immer noch, während es zwischendurch immer mal wieder in der Leitung laut rauschte. Offenbar hielt er eine Rede vor meinen Eltern, wie genau die Rettung der kleinen Schwester nun vonstattenzugehen hatte.

»Liam!«, machte ich mich bemerkbar. »Wenn ihr eine Lösung gefunden habt, in der kein Helikopter vorkommt, ruf mich doch noch mal an. Ich muss jetzt auflegen. Mein Akku hat nicht mehr so viel Saft. Tschüss!« Da Ben sein Gespräch ebenfalls beendet hatte, fragte ich übergangslos: »Können wir hier erfrieren? Du als medizinisches Fachpersonal wirst diese Frage doch kompetent beantworten können.«

Ben starrte einen Moment aus der komplett verschneiten Windschutzscheibe, dann sagte er trocken: »Ich habe diverse Rettungsdecken im Kofferraum. Und wir können uns gegenseitig wärmen.«

»Ich habe Käse, meinen neuen Liebesroman und Bergkristalle«, erklärte ich, und meine Mitfahrgelegenheit nickte zustimmend.

»Prima!«

Und dann seufzten wir noch einmal. Verdammt! Einsam, verlassen und komplett eingeschneit den 24. Dezember auf einem abgelegenen Parkplatz zu verbringen, war aber auch wirklich ein Brett. Nie wieder wünschte ich mir Abenteuer!

Ich warf Ben einen Seitenblick zu. Tatsächlich hätte ich es mit meiner Begleitung schlechter treffen und mit einem übellaunigen, nach altem Bratenfett riechenden Kerl hier festsitzen können. Ich mochte Ben irgendwie. Wenn er mit seinem ansehnlichen Gesicht und dem verstrubbelten Look auch ein so wenig aussah wie die Covermodels der Liebesromane, die ich für diverse Verlage übersetzte. Aber nett war er allemal, und sollte aus irgendwelchen Gründen mein Herz stehen bleiben, konnte er mich auch gleich noch retten. Das war doch außerordentlich praktisch.

»Dann lass uns mal einen Plan machen …«, setzte Ben an, kam aber nicht weit, denn hinter uns tauchten plötzlich Scheinwerfer auf. Erschrocken drehten wir uns beide um. Da kam etwas Großes die Auffahrt zum Parkplatz hoch. Sehr groß.

»Ist das ein Schneepflug, der zu unserer Rettung geeilt ist?«, fragte ich und stellte erstaunt fest, wie piepsig meine Stimme klang. Es war aber kein Schneepflug, wie ich jetzt sah, sondern ein Lkw. Ein recht großer Lkw, der direkt neben uns hielt und den Motor ausmachte.

Ben und ich drückten gleichzeitig die Verriegelungsknöpfe der Türen, während sich jemand aus dem Lkw-Führerhäuschen quasi abseilte. Weil es wirklich hoch war. Der Jemand trug einen arktistauglichen Schneeanzug und eine Kapuze und wirkte auf den ersten Blick, als wäre er ohne große Probleme in der Lage, der Unbill dieser Naturkatastrophe zu trotzen. Im nächsten Moment klebte das Gesicht des Typen an der Fahrerseite des Golfs, und er klopfte so energisch gegen die Scheibe, dass Ben mir fast auf den Schoß sprang.

»ALLES GUT?«, brüllte der Kerl, und Ben fragte leise: »Ist der Bergkristall als Waffe zu gebrauchen?«

»ALLES GUT? HILFE?« Der Mann vor der Fensterscheibe fing an wild zu gestikulieren.

»JA!«, brüllte ich zurück, weil Ben sich immer noch nicht rührte. »ALLES GUT!« Was ja nicht stimmte, aber jetzt nichts zur Sache tat.

»Hält der gerade eine Flasche Wodka hoch?« Ben rutschte wieder näher zur Fahrerseite und starrte angestrengt in die Dunkelheit.

»Jep. Das ist Wodka, und er tanzt förmlich um die Flasche herum«, erwiderte ich. »Ob er ein Serienkiller ist?«

Ben grunzte. »Ich kläre das. Ich bin größer als er. Außerdem habe ich im Kofferraum ein paar Einwegskalpelle. Die sind höllisch scharf.« Bevor ich ihn aufhalten konnte, war er ausgestiegen, hatte aber die Tür wieder hinter sich geschlossen. Da die beiden jetzt nicht mehr ganz so laut sprachen und der Schneesturm ihre Worte einfach mit in die Dunkelheit nahm, verstand ich nicht, worum es ging, aber Bens Körpersprache erzählte ganze Romane. Er entspannte sich nämlich sichtbar, was ich als gutes Zeichen wertete.

Drei Minuten später öffnete er die Tür wieder und streckte den Kopf zu mir herein. »Das ist Jacek. Er bietet uns an, in seiner Fahrerkabine zu bleiben. Da ist es warm. Und es gibt Wodka. Meine untrügliche Menschenkenntnis sagt mir, dass er nicht vorhat, uns zu töten und zu essen.«

»Schön.« Ich war noch nicht ganz überzeugt, aber da ich seit einigen Minuten meine Füße nicht mehr spürte (zu kalt) oder irgendetwas sehen konnte (zu dunkel), musste sich an der Situation grundlegend etwas ändern.

Ich machte mir gar nicht erst die Mühe, die Beifahrertür zu öffnen, dahinter vermutete ich nämlich einen tiefen und komplett eingeschneiten Graben, sondern kletterte gleich durch die Fahrertür nach draußen.

Jacek freute sich offenbar, dass ich mich nun auch endlich herauswagte, denn er begrüßte mich mit einem Schwall Worte, von denen ich nur »warm« verstand. In Anbetracht der aktuellen Gesamtlage war »warm« allerdings ausreichend verheißungsvoll, und so folgte ich ihm.

Nacheinander kletterten wir in die erstaunlich geräumige Kabine des Lkws, in der es tatsächlich herrlich warm war. Jacek bot uns mit einer weit ausladenden Geste die besten Plätze, nämlich oberhalb des Fahrersitzes an. Hier war es nicht nur warm, sondern auch kuschelig und so sauber, dass man hätte vom Boden essen können. Meine Erleichterung war fast grenzenlos, als ich mich aus meiner Jacke pellte und kurzerhand auch noch aus den Winterboots schlüpfte, um meine Füße mit den Händen zu wärmen.

»Wie hast du es überhaupt bis hierher geschafft? Ein paar Kilometer hinter uns stehen die Lkws, die noch unterwegs sind, alle quer«, fragte Ben unseren Retter, der nur verächtlich eine Augenbraue hochzog.

»Ich bin Pole. Lkw ist auch Pole. Bisschen Schnee, lachen wir drüber.«

»Und was machst du hier? Heiligabend?«, fragte ich und nahm die Decke, die Jacek mir anreichte, dankbar entgegen. Sie duftete nach Rosen und Lavendel und war weich wie Seide. Jacek seufzte so schwer, dass ihm fast der Knopf von seiner wintersicheren Outdoorhose absprang.

»Verfahren«, sagte er dann und wirkte auf einmal furchtbar unglücklich. »Wollte längst in Polen sein. Bei Kind.« Noch einmal seufzte er. »Baby«, fügte er hinzu und hielt die Hände ein Stück weit auseinander, wohl um die Größe seines Nachwuchses anzudeuten. Jetzt erst entdeckte ich die vielen Kinderfotos, die überall an den Wänden seines Lkws hingen. Ein kleines pausbackiges Mädchen strahlte mir aus jeder Ecke entgegen.

»Da hast du dich aber doll verfahren«, sagte Ben, und Jacek schnaubte.

»Chef wollte noch eine Ladung, Ladung hatte Verspätung,

bin ohne Ladung gefahren, Navi kaputt, Chaos, alle Straßen gesperrt, jetzt hier«, fasste er seine Situation zusammen und rieb
sich die Augen. Ein wenig unbeholfen tätschelte Ben ihm die
Schulter.

»Wir haben Käse und Liebesromane. Vielleicht sollten wir das
Weihnachtsmenü zusammenstellen«, sagte er. Jacek nickte und
sagte verschmitzt: »Ich habe Weihnachtsbaum!«

Hatte er wirklich. Der Weihnachtsbaum kam aus einer Papp-
schachtel und bestand aus rosafarbenem Plastik. Wenn man ihn
aufstellte, was Jacek auf dem riesigen Armaturenbrett tat, ihn ent-
faltete und dann an den Zigarettenanzünder anschloss, fing er an,
in den wildesten Farben zu blinken. Ich hatte selten etwas Häss-
licheres gesehen, aber trotzdem schaffte das Ding Ambiente. Wie
in einem Puff. Aber immerhin Ambiente. Jacek zumindest schien
das sehr glücklich zu machen. Uns irgendwie auch. Wir waren
glücklich, bis irgendwann das leise Brummen des schweren Die-
sels erstarb. Jacek gab einen unartikulierten Laut von sich. Dann
sagte er emotionslos: »Sprit alle. Auch polnischer Lkw braucht
Sprit.«

»Halleluja«, murmelte ich und zog mir die Decke fester um die
Schultern.

»Weniger gut«, murmelte auch Ben und rückte ein kleines
Stück näher an mich heran. Mein Handy klingelte erneut, und ich
nahm das Gespräch entgegen. Mein Bruder schnaufte mir ins Ohr:
»Die Polizei sagt, sie können vorerst nichts tun. Die Straßen sind
dicht, und sie sind mit anderen Dingen beschäftigt. Sie versuchen,
euch mit einem Trecker zu bergen.«

»Uns geht es gut«, erkläre ich fest. »Wir sitzen bei Jacek im
Lkw. Er hat einen Weihnachtsbaum. Und Wodka. Nur leider keinen Diesel.« Wie aufs Stichwort reichte Jacek mir gerade einen
ganzen Kaffeebecher voll mit Wodka.

»Was?! Ihr wisst doch gar nicht, wer der Typ ist!«, zischte mein
Bruder mir ins Ohr. »Trink das nicht. Vielleicht sind da K.-o.-

Tropfen drin und der Typ will euch entführen! Organisierter Menschenhandel! Uh! Ah!«

»Äh. Nein. Eher nicht. Gib mir mal Mama.«

»Uh! Ah!«, macht er noch dreimal, aber dann hatte ich meine Mutter am Telefon. »Papa hat schon den Trecker fertig gemacht. Bereit zur Bergungsmission. Ich kann ihn nur mit Mühe davon abhalten. Er würde euch ohnehin nicht finden, mal ganz davon abgesehen, dass der Fendt wohl mehrere Tage bis zu euch bräuchte.« Wir schwiegen beide einen Moment, um das Engagement meines Vaters zu würdigen. Es war doch schön zu wissen, dass er mich retten würde – wäre er nicht immer noch beinahe fünfzig Kilometer entfernt und hätte die Orientierungsfähigkeit einer Weinbergschnecke.

»Mein Schatz, haltet ihr es dort aus?«, fragte meine Mutter schließlich besorgt.

»Klar«, sagte ich fest. »Wenn ihr mir was vom Christstollen überlasst!«

»Ich schneide gleich ein Stück ab und verstecke es«, versprach sie mir mit gedämpfter Stimme. Das war sehr nett und leider auch dringend notwendig. Dieser Christstollen war in unserem Haushalt so kostbar wie Gold. Ein wirklich knappes Gut. Jeder versuchte heimlich das größte Stück zu bekommen, und sogar die Krümel wurden hinterher wie durch menschgewordene Staubsauger inhaliert.

Kaum hatte ich aufgelegt, musste ich anstoßen. Mit Wodka, der mir die Speiseröhre hinunterbrannte und mein Hirn in Watte verwandelte.

»Jacek!«, rief Jacek fröhlich. Die plötzliche Schweigsamkeit wegen Diesel-Mangels schien er überwunden zu haben.

»Ich bin Ben«, grinste Ben.

»Lucy«, sagte ich und unterdrückte einen leichten Rülpser.

Wir stießen erneut an.

»Was machst du?«, fragte Jacek jovial an Ben gewandt und

legte die Beine auf den Beifahrersitz. Wir gingen offenbar zum gemütlichen Teil des Abends über. Unsere Optionen waren ja auch beschränkt.

»Ich bin Arzt.«

»Oh!« Jacek nahm augenblicklich Haltung an. »Doktor!« Erneut hob er die Tasse, und wir mussten schon wieder anstoßen. Wenn das so weiterging, war ich in unter zehn Minuten stockbesoffen.

»Und du?«, fragte Jacek mich.

»Ich schreibe Bücher. Und übersetze Romane.«

»Oh!« Er kam gar nicht mehr raus aus dem Staunen. »Hoheit!« Wir tranken erneut, und ich war mir nicht sicher, ob Jacek mit meinem Beruf etwas anfangen konnte. Vielleicht hielt er mich für eine Prinzessin? Und dann klingelte sein iPad, und seine Familie wollte mit ihm sprechen. Es waren sehr viele Polen auf der anderen Skype-Seite, und sie alle sprachen sehr schnell und sehr viel. Aber Jacek versäumte nicht uns vorzustellen. Als den »Doktor!« und die »Hoheit!«

Ich lehnte mich derweil an Ben, und der legte den Arm um mich. Ob es am Wodka lag? Jedenfalls hätte ich mich sonst sicher niemals einfach so von einem fremden Typen in den Arm nehmen lassen. Und auch Ben wirkte nicht wie jemand, der ständig Körperkontakt zu fremden Frauen suchte. Aber es war immerhin ein Notfall, beruhigte ich mich. Schließlich hockten wir beide gemeinsam unter der seidenweichen Decke, um nicht zu erfrieren, und bildeten für diesen Abend sozusagen eine Zweckgemeinschaft.

Ich schloss die Augen und spürte den Alkohol in meinem Organismus kreisen. Bens Körper war fest und warm, und ich überlegte, wie lange es her war, dass mich jemand so in den Arm genommen hatte – freundschaftlich, wärmend, und ja, ein wenig – beschützend?

Jacek sprach noch eine Weile mit seiner Familie, die immer wieder in grotesken Standbildern einfror. Und gerade als sein kleines Mädchen in die Kamera gluckste, brach die Verbindung ganz ab, worauf Jacek ein wenig weinen musste.

Wir klopften ihm tröstend auf die Schulter und lauschten dem Gedudel aus dem Radio. Bis Jacek es abschaltete und den Weihnachtsbaum ausknipste. »Wegen Batterie«, seufzte er, und so blieb uns nur, auf die ewig fallenden Flocken vor der Windschutzscheibe zu blicken und der Stille zu lauschen. Ich lehnte den Kopf an Bens Schulter und war froh, dass mir wenigstens nicht mehr kalt war. Die Situation war wirklich schwierig, aber immerhin waren wir nicht alleine. Es war sogar ganz friedlich, hier zu sitzen.

Der Frieden währte genau so lange, bis es an die Fahrerseite klopfte und ein Gesicht hinter der Scheibe auftauchte. Wir zuckten alle furchtbar erschrocken zusammen.

Klugerweise riss Jacek die Tür nicht auf, denn dann wäre das Gesicht samt Mensch zwei Meter tief abgestürzt, sondern öffnete nur das Fenster ein kleines Stück. Das Gesicht sprach mit uns, aber wir hörten nichts, weil der Schneesturm jetzt nicht mehr nur weiß, sondern auch noch laut war.

»Kann ich Tür nicht aufmachen!«, brüllte Jacek und machte – zugegeben ein paar seltsame – wedelnde Bewegungen mit der Hand, womit er wohl meinte, dass er dem Kerl die Tür sonst an den Schädel schlagen würde. Aber der Mann dachte, wir wollten ihn loswerden. Er schüttelte hektisch den Kopf, klopfte noch fester an die Scheibe und brüllte irgendetwas. Es war durchaus ein tumultartiger Zustand. Schließlich war es Ben, der mit präzisen Worten in Endlautstärke klarmachte, dass die Tür nicht aufging, solange der Kerl dahinterstand. In zwei Meter Höhe. Und so kletterte der endlich runter, und Ben und Jacek kletterten hinterher. Ich schloss die Tür hinter den beiden und klemmte mich an den schmalen Spalt, um nur ja nichts zu verpassen. Wer hätte gedacht, dass hier heute Abend noch mal was Spannendes passieren würde?

Von meinem Beobachtungsposten aus konnte ich allerdings

leider kein Wort von dem verstehen, was die drei Männer tief unter mir besprachen, und musste warten, bis sie dann zurück zu mir in die Kabine kletterten. Der klopfende Kerl entpuppte sich als waschechter, leicht übergewichtiger Friese mit einem freundlichen Mondgesicht. Der uns zur Rettung geeilt war. Halleluja!

Kapitel 3

Der Friese hieß Holger und hatte seinen grünen Fendt mitgebracht. Es bedurfte ein wenig gemeinsamer Überredungskunst, auch Jacek von der Notwendigkeit einer Rettung zu überzeugen, denn der weigerte sich zunächst, seinen Lkw zurückzulassen, aber ein Blick auf die Wetter-App das Landwirts überzeugte dann schließlich auch ihn. Der bisherige Schneesturm war offenbar nur die Vorhut gewesen. Da kam noch mehr, samt weiter sinkender Temperaturen und orkanartiger Böen.

Der Fendt des freundlichen Friesen duftete irritierenderweise nach Neuwagen. Und er hatte nur zwei Sitze. Wovon einer mit Holger belegt war, der uns einladend angrinste. Wir anderen quetschten uns also wie die Ölsardinen um den Fahrersitz herum. Es war wie Tetris mit menschlichen Gliedmaßen, äußerst unbequem, aber irgendwann hockte ich wie ein Klappmesser auf Bens Schoß und klammerte mich an einen der Haltegriffe neben der Tür, während mir Jaceks Knie unangenehm in die Nieren drückten. Erschwerend kam noch hinzu, dass Ben die ganze Zeit mit einem Fuß wippte.

Wir rumpelten los. Runter vom Parkplatz und auf ins weiße Wunderland, das im Schein der Treckerlichter verheißungsvoll glitzerte, während Frau Holle von oben noch ganze Wagenladungen an fetten Schneeflocken auf uns hinunterkippte. Und sie schien noch lange nicht fertig zu sein.

Der starke Motor dröhnte. Jacek murmelte etwas vor sich hin

(ich glaube, er betete), und der Fendt rumpelte so heftig, dass Ben irgendwann, nachdem ich zweimal fast von seinem Schoß gerutscht wäre, die Arme um mich legte, um mich festzuhalten. Behutsam lehnte ich meinen Hinterkopf gegen seine Schulter. Es ging gar nicht anders, mein Kopf war im Weg und wankte bei den Erschütterungen, die der große Trecker produzierte, wie verrückt auf meinem Hals hin und her. Ben hörte auf, mit dem Bein zu zappeln. Ich schloss probehalber die Augen. Und ließ sie gleich zu, weil es mir für einen Moment sehr gut ging. Ich war warm und geborgen.

»Wir sind da!«, rief Holger irgendwann und riss mich damit aus meinem Dämmerschlaf.

»Wo?« Ich blinzelte in die Dunkelheit.

»Auf dem Dormann Hof.« Holger versuchte, sich aus den vielen Armen und Beinen und Rucksäcken hervorzuarbeiten, um die Tür zu öffnen. Ich rutschte von Bens Schoß und stürzte bei dieser Gelegenheit auch gleich noch fast aus dem Führerhäuschen. Zum Glück bekam ich im letzten Moment einen Teil der Tür zu fassen, und so landete ich zwar auf dem Hintern, aber wenigstens nicht kopfüber im Schnee.

Ben kam mit unserem notdürftig zusammengerafften Gepäck hinterhergeklettert, und so standen wir dann etwas verloren im wilden Schneetreiben auf einer kleinen Dorfstraße, die von einer einzigen Straßenlaterne spärlich beleuchtet wurde. Holger griff sich meinen Rucksack, und ich stapfte ihm nach, während Jacek von oben aus dem Fahrerhäuschen auf uns hinunterguckte und traurig winkte. Ich winkte zurück.

»Kann er nicht auch hierbleiben?«, rief ich gegen den Sturm an, doch Holger hatte schon ein riesiges eisernes Tor aufgestoßen und war über einen tief verschneiten Hof gestapft. Wir folgten ihm. Er klingelte an der uralten Holztür, deren schuppigen Farbeschichten sich in unterschiedlicher Reihenfolge von der Oberfläche lösten.

»Er kommt mit zu uns. Der Hof ist zwar schon voll, aber einer geht noch. Ich habe schon drei Wintercamper vom Campingplatz, zwei Gestrandete vom anderen Parkplatz und den Pastor auf dem Hof. Der hat es nur noch bis zur Kirche in Diggestorf geschafft und muss eigentlich zurück nach Husum. Aber so ein Pastor an Heiligabend in der eigenen Stube ist ja auch nicht schlecht.« Er grinste mich an und klingelte erneut.

Eine ganze Weile tat sich nichts, während wir langsam einschneiten. Eine dicke Flocke flog mir direkt ins linke Auge, und so verpasste ich vor lauter Blinzeln fast den Moment, als die Tür sich endlich öffnete. Vor uns stand ein riesiger Schäferhund. Was nicht schön war, denn er bellte uns zwar nicht aggressiv an, guckte aber ziemlich böse. Wenn er hier wohnte, wollte ich ungern das Haus betreten.

»Herzlich willkommen!«, flötete der Schäferhund, und es dauerte ein wenig, bis ich begriff, dass hinter dem riesigen Tier eine zarte Elfenfrau aufgetaucht war. Sie war so klein, dass sie sich ohne Mühe hinter dem Hund hätte verstecken können. Dünn und zart und mit Sicherheit sehr alt. Mehr eine Elfenoma in einer rosafarbenen Kittelschürze.

»Kommt herein! Kommt herein!«, rief sie, was aber sehr leise klang und von dem tosenden Sturm fast weggetragen wurde.

»Ich fahr gleich weiter, Dorle. Danke, dass du einen Schlafplatz für die beiden hast!«, rief Holger über den Sturm hinweg. Dann drehte er sich um und trabte über den Hof zu seinem Trecker zurück. Ich winkte ihm hinterher und entdeckte Jacek, der im Schein der Innenraumbeleuchtung sein Gesicht an die Scheibe drückte und uns sehnsuchtsvoll nachsah.

Vorsichtig schoben wir uns seitlich an dem Schäferhund vorbei, der wie festgewurzelt mitten in der Tür stand und keine Anstalten machte, auch nur einen Millimeter zur Seite zu rücken.

»Herzlich willkommen! Ich bin Dorle Dormann!« Die kleine Frau freute sich offenbar sehr, dass wir ausgerechnet am Heiligen Abend unangekündigt bei ihr hereinschneiten. Im Schein der hutzeligen Deckenleuchte wirkte sie sogar noch älter, als ich auf den ersten Blick angenommen hatte. Genau wie der Flur, in dem wir standen, und der eigentlich nur aus einem alten, schwarz-weiß gemusterten Steinboden und abblätternder Farbe an den Wänden bestand. Außerdem zog es wie Hechtsuppe.

»Ich bin Lucy Bradford«, sagte ich, zog mir den Fäustling von den Fingern und reichte ihr meine Hand, die sie enthusiastisch schüttelte. Es fühlte sich an, als würde ich einem Schmetterling den Flügel kraulen, weil ihre Hand so klein war.

»Benedict Greifenberg«, schloss Ben sich der kleinen Vorstellungsrunde an, schüttelte Dorle Dormann ebenfalls die Hand und deutete dann mit fragend hochgezogener Augenbraue auf den Hund, der sich doch zumindest zu uns umgedreht hatte.

»Helmut«, erklärte Frau Dormann und nickte bekräftigend. »Er ist ein bisschen ...«, fügte sie flüsternd hinzu und deutete auf ihren Kopf, um uns mit der allgemeingültigen Geste für »leicht verrückt« verständlich zu machen, dass der Hund einen an der Waffel hatte. Was ich außerordentlich beunruhigend fand. Ben scheinbar auch, denn er rückte ein wenig zur Seite.

»Aber kommt doch rein!« Wir schickten uns an, die Schuhe auszuziehen, woraufhin Frau Dormann entsetzt die Hände hob. »Lassen Sie die bloß an! Ich habe eine ganz neue Heizung, und die ist schon kaputt. Einen Monteur bekommt man über die Feiertage ja nicht, deswegen heizen wir so, wie dieses Haus die letzten dreihundert Jahre auch geheizt wurde. Mit dem alten Holzofen in der Küche.«

Wir folgten ihr also in kompletter Montur durch den zugigen Flur in die Küche, die aussah, als würde sie nicht zu diesem alten, maroden Haus gehören. Der Boden bestand aus aufgearbeiteten Dielen, auf denen einige hübsche Teppiche eine wohlige Stimmung verbreiteten. In der Mitte des Raumes stand ein alter Ofen, der mit blau-weißen Kacheln geschmückt war. Davor befanden sich ein gemütliches rosafarbenes Sofa und ein alter Hochlehnsessel. Die Küchenzeile war alt, aber sehr gepflegt, und gegenüber den zauberhaften Sprossenfenstern stand ein alter Holztisch mit einer Bank, auf der blau-weiße Kissen lagen. Es roch nach Holz und Glühwein. Und Zimt.

»Das ist aber hübsch bei Ihnen!«, sagte ich und ließ meinen Rucksack auf den Boden gleiten. Es war wirklich hübsch, aber leider auch hier nicht sonderlich warm.

Der komische Helmut war uns hinterhergetrottet, wanderte weiter zu einem riesigen Körbchen und beschnüffelte es, als müsse er sich erst versichern, dass es auch seins war, bevor er sich mit einem tiefen Seufzer darin auf die Seite fallen ließ. Ich sah erst den Hund an, dann Frau Dormann, die aber völlig unbeeindruckt von diesem Spektakel begonnen hatte, in ihrer Küche zu werkeln. Es wäre ihr ja sicherlich aufgefallen, wenn der Hund in diesem Moment gestorben wäre.

Ich sah, dass Ben, der ein wenig hinter mir stand, ebenfalls den Kopf reckte. »Er atmet noch«, raunte er mir zu, und ich musste grinsen. Ganz offensichtlich hatte er das Gleiche gedacht.

»Setzt euch doch bitte!«, rief Frau Dormann, die jetzt begonnen hatte, uns zu duzen und Brote zu schmieren. »Ihr könnt mich Dorle nennen. Ich bin ein wenig aufgeregt. Das erinnert mich alles an die Schneekatastrophe von 1978. Da war es auch so. Sehr aufregend.« Sie blickte auf und strahlte, aber einen Atemzug später verdüsterte sich ihre Miene wieder. »Na ja, es sind auch Menschen gestorben. Furchtbar war das. Aber dieses Haus hier ist fast dreihundert Jahre alt. Das hält Schnee, Sturm und Katastrophen aus. Und ich habe Holz für mindestens vier Wochen in der Scheune. Zum Glück habe ich es nicht verkauft, wie Fredo gesagt hat. Weil ich doch die neue Heizung habe. Aber man sieht ja, nicht alles, was neu ist, ist auch gut.« Sie nickte bekräftigend und machte sich weiter an den Broten zu schaffen. Ich ging zum Sofa hinüber und ließ mich nieder. So dicht am Ofen war das Prasseln des Feuers deutlich zu hören, und eine angenehme Wärme erfüllte die Luft. Ben war mir gefolgt und setzte sich neben mich.

»Das ist doch mal ein anderer Verlauf als der, den ich geplant hatte«, sagte er leise und zog sein Handy aus der Jackentasche. Er tippte ein wenig darauf herum und schob es dann zurück. »Ich helfe Ihnen, Frau Dormann, äh, Dorle«, erklärte er und stand wieder auf, um unserer spontanen Gastgeberin in der Küche zu helfen. Was ich ebenfalls hätte tun sollen, aber ich konnte nicht. Mit einem Mal fühlte ich mich furchtbar müde, und außerdem musste ich dringend meine Familie über meinen Verbleib in Kenntnis setzen. Nicht, dass Papa doch noch mit dem Fendt aufbrach. Seiner war auch nur ein ganz kleiner, sehr alter Trecker, mit dem er sonst die Strandkörbe herumfuhr. Seine Chancen bei diesem Wetter standen vermutlich nicht besser als die von Bens Golf. Ich schrieb: »Wir sind gerettet! Sind jetzt auf dem Dormann Hof bei Dorle Dormann. Hier ist es nett. Tut mir leid, aber ihr müsst ohne mich feiern. Lasst mir Stollen übrig! Ich liebe euch. Lucy.« Ich drückte auf »Senden« und beobachtete einen Moment lang mein Handy, bis es mir mitteilte, dass die Nachricht rausgegangen war. Als ich es in meinen überfüllten Rucksack zurückschob, rutschten die drei Briefe heraus, die ich vor der Abfahrt noch aus dem Briefkasten geholt hatte, und landeten auf dem Teppich. Ich wollte sie schon wieder zurückstopfen, da fiel mir der Briefkopf meines Vermieters ins Auge. Er war sehr prägnant und bestand aus einem Wildschweinkopf. Was gut zu meinem Vermieter passte, denn der benahm sich oft selbst wie ein Wildschwein. Er hatte zum Beispiel begonnen, einzelne Wohnungen in unserem Haus zu sanieren. Was nicht nur einen Mordslärm machte, nein, hinterher kosteten die Wohnungen dann auch gleich das Doppelte an Miete. Und dabei war es ihm egal, ob die Menschen, die zum Teil schon sehr lange in diesen Wohnungen gelebt hatten, sie sich dann noch leisten konnten. Konnten sie übrigens nicht, weswegen die vier neuen Mieter, die in den letzten Monaten ins Haus eingezogen waren, ziemlich hip und offensichtlich auch recht wohlhabend waren. Und laute Partys feierten. Letztens war ich über zehn leere Champagnerflaschen gestolpert, die einer der Neuen vor seine Tür gestellt hatte.

Ich hatte immer gehofft, dass Herr Drobenhahn meine kleine Dachgeschosswohnung vielleicht vergessen würde. Sie war wirklich klitzeklein und absolut unauffällig, aber hübsch, wie ich fand. Und vor allen Dingen: bezahlbar.

Beim Anblick des Wildschweinkopfes hatte mein Herz angefangen, schneller zu schlagen. Die Briefe von meinem Vermieter beinhalteten meistens keine guten Nachrichten. Ich blickte zur Küchenzeile hinüber. Ben plauderte freundlich mit Frau Dormann, die weiter unbeirrt Brote schmierte. Mit leicht klammen Fingern riss ich den Brief am oberen Ende auf und las. Meine Augen weigerten sich zuerst, den Sinn der Worte zu erfassen.

Notwendige Sanierungsmaßnahme ... Abriss des Dachstuhls ... Schaffung von Wohnraum ... Wir würden uns freuen, Sie weiterhin als Mieterin zu behalten ...

Und dann stand da noch, dass meine Wohnung, beziehungsweise die Wohnung, die mithilfe meiner alten Wohnung entstehen sollte, fast 100 Quadratmeter haben und 1400 Euro kalt kosten würde. Mir klappte der Mund auf.

Das war bestimmt nicht erlaubt.

Ich ließ den Brief sinken. Es war bestimmt nicht erlaubt, aber ich erinnerte mich an meine Nachbarin aus dem Haus gegenüber, die eine ähnliche Kündigung bekommen hatte und erst in einem langwierigen Gerichtsverfahren feststellen lassen konnte, dass das nicht erlaubt war. Dafür hatte ich kein Geld. Ich lebte momentan hauptsächlich von dem großzügigen Vorschuss, den der Verlag mir gezahlt hatte, aber dafür musste ich liefern. Also hatte ich für solche Sperenzchen auch keine Zeit. Und Nerven schon mal gar nicht. Meine Fingerspitzen zitterten, und mir wurde übel. Für einen einzigen Tag war das jetzt aber verdammt viel Abenteuer.

Ich stopfte den Brief zurück in meinen Rucksack, woraufhin Helmut den Kopf hob und mich mit finsterer Miene betrachtete.

Wäre ich alleine gewesen, hätte ich jetzt losgeheult. Ich war aber nicht allein. Tapfer blinzelte ich die Tränen weg und blickte wieder zur Küche hinüber, wo Ben und Frau Dormann sich noch immer angeregt unterhielten. Ich seufzte. Nun würde ich mir doch eine WG suchen müssen. Das hatte ich schon einmal versucht. Ich war einfach nicht gerne allein und dachte damals, dass es eine gute Lösung sein könnte. War es aber nicht. Aus vielen Gründen.

»Meine liebe Lucy.« Frau Dormann riss mich mit erstaunlich kraftvoller Stimme aus meinen Gedanken. »Könntest du vielleicht den Tisch decken?«

»Natürlich, Frau Dormann«, erwiderte ich schnell und sprang eilfertig auf die Füße.

»Nenn mich bitte Dorle!«, sagte Frau Dormann freundlich. Wie unachtsam von mir, hier einfach auf dem Sofa rumzusitzen, während die anderen beiden das Abendessen vorbereiteten, zumal Frau Dormann, also Dorle, ja nicht mit Gästen gerechnet hatte. Ich lief zu der kleinen Küchenzeile hinüber und blieb erstaunt stehen. Es gab nicht nur belegte Brote. Weit gefehlt! Offenbar hatte Dorle ihren gesamten Vorratsschrank geplündert: Es gab Mixed Pickles, ein Nahrungsmittel, bei dem ich mich im Supermarkt immer schon gefragt hatte, wer das denn kaufen mochte. Nun wusste ich es: Dorle Dormann! Und dann gab es noch essigsaure Gurken – in rauen Mengen. Gleich drei Sorten. Gerade kochte sie weiße Bohnen in roter Soße, und Ben versuchte eine Scheibe Glibber mit Glibber auf ein bereits gebuttertes Brot zu manövrieren. Schnell griff ich mir die Teller und trug sie zum Tisch.

»Da ist es zu kühl, wir sollten vor dem Ofen essen«, rief Dorle mir hinterher, und ich änderte sofort den Kurs. Neben dem Kamin an der Wand standen zwei kleine Klapptische, die ich kurzerhand aufbaute. Dorle brachte die nächste Platte mit belegten Broten und stellte sie etwas umständlich ab. »Es tut mir leid, dass ich keinen Weihnachtsbaum habe. Und ich habe auch gar keinen weihnachtlichen Schmuck«, sagte sie plötzlich und griff nach meinem Pulloverärmel.

»Das macht doch …«, wollte ich sagen, doch sie unterbrach mich.

»Früher hatte ich ganz viel Schmuck. Lichter in den Fenstern! Und goldene Kugeln! Und einen großen Weihnachtsmann aus Holz, den hat mein erster Mann Helmut gebaut. Aber das ist alles auf dem Dachboden, und da komme ich nicht mehr hin.«

Ich nickte freundlich, während ich noch verarbeitete, dass der Schäferhund offenbar genauso hieß wie der ehemalige Herr Dormann.

Dorle sah mich ernst an, dann blitzte plötzlich etwas in ihren grauen Augen auf, und sie sagte: »Früher gab's mehr Lametta!«

Kapitel 4

So kam es, dass Ben und ich bewaffnet mit zwei altersschwachen Taschenlampen auf einem Dachboden herumstolperten, durch dessen Gebälk der Schneesturm tobte. Das alte Haus ächzte und stöhnte, während wir bibbernd und dicht nebeneinanderstehend die vielen Kisten und Kartons im kargen Schein der Lampen betrachteten.

»Weihnachtsschmuck‹ muss auf der Kiste stehen«, erklärte ich noch einmal.

Ben seufzte. »Hier oben spukt es bestimmt.« Er rührte sich nicht von der Stelle.

Ich sah mich um. Der Dachboden des alten Hauses war wirklich prädestiniert für einen Spuk. Man konnte von unten die alten Ziegel sehen; die Dachsparren waren offen, und an einigen Stellen hatten sich kleine Schneehaufen auf dem Boden gesammelt.

Aber wer auch immer die Kisten hier hingestellt hatte, schien den Dachboden gut zu kennen, denn wir fanden das Gewünschte schließlich inmitten eines hoch aufgetürmten Kistenstapels in einer trockenen, schneefreien Ecke. Ben riss sich von seinen Spukgedanken los und ging zu den Kisten, die mit dickem schwarzem Edding auf der Vorderseite beschriftet waren. »Schulsachen Annemarie 1978«, las er vor, und ich trat zu ihm. »Urlaub mit den Kindern / Fotos 1970 bis 1987«, stand auf dem Karton daneben.

»Hier liegt ein ganzes Leben.« Ben griff nach einer der oberen Kisten, auf der tatsächlich »Weihnachtsschmuck« stand.

»Für uns ist das alles hier eine Ausnahmesituation, ein Ärgernis. Vielleicht, wenn man es positiv sehen möchte, ein Abenteuer. Aber ich glaube, für Dorle ist es eher ein glücklicher Zufall, der uns zu ihr geweht hat. Warum sie wohl Weihnachten alleine ist? Familie scheint es ja irgendwie zu geben.«

Das Wort »alleine« brachte meinen Kopf auf Hochtouren, und der Gedanke an meine Wohnungskündigung schlich sich wieder heran. Doch ich straffte die Schultern. Ben hatte recht. Der Zufall hatte uns zu Dorle geführt, und nun hatten wir Weihnachten zu feiern. So gut es uns möglich war.

Wir schleppten zwei große Kartons über die wackelige Treppe ins Erdgeschoss. Dabei begegnete uns zwar kein Geist, aber als wir am Flurfenster im Obergeschoss vorbeikamen, blieben wir beide für einen Moment stehen und starrten auf das sich uns bietende Spektakel. Draußen war es stockfinster, abgesehen vom Schein einer einzelnen kleinen Straßenlaterne, die verzweifelt gegen die Nacht anleuchtete und uns das Ausmaß der Katastrophe vor Augen führte. Draußen lag meterhoch Schnee. An einigen Stellen hatten sich Schneewehen gebildet, in denen sogar ich mit meinen fast ein Meter achtzig locker versunken wäre. Die Dächer der wenigen umliegenden Gebäude waren so tief verschneit, dass es aussah, als duckten sie sich alle gemeinsam gegen den Sturm um die kleine Straßenlaterne herum.

Kaum waren wir wieder unten in der guten Stube, riss Dorle, ungeachtet des fliegenden Staubs, die Deckel von den Kisten und holte unter großem »Oh« und »Ah« die Weihnachtsdeko hervor. Offenbar schlug tief in ihrer Brust das Herz einer Deko-Queen. Kugeln in allen Farben, die das Farbspektrum so hergab. Kleine Figuren (ich glaube, zwei der Weihnachtsmänner aus Ton hatten Sex, aber das wagte ich nicht zu sagen, stattdessen versteckte ich die kopulierenden Würdenträger hinter der Kaffeemaschine), Girlanden aus schrillbuntem Lametta, Lichterketten ohne TÜV-Siegel, weil es das zur Zeit ihrer Herstellung vermutlich noch nicht mal gegeben hatte. Und Fensterbilder. Geschnitzte Kunstwerke mit weihnachtlichen Motiven, Schneeflocken und einem Hundegesicht. Das Gesicht von Helmut. Ganz eindeutig.

»Das hat Helmut angefertigt!«, rief Dorle verzückt und zog das Hundebild aus dem Karton.

»Dann ist Ihr Mann noch nicht so lange tot?«, fragte er.

»Was?« Dorle blickte auf. »Schon dreiundzwanzig Jahre«, antwortete sie leise, doch dann erhellte sich ihr Gesicht. »Ach, du fragst wegen dem Hund.« Sie lächelte. »Ich habe mein ganzes Leben lang Schäferhunde gehabt, und alle hießen Helmut. Mein Mann kam sozusagen dazwischen. Dass er auch Helmut hieß, war Zufall. Ich konnte ihn ja nicht umbenennen!« Lachend deutete sie auf den missmutigen Hund in seinem Körbchen. »Und dieser Helmut hier ist erst drei, aber er scheint mir depressiv. Oder ein wenig autistisch, nennt man das so?« Fragend sah sie uns an, und Ben nickte.

»Hättet ihr vielleicht Lust, den Schmuck zu verteilen?«, fragte Dorle, und Ben und ich starteten durch. In Windeseile hängten wir Kugeln an jeden Nagel, schmissen mit Lamettagirlanden um uns und schmückten die Küche, den Tisch und die Fensterbretter mit den elektrischen Lichterketten.

Und dann plötzlich war Weihnachten.

Gemeinsam mit Ben setzte ich mich auf das Sofa, während Dorle im Sessel Platz nahm. Wir verspeisten einen großen Teil der Gürkchen, Brote und Mixed Pickles, die zwar komisch rochen, aber durchaus genießbar waren, und tranken Glühwein. Helmut beobachtete uns und schien immer noch in schlechter Stimmung zu sein. Aber Dorle lebte sichtlich auf. Kaum hatte sie das erste Brot verspeist, fing sie an zu erzählen, und zwar ohne Punkt und Komma. Es war, als hätte sie über lange Zeit unendlich viele Worte in sich gespeichert, die jetzt fluchtartig ihren Mund verließen. Sie hielt nur inne, wenn das alte Bauernhaus zwischendurch knarrte und leise rumpelte, so als würde es sich am Gespräch beteiligen.

Ben und ich kauten bedächtig und hörten schweigend zu. Aus Dorles Leben hätte man gut und gerne einen Roman machen können. Sie war in Paris geboren, in München aufgewachsen, hatte mit ihren Eltern als Jugendliche Deutschland jedoch vor dem Krieg wieder verlassen und war nach New York gegangen, wo sie ihren ersten Mann kennengelernt hatte und zum ersten Mal Mutter wurde. Sie war Schneiderin. Einige Jahre später traf sie einen anderen Mann, verließ Ehemann Nummer eins und folgte Mann Nummer zwei, mit dem sie nicht verheiratet war, zurück nach Deutschland. Hier bekam sie ihr zweites Kind, verließ auch dessen Vater und verliebte sich schließlich in Helmut, der leider früh starb. Dorle blieb auf seinem Hof. Sie mochte das Leben hier.

Als sie eine Pause machte, um in ihr Brot zu beißen, fragte Ben: »Wo sind denn deine Kinder?«

Unsere Gastgeberin kaute noch ein wenig auf ihrem Brot herum, spülte es mit einem großen Schluck Glühwein hinunter und antwortete: »Mein Sohn lebt immer noch in Amerika, und meine Tochter ist vor einigen Jahren an Krebs gestorben. Und die Väter meiner Kinder sind leider auch schon tot.« Sie kniff die Augen zusammen, als müsste sie scharf nachdenken. »Aber ich bin ja auch schon sehr alt.« Bedächtig nickte sie mit dem Kopf. »So alt, wie die meisten Menschen nie werden.«

Ben und ich hatten bei ihren Worten einträchtig unsere Brote aus der Hand gelegt. Irgendwie schien es unangemessen, bei solchen Informationen fröhlich weiterzukauen. Ben zappelte wieder mit seinem linken Fuß, und diesmal legte ich ihm eine Hand auf das Knie. Das Gezappel hörte sofort auf.

»Jetzt guckt doch nicht so trübselig.« Dorle biss erneut in ihr Brot. »Es ist nicht die Länge des Lebens, es ist die Summe der Dinge, die wir erleben.« Das klang sehr lebensklug, aber trotzdem war es traurig.

»Und jetzt feierst du immer alleine?«, wagte ich zu fragen.

Alleine. Ein furchtbares Wort. Damit kannte ich mich aus. Es war mein größter Feind, meine größte Herausforderung. Die Einsamkeit. Bei der Vorstellung, Weihnachten alleine sein zu müssen, weil niemand mehr da war, zog es mir kalt den Nacken hinauf.

Dorle seufzte. »Ich hätte zu meinen Nachbarn gehen können, aber ich hatte keine Lust dazu. Ich halte es da mit Tagore: ›Leuchtende Tage! Nicht weinen, dass sie vorüber, lächeln, dass sie gewesen.‹ Und heute ist doch auch ein leuchtender Tag. Es hat alles seine Zeit. Die Zeit mit den großen Festen ist vorbei. Es ist stiller geworden, aber das ist nicht schlechter. Nur anders. Außerdem ist es nun nicht mehr lange.«

Wir mussten sie beide ziemlich entsetzt angestarrt haben, denn sie betrachtete uns einen Moment lang schweigend, als würde sie sich tatsächlich über uns wundern. »Kinder, ich bin sechsundneunzig Jahre alt«, sagte sie schließlich trocken. »Dann ist auch irgendwann mal gut. Aber ihr, ihr habt euer ganzes Leben noch vor euch!«

Sie betrachtete uns. Ihr Blick schien uns förmlich zu sezieren. »Und ihr seid so ein hübsches Paar!«, erklärte sie, woraufhin ich den Kopf schüttelte und etwas erwidern wollte, doch Ben stupste mich an, und ich schloss den Mund wieder. »Ihr habt bestimmt große Pläne, ihr beiden! Was habt ihr vor? Eine Familie gründen? Das ist ein großes Abenteuer. Wollt ihr eine große Reise zusammen machen? Man kann doch jetzt überall so Wohnmobile mieten und durch die Welt reisen.« Sie lächelte ganz fein und schob sich dann recht burschikos den letzten Bissen in den Mund. Als wir nicht reagierten – was sollten wir denn bitte auch darauf sagen? –, blinzelte sie uns an und hob eine Augenbraue. »Was seid ihr eigentlich so zögerlich? Was ist los mit euch? Ihr seid jung! Jung! Jung!« Das sagte sie dreimal, als wäre das die Lösung für all unsere Probleme. Ja, als gäbe es gar keine Probleme, wenn man nur jung war. »Kinders, es ist die Aufgabe der Jugend, mutig zu sein. Wenn ich noch mal jung wäre, ich würde unglaubliche Dinge tun!«

»Was denn?«, fragte ich und lehnte mich zurück. »Was würdest du gerne noch tun?«

Unsere Gastgeberin dachte einen Moment nach. Ihr Blick wanderte durch ihre gute Stube, blieb kurz bei dem schlafenden Hund hängen, schweifte dann über den knisternden und bollernden Kachelofen und verfing sich irgendwo in der Zimmerecke. Sie atmete tief durch, und plötzlich fühlte ich mich irgendwie unbehaglich. Ganz so, als hätte ich etwas Ungebührliches gefragt, und vielleicht war das auch so. Manchmal war meine Zunge schneller als mein Hirn.

»Nichts«, sagte sie schließlich und sah mich wieder an. In ihre Worte hatte sich ein wenig Verwunderung geschlichen. »Ich habe alles getan. Alles erledigt. Vorgesorgt, bis auf ein paar Kleinigkeiten. Ich habe die wichtigsten Dinge im Leben getan.« Sie blinzelte erneut, und es sah fast so aus, als staunte sie selbst darüber. Plötzlich lächelte sie breit. Ihr ganzes Gesicht schien zu lachen. »Vielleicht möchte ich die Füchsin noch einmal treffen. Sie lebt im Wald und kam mich in den vergangenen Jahren immer mal wieder auf der Obstwiese besuchen. Millie sagt, ihr Besuch bringt Glück. Sie hat ihr auch den etwas kitschigen Namen Tausendschön gegeben. Ein bisschen albern.« Dorle zog galant eine Augenbraue hoch. »Ich glaube ja nicht, dass sie wirklich Glück bringt. Ich glaube, sie zeigt sich einem nur, wenn man schon glücklich ist.« Nachdenklich betrachtete sie uns. »Aber in der Tat, ansonsten gibt es nichts Wichtiges mehr, was ich erledigen müsste«, sagte sie noch einmal.

Ben neben mir räusperte sich. »Verrätst du uns, was die wichtigen Dinge sind?«

»Ja, das sollte ich euch wirklich erklären. Ihr scheint davon ja keine Ahnung zu haben.« Als sie grinste, konnte man erahnen, wie sie in ihren jungen Jahren ausgesehen hatte. Wieder betrachtete sie uns, und ich hatte das Gefühl, dass ihre Augen, die schon so viel gesehen hatten, uns durchschauten. Vielleicht ging es Ben, der dicht neben mir saß, genauso, denn es kam mir so vor, als würde er kurz die Luft anhalten.

Da rumpelte es plötzlich auf dem Hausdach, als wäre ein halber Baum auf die Ziegel gestürzt. Ich zuckte zusammen, aber Dorle wartete scheinbar unbesorgt ab, bis das Haus wieder Ruhe gab, und beugte sich dann verschwörerisch nach vorne.

»Mutig sein. Das ist das Allerwichtigste«, flüsterte sie und blinzelte. »Sich niemals von seiner Angst lähmen zu lassen.«

Sie dachte einen Moment nach. »Nackt im Regen tanzen. Und einen Schatz finden!« Jetzt nickte sie nachdrücklich, als erinnerte sie sich an den Schatz, den sie selbst einst gefunden haben mochte. »Einen guten Freund erkennen und bis zum Lebensende behalten.« Sie kniff die Augen zusammen. »Es gibt nichts Besseres, als einen guten Freund zu haben. Man muss gute Freundschaften pflegen und sich um seine Freunde kümmern.« Sie lehnte sich zurück. »Das waren schon die komplizierten Dinge. Die meisten Sachen auf meiner Liste sind sehr einfach. So einfach, dass viele Menschen gar nicht wissen, wie besonders und wertvoll sie sind. Im Freien schlafen, zum Beispiel. Unter dem Sternenhimmel. Ohne Dach. Ich bin mir sicher, dass ihr selbst so etwas Einfaches auch noch nie gemacht habt.«

Ich schielte zu Ben hinüber, der Dorle anstarrte. Aber genau wie ich schüttelte er schließlich den Kopf.

»Dachte ich mir«, erwiderte diese und nickte bedächtig. »Der nächste wichtige Punkt ist, jemand wirklich Gefährlichen zum Kaffee einzuladen! Hätte ich gekonnt, hätte ich Hitler zum Kaffee eingeladen, und dann hätte ich ihn vergiftet. Mit Strychnin oder so. Ich habe mir oft ausgemalt, wie ich damit die Welt gerettet hätte, aber da war ich schon in Amerika. Und ja auch noch ein Kind. Aber ich habe mal einen stadtbekannten Drogendealer eingeladen und ihm gesagt, er soll keine Drogen mehr verkaufen.«

»Hat es gewirkt?«, fragte Ben.

Dorle prustete durch die Lippen. Es klang wie das belustigte Schnauben einer sehr kleinen Maus. »Natürlich nicht! Aber darum ging es auch gar nicht. Es ging darum, dass ich den Mut dazu gefunden habe, mich einzumischen, meine Meinung zu sagen, und zwar dort, wo sie vielleicht etwas bewirken konnte. Nicht immer tut sie das auch, aber wir dürfen mit unserer Meinung nicht hinter dem Berg halten. Man sieht es mir nicht mehr an, aber die meiste Zeit meines Lebens war ich jung, und ich habe demonstriert, Artikel für die Zeitung geschrieben und mich gestritten. Das habe ich sehr gerne gemacht.« Jetzt schürzte sie die Lippen, und ihre Schultern strafften sich. »Streitbar bin ich immer noch, aber in meinem Alter möchte sich niemand mehr mit mir streiten. Plötzlich bist du eine alte Frau, und die Leute nehmen dich nicht mehr ernst.« Sie schwieg einen Moment und blinzelte. »Aber das Wichtigste habe ich ja noch vergessen: Seinen Liebsten finden und auf der Brücke über der Seine küssen, bis man keine Luft mehr bekommt!« Dorle lehnte sich zufrieden zurück und betrachtete uns. »Ich liebe Paris! Es ist die Stadt der Liebe, aber das habt selbst ihr schon mal gehört, oder?«, fragte sie.

Ben und ich saßen in identischer Haltung, mit vermutlich identischen Gesichtsausdrücken nebeneinander und versuchten, ihre Worte zu verarbeiten. Nichts von alledem hatte ich bisher gemacht. Und ich war immerhin schon dreißig Jahre alt. Verdammt. Mein Leben war langweilig. Ben neben mir seufzte. Vielleicht ging es ihm ebenso. Ich schielte zu ihm rüber, und da er in diesem Augenblick das Gleiche tat, trafen sich unsere Blicke, und wir sahen uns direkt in die Augen.

Die Leute dachten immer, ich sei cool. Vielleicht lag es an meiner Körpergröße von fast eins achtzig. Oder an meinem nicht so alltäglichen Beruf. Freiberufler umwehte ja immer der Hauch des Verwegenen. Ich hatte keine Ahnung, warum die Menschen so von mir dachten, aber nur die wenigsten wussten, dass ich das nicht war – cool und lässig. Tief in meinem Herzen war ich ein Angsthase und weit entfernt von einer verwegenen Abenteuerin. Ich hatte vor so vielen Dingen Angst, dass ich einen ganzen Katalog damit hätte füllen können. Und als ich Ben ansah, entdeckte ich meine eigene Angst dort wieder. Es war ein stilles Einverständnis, eine Kommunikation zwischen uns, die gänzlich ohne Worte ablief. Ja, wir waren zwei ängstliche Geschöpfe, und die Tatsache, dass wir im Vergleich zu Dorle noch blutjung waren, änderte daran rein gar nichts. Unsere Gastgeberin war wohl offenbar zu dem gleichen Schluss gekommen, denn sie räusperte sich, stellte ihren Teller zurück auf das Tablett und beugte sich zu uns herüber.

»Ihr seid zwei kleine Angsthasen, nicht wahr? Zumindest doch sehr zögerliche Geschöpfe. Dabei seid ihr Jungen es doch, in deren Händen es liegt, die Welt zu verändern!«

Das waren ja große Ansprüche! Ich war schon froh, wenn ich mich in der bestehenden Welt einigermaßen zurechtfand. Ben neben mir grinste plötzlich, was ihn um Jahre jünger erscheinen ließ.

»Darf ich an dieser Stelle anführen, dass ich doch hin und wieder schon etwas Gutes für die Welt getan habe?«, sagte er, klang dabei allerdings nicht so recht überzeugt. Was sollte man Dorles Bucketlist auch entgegensetzen?

»Darfst du.« Dorle rutschte gespannt auf ihrem Sessel ein wenig nach vorne.

»Ich bin Arzt und habe schon einigen Menschen helfen können«, sagte Ben, aber so zögerlich, als hätte er das eigentlich lieber für sich behalten und nur im Überschwang der jugendlichen Gefühle erwähnt.

»Arzt!«, wiederholte Dorle, als könnte sie es nicht fassen. Sie runzelte die Stirn und betrachtete Ben genauer. »Du bist Arzt? Was für ein Arzt? Zahnarzt? Du bist sehr jung für einen Arzt.«

»Allgemeinmediziner. Und ich bin gar nicht so jung«, verteidigte sich Ben indigniert.

Mein Blick sprang zwischen ihm und Dorle hin und her. Ben

hatte sie eindeutig am Haken. Schlagartig vergessen war die Tatsache, dass ihre Schneesturmschützlinge ängstliche Angsthasen waren, die offenbar zum Gelingen des weiteren Weltgeschehens nicht so richtig beitragen konnten.

»Wunderbar! Aber deine Frisur ist für einen Arzt nicht wirklich angemessen«, bemerkte sie streng.

Ben öffnete den Mund, schloss ihn aber sogleich wieder. Mich beschlich das untrügliche Gefühl, dass er diesen Einwand nicht zum ersten Mal hörte. Offenbar hatte er beschlossen, seine Kräfte nicht zu vergeuden, denn stattdessen nickte er und lächelte.

»Ich habe da eine Stelle am Knie. Kannst du dir die mal angucken?« Unsere Gastgeberin hatte schon begonnen, ihr Hosenbein hochzuziehen. »Und ich habe eine Frage zu meinen Blutdrucktabletten. Himmel! Ein Arzt ist hier auf dem Land so wertvoll wie ein Barren Gold im Keller! Doktor König ist schon fast siebzig und redet ständig davon aufzuhören. Aber er findet keinen Nachfolger.« Begeistert rieb sie sich die Hände. »Das muss ich Millie sagen. Die kann dann morgen mit ihrer schlimmen Schulter auch gleich kommen. Und Fredo jammert immer so rum mit seinem Rücken.«

»Ah ja«, erwiderte Ben matt und nahm sich noch ein Gürkchen. Plötzlich fing sein Fuß wieder an zu zappeln. Ich betrachtete ihn genauer, und mit einem Mal war ich mir ganz sicher, dass mit dem schönen Ben irgendetwas nicht stimmte.

Kapitel 5

Ich träumte, dass mein Vermieter mitten in der Nacht zu mir kam und mich an den Füßen aus dem Bett zog. Er schleifte mich aus meiner kuscheligen kleinen Dachgeschosswohnung die Treppe hinunter und schubste mich auf den Fußweg (in meinem Traum regnete es natürlich passend zur gesamten Szenerie in Strömen, und grelle Blitze erhellten den nachtschwarzen Himmel). Dann lachte er einmal dämonisch auf, ging zurück ins Haus, und kurz darauf stürzten meine Habseligkeiten krachend auf die Straße. Autos fuhren hinein, ein riesiges Chaos entstand, und zu guter Letzt donnerte mein alter Kleiderschrank auf den Asphalt, zersplitterte in seine Einzelteile und begrub einen Müllwerker mit orangefarbener Warnweste unter sich. Was der hier zu suchen hatte, war unklar, aber der Rest ließ keinen Zweifel aufkommen: Die Wohnungskündigung suchte mich heim, während ich in einem fremden Bett lag, das staubig roch, und draußen das größte Schneechaos seit zehn Jahren tobte. Alle paar Sekunden stöhnte das Haus auf und schien jedes Mal danach einmal tief durchzuatmen, als versuchte es, uns vor dem Sturm zu warnen.

»Halt doch mal die Klappe, Haus!«, murmelte ich und drückte das Gesicht zurück in das muffige Kissen. Auf dem fadenscheinigen Bezug waren blasse Entchen abgebildet, die debil grinsten und sich über irgendetwas freuten. Das Kissen war auch zu klein, um es in den Arm zu nehmen. Mein Kissen in Hamburg war riesig, und in meinen schwachen Momenten drückte ich es komplett an mich. Das fühlte sich dann an, als würde ich jemanden umarmen. Zu Hause hätte ich jetzt zur Beruhigung eine Folge *Drei ???* gehört. Das tat ich mit beharrlicher Penetranz, seit ich sechs war, und ich hatte nicht vor, damit aufzuhören, nur weil ich mittlerweile aussah wie eine erwachsene Frau.

Der viele Schnee vor dem Fenster erhellte das Zimmer mit einem seltsamen Glanz. Ich griff nach meinem Handy, das neben mir auf dem Nachtschrank lag. Der Strom war gestern Abend noch ein paarmal ausgefallen, und als der endlich wieder stabil lief, hatte sich das Handynetz verabschiedet. Vielleicht war irgendwo ein Mast umgefallen. Ich sah nach, ob wir endlich wieder online waren, aber immer noch stand dort in kleinen Druckbuchstaben KEIN NETZ. Offenbar hatte die Welt beschlossen unterzugehen.

Ich seufzte und angelte mir aus dem Rucksack unter dem Bett meinen Laptop heraus. Er war sehr klein und sehr alt. Und er wog, trotz seiner geringen Größe, so viel wie eine volle Wasserkiste. Ich klappte ihn auf und starrte auf die vielen Buchstaben in dem Dokument, das irgendwann mal ein Buch werden sollte, wenn es erwachsen war. Was noch lange dauern konnte. Zum Glück war der Abgabetermin erst nächstes Jahr im Oktober.

Und dann war da noch die Frage: Warum ausgerechnet ein Liebesroman? Die Welt war schließlich voller Liebesromane! Sie stapelten sich in den Buchhandlungen mit ihren pinkfarbenen, zuckrigen Covern und verklebten meinen kompletten Instagram-Feed. All diesen Autorinnen gelang es scheinbar mühelos, die große Liebe literarisch zu inszenieren. Ohne Probleme erschufen sie diverse Konflikte, die es ihren Protagonisten bis zur letzten Szene unmöglich machten, sich zu finden, nur um dann mit Tamtam und Konfetti das Happy End zu organisieren.

Aber mein Roman gedieh nur schleppend. Ich starrte die Worte an, die ich zuletzt geschrieben hatte. Es war wirklich erst gestern Morgen gewesen, dabei fühlte es sich an, als wäre es Wochen her. Theoretisch wusste ich ganz genau, was ich zu tun hatte. Der Verlag hatte das Buch auf Grundlage einer Leseprobe von fünfzig Seiten und eines sogenannten Exposés eingekauft. Für die notwendige Zusammenfassung des gesamten Inhalts hatte ich fast zwei Monate gebraucht. Danach hatte ich geglaubt, das eigentliche Schreiben müsste mir nun leichtfallen. Schließlich wusste ich jetzt, wo die Geschichte hingehen sollte, und außerdem schrieb ich schon mein ganzes Leben lang. Schreiben war ein natürlicher Zustand für mich. Manche Menschen sprachen gerne, andere pflanzten Blumen, wiederum andere joggten. Ich schrieb. Ich hatte über Hamburg geschrieben, das U-Bahn-Fahren, das Alleinleben, über Freunde, über Freunde, die Kinder bekamen, das Leben allgemein, Einsamkeit, immer wieder Einsamkeit ... Aber noch nie über die Liebe.

Dabei hatte ich schon so viele Liebesromane übersetzt, dass mir theoretisch absolut klar war, wie die Liebe in einem Roman ablaufen sollte. Ich wusste sogar ziemlich genau, was die meisten Leserinnen sich wünschten, und hatte schon oft beim Übersetzen gedacht, dass ich das auch konnte. Aber vielleicht hatte ich mich in genau diesem Punkt geirrt, denn plötzlich schien mir die Liebe zu groß und irgendwie zu unhandlich, um sie in Worte zu pressen. Zumal ich versuchte, in meinem Buch ein Bild von ihr zu zeichnen, das ich selbst so nicht erlebt hatte.

Seit ich diesen Roman begonnen hatte, kämpfte ich plötzlich mit meinen Worten und Sätzen. Die Figuren entwickelten ein Eigenleben und benahmen sich keinesfalls so, wie es sich für Liebesromanfiguren ziemte. Meine weibliche Hauptfigur war großartig, aber der Held war und blieb ein Arschloch, egal, wie sehr ich mich auch bemühte, aus ihm einen begehrenswerten, großartigen Love Interest zu machen. Alles, was er tat, war egoistisch und gemein, keinesfalls geeignet für dieses Genre. Und trotzdem mussten Kaya und Luca sich irgendwie ineinander verlieben und miteinander glücklich werden.

Noch reichte der Vorschuss für eine Weile, aber am Ende musste ein funktionierendes Buch herauskommen.

Ich starrte verzweifelt auf die letzten Sätze und begann dann langsam zu tippen. Kaya war gerade in einer fremden Stadt angekommen und erkundete ihre neue Umgebung. Ich lehnte mich zurück und schloss für einen kurzen Moment die Augen. Und mit einem Mal sah ich, was sie sah, roch, was sie roch. Meine Finger wurden schneller. Es war wie ein Film, der in meinem Kopf ablief. Ich wusste genau, was Kaya dachte, was sie fühlte. Solange nur Luca nicht auftauchte, denn der würde dem Film in meinem Kopf zuverlässig eine Vollbremsung bescheren. Aber grad war er nicht da. Überrascht hielt ich die Luft an, beschloss dann aber, es einfach geschehen zu lassen und nicht weiter darüber nachzudenken.

Ich schrieb drei ganze Absätze und hätte noch weiter geschrieben, wenn es nicht plötzlich vor meiner Tür gerumpelt hätte. Erschrocken hob ich die Finger wieder von der abgegriffenen Tastatur und starrte zur Tür. Es rumpelte erneut, dann kratzte es. Und als sich ein Schnaufen dazugesellte, rutschte mir das Herz direkt bis in die Hose. Ich klappte den Laptop zu. Er war durchaus als Waffe zu nutzen. Allerdings hatte ich den neuen Text noch nicht in der Dropbox oder auf dem Stick sichern können. Und eine fertige Übersetzung lungerte da auch noch ungesichert herum. Meine Backup-Faulheit würde sich spätestens jetzt bitter rächen. Wenn ich nämlich den Laptop nutzen musste, um mein Leben zu verteidigen.

Die Klinke an der Tür fing an zu beben, und mein Herz tat es ihr gleich. Ich rutschte mit dem Laptop in den Händen dichter an das Kopfende des Bettes. Ob ich schreien sollte? Ich öffnete probehalber den Mund, aber es kam nichts raus. Alles an mir schien in tiefer Angst erstarrt zu sein.

Die Klinke rumpelte noch ein wenig herum, dann öffnete sich die Tür. Eine schwarze Nase schob sich um die Ecke, und ich entspannte mich. Aber nur für ein paar Sekunden. Vielleicht war Helmut ja gekommen, um mich zu fressen?

Der Hundekopf folgte der Nase, und dann schubste das Tier die Tür mit seiner Schulter auf und trottete ins Zimmer. Der autistische Schäferhund umrundete das Bett, ohne mich eines Blickes zu würdigen, und schob dann den Kopf unter meine Decke, um an meinem rechten Fuß zu schnüffeln.

Als er den Kopf zurückzog, seufzte er tief, so wie das Haus in diesem Moment, drehte sich einmal im Kreis und ließ sich vor meinem Bett auf den Boden fallen. Er grunzte ein paarmal und klang dabei sehr zufrieden. Weil er seine Beute für heute Nacht sicher hatte? Oder vielleicht auch, weil er nicht so gerne allein schlief.

Langsam beugte ich mich zur Seite und sah ihn an. Er hatte die Augen geöffnet, und seine Rute klopfte mit der Spitze ein wenig auf den Boden. Er sah nicht sehr blutrünstig aus.

»Schlaf gut«, flüstere ich, legte den Laptop zur Seite, lehnte mich zurück in das muffige Kissen und schloss die Augen.

Am nächsten Morgen war es vor dem Fenster grellweiß, und der Hund war immer noch da. Ein wenig umständlich kletterte ich also über das Fußende aus meinem Bett, um Helmut nicht zu wecken, denn das Tier hatte sehr große Zähne. Und war schwermütig. Und hatte einen unpassenden Namen. Alles gute Gründe, einen gewissen Sicherheitsabstand zwischen ihm und mir zu lassen. Es war eiskalt im Zimmer. Mein Atem dampfte mir vor dem Mund, als wäre ich ein Drache, der Rauchwölkchen hustete. Eine Ganzkörpergänsehaut zog sich mir über Arme und Beine, und ich zog mir schnell die dicke Strickjacke von Dorle über, die sie mir am Abend in weiser Voraussicht geliehen hatte. Es blieb weiterhin furchtbar kalt, trotzdem trat ich ans Fenster.

Noch nie in meinem Leben hatte ich Eisblumen gesehen. Ich hatte in alten Büchern von ihnen gelesen, ja, von dieser zauberhaften Kunst der Natur, die der Frost auf Scheiben malte, wenn ihm keine Isolierverglasung und Heizungswärme entgegenschlug, aber noch nie hatte ich diese Blumen in meinem vollisolierten Leben mit Zentralheizung und Einbauküche gesehen. Vorsicht berührte ich eines der kleinen Kunstwerke, die sich über die Butzenscheiben des Fensters zogen, als wären sie in der Nacht mit einem filigranen Pinsel gezeichnet worden. Sie glänzten hell vor dem weißen Hintergrund der großflächigen Schneemassen, die den gesamten Ort unter sich begraben hatten. Häuser, Bäume, Straßenlaterne, alles war verborgen unter einer dicken Schneeschicht, die nur noch grob die eigentlichen Konturen erkennen ließ. Einen Moment lang stand ich da und starrte nach draußen. Ich zitterte. Und spürte meine Zehen nicht mehr, obwohl ich dicke Socken und bereits wieder meine Schuhe trug, aber ich konnte mich von diesem Anblick einfach nicht abwenden. Wenn in Hamburg Schnee fiel, war er nach spätestens einer Stunde dreckig – ein gelb-braun-graues Gemisch, das eigentlich nur noch lästig war. Hier aber, weit entfernt von den vielen Autos, Menschen und der allgemeinen Geschäftigkeit war er beinahe magisch. Vermutlich war er den Menschen hier im Ort nicht weniger lästig, aber er war wirklich wunderschön und glitzerte verheißungsvoll im fahlen Morgenlicht.

»Kommst du mit runter?«, fragte ich den Hund, der den Kopf hob und mich anblinzelte, aber liegen blieb.

Ich steckte mir mein nutzloses Handy in die Tasche und schlüpfte aus der Tür in den Flur.

Eine bunte Blümchentapete schmückte die Wand. Sie schien original den Sechzigerjahren zu entstammen, genau wie die zarten Spitzenvorhänge, die die beiden Kassettenfenster schmückten. Hier oben gab es noch drei weitere Türen, die allesamt geschlossen waren, und so schlich ich die ausgetretene Holztreppe hinunter.

In der Küche war schon richtig was los. Bei Tageslicht wirkte sie genauso heimelig wie am Vorabend im Schein der Kerzen. Ben stand dort neben dem Esstisch und hielt irgendetwas in der Hand. Er hatte die Stirn gerunzelt, und sein struppeliger Look saß trotz der Umstände perfekt. Er sah gut aus, geradezu perfekt, aber unter dieser Schönheit wirkte er irgendwie müde. Sein Gesicht hellte sich erst ein wenig auf, als er mich erblickte.

»Guten Morgen«, grüßte ich.

Dorle blickte auf und hielt beim Brotschneiden inne. Sie lächelte mich an. Neben ihr stand ein fremder Mann. Wäre dies ein Märchen, wäre ihm die Rolle des bösen Zauberers zuteilgeworden. Oder des Dorf-Trolls. Er war klein, rund und hatte so buschige Augenbrauen, dass sie wie dicke Raupen über seinen wässrig blauen Augen hockten, die er missbilligend verengte, als er mich ansah. Er schien mich von oben bis unten zu mustern. Was mich abrupt innehalten ließ.

»*Das* ist die Frau Doktor?«, fragte er, und eine gewisse Fassungslosigkeit schwang in seiner durchdringenden Stimme mit. Aus dem Augenwinkel sah ich, wie Ben die Augen verdrehte und mit den Schultern zuckte.

»Ich bin Lucy Bradford. Nicht die Frau Doktor«, erwiderte ich hoheitsvoll.

»Ja«, sagte Dorle mit unverhohlener Genugtuung, während sie meine Worte ignorierte. »Herr und Frau Doktor.« Strahlend schwenkte sie das Brotmesser in Richtung des Trolls. »Das ist Fredo, mein Nachbar. Er hat sich durch den Schnee gekämpft, um uns einen halben Laib Brot zu bringen.«

»Hallo Herr Fredo«, grüßte ich artig, doch der Troll betrachtete mich nur stumm mit einer hochgezogenen Raupenaugenbraue. Ben trat neben mich und hielt mir sein Handy vor die Nase. Ich warf einen Blick auf das Display. »Schneechaos in Deutschland« stand dort gleich als Erstes. »Wir sind hier wohl noch ein wenig länger gestrandet. Es fährt kein Zug, die meisten Autobahnen sind gesperrt, und der Golf wird vermutlich ohnehin nie wieder auftauen.«

»Aber du hast Netz!« Ich nahm ihm das Handy aus den Fingern. »Darf ich mal meine Sippe anrufen?« Er nickte und nahm Dorle dankend einen dampfenden Becher mit Kaffee ab. Ich tippte die Nummer meiner Eltern in Bens Handy, und tatsächlich klingelte es in Klein Wöhrde. Während ich darauf wartete, dass jemand abnahm, glitt ich dichter an den Kaminofen, der eine behagliche Wärme abstrahlte.

Meine Familie saß beim Frühstück. Ich hörte meinen Vater und Liam im Hintergrund lärmen und lachen, während ich meiner Mutter berichtete, was geschehen war, und sie ein ums andere Mal mitfühlend »Ach Schatz« seufzte. Von der Kündigung erzählte ich ihr nichts.

Als ich mich von ihr verabschiedete, hörte ich, dass unsere Gastgeberin und der Troll sich über irgendetwas stritten. Worüber genau, erschloss sich mir nicht, aber der Ton, in dem die beiden miteinander zankten, ließ mich aufhorchen. So hatte ich mit meinen Nachbarn noch nie gesprochen. Andererseits kannte ich die auch nicht mit Namen, insofern war das vielleicht nicht weiter verwunderlich.

Ben gesellte sich zu mir. »Wir müssen ihnen sagen, dass wir nicht verheiratet sind«, raunte ich ihm zu.

»Lass mal. Das habe ich schon versucht«, erwiderte er. »Ich bin mir sicher, dass Dorle das inhaltlich auch sehr genau verstanden hat. Aber ich glaube, ihr gefällt die Vorstellung, dass wir als Ehepaar bei ihr gestrandet sind.«

»Hmpf«, erwiderte ich. »So wie Maria und Josef, was?« Ben war trotz der Situation erstaunlich entspannt. Immerhin dichtete man uns hier eine nicht existierende Ehe an. Ich betrachtete meinen Mitreisenden etwas genauer. Vielleicht war es ihm auch bloß zu kompliziert? Möglicherweise war es tatsächlich einfacher, es so stehen zu lassen. Ich meine, wir befanden uns schließlich weit abgelegen auf dem Dörpe, wie man so schön sagte.

»Okay. Dann sind wir halt vorübergehend verheiratet«, erklärte ich leichthin und rückte ein wenig näher an ihn heran, um meinen Arm in seinen zu schieben. Ben lächelte leicht, und ich hatte das Gefühl, dass er sich für einen Moment an mich lehnte.

»Außerdem entgehe ich so dem Weihnachtsfrühstück mit Alex«, murmelte er, und ich murmelte zurück: »Who the fuck ist Alex?«, während wir zusahen, wie Dorle und Fredo darüber stritten, ob man jetzt Butter unter die Nussnougatcreme strich, oder doch lieber nicht. »Meine Ex«, erwiderte Ben mit müder Stimme.

»Ah«, antwortete ich und zuckte dann leicht zusammen, als Dorle brüllte: »Ich habe keine Ahnung, wie Millie es mit dir aushält, du alter Sturkopf!« Sie knallte das Brotmesser auf den Küchentresen, woraufhin das Haus ein empörtes Knarren von sich gab.

Fredo schnappte nach Luft. »Kannst dir dein Brot auch selbst backen, alte Schnepfe!« Mit diesen Worten stapfte er aus der Küche und ließ wenige Sekunden später die Haustür geräuschvoll ins Schloss fallen.

Ich blickte zu Dorle hinüber, doch die trug völlig unbeeindruckt von dieser Szene einen Teller mit belegten Broten zum Tisch vor dem Ofen und ließ sich mit einem Seufzer auf ihrem Sessel nieder. »Millie hat uns Brot und Nutella geschickt.« Sie hielt einladend den Teller hoch.

»Sie sind jetzt aber nicht die besten Freunde, oder?«, fragte Ben. Er löste seinen Arm aus meinem und nahm sich ein Nutellabrot. Mit dick Butter drunter. Herrlich. Ich konnte nicht widerstehen und griff ebenfalls zu.

»Ach, der Fredo ist so ein depperter Idiot«, sagte Dorle fröhlich. »Der hat immer was zu meckern, sonst ist er nicht glücklich. Aber eigentlich ist er ein guter Kerl.«

»Merkt man jetzt nicht so direkt.« Ben bedeutete mir mit einem leichten Stupser, zum Sofa rüberzugehen, damit wir uns zu Dorle setzen konnten.

Gegen Mittag war klar, dass wir Dorles Gastfreundschaft wohl noch eine weitere Nacht würden in Anspruch nehmen müssen. Der kleine Ort war vollständig eingeschneit, und um kurz nach eins ging der Strom wieder aus. Was in Hamburg eine mittlere Katastrophe bedeutet hätte, entlockte unserer Gastgeberin nicht mal ein Wimpernzucken. Sie lächelte nur milde, als Ben und ich gleichzeitig begannen, alle Steckdosen mit unseren Handyladegeräten auszuprobieren, um vielleicht doch noch ein kleines Fitzelchen Strom ergattern zu können. Um kurz nach drei kam Millie, Fredos Ehefrau, die im Gegensatz zu ihrem Gatten einfach bezaubernd war. Um halb fünf kam Fredo dazu und muffelte rum. Um fünf hatte Ben bereits Millies schlimme Schulter untersucht und Dorle mit Engelsgeduld die korrekte Einnahme ihrer Tabletten erklärt. Außerdem hatte er ihr einen Medikamentenplan geschrieben und alles fein säuberlich für die kommenden zwei Wochen in kleine Döschen gepackt. Um sieben kam der Postbote. Er hieß Esat, kam aus Syrien und lebte seit zwei Jahren bei Millie und Fredo mit auf dem Hof. Er sprach perfekt Deutsch und hatte eingelegtes Gemüse dabei. Und um acht fingen wir alle an, Weihnachtslieder zu singen – auch wenn keiner von uns wirklich singen konnte. Es klang furchtbar. Aber Dorle bekam ganz glänzende Augen. Vermutlich war sie schwerhöriger, als es den Anschein machte, jedenfalls erfreute sie sich derart an dem furchtbaren Geröhre in ihrer Küche, dass wir ihr tatsächlich alle blass kopierten Lieder darboten, die sie uns reichte – sogar die, bei denen man ganz hoch singen musste.

Helmut verschlief das ganze Spektakel neben dem Ofen. Ich dagegen hockte dicht neben Ben und hatte die Beine unter eine Decke gezogen. Es war wohlig warm im Raum. Wir aßen das Gemüse, das Esat mitgebracht hatte, tranken Bier und sangen uns die Seele aus dem Leib. Alles in allem konnte ich klar festhalten, dass wir es hätten schlechter treffen können.

Kapitel 6

Ich starrte hinaus in den grauen Hamburger Märzmorgen. Vor mir lag der gähnende Abgrund eines einsamen Sonntags. Normalerweise versuchte ich sonntags wenigstens für den Vormittag irgendeinen Termin zu machen. Frühstücken mit Bekannten, ein Spaziergang an der Alster mit einem Freund, ein Flohmarktbesuch, irgendwas. Heute hatte ich mich eigentlich mit Henriette treffen wollen. Wir hatten vorgehabt, gemeinsam zur HafenCity zu spazieren und dort einen Kaffee zu trinken. Mit von der Partie Anton, ihr Sohn. Er war jetzt vier Monate alt und hatte die vorzügliche Angewohnheit, im Kinderwagen ausgiebig zu schlafen. Aber als ich um acht Uhr die Augen aufschlug, wartete schon eine Nachricht von Henriette auf dem Handy. Anton hatte die ganze Nacht gespuckt. Sie selbst hatte kein Auge zugemacht und musste dementsprechend unser Treffen absagen.

Ich seufzte tief und spürte ein enttäuschtes Ziehen in der Magengegend. Natürlich war das nicht ganz fair. Immerhin hatte meine Freundin die ganze Nacht nicht geschlafen, während ich tief und fest geschlummert hatte, und würde auch den restlichen Tag nicht dazu kommen.

Nun lag der ganze lange Sonntag ohne eine Verabredung vor mir. Ohne einen Termin, ohne eine Struktur. Glatt und weiß und unberührt würden sich die Stunden strecken. Natürlich könnte ich auch alleine in die Stadt spazieren, mich in einem der Cafés ans Fenster setzen, bei einem Milchkaffee die Leute beobachten und dann gemütlich zurückschlendern, um mich erfrischt und voller Tatendrang meinen Übersetzungen zu widmen. Schlussendlich würde es aber wohl doch darauf hinauslaufen, dass ich in der Wohnung herumtigerte, alle meine Sitzgelegenheiten ausprobierte, lustlos in einer Zeitung blätterte und irgendwann darüber nachdachte, doch eine Yoga-Session einzulegen, nur um dann um halb sechs eine verdammte Tiefkühlpizza in den Ofen zu schieben, ohne überhaupt die Yogamatte ausgerollt zu haben. Ein ganz normaler Sonntag bei Lucy Bradford. Ein Sonntag, um den mich meine Freundinnen, die mittlerweile nahezu alle entweder Mütter waren oder doch mindestens eine feste Beziehung hatten, beneideten. Weil sie keine Zeit für sich hatten. Und ich hatte so viel davon.

Gegen Mittag schaffte ich es endlich, aus dem Bett zu klettern, mit der festen Absicht, mal die Wohnung aufzuräumen. Zwischen Bett und Kleiderschrank ergoss sich ein stetiger Strom an Klamotten, aber statt sofort anzufangen, stieg ich nur darüber hinweg und schlurfte in meine klitzekleine Küche. Ich kochte mir einen Kaffee und betrachtete meinen Esstisch, der unter Papieren, Büchern, Notizblöcken und meinem Laptop vergraben war. Vielleicht sollte ich mich hinsetzen und arbeiten. Ich musste noch zwei Übersetzungen fertig machen.

Vampirromane. Ich hasste Vampirromane. Aus tiefstem Herzen. Ständig das viele Blut, und dann der Sex. Diese Vampire vögelten herum, kaum dass sie aus ihrer nächtlichen Gruft geklettert waren. Mir gingen langsam die deutschen Vokabeln für diese Orgien aus.

Als ich den leeren Kaffeebecher zurück in die Küche trug, fiel mein Blick auf die vier pinkfarbenen Klebezettel an meinem Kühlschrank – das aktuelle Ergebnis meiner WG-Suche. Vier Termine nächste Woche, alles WGs mit Kerlen. Keiner von ihnen hatte am Telefon sonderlich freundlich geklungen. Alle waren irgendwie genervt, so als wäre einen neuen Mitbewohner zu finden eine furchtbar lästige Angelegenheit, die man möglichst schnell hinter sich bringen musste. Vermutlich waren die Wohnungen allesamt hässliche Verschläge, das WG-Zimmer so klein wie eine Streichholzschachtel und das Klo so dreckig, dass man es nur mit Gummistiefeln betreten wollte. Aus dem Kühlschrank floh der Schimmel in Horden, und das selbstständig, sobald man es wagte, die Tür zu öffnen. Drei WG-Zimmer hatte ich mir diese Woche bereits angesehen. Zusammengewürfelte Zweckgemeinschaften. Alle hatten sich sehr erfreut gezeigt, dass ich vorhatte, von zu Hause aus zu arbeiten, und mich gefragt, ob ich es nicht total geil fände, das Klo zu putzen und für alle Essen zu kochen?

In dieser Stadt ein anständiges WG-Zimmer zu finden, war wirklich hohe Kunst.

»Vielleicht musst du einfach mal deine Ansprüche runterschrauben, Lucy Bradford«, brummte ich, kochte mir noch einen Kaffee, schob dann das ganze Gerümpel vom Sofa und legte mich selbst darauf. Ich starrte an die Decke und nippte hin und wieder an meinem Kaffee. Das Wetter war schlecht. So wie es in Hamburg nun mal die meiste Zeit war. Vor dem Fenster waberte eine graue Suppe, und um halb drei machte ich die kleine Lampe neben meinem Sofa an, um die Zimmerdecke besser anstarren zu können. Ich sollte wenigstens arbeiten. Doch kaum war dieser Gedanke gefasst, verflog er auch schon wieder. Stattdessen griff ich mir mein Handy und scrollte mich durch meine persönliche Depressionsauslösehölle. Instagram. Keine Ahnung, warum ich mich da nicht schon längst abgemeldet hatte. Vielleicht war ich süchtig. Süchtig nach den schönen Bildern, nach den perfekten Menschen mit ihren perfekten Tagen, ihren perfekt gedeckten Frühstückstischen, Familien und Freizeitaktivitäten. Ich wusste, dass das alles fake war. Ich war ja nicht blöd. Aber irgendeine Instanz in mir wusste das nicht und wollte es auch nicht wissen. Sie fiel gnadenlos darauf rein. Als dann auch noch eine sehr schlanke Frau einen Lobgesang auf das Muttersein verfasste, während sie voll inbrünstiger Liebe ihr Baby an ihren enormen Busen drückte, fühlte ich mich noch mieser. Natürlich benutzte diese Supermom irgendeinen Filter, Lark oder so, und sie hatte definitiv dieses Wimpernfülligkeits- dings über ihr Gesicht gelegt, denn kein Mensch konnte so lange Wimpern haben, aber diese dumme Instanz in mir schnallte das nicht und glaubte ihr jedes Pixel. Es war so schlimm, dass ich mein Handy kraftlos neben mir auf den Boden plumpsen ließ. Egal welcher Filter, alle schienen ein Leben zu haben. Ein Leben, das nicht nur aus einer Person bestand. Nur ich war eine One-Woman- Show. Ein One-Woman-Life. Da half auch kein Filter.

Ergeben seufzend blieb ich auf der Couch liegen und gab mich diesem grässlichen Gefühl hin.

Bis mein Handy klingelte.

Ich angelte blind mit dem Arm nach unten und ging ran, ohne nach dem Anrufer zu schauen. »Hallo?«

»Ben hier.«

»Hallo Ben«, antwortete ich und richtete mich auf.

»Sag was!«, forderte er mich auf.

»Äh. Wozu? Weltgeschehen? Politik?«

Er schnaubte. »Du hast deine Post nicht aufgemacht.«

»Öh …« Ich schielte zu dem Stapel Briefe, der seit gut einer Woche neben meinem Laptop lag. Ich brauchte immer Mut, um meine Briefe zu öffnen. Mut und Geld, denn bei allem was in meinem Briefkasten landete, handelte es sich ausschließlich um Rechnungen. Hin und wieder kam noch ein Brief von meinem Vermieter dazu, aber den machte ich vorsichtshalber auch nicht auf.

»Lucy. Mach deine Post auf und ruf mich zurück«, sagte Ben und legte wieder auf. Hatten wir einen Strafzettel bekommen? Gemeinsam?

Ich stand auf und ging zum Schreibtisch. Fünf der acht Briefe identifizierte ich als Rechnungen, zwei waren Werbung, der dritte hatte einen Stempel von einem Amtsgericht. Mir wurde flau im

Magen. Amtsgerichte waren hochoffizielle Institutionen. Mit so was hatte ich sonst nichts zu tun.

Ich riss den Umschlag so hastig auf, dass der Brief gleich mit in fünf Teile geteilt wurde, die ich erst mühsam aufklauben und dann zusammensetzen musste. Als es mir mit zittrigen Fingern endlich gelang, blieb mir kurz das Herz stehen. Bebend drückte ich auf Rückruf. Ben war nach einem halben Klingeln dran.

»Ist das ein Scherz?«, fragte ich.

»Nein. Ich habe da schon angerufen. Das ist kein Scherz.«

»Aber sie hat doch einen Sohn.«

»Der will es nicht. Er hat zwei Villen – eine in Miami und eine in Boston –, ungefähr sieben Autos, und seine drei Kinder besuchen die besten Schulen der USA.«

»Ich muss mich setzen. Und ... es kurz auf mich wirken lassen. Ich melde mich gleich wieder.«

»Lucy. Ich setze mich jetzt ins Auto und komme zu dir. Wir müssen reden«, drängte er.

»Okay«, erwiderte ich schwach. Mein depressiver Sonntagnachmittag hatte unerwartet eine sehr interessante Wendung genommen.

Keine zwanzig Minuten später war Ben da. In seinem Blick lag ein gehetzter Ausdruck. Wir hatten nach unserem weihnachtlichen Abenteuer noch einmal ein Bier zusammen getrunken, aber Klinikärzte gehörten ganz offensichtlich zu den Menschen, die ihre Menschenrechte und ihre Freiheit gegen einen Arztkittel eingetauscht hatten. Ben hatte noch weniger Zeit als meine Freundinnen mit Kind. Und er schien auch deutlich weniger zu schlafen. Was eigentlich schier unmöglich war.

»Was machen wir jetzt?«, fragte ich, kaum dass er in meinem Wohnzimmer stand, seinen eigenen Brief fest in der Hand.

»Ich will das machen«, antwortete er so nachdrücklich, dass ich erschrocken zusammenzuckte. Zögernd griff ich nach meinem

Schreiben, das ich notdürftig mit Tesafilm wieder zusammengeklebt hatte.

»Das geht nicht«, sagte ich schließlich. Das war doch völlig abstrus.

»Warum denn nicht?«, fragte er. »Was ist dein Plan, Lucy? Du fliegst hier doch auch raus. Und du kannst von überall arbeiten.«

Als ich ein zweifelndes Gesicht machte, redete er schnell weiter, als wollte er mir keine Gelegenheit geben, über Einwände nachzudenken. »Sie hat ganz genau aufgeschrieben, was sie möchte. Daran gibt es keinen Zweifel. Die Frage ist nur, ob du mitziehst.«

»Ben.« Ich machte ein paar Schritte auf ihn zu. »Das ist ethisch bestimmt total verwerflich!«

»Ethisch verwerflich?« Ben zog eine Augenbraue hoch und gab schon wieder dieses Schnauben von sich. »Ich hatte gerade einen Vierundzwanzig-Stunden-Dienst. Und ich habe in diesen vierundzwanzig Stunden ungefähr eine halbe Stunde geschlafen, und die nicht mal am Stück. Aber ich habe es geschafft, eine demente Achtzigjährige anzuschnauzen, weil sie in der Notaufnahme auf die Bahre gepullert hat. Danach hat sie schrecklich geweint. Was daran liegt, dass ich mich nach vierundzwanzig Stunden Arbeit fühle, als wäre ich auf Droge. Und keine gute Droge. *Das* ist ethisch verwerflich, nicht, dass Dorle Dormann uns ihren Hof hinterlassen hat.« Er hatte mir die Worte förmlich entgegengeschleudert und sah mich jetzt herausfordernd an, die Hände tief in den Taschen seiner Jeans vergraben.

Himmel! Während ich depressiv verstimmt herumgelungert hatte, hatten sich in seinem Leben Dramen abgespielt. Die arme alte Frau in der Notaufnahme.

Ben warf einen Blick auf seine Armbanduhr. »Hast du Tee? Es ist fünf Uhr. Ich trinke um fünf Uhr immer einen Tee. Also, wenn ich nicht arbeite.«

Der plötzliche Themenwechsel überraschte mich zwar, aber

Tee war immer eine gute Idee. Also ging ich in die Küche, um das Gewünschte herzustellen. Ben rührte sich nicht von der Stelle. Erst als das Wasser kochte, hockte er sich endlich auf die Kante meines Sofas, blieb aber sprungbereit. Zumindest schien es so. Ich brühte uns jeweils eine Tasse schwarzen Tee auf und trug beide Becher zurück ins Wohnzimmer. Dann hockte ich mich aus Platzgründen ebenfalls auf die Sofakante dicht neben ihn. Mein Sofa war für Zwerge gebaut.

»Ben, wir kennen uns doch überhaupt gar nicht.«

Ben rieb sich die Nasenspitze, und sein Fuß fing wieder an zu wippen. »Du suchst doch eh eine WG«, sagte er dann. »Deine zukünftigen Mitbewohner kennst du auch nicht. Dann sind wir eben eine WG.« Er nippte an seinem Tee, verbrannte sich prompt die Zunge und presste die Lippen aufeinander.

Ich pustete auf meinen Becher. Hatte er recht? Konnte ich mir tatsächlich vorstellen, mit diesem schönen Mann zusammenzuwohnen? Den ich gar nicht wirklich kannte? Gerade die schrulligen Eigenheiten eines Menschen zeigten sich ja bekanntlich erst mit der Zeit. Aber immerhin hatten wir schon Weihnachten miteinander verbracht. Und gemeinsam einer Schneekatastrophe getrotzt.

»Ich weiß noch nicht mal, wie der Ort heißt«, sagte ich endlich, nippte an meinem Tee und verbrannte mir ebenfalls die Zunge. Ich versuchte, sie selbst zu bepusten, was nur bedingt gelang.

»Bredenhofe. Steht im Brief.« Ben wippte immer noch mit dem Fuß, als hätte sein linkes Bein ein Eigenleben entwickelt.

»Ben. Das würde unser Leben völlig verändern. Ich dachte immer, solche Dinge gibt es nur im Film. Und was ist überhaupt mit deinem Job? Willst du pendeln? Jeden Tag eine Stunde bis Hamburg?«

Ich legte die Hand auf sein Bein, woraufhin das Gezappel aufhörte. Er sah mich von der Seite an. »Du hast schon gelesen, was in dem Brief steht?«

»Kann man einfach so eine Praxis eröffnen?«, fragte ich zurück. »Dafür braucht man doch bestimmt viel Kapital.«

»Da steht ›medizinische Versorgung‹ von Bredenhofe. Ich habe nicht vor, eine Praxis zu eröffnen. Aber ich habe eine gute Berufshaftpflichtversicherung. Womit ich in der Lage bin, eine medizinische Grundversorgung für die zweiunddreißig Einwohner in Bredenhofe sicherzustellen. Ein Stethoskop und ein Blutdruckmessgerät habe ich auch. Was ich nicht selber kann, wie ein EKG, schicke ich in die nächstgelegene Hausarztpraxis.«

»Und dein Job?«

Ben fing wieder an mit dem Fuß zu wippen. »Hab ich gerade gekündigt.«

»Oh«, sagte ich schwach. Da Ben ein Gesicht machte, als wollte er nicht darüber sprechen, griff ich erneut nach dem Brief vom Amtsgericht.

Dorle Dormann war Anfang Januar gestorben und hatte uns ihren Hof vermacht – wir, das waren Ben und ich, die vermeintliche Frau Doktor –, und zwar unter der Bedingung, dass wir sofort gemeinsam dort einzogen und dem Anwesen neues Leben einhauchten. Allerdings konnten wir das Erbe nur antreten, wenn wir auch tatsächlich zusammen auf den alten Hof zogen. Ben sollte zudem als Arzt im Ort tätig werden, denn Ärzte waren ja auf dem Land, wie sie uns schon erklärt hatte, so wertvoll wie ein Barren Gold im Keller. Sie hatte uns außerdem genug Geld hinterlassen, um das Haus und den Hof gut ein Jahr zu bewirtschaften und die Erbschaftssteuer zu begleichen. Und dann stand da noch mal bekräftigt, dass es keine emotionale Entscheidung im Überschwang der Gefühle gewesen sei, sondern wohlüberlegt. Die zweiunddreißig Einwohner von Bredenhofe seien ihr über die Jahre zur Familie geworden, und sie wolle für sie sorgen. Nette Menschen könne der Ort gut gebrauchen, und nette Menschen mit besonderen Fähigkeiten ganz besonders. Außerdem seien wir ein so schönes Paar. Ihr Sohn sei mit ihrer Entscheidung einverstanden.

»Sie hat doch gesagt, sie hätte alles erledigt und vorgesorgt. Und dann das? Hat sie noch Heiligabend ihr Testament geändert?«, fragte ich und ließ den Brief wieder sinken.

»Scheint so«, antwortete Ben. Er hatte sich wieder ein wenig gefangen, zumindest hielt sein Fuß still. »Aber das geht alles nur, wenn du mitkommst. Ohne dich geht es nicht«, fuhr er fort. »Probier's doch wenigstens aus! Wenn es nicht klappt, kannst du ja immer noch nach Hamburg zurückziehen. Außerdem bist du doch auf der Suche nach Abenteuer.« Er sah mich von der Seite an.

Ich hatte bei Abenteuer eigentlich mehr an das Kochen eines exotischen Gerichts, einen Ausflug an die Alster oder einen blutigen Thriller gedacht. Der Umzug in ein klitzekleines Dorf im Nirgendwo war in meinen gedanklichen Abenteuer-Eskapaden bisher nicht vorgekommen. Und dann auch noch mit einem Mann, den ich rein gar nicht kannte, von dem ich nur wusste, dass er Arzt war – seit heute ohne Job – und frisch getrennt von einer gewissen Alex. Okay, und dass er nicht so leicht aus der Ruhe zu bringen war – jedenfalls nicht durch einen Schneesturm. Aber ich hatte auch die Angst in seinen Augen gesehen, als wir an Heiligabend bei Dorle am Bollerofen gesessen hatten.

»Erinnerst du dich, wie Dorle gesagt hat, man müsse mutig sein?« Ben nahm meine Hand, was ein komisches Gefühl war. »Ich glaube ihr. Ich glaube fest, dass sie nicht nur eine Ahnung vom Leben hatte, sondern es wirklich verstanden hat.«

Ich lachte auf. Mut gehörte jetzt wirklich nicht zu meinen herausragenden Eigenschaften. Ich hatte keine Ahnung vom Mutigsein. Aber … Nachdenklich rührte ich in meinem Tee. Aber ich wusste auch, dass mein Leben immer einfach so weiterplätschern würde, wenn ich es nicht endlich in die Hand nahm. Wenn ich kein WG-Zimmer fand, würde es halt bei meinen Eltern weiterplätschern.

»Ich möchte es wenigstens versuchen. Wenn es nicht klappt, können wir den Hof ja immer noch verkaufen. Sagen wir: ein Jahr.

Wir geben uns ein Jahr, um herauszufinden, ob es funktioniert. Danach sehen wir weiter.«

Und als wir beide so dasaßen, quasi Händchen haltend, wurde mir wieder einmal bewusst, wie einsam ich eigentlich war. Und dass diese Einsamkeit mein größter Feind war, weil sie mir so viel Kraft raubte. Aber wenn ich mit Ben nach Bredenhofe zog, war ich nicht mehr alleine. Das war doch eigentlich genau die WG, die ich gesucht hatte. Nur nicht in Hamburg.

»Ich muss darüber nachdenken.«

Kapitel 7

»Du hättest da links abbiegen müssen«, sagte ich und sah der Straße, in die wir hätten abbiegen müssen, sehnsuchtsvoll nach. Wir hatten uns jetzt schon dreimal verfahren, und ich musste Pipi. Seit einer Stunde, mit steigender Dringlichkeit. Das platte Land war hier gar nicht mal so platt, und trotzdem gab es nirgends einen versteckten Pipiplatz. Die Büsche und Bäume hatten noch keine Blätter, und in den Gräben links und rechts der Landstraße stand kniehoch das Wasser. Ben brummte etwas Unverständliches, fuhr aber rechts ran und wendete. Die ganze Fahrt über hatte ich mehrmals durch verschiedene geschickte Formulierungen versucht, ihn auf seine Kündigung anzusprechen, aber er wollte ganz offenbar nicht darüber reden.

Seit uns der Brief mit Dorles lebensverändernder Entscheidung erreicht hatte, war eine Woche vergangen, und heute fuhren wir gemeinsam nach Bredenhofe, um das Gehöft »genauer unter die Lupe zu nehmen«. So jedenfalls lautete die Anweisung meines Vaters. Meine Mutter hatte nur nach Luft geschnappt, als ich ihr von diesem unerwarteten Erbe erzählt hatte, ob vor Freude oder Entsetzen, wusste ich nicht. Aber mein Vater war gleich sehr geschäftsmäßig geworden und hatte quasi schon seinen Koffer gepackt. Ich konnte ihn nur mit knapper Not von seinem Vorhaben abbringen, uns nach Bredenhofe zu begleiten, wo er uns alle völlig kirre gemacht hätte. Am Ende hatte er sich darauf eingelassen, uns erst einmal alleine fahren zu lassen, und uns nur eine Liste mit Dingen gemailt, an denen wir angeblich erkennen konnten, ob der Dormannsche Hof eine verkappte Bruchbude war, die uns in kürzester Zeit ruinieren und in Verderb und Elend stürzen würde. Seine Worte. Nicht meine.

Mein wunderbarer Bruder Liam hatte sofort eine Verschwörungstheorie parat, in der wir Opfer eines abgekarteten Spiels waren. Worin das bestand, konnte er noch nicht konkret benennen, aber das würde ihm sicherlich noch einfallen.

»Ich muss Pipi«, sagte ich in der Hoffnung, dass Google Maps die angegebene Restfahrzeit von zehn Minuten nicht so ernst meinte. Ben warf mir einen Seitenblick zu.

»Ich habe dir jetzt mehrmals angeboten, rechts ranzufahren. Entweder du machst jetzt Pipi auf dem Seitenstreifen oder du hältst durch, bis wir da sind.«

Ich sagte »Hmpf« und sah aus dem Fenster. Ich war nicht in der Lage, in der Öffentlichkeit Pipi zu machen. Das ging noch nicht mal, wenn in der Kabine neben mir ebenfalls jemand auf der Toilette hockte. Ich brauchte absolute Stille und Einsamkeit für diese Tätigkeit. Vielleicht war ich diesbezüglich ein klein wenig verklemmt.

Google Maps hatte leider absolut recht, denn wir fuhren noch exakt zehn Minuten, bis wir endlich das Ortsschild Bredenhofe passierten. Und den Ort exakt zweiundzwanzig Sekunden später wieder verließen. Ben trat auf die Bremse. Verwirrt blickten wir uns beide gleichzeitig um.

»Hast du den Hof gesehen?«, fragte ich. Er schüttelte den Kopf.

»Das sah mit dem ganzen Schnee alles komplett anders aus«, sagte er und legte den Rückwärtsgang ein, um erneut zu wenden. Wesentlich langsamer als beim ersten Mal fuhren wir auf die einzige Straße, die den Ort durchquerte und dementsprechend Dorfstraße hieß. Unser letzter Besuch war ja nun doch schon zwei Monate her, und damals war der kleine Ort unter den Schneemassen begraben gewesen. Ben ließ den Wagen langsam an den ersten Häusern vorbeirollen, und ich reckte den Hals. Hinter einem mächtigen Baum, der fast auf der Straße stand, bog ganz versteckt eine kleine Kopfsteinpflasterstraße nach links ab. Ich deutete energisch in die Richtung, und diesmal reagierte Ben rechtzeitig und ließ den Golf nach links abbiegen.

»Ja!«, rief ich, denn nun erkannte ich das alte schmiedeeiserne Tor, und somit rückte auch eine Toilette in erreichbare Nähe. Ben ließ es sich nicht nehmen, akkurat und äußerst langsam rückwärts bis dicht an die Hauswand zu fahren, aber noch bevor er den Motor abgestellt hatte, war ich aus dem Wagen gesprungen. Ich eilte über den Hof, hüpfte die drei Stufen bis zur alten Haustür hoch und drückte die Klinke runter. Wie uns Millie telefonisch versichert hatte, war die Haustür offen. Ohne mich lang aufzuhalten, rannte ich die ausgetretene Holztreppe ins Obergeschoss hoch, erinnerte mich, dass die Toilette hinter der zweiten Tür von links versteckt war, und stürzte ins Bad.

Mit einem erleichterten Seufzen riss ich mir die Hose runter und erledigte, was zu erledigen war, den Blick auf die alten Fliesen gerichtet, die ohne eingeschaltete Deckenleuchte in einem sanften Moosgrün schimmerten. Wenn das Licht brannte, waren sie allerdings froschgrün. Daran erinnerte ich mich. Der alte Linoleumboden war blitzsauber, und auf dem breiten Holzfensterbrett stapelten sich frisch gewaschene Handtücher in Lila und Rot.

Als ich mir die Hände an dem schmalen Waschbecken wusch, blickte ich direkt auf ein hübsches Blumenarrangement. Statt eines Spiegels hing hier ein altes Ölbild. Über den fehlenden Spiegel hatte ich mich schon zu Weihnachten gewundert. Da hatte allerdings ein alter Kunstdruck von Picasso über dem Waschbecken gehangen.

Ich trocknete mir an dem rosafarbenen, fadenscheinigen Handtuch neben dem Waschbecken die Hände und blickte dabei aus dem Fenster. Ben stand mitten im Hof. Regungslos, den Kopf gesenkt, die Hände in den Hosentaschen, als würde er auf etwas warten.

Als ich fertig war, lief ich die Treppe wieder hinunter und trat durch die immer noch offene Haustür hinaus in den Hof. Auf der Fahrt hatte die Sonne hin und wieder ihren Kopf aus den Wolkenbergen gesteckt, doch jetzt war sie gänzlich darin verschwunden, und ein fahles Winterlicht raubte sogar dem roten Golf die Farbe.

»Ben?«, fragte ich. »Alles okay?«

Ben hob den Kopf und blinzelte. »Klar«, sagte er, doch seine Stimme klang belegt. Vielleicht hatte ihn die Situation überwältigt. Es war nämlich eine Sache, in einem Brief von einer Erbschaft zu lesen, aber eine ganz andere, dann mitten in eben dieser zu stehen. Mit leerer Blase war ich jetzt auch in der Lage, diese Situation richtig zu würdigen.

Der alte Hof, auf dem wir standen, und an dessen Rand der Golf parkte, war an drei Seiten von alten Fachwerkgebäuden umgeben. Vor uns befand sich ein alter Stall, der aber laut Millie schon lange nicht mehr genutzt wurde. Links davon, direkt an das Wohnhaus anschließend, stand die Scheune, deren Inneres von einem riesigen Holztor verborgen war. Das alte Fachwerk strahlte eine gewisse Gemütlichkeit aus, und auf einem der Dächer hockte eine dicke Taube, die uns mit schräg gelegtem Kopf beäugte.

»Ach, ihr seid schon da!« Millie steuerte strammen Schrittes durch das Tor auf uns zu, kam schnaufend vor mir zum Stehen und schien einen Moment zu überlegen, welche wohl die korrekte Begrüßungszeremonie war. Bei mir entschied sie sich für eine feste Umarmung, Ben schüttelte sie enthusiastisch die Hand. »Seid herzlich gegrüßt!«, sagte sie mehrmals hintereinander und strahlte uns an. So lange, bis Fredo hinter ihr auftauchte, ebenfalls heftig schnaufend. Statt einer Begrüßung nickte er jedoch nur knapp und verschwand dann mit grimmigem Blick im Haus.

Na dann, auf gute Nachbarschaft.

Energisch schob Millie uns hinter Fredo her geradewegs in die

Küche, wo wir auf Helmut trafen, der mit mattem Blick mitten im Zimmer stand.

»Oh«, entfuhr es mir.

»Hm«, brummte Ben und machte einen Schritt nach hinten.

»Wir haben ihn mit rübergenommen, aber er wollte nicht bei uns bleiben und hat nur ganz trüb den ganzen Tag im Flur gesessen und die Haustür angestarrt«, sagte Millie und tätschelte dem depressiven Hund den Kopf. »Er ist in Trauer. Und ein wenig komisch war er ja schon vorher.«

»Gibt es sonst noch Mitbewohner?«, fragte Ben argwöhnisch, doch Millie schüttelte den Kopf. »Fledermäuse in der Scheune«, fügte sie dann aber sicherheitshalber hinzu.

Und so standen wir befangen in der staubig riechenden Küche herum, in der bis vor Kurzem Dorle Dormann zu Hause gewesen war, dem Raum, in dem jedes Teil ihre Handschrift trug, in dem alles beseelt war von ihrem Geist. Jetzt gehörte diese Küche uns. Theoretisch. Wenn wir denn einzogen und dem ganzen Hof wieder Leben einhauchten.

Fredo lehnte mit verschränkten Armen am Küchentresen und beobachtete uns. Helmut auch. Und Millie redete, wobei ihr niemand mehr zuhörte. Nach ein paar Minuten, die Millie mit ihrem Geplapper gefüllt hatte, stieß Fredo sich von der Arbeitsplatte ab.

»Das war eine verdammte Schnapsidee«, grunzte er und stiefelte aus der Küche. Die Haustür fiel scheppernd hinter ihm ins Schloss, und Millie verstummte.

»Nehmt es ihm nicht übel. Dorles Tod hat ihn hart getroffen«, sagte sie und blinzelte ein paarmal. »Er kann das nur nicht so zeigen.« Dann seufzte sie tief und verschränkte die Arme vor der fülligen Brust. »Jetzt kommt erst mal an. Ich bringe euch nachher etwas zu Essen vorbei.« Mit einem »Bis später« verließ sie die Küche, kam aber nach wenigen Sekunden noch einmal zurück, die Hände tief in ihrer Kittelschürze vergraben. »Ich soll euch noch etwas sagen. Von Dorle.« Sie räusperte sich. »Sie hat mir wenige Tage vor ihm Tod gesagt, dass sie Tausendschön gesehen hat. Im Obstgarten. Es war immer etwas Besonderes, wenn die Füchsin auftauchte. Und sie hat mir ganz explizit aufgetragen, es euch beiden auszurichten. Ich habe mich noch darüber gewundert und gedacht, soll sie euch halt einen Brief schreiben.« Sie atmete einmal tief durch. »Aber vielleicht wusste sie da bereits, dass sie dazu keine Zeit mehr haben würde.« Und mit diesen Worten eilte sie ihrem übellaunigen Fredo hinterher. Ben und ich blieben mitten in der Küche stehen und sahen uns schweigend an.

»Was hat Dorle noch mal gesagt? Dass sich Tausendschön nur den Menschen zeigt, die glücklich sind?«, fragte ich.

Doch Ben schob nur die Hände in die Hosentaschen und fragte: »Wollen wir uns den Hof angucken?«

Ich nickte. Irgendetwas mussten wir schließlich tun. Trotzdem war mir ein wenig flau im Magen.

Und so brachen wir auf zu einer kleinen Erkundungstour. Helmut folgte uns. Er schien als Einziger der ganzen Angelegenheit etwas abgewinnen zu können. Wir wanderten gemächlichen Schrittes um den Golf auf dem Hof herum und liefen auf das Scheunentor zu. Es war groß und mächtig und dunkelbraun gestrichen, und wie sich rausstellte, so störrisch wie ein Maulesel mit Zahnschmerzen. Ich stemmte mich mit aller Kraft dagegen, was rein gar nichts brachte. Das Ding rührte sich nicht vom Fleck. Ben trat dazu, umfasste die Holzkante des Tors und drückte sich mit dem Rücken gegen die gemauerte Wand in der Hoffnung, es so aufschieben zu können. Unter beständigem Knarzen und Knarren gelang es uns endlich gemeinsam, das Tor ein paar Zentimeter weit zu öffnen, gerade so weit, dass ich mich hindurchzwängen konnte.

Stille und Dunkelheit empfingen mich. Es dauerte einen Moment, bis meine Augen sich an das Dämmerlicht gewöhnt hatten.

Hinter mir kämpfte Ben weiter mit dem Tor und rang ihm noch ein paar Zentimeter mehr ab, um selbst hindurchschlüpfen zu können. »Wow«, sagte er, den Blick nach oben gerichtet. Ich hob ebenfalls den Kopf. Die Scheune war an die sechs Meter hoch, zwischen den offenen Dachbalken waren es vielleicht sogar zehn Meter. Zwischen den Ziegeln fiel das fahle Tageslicht in den riesigen Raum und ließ den Staub wie kleine Goldflocken tanzen. Es duftete nach altem Stroh und Staub. Ich drehte mich um die eigene Achse. Diese Scheune war wie Hogwarts, nicht nur, dass sie riesig war, überall versteckten sich kleine Heuböden und Vorsprünge. Der linke Teil wurde von einer alten Holztür abgetrennt, hinter der es vermutlich noch weiterging. Ben grinste mich verhalten an.

Helmut gesellte sich zu uns, nieste einmal beherzt, sodass er am ganzen Hundekörper geschüttelt wurde, und lief dann weiter zur anderen Seite, wo sich ein zweites Holztor befand, wenn auch wesentlich kleiner als das, das wir gerade bezwungen hatten. Ich zuckte die Schultern und folgte ihm. Das kleine Tor ließ sich so leicht öffnen, als würde es auf Butter laufen. Helmut wedelte beglückt mit der Rute und trabte für seine sonst so verhaltene Art fast schon beschwingt an mir vorbei. Ben trat neben mich, und gemeinsam starrten wir auf das, was sich uns darbot.

»Das hatte ich nicht erwartet«, sagte ich, und Ben warf mir einen Seitenblick zu.

»Ich auch nicht«, erwiderte er.

Vor uns erstreckte sich das weite Land. Eine riesige Wiese mit knorrigen Bäumen schloss sich direkt an die Scheune an – der Obstgarten, von dem Dorle gesprochen hatte. Am hinteren Ende umrandeten blattlose Büsche den Garten, ließen aber eine große Lücke frei, durch die man Blick auf den weit entfernten Wald hatte. Kein Auto, kein Haus, nichts stand dieser Aussicht im Weg. Für uns Hamburger Stadtpflanzen war das sehr beeindruckend.

»Das ist ja riesig«, staunte Ben und zog sich die Jacke enger um den Körper.

»Bullerbü«, sagte ich und rückte ein wenig dichter an ihn heran. Auch wenn ihm selbst kalt zu sein schien, strahlte er doch zumindest eine gewisse Grundwärme ab.

»Bullerbü. Oder Immenhof. Kennst du das?« Fragend sah er mich an. Seine Augen hatten die gleiche Farbe wie der Himmel. Hellblau.

»Nie gehört«, erwiderte ich und zog die Schultern hoch. Mit klappernden Zähnen beobachtete ich Helmut, der sich unter einen der Bäume auf den Boden geschmissen hatte und geradezu enthusiastisch im winterlichen Gras wälzte.

»Ich glaube, die Filme sind aus dem Sechzigern. Die müssen wir mal gucken. Wollen wir weitergehen?«

Ich nickte, rührte mich aber nicht vom Fleck. Wie gebannt starrte ich in das dunstige Licht des kalten Wintertages. Konnte ich mir vorstellen, hier zu leben? Gemeinsam mit Ben und Helmut? Ich schielte zu meinem potenziellen Mitbewohner hinüber, der die Schultern hochzog und mit den Füßen stampfte.

Ob wir beide es hier miteinander aushalten würden?

»Ich kann übrigens total gut Marmelade kochen«, verkündete Ben ganz unvermutet und nickte in Richtung der Obstbäume. Ich musste grinsen. Er schien fest entschlossen, die Sache voranzutreiben. »Und jetzt gehe ich rein.« Er drehte sich um und stapfte zurück durch die Scheune. Ich blieb noch einen Moment stehen und blickte auf das Land. Das Land, das uns gehören könnte. Das Land, das Dorle Dormann uns vermacht hatte. Hier hatte Dorle so lange gelebt. Hier hatte sie ihre Kinder großgezogen, eine Heimat gefunden. Und sie wollte, dass nun wir hier lebten. Ich schloss für einen Moment die Augen und atmete die eiskalte, klare Luft tief ein. Ihre Entscheidung war mutig gewesen, aber sie hatte ja auch viel Zeit gehabt, das Mutigsein zu üben. Andererseits, wenn man einmal ein Meister im Mutigsein werden wollte, musste man irgendwann damit anfangen. Seinen Mut zusammennehmen und eine Entscheidung treffen.

Ich drehte mich um und trat ein paar Schritte zurück, um die

Scheune von außen zu betrachten. Die Ziegel waren von einem satten Rot, und die Balken des alten Fachwerks glänzten schwarz. Hinter mir war nichts, außer Land und Wald.

Da raschelte es neben mir. Überrascht drehte ich mich um. Helmut stand dort und sah mich an, vielleicht das erste Mal ganz direkt. Die Spitze seiner Rute wedelte ganz leicht. Dann blinzelte er und trabte an mir vorbei in die Scheune.

Langsamer folgte ich ihm.

Ich fand Ben in der Küche, wo er Wasser aufgesetzt hatte und nun mit einem Streichholz vor dem Kaminofen hockte. Es war eiskalt im Raum, und ich ließ die Jacke vorerst an. Feuerholz war da, aber offenbar hatte der Ofen nicht vor, sich seiner ursprünglichen Bestimmung hinzugeben.

»Weißt du, wie der funktioniert?«, fragte Ben und drehte sich zu mir um.

Ich zuckte die Schultern. »Na. Wie ein Kamin eben funktionieren sollte. Flamme. Holz. Feuer. Warm.«

»Ah ja«, erwiderte Ben trocken und wandte sich wieder der offenen Klappe zu. »Einen ähnlichen Gedanken hatte ich auch. Aber das Holz brennt nicht.« Seufzend schloss er die Klappe wieder und zückte sein Handy. Vermutlich, um sich ein Youtube-Tutorial zum Thema »Feuermachen wie ein Ranger« anzuschauen. Ich widmete mich lieber dem Tee, dessen Anfänge Ben schon auf den Weg gebracht hatte. Irgendwie gefiel mir der Gedanke, dass wir hier jeden Tag um fünf ganz klassisch Tea Time machen würden.

Teebeutel fand ich in der Schublade, und als ich sie mit kochendem Wasser übergoss, gab Ben ein leises Freudengeheul von sich. Offenbar hatten wir jetzt auch Feuer.

»Läuft bei uns?«, fragte ich über die Küchentheke hinweg.

»Jep!«, rief Ben, stand auf und half mir, die Teetassen zum Sofa zu tragen. Hier ließen wir uns nieder und verbrannten uns in trauter Eintracht die Zunge. Helmut lag in seinem Körbchen neben dem Ofen, als würde er schlafen, doch er hatte die Augen geöffnet und sah uns an.

Ben räusperte sich und wärmte sich die Hände an der heißen Tasse. »Übrigens habe ich Angst vor Hunden.«

Ich schielte zu ihm rüber und presste den Becher an meine Wange. »Bist du mal gebissen worden?«

Er schüttelte den Kopf. »Weiß nicht. Glaube nicht. Aber Helmut ist wirklich groß.«

»Ich glaube, er ist harmlos.«

»Ja«, sagte Ben. »Bestimmt.« Doch es klang wenig überzeugt.

Und dann saßen wir einfach nebeneinander, während der Kaminofen langsam seine ersten warmen Strahlen in unsere Richtung schickte. Wir starrten beide aus dem Fenster, vor dem sich langsam der frühe Abend niederließ. Man konnte den Golf von hier aus sehen, dessen kräftiges Rot von der Dämmerung verwaschen wurde, sodass er sich wie ein Scherenschnitt vor der etwas helleren Backsteinwand abzeichnete.

»Dorle hat da ein ziemliches Investment in uns getätigt, oder?«, fragte Ben. »Was hat sie sich bloß dabei gedacht?«

»Sie wollte einen Arzt, der ihrer Freundin Millie die Schulter verarztet.« Ich lehnte den Kopf gegen die Rückenlehne des Sofas. »Dieses Sitzmöbel ist bequem. Das sollten wir behalten. Wir sollten eh alles behalten.«

Ben stellte seine Teetasse auf dem Couchtisch ab. »Heißt das, du hast dich entschieden?«, fragte er und sah mich an. Er war so groß, dass mir seine Nähe plötzlich überdeutlich bewusst war. Was sich keinesfalls unangenehm anfühlte.

»Noch nicht. Aber falls wir hier einziehen, sollten wir nichts rausschmeißen. Ich mag diesen Stil. Außerdem habe ich eh keine gescheiten Möbel. Mehr so eine Ansammlung von geretteten Sperrmüllopfern.« Aber hier war alles da. Das Sofa war hübsch, und ich entdeckte unter dem Couchtisch eine Ablage, in der neben einem Holzkasten zwei rote, bestickte Decken lagen. Die Kissen auf dem Sofa passten farblich perfekt dazu. Über dem Esstisch hing ein Kunstdruck mit bunten Blumen. Der war Weihnachten noch nicht da gewesen. Ein großes Regal mit Büchern, das mir beim letzten Mal gar nicht aufgefallen war, stand neben der Tür zum Flur. Am Esstisch würde ich sicherlich gut arbeiten können. Das war auch dringend notwendig, denn ich hatte schließlich zwei Übersetzungen fertigzustellen, und eigentlich musste ich dringend an meinem Roman weiterschreiben. Aber ich konnte mich im Moment einfach nicht konzentrieren. Diese ganze Situation war zu sonderbar.

»Was meinst du, wo sie gestorben ist?« Ich griff unter den Couchtisch, nahm mir eine Decke und schlang sie mir noch zusätzlich um die Schulter.

»Ich weiß es«, erwiderte Ben und fing wieder an, mit dem Fuß zu wippen. »Millie hat mir die Geschichte sehr ausführlich und mehrmals hintereinander erzählt. Wir haben ein paarmal telefoniert«, fügte er hinzu, meinen fragenden Blick richtig deutend.

»Also?«, fragte ich jetzt etwas beklommen. Ben deutete auf den Sessel neben mich, und mir blieb fast das Herz stehen. Ganz langsam drehte ich den Kopf. »Millie hat sie am nächsten Morgen gefunden. Sie ist einfach eingeschlafen. Ein schöner Tod. Ich möchte auf jeden Fall genauso sterben. Zu Hause. Einfach einschlafen und nicht mehr aufwachen.« Mir fiel ein, dass die Alternative zu diesem sanften Einschlafen vermutlich das Sterben im Krankenhaus war. Oder zumindest in einem Pflegeheim. So betrachtet, hatte er recht.

»Stimmt«, sagte ich.

»Millie wollte sich ein bisschen Kaffee leihen. Dorle hat nie die Tür abgeschlossen. Sie hat ja Helmut, hat sie immer gesagt. Helmut lag zusammengerollt zu ihren Füßen.« Bens Fuß wippte weiter. Wenn ich ihm das nicht bald abgewöhnte, bestand die Gefahr, dass ich ihm einen harten Gegenstand an den Kopf warf. Erst mal aber tat ich nichts. »Millie hat sich einen Kaffee gekocht und sich neben sie gesetzt. Dann kamen auch Fredo und ein paar andere Leute. Sie sind bei ihr geblieben, bis der Bestattungsunternehmer sie abgeholt hat.« Eine ganze Weile schwiegen wir. Nur Helmut seufzte einmal tief, als hätte er unsere Worte verstanden.

Ben räusperte sich, als wollte er noch etwas sagen, entschied sich aber offenbar dagegen. Schweigend ließ er seinen Blick durch den Raum schweifen. Er blieb an der Holzschachtel hängen, die unter dem Couchtisch stand. Ben beugte sich nach vorn, zog die Schachtel hervor und klappte den Deckel auf. Zum Vorschein kam ein altes Backgammon-Spiel. Die schwarzen und weißen Spielsteine waren zauberhaft verziert, und das Spielbrett mit hellweißen Intarsien ausgestattet. »Das ist ja wunderschön …« Er blickte auf. »Spielst du mit mir?«

»Äh«, antwortete ich. Dieser Themenwechsel war zu schnell für mich. »Jetzt?« Ben nickte nachdrücklich.

»Nein«, sagte ich, ebenfalls nachdrücklich. »Wir können jetzt nicht spielen. Ich muss erst noch verarbeiten, dass Dorle zehn Zentimeter neben mir ihren letzten Atemzug getan hat.«

»Oh. Okay. Ich bin da wohl durch meinen Job ein wenig abgehärtet«, sagte Ben, sah aber gar nicht danach aus. »Wir könnten ihr eine Kerze anzünden.«

Das taten wir dann auch, denn in der Küche stand eine dicke Stumpenkerze auf einem blassblauen Teller, die wir vor uns auf den Couchtisch stellten. Es war langsam wärmer geworden im Raum, und so entledigte ich mich der roten Decke über meinen Schultern und auch gleich noch meiner Jacke.

»Ben«, sagte ich irgendwann, während ich dem Prasseln des Feuers lauschte und mir langsam wohlig warm wurde. »Lass uns doch spielen. Das ist eine schöne Idee.« Ben grinste mich an und begann, die Spielsteine an ihren Platz zu schieben. Und dann spielten wir, was ihm ganz offensichtlich großes Vergnügen bereitete, auch wenn er jedes einzelne Spiel gegen mich verlor. Offenbar war ich eine bisher unbekannte Backgammon-Meisterin.

Kapitel 8

Nachdem ich Ben eine Stunde lang abgezockt hatte – was mir ein emotionales Hochgefühl bescherte, das ich nicht leugnen konnte –, saßen wir wieder dicht nebeneinander auf dem Sofa und starrten schweigend hinaus in die Dunkelheit. Ich dachte an Dorle, wie sie Weihnachten in ihrem Sessel gesessen und uns von ihrem Leben erzählt hatte. Und vom Mutigsein. Was für sie offenbar so leicht und für uns so schwer war. Und wenn ich ehrlich war, dachte ich auch an Ben, der jetzt genau wie an Weihnachten neben mir auf diesem Sofa saß, so nah, dass sich unsere Schultern ganz leicht berührten.

Kurz nach Mitternacht beschlossen wir, uns eine Dose Ravioli aus den Vorräten von Dorle aufzuwärmen. Frisches Brot und Wein hatte Ben mitgebracht. Er schien ziemlich alltagstauglich zu sein, denn an Lebensmittel hatte ich gar nicht gedacht. Ich war wohl eher so veranlagt wie Henriettes Mann. Der war damals mit Henriette zusammengezogen und hatte sie nach ein paar Tagen allen Ernstes gefragt, wo denn das Toilettenpapier herkam. Während Henriette mir fassungslos davon berichtete, hatte ich Verständnis für ihn. Die Erkenntnis, dass die alltäglichen Kleinigkeiten selbst beschafft werden mussten, hatte mich auch schwer getroffen, als ich damals zum Studium von zu Hause ausgezogen war. Und kochen hatte ich seither auch nicht gelernt.

Wenigstens hatte ich daran gedacht, dass der Hund Futter brauchte, und ihm eine Dose aufgemacht, auf der groß »Hundefutter« stand. Leider hatte Helmut nur einmal an dem übel riechenden Zeug geschnuppert, einen leisen Würgelaut von sich gegeben und sich wieder in sein Körbchen gerollt. Dabei hatte ich festgestellt, dass Ben wirklich Angst vor Hunden hatte, denn er war Helmut hastig aus dem Weg gesprungen, was diesen aber kaltgelassen hatte.

»Millie hat uns die Betten bezogen«, verkündete Ben, der gerade die Küche wieder betrat, nachdem er so freundlich gewesen war, unsere Taschen nach oben zu tragen. Dabei machte er einen Bogen um das Hundekörbchen und griff sich eine Flasche Wasser von der Küchentheke. »Auf meiner Bettwäsche sind Rennautos. Auf deiner Enten.«

»Die kenne ich schon. Die Enten.« Ich blickte mich zu ihm um und grinste.

»Neben meinem Bett liegen drei neue Autozeitschriften, neben deinem zwei Liebesromane und eine – entschuldige – Kochzeitschrift.«

»Hmpf«, antwortete ich. »Dann sind ja die Rollen schon klar definiert. Ich hasse kochen. Nur so nebenbei.« Haushaltsführung gehörte absolut nicht in meine Kernkompetenz, und ich hatte auch nicht vor, an diesem Zustand etwas zu ändern. Das Konzept, wer Brüste hat, kümmert sich automatisch um den Haushalt, war mir immer schon sehr fragwürdig erschienen.

»Ich koche ganz gerne.« Ben hatte begonnen, unser benutztes Geschirr in die Spülmaschine zu räumen. Offenbar räumte er auch gerne auf. Zufrieden hob ich eine Augenbraue. Er klappte die Tür der Maschine wieder zu und verkündete: »Frau Doktor, ich gehe jetzt ins Bett.«

»Schlaf gut, Herr Doktor«, antwortete ich.

Ben kam zu mir und blieb vor dem Sofa stehen. Er sah ein wenig unschlüssig aus, und ich brauchte doch ein paar Herzschläge, bis ich begriff, warum er so orientierungslos herumstand. Schließlich schubste ich das Kissen von meinem Schoß und erhob mich.

Ben nahm mich recht unprätentiös in den Arm und drückte mich kurz, wobei mein Kopf irgendwo an seinem Brustbein lag, weil er so groß war. Dann ließ er mich los, schenkte mir ein zauberhaftes kleines Grinsen und ging schlafen.

Ich ließ mich rücklings wieder auf das Sofa fallen und schloss die Augen. Dr. Benedict Greifenberg roch verdammt gut. Und er war zweifelsohne der schönste Mann, den ich kannte. Nicht nur, dass er extrem ebenmäßige Gesichtszüge und volle Lippen hatte, ihm haftete auch ein klein wenig der Hauch von Gefahr an. Das lag aber wohl an seiner coolen Frisur, denn wenn man ihn ein bisschen kannte, war nichts Gefährliches an ihm auszumachen.

Ich seufzte abgrundtief. Das hier konnte nur funktionieren, wenn wir klare Spielregeln hatten und diese auch einhielten. Eine Freundin von mir war mal mit ihrem besten Freund zu einer Weltreise aufgebrochen. Die beiden kannten sich zu diesem Zeitpunkt seit über zehn Jahren, hatten in der ersten Woche ihrer Reise aber aus Versehen Sex und stritten sich daraufhin so heftig, dass sie sogar in getrennten Fliegern zurück nach Hamburg reisten. Ben und ich konnten nirgends hinreisen. Das hier musste funktionieren. Deswegen mussten wir klare Regeln festlegen.

Helmut gab ebenfalls ein bleischweres Seufzen von sich. Ich blickte auf, ganz froh um die Ablenkung. Der Hund lag immer noch auf der Seite, und jetzt konnte ich sehen, dass er an den Flanken richtiggehend eingefallen war. Ich richtete mich ein wenig auf. »Helmut?«, fragte ich, doch er reagierte nicht. »Du musst was fressen. Es hätte Dorle nicht gefallen, dich so abgemagert zu sehen.« Ich kannte mich mit Hunden nicht aus, deswegen fragte ich Frau Google, was Hunde außer dem Inhalt von Dosen, auf denen »Hundefutter« stand, noch fressen konnten. Ich erfuhr erst, was Hunde alles nicht vertrugen – Zwiebeln, Schokolade, Avocados und noch eine Menge mehr. Aber Käse schien ihren Verdauungstrakt nicht durcheinanderzubringen. Und Käse hatten wir. Das einzige Lebensmittel, das ich mitgebracht hatte, weil es bei mir in

Hamburg noch im Kühlschrank gelegen hatte. Ich stand auf, ging in die Küche und schnitt von dem jungen Gouda eine großzügige Scheibe ab, die ich dann in kleine Würfel teilte. So bewaffnet ging ich zu Helmut und setzte mich vor sein Körbchen.

»Hier. Ein Käsewürfel«, sagte ich und hielt ihm den Brocken vor die Nase. Helmut sah erst mich, dann den Käse an, und seufzte wieder. »Ist lecker«, erklärte ich ihm und steckte mir den ersten Käsewürfel selber in den Mund. War wirklich lecker. Mein Vater titulierte Gouda zwar immer als Kinderkäse, aber ich konnte der milden Cremigkeit etwas abgewinnen. Ich nahm mir noch einen zweiten Würfel, und jetzt hatte ich Helmuts Aufmerksamkeit. Er reckte im Liegen den Kopf, und ich hielt ihm einen Würfel direkt vor die Schnauze. Die schwarze Nase zuckte, dann öffnete er das Maul, äußerst vorsichtig, nahm den Käse mit seinem Eckzahn und kaute, immer noch liegend, darauf herum. Beim zweiten Stück war er dann schon nicht mehr so zögerlich, und beim dritten richtete er sich geradezu schwungvoll auf.

»Was passiert denn mit dir, wenn wir nicht herziehen?« Helmut seufzte und legte den Kopf schräg, um den nächsten Leckerbissen ins Maul geschoben zu bekommen. Noch traute ich mich nicht, ihn anzufassen, sondern begnügte mich damit, ihm einfach den nächsten Käsewürfel zwischen die Zähne zu schieben. Als die Schale leer war, hielt ich sie ihm vor die Nase.

»Alles weg«, erklärte ich. Helmut überraschte mich, indem er die Nase vorstreckte und mir den Kopf auf das angewinkelte Knie legte. Und jetzt traute ich mich doch. Ganz behutsam streichelte ich über das samtige Fell zwischen seinen Augen und auf seinem Kopf. Helmut blinzelte einmal, dann nahm er den Kopf wieder weg, drehte sich um und legte sich zurück in sein Körbchen, mit dem Hintern zu mir. Die Sprechzeit war offenbar vorbei.

Ich stellte die Schale gleich in die Spülmaschine und setzte mich dann wieder auf das Sofa. Das Haus gab ein Ächzen von sich, ansonsten war es absolut still. Die Nacht hatte sich über den kleinen Ort gesenkt, und vor dem Fenster sah ich nur noch den orangefarbenen Schein der Straßenlaterne.

Die Nacht war meine Zeit, da arbeitete ich am besten. Andere Menschen schliefen oder stillten ihre Babys und trugen sie durchs Haus. Ich arbeitete. Wobei ich zugeben musste, dass meine Lust heute auf dem Nullpunkt lag. Vielleicht sogar ein wenig darunter. Viel lieber hätte ich mich in die fadenscheinige Entenbettwäsche gekuschelt und *Drei* ??? gehört. Aber das ging nicht. Mein neuer Status als Frau Doktor mit einem Meistertitel in Backgammon sicherte mir noch lange nicht meinen Lebensunterhalt, das musste ich schon selber tun. Seufzend angelte ich meine Tasche unter dem Sofa hervor und zog den Wackerstein-Laptop heraus. Ich setzte mir das Headset auf, startete das Diktierprogramm und öffnete auf meinem E-Reader das aktuelle Vampirprojekt. Im ersten Durchgang, der bei solchen Texten der Schlimmste war, diktierte ich eine erste Rohfassung, während ich das Buch parallel las. Das ging schneller, als es selbst zu tippen. Außerdem war ich so viel besser im Sprachfluss. Ich las den Absatz, den ich gerade diktiert hatte, noch einmal, und ließ dann matt den Kopf gegen das Sofa sinken.

Das, was die Vampire gerade taten, war nicht nur unzüchtig, es war nicht mit Worten zu beschreiben. Zumindest nicht mit den Worten, die mir zur Verfügung standen. Außerdem war der Obervampir, um den sich die Geschichte drehte, ein selbstherrliches Arschloch, das die Frauen behandelte wie sein Eigentum, sich über alle gesellschaftlichen Regeln hinwegsetzte und ständig Sex hatte. Exzessiven, lauten, sonderbaren Sex. Ich schüttelte mich mit geschlossenen Augen und räusperte mich, um meine Stimme vorzubereiten. Mein Diktierprogramm war recht empfindlich und brauchte klar artikulierte Worte, was in diesem Genre manchmal schwierig war. Ich seufzte, hob den Kopf und wollte gerade loslegen, als meine Finger wie ferngesteuert das Dokument wegklickten und mein Schreibprogramm öffneten. Was nicht hilfreich war, denn jetzt starrte ich auf das Dokument von Kaya und Luca. Meine beiden Protagonisten sollten eigentlich schon seit fünf Kapiteln fröhlich durch die Kiste tollen und sich heiße Liebesschwüre ins Ohr flüstern, doch von alledem taten sie nichts. Was ich zumindest Kaya nicht verdenken konnte. Luca war einfach nicht der Typ zum Verlieben. Er war so egoistisch. Mittlerweile glaubte ich sogar, dass die beiden sich noch nicht mal sonderlich gut leiden konnten. Zumindest wehrten sie sich vehement gegen die Gefühle, die ich ihnen aufzwingen wollte. Es gab kein Knistern, kein Fackeln oder Lodern. Und der Sex war auch nicht weltverändernd, er fand nämlich gar nicht erst statt.

Ich schloss erneut die Augen. Vielleicht war ich einfach nicht in der Lage, über die große Liebe zu schreiben, nicht jetzt und auch nicht in Zukunft. Sie war eben zu groß für mich, die große Liebe. Hieß ja nicht umsonst so. Außerdem hatte mir die Liebe bisher immer nur wehgetan. Zumindest ab einem bestimmten Zeitpunkt. Mittlerweile war mein letzter ernsthafter Beziehungsversuch schon drei Jahre her, und es hatte lange gedauert, bis mein kleines, sensibles Herz sich wieder davon erholt hatte. Seitdem hielt es sich mit liebenden Aktivitäten weitestgehend zurück.

Vielleicht sollte ich kleiner anfangen. Ich tippte probehalber ein paar Worte, nur um direkt darauf jeden einzelnen Buchstaben wieder zu löschen. Selbst klein anzufangen schien nicht zu funktionieren.

Von den Übersetzungen konnte ich leben, ich musste keinen Roman schreiben. In letzter Zeit hatte ich hin und wieder zudem ein Korrektorat übernommen, immerhin war die deutsche Sprache mein Metier, und ich war eine außerordentlich gute Rechtschreib- und Zeichensetzungsdomina. So hatte mir das zumindest mal eine Verlagsmitarbeiterin in einem vertraulichen Gespräch erklärt. Vielleicht sollte ich das mit dem Schreiben einfach lassen und bei dem bleiben, was ich konnte – Vampirsex übersetzen.

Der große Hund gab ein Stöhnen von sich und erhob sich ungelenk, nur um sich einmal um die eigene Achse zu drehen und gleich darauf wieder in sein Körbchen fallen zu lassen. Er bettete seine Schnauze auf dem Rand und blinzelte mich an.

»Ich schließe nicht aus, dass wir nur verarscht werden«, erklärte ich ihm. »Verstehst du?« Er verstand nicht, aber er hörte gebannt zu. »Vielleicht gibt es diese große, sagenumwobene Liebe gar nicht. Vielleicht wurde die nur erfunden, um Liebesromane und Schnulzenfilme zu verkaufen. Was ja ziemlich gut funktioniert. Und wir Dummies nehmen denen das ab und suchen verzweifelt nach der gleichen großen Liebe wie in *Pretty Woman*, oder wie die ganzen gefühlsduseligen Filme und Bücher so heißen. Ist eine steile These, ich weiß. Könnte aber sein.«

Ich dachte an Jan. Warum auch immer er mir ausgerechnet jetzt in den Sinn kam. In Jan war ich einmal verliebt gewesen. Mit Kribbeln im Bauch, Appetitlosigkeit und schlaflosen Nächten. Sechs Wochen lang. Dann hatten wir uns geküsst, und ich war geläutert. Jan küsste wie ein feuchtes und seit Wochen nicht gewechseltes Spültuch aus der Küche. (Ja, mit allen Facetten, die einem jetzt so in den Kopf kommen.) Außerdem sprach er nicht. Wenn ich genau überlegte, konnte ich die Sätze, die er zu mir gesagt hatte, an einer Hand abzählen, und etwas Weltbewegendes oder gar Liebevolles war nicht dabei gewesen. Aber damals war es noch leicht, eine Beziehung zu beenden. Es gab so verdammt viele Optionen; die Welt schien nur auf mich zu warten. Dem war auch so. Nach Jan kam Milow, in dessen Namen ich mich verliebte. Er klang nach weiter Welt, Abenteuer, Sonnenschein und wilder Romantik. Wir schafften ein Jahr. Und es war ein anstrengendes Jahr, denn ich musste klettern lernen und Radrennfahren und komplizierte Rezepte kochen, weil Milow nur slow und clean und ohne alles aß, dafür aber mit Superfood, das quer durch die Welt geflogen war und in meinen Augen deswegen gar nicht mehr so super sein konnte. Nach diesen zwölf Monaten fühlte ich mich, als hätte ich ein bretthartes Trainingslager für die perfekte Freundin durchlaufen.

Als Milow allerdings beschloss, irgendeinen hohen Berg auf der anderen Seite der Welt zu besteigen, und mich unbedingt mitnehmen wollte, weigerte ich mich. Er brauchte genau dreizehn Tage, um Ersatz für mich zu finden. Ersatz, der begeistert kletterte, Rennrad fuhr und komplizierte Gerichte liebte. Er packte seine Sachen und verschwand. Ich habe nie wieder etwas von ihm gehört.

Nach Milow folgte Ro. Bei Ro (der in echt Hans Heinrich hieß) hatte ich das erste Mal das Gefühl, der Liebe tatsächlich auf die Schliche zu kommen. Er war perfekt: nett, liebevoll, zugewandt, was man sich so wünschte. Leider mangelte es ihm an Ehrlichkeit. Er vögelte sich quer durch unseren Bekanntenkreis und belog mich noch, als ich schon im Flur stand, ein mir fremdes Spitzenunterwäsche-Ensemble an der Türklinke baumeln sah und eine Frau aus unserem Schlafzimmer hemmungslos kichern hörte. Da stand er nackt vor mir und erklärte, ich solle mich nicht so haben. In diesem Moment war meine Liebe schlagartig erloschen, und ich hatte noch monatelang mit meinem verletzten Stolz und einem nachhaltig zerstörten Herzen zu kämpfen.

Und ich wollte mir anmaßen, ein Buch über die große Liebe zu schreiben?

»Hätte ich mal Dorle dazu befragt«, sagte ich zu Helmut, der wieder nur blinzelte. »Die hätte sicherlich eine Antwort gewusst. Wie auf so vieles im Leben.«

Ich klappte den Laptop wieder zu, warf noch einen Holzscheit in den Kaminofen, nahm das Headset ab und legte alles auf den Couchtisch. Was Dorle Dormann mir wohl in meiner jetzigen Situation geraten hätte? Wahrscheinlich mutig zu sein und etwas Neues zu wagen.

Ich streckte mich auf dem Sofa aus und verschränkte die Hände hinter dem Kopf, um an die Decke zu starren. Mutig sein. Klang einfach, war aber doch so schwierig. Ich dachte an die Dinge, die ein Mensch Dorles Ansicht nach zumindest einmal im Leben gemacht haben sollte. Für all diese Dinge brauchte man

Mut. Vielleicht war es an der Zeit, endlich den Mut finden, etwas zu verändern. Ich atmete tief durch. Wieder fiel mir auf, wie still es war. So still, wie es in Hamburg niemals hätte sein können. Hier gab es keine große Straße vor dem Schlafzimmerfenster, keine Nachbarin, die morgens um sechs ihre Wohnung saugte, keine Flugzeuge, die die halbe Nacht hindurch im Landeanflug über das Dach schossen. Es herrschte Stille, pure Stille. Hier konnte man bestimmt ganz hervorragend arbeiten, ohne Ablenkungen. Und schlafen konnte man sicherlich auch spitzenmäßig. Auf einmal, ganz unerwartet, entspannte sich mein Körper. Ohne mein Zutun und ohne ein *Drei ???*-Hörspiel. Das Haus knarrte leise, als würde es sich im Schlaf rekeln, und ich schloss probehalber die Augen.

Langsam dämmerte ich weg, schwebte einen langen Moment zwischen Wachen und Schlafen und lauschte meinen eigenen ruhigen Atemzügen. Und gerade als ich tiefer sinken wollte, mitten hinein in einen entspannenden Schlaf, berührte mich etwas Eiskaltes an der Wange. Erschrocken fuhr ich hoch und riss die Augen auf. Helmut machte einen Satz nach hinten, landete halb auf dem Couchtisch, riss meinen Laptop zu Boden und fegte dann gleich noch den kleinen Beistelltisch mit der Wasserkaraffe um. Die Karaffe schepperte derartig laut über den Holzboden, dass es in meinem Magen vibrierte. Helmut japste wie ich einen Moment zuvor und flüchtete sich mit auf dem Boden durchdrehenden Pfoten in sein Körbchen.

»Helmut!«, rief ich. »Entschuldige!« Der Hund hatte offenbar darauf gewartet, dass ich schlief, um mal an mir zu schnüffeln. Nun saß er aufrecht da und starrte mich an.

»Ich lebe sonst alleine«, erklärte ich ihm, während mein Herz immer noch raste. »Wenn mich in Hamburg etwas im Schlaf berührt hätte, wäre es entweder eine fiese Spinne gewesen oder ein Massenmörder, der in meine Wohnung eingebrochen ist. Wie hätte ich sonst reagieren sollen?«

Das wusste Helmut wohl auch nicht, denn mit einem tiefen

Grummeln legte er sich wieder hin. Dafür flog jetzt die Tür zur Küche auf, und Ben erschien in Boxershorts und mit weit aufgerissenen Augen.

»Alles okay!«, rief ich vorsorglich, denn er sah aus, als hätten wir auch ihn zu Tode erschreckt. »Ich ... wir haben ein wenig Chaos gemacht. Und Krach. Helmut wollte wohl an mir schnüffeln, als ich eingeschlafen bin, und ich habe mich erschreckt, und dann hat Helmut sich erschreckt.« Ich hielt inne, denn Ben rührte sich nicht. »Na, und dann hast du dich erschreckt«, fügte ich hinzu und versuchte, den halb nackten Ben nicht anzustarren.

»Ben?«, fragte ich, als er sich immer noch nicht bewegte.

»Klang gruselig hier unten«, sagte er und kratzte sich am Kopf.

Ich beugte mich vor, angelte meinen Laptop vom Boden und stellte ihn zurück auf den Tisch. Dann öffnete ich den Deckel und startete ihn neu. Er sprang an, wie ich es gewohnt war von dem alten Ding. Selbst ein Sturz vom Tisch konnte ihm offenbar nichts anhaben. Unkaputtbar, das Teil. Erleichtert streichelte ich zärtlich die Tastatur und holte mir dann ein Tuch von der Küchentheke, um die Wasserlache auf dem Boden aufzuwischen.

Ben stand immer noch im Türrahmen.

»Ben. Geh ins Bett oder zieh dir was an«, sagte ich ernst, woraufhin sich Bens linker Mundwinkel hob. Und plötzlich wusste ich, was ich tun würde. Nämlich Nägel mit Köpfen machen und Dorles Liste abarbeiten. Irgendwo musste man ja anfangen. Ich würde jetzt mutig sein. Etwas Neues wagen. Jetzt und hier.

Ich atmete ganz tief durch und klappte den Laptop wieder zu.

»Benedict. Lass uns hier gemeinsam leben«, fing ich an und stellte fest, dass das wie der Anfang eines Heiratsantrags klang. Schnell fuhr ich fort: »Lass uns den Dormannschen Hof übernehmen und hier leben. Für ein Jahr. Und in einem Jahr entscheiden wir dann, wie es weitergeht. Bist du dabei?«

In Bens schönem Gesicht zuckte es. Er blinzelte einmal und nickte dann. »Ja«, sagte er schlicht.

»Aber wir müssen Regeln aufstellen. Ohne die geht es nicht. Klar?«

»Klar.«

Ich kramte in meiner Tasche mit den Arbeitsutensilien nach Stift und Zettel.

»Komm her.« Ich klopfte auf den freien Platz neben mir auf dem Sofa. Ben wollte sich gerade niederlassen, als ich die Hand hob. »Ben. Echt. Zieh dir erst was an.« Er drehte den Kopf und betrachtete mich von oben, dann zog er eine Augenbraue hoch. Ben wusste, dass er ein gut aussehender Mann war, man hatte ihn ja nicht Jahrzehnte im Keller gehalten, aber er schien trotzdem ehrlich erstaunt über mein Anliegen zu sein. So als könne er es nicht fassen, dass mich die Abwesenheit von Kleidung an seinem wohlgeformten Körper ablenken könnte.

»Sofort, Ma'am«, sagte er zackig, griff nach einer der roten Sofadecken und wickelte sie sich um den Körper. Dann ließ er sich neben mich auf das Sofa fallen und zog die Beine an.

»Also. Experiment Ben & Lucy«, schrieb ich auf den leeren Zettel.

Ben räusperte sich. »Zusammenleben Lucy & Ben«, korrigierte er mich. »Ich finde nicht, dass das hier ein Experiment ist.«

»Okay.« Ich strich *Experiment* durch und schrieb *Zusammenleben* darüber.

»Wir brauchen das nicht schriftlich.« Ben hielt mir die Hand hin. »Wir brauchen einen Handschlag. Der ist sehr viel verbindlicher.« Zögerlich legte ich Zettel und Stift beiseite. Er sah mir fest in die Augen und erklärte: »Ich gelobe feierlich, niemals unbekleidet durchs Haus zu laufen. Ich koche und kümmere mich um die Wäsche. Du musst einkaufen, deinen Roman schreiben und alles übernehmen, was mit dem Hund zu tun hat.«

Er hielt mir seine Hand hin, und ich legte meine hinein. Sie wirkte plötzlich sehr klein.

»Wir schwören uns hiermit feierlich, über alle Probleme, die wir haben werden, miteinander zu sprechen.« Er dachte kurz nach. »Alles gemeinschaftlich zu lösen. Füreinander da zu sein ...« Er rieb sich mit der freien Hand die Stirn. »Ist dir das zu viel? Zu pathetisch? Ich meine das freundschaftlich. Kann ja hier so weit ab vom Schuss nicht schaden, oder?«

»Nö«, sagte ich und spürte eine sonderbare Rührung. »Füreinander da zu sein ist eine gute Sache. Falls der Axtmörder auf dem Hof auftaucht und wir uns gegenseitig retten müssen.«

Er nickte. »Außerdem geloben wir feierlich, uns nicht wegen Haushaltsdingen zu streiten. Das tun alle WGs, wir bitte nicht. Noch was?«

»No Sex«, sagte ich mit getragener Stimme. Ben zog die Stirn kraus.

»Ich würde dich doch nicht anbaggern. Nicht in so einer Situation.«

Nein, Ben. Das glaube ich dir. Es ging dabei auch nicht um dich. Das allerdings dachte ich nur und zog es vor, sittsam zu schweigen, während das Haus leise, aber zweifelsohne zustimmend knarrte.

Kapitel 9

Drei Tage nach der großen Entscheidung fuhren wir nach Hamburg, um unsere transportablen Habseligkeiten auf den Dormann Hof zu bringen. Meinen Arbeitstisch und einen letzten Koffer mit Klamotten und Büchern würde mir Henriette bei ihrem Besuch in einigen Wochen mitbringen. Sobald sie abgestillt hatte, würde sie das traute Heim für einen Tag verlassen und ihrem Gatten Klein Anton überlassen. Sie fuhr standesgemäß einen Bus, in dem sich nicht nur spielend mehrere Kinder transportieren ließen (sie hatte zwar nur eins, aber das reiste schon mit sehr viel Gepäck), sondern auch mein restliches Mobiliar Platz finden würde. Und Ben hatte nahezu nichts. Sein WG Zimmer bestand aus einer Handvoll Kartons, die allesamt in sein Auto passten. Das war es.

Meine Hamburger Freundinnen standen meiner Umsiedelung aufs Land eher gespalten gegenüber. Die einen fingen bei meinen Erzählungen an, selig zu schnurren und fantasierten von selbst gezogenen Möhren und grandiosen Sonnenaufgängen, die anderen schlugen die Hände über dem Kopf zusammen und prophezeiten mir akute Einsamkeit und Langeweile. Akute Einsamkeit hatte ich in Hamburg genug gehabt, wenigstens das konnte also nur besser werden.

Eine Woche später hatten wir uns auf dem Hof schon ein wenig eingerichtet, und zum ersten Mal blickte Helmut nicht erstaunt aus seinem Körbchen auf, als ich am Morgen in die Küche kam.

Üblicherweise kam er jede Nacht ein paarmal gucken, ob ich denn noch da war, aber morgens schien er diese Tatsache wieder vergessen zu haben. Da ich keine Ahnung von Hunden hatte, musste ich mich erst mal in einem Internetforum schlau machen, und dort hatte ich dann erfahren, dass Hunde keine große Aufmerksamkeitsspanne hatten. Auf Helmut traf das offenbar ganz besonders zu.

Laut unserer Vereinbarung hatte ich nun die Verantwortung für ihn, und das Wichtigste war, dass er wieder aufgepäppelt wurde. Mittlerweile wusste ich, dass er gerne Brotrinde, Butter und Frischkäse fraß, Fleisch allerdings verschmähte. Das starrte er nur an und begann dann, schwer zu atmen. Er lebte offenbar vegetarisch.

Helmut fraß schlecht, und ich arbeitete schlecht. Nach dem letzten überraschenden Schreibschub war ich trotz der wunderbaren Stille mit meinem Roman leider keinen Schritt mehr weitergekommen. Meine Figuren schlichen umeinander herum, sie lächelten sich sogar an, und Kaya entwickelte Gefühle für Luca, aber der machte dann wieder irgendwelchen Blödsinn, und vorbei war der Moment. Auch das Übersetzen ging nur träge vonstatten, was ungünstig war, denn der Abgabetermin rückte unaufhaltsam näher. Wenigstens ging uns durch meinen Vorschuss und Dorles Weitsicht noch nicht das Geld aus.

Mittlerweile hatten wir sogar schon unsere Namen auf den kleinen grünen Briefkasten am Eisentor geschrieben, wobei das kaum notwendig gewesen war. Esat, der Postbote, der bei Millie und Fredo wohnte, hatte sein Postrevier fest im Griff. Er war ausgesprochen nett und hatte sogar unseren gelben Sack mit nach vorne zur Straße genommen, weil Ben und ich den Müllabfuhrplan, der in der Abstellkammer an der Tür hing, einfach nicht verstanden.

Am Abend würden wir mit Dorles Sohn in Amerika skypen, und es war mir ein bisschen peinlich, aber meine Eltern hatten sich spontan entschieden, extra ihren Antrittsbesuch so zu timen, dass sie bei diesem Ereignis dabei sein konnten. Manchmal waren sie, trotz meines stolzen Alters, immer noch Helikoptereltern.

Es war halb drei am Nachmittag, und eigentlich hätten sie schon seit einer Stunde da sein sollen. Aber sie hatten sich verfahren. Darin waren sie Profis, einfach weil sie sich weigerten, ein Navi zu benutzen, und stattdessen lieber auf einen Parkplatz fuhren und die Köpfe über einer Straßenkarte zusammensteckten, die vermutlich noch vor Erfindung der Elektrizität gemalt worden war.

Ich stand in der Küche und beaufsichtigte einen Kuchen, den Millie für meine Eltern zusammengerührt hatte. Es konnte schließlich nicht schaden, sie mit einem selbst gebackenen Stück Kuchen zu begrüßen. So von wegen Landleben und Selbermachen und zurück zu den Wurzeln und so. Leider konnte ich nicht backen und würde es wohl auch nicht mehr lernen, denn mein erster Versuch am Vormittag hatte in einem zusammengesunkenen, oberflächlich verkohlten Brikett geendet. Millie, die genau in diesem Augenblick in die Küche gekommen war, als ich das Desaster aus dem Ofen holte, hatte laut gelacht. Und mir dann diesen fertigen Teig rübergebracht, gemeinsam mit einer detaillierten Anleitung, bei wie viel Grad er wie lange im Ofen zu bleiben hatte, bevor ich ihn herausnahm, exakt zehn Minuten abkühlen ließ und dann aus der Form stürzte. Mit Zuckerguss oder gar Schokokuvertüre sollte ich mich am besten gar nicht erst aufhalten, sondern ihn einfach mit Puderzucker bestreuen, hatte sie erklärt und mit einem verschwörerischen Zwinkern hinzugefügt, ich dürfe ruhig sagen, ich hätte ihn alleine gebacken.

Meine Mutter würde vor Lachen vom Stuhl fallen, wenn ich solche Dinge behauptete. Sie kannte meine Fertigkeiten in der Küche sehr genau. Nie im Leben würde sie mir das abnehmen, denn Millies Kuchen war perfekt.

Ben saß mit Helmut im Hof. Wir hatten in der Scheune eine alte Bank entdeckt und sie nach draußen geschleppt. Heute schien zum ersten Mal seit sehr langer Zeit die Sonne, und Sonne war wichtig für die Vitamin-D-Produktion, hatte Ben mir erklärt und sich auf besagter Bank in der Sonne niedergelassen. Helmut saß neben ihm, wie nun eigentlich immer. Seit Tagen folgte er Ben auf Schritt und Tritt, sogar bis ins Bad, was Ben ganz furchtbar fand. Regelmäßig rangelten die beiden mit der Badezimmertür. Einer wollte rein, der andere genau das unbedingt verhindern. Aber immerhin schien Ben sich langsam an Helmut zu gewöhnen. Das Streicheln und Füttern überließ er nach wie vor mir, aber immerhin akzeptierte er allmählich die Anwesenheit unseres vierbeinigen Mitbewohners.

Ich lehnte mich gegen den Fensterrahmen. Die Sonne schien aus allen Knopflöchern und setzte die ungeputzten Fenster in Szene. Mein Vater würde einen Rappel bekommen, wenn er das sah. Bei ihm mussten Glasscheiben stets blitzeblank sein, und er verfügte über das neueste und beste Putz-Equipment, um dies zu erreichen.

Meinem Papa verdankte ich auch meinen britischen Namen und meine Sprachkenntnisse. Er stammte aus einem klitzekleinen Kaff im Süden Englands und hatte Liam und mich zweisprachig erzogen und erst aufgehört, Englisch mit uns zu sprechen, als wir erwachsen waren. Ehrlich gesagt, war mir lange gar nicht klar gewesen, dass er auch nahezu akzentfrei Deutsch sprach. Das hatte er bei der British Army gelernt, die hatte ihn nämlich nach Kiel geschippert, wo er unserer Mutter begegnet war und sie in einer einzigen heißen gemeinsamen Nacht geschwängert hatte. In Unkenntnis des künftigen Nachwuchses war er kurz darauf wieder gen England gereist, wo er dann auf Umwegen von dem außerehelichen Kind erfahren hatte, und sofort nach Kiel zurückgekehrt war, um meiner Mutter einen formvollendeten Antrag zu machen. Dass meine Eltern sich ineinander verliebt hatten, musste also irgendwie hinterher passiert sein, aber zweifelsohne waren sie in meiner Welt der Prototyp für die klassische große Liebe. Wenn man sie allerdings darauf ansprach, zogen sie nur verächtlich die Augenbrauen hoch, als wäre das, was sie hatten, mit schnöder Liebe gar nicht zu erklären, weil es, wie sie sagten, doch so viel mehr war. Und dann erzählten sie etwas von Wegbegleitern, besten Freunden und so weiter. Die große Liebe dagegen sei vollkommen überbewertet.

Ich wischte mit dem Finger über die speckige Scheibe und hinterließ eine gut sichtbare Schliere. Zum Glück aß mein Vater auch sehr gerne Kuchen. Vielleicht würde ihn der verführerische Kuchenduft ja von den schlierigen Fenstern ablenken. So war jedenfalls der Plan.

Als endlich der alte Geländewagen meiner Eltern vor dem schmiedeeisernen Tor hielt, machte mein Herz einen kleinen, freudigen Hüpfer.

Schnell stellte ich den Backofen aus, öffnete die Klappe, damit der wunderbare Kuchenduft sich auch ordentlich im Haus verteilte, und eilte dann über das alte Kopfsteinpflaster zum Tor, hinter dem meine Eltern nun schon schwer beladen warteten.

»Kommt rein!«, rief ich und zog das Tor auf. Meine Mutter preschte vor.

»Interessant«, erklärte sie und betrachtete den alten Dreiseitenhof, während sie einen ausladenden Weidenkorb vor sich her balancierte. Mein Vater war ihr mit einem Eimer und einem großen Karton etwas langsamer gefolgt. Bei dem Versuch, mich auf die Wange zu küssen, verlor er fast seine schwere Ladung, und so griff ich beherzt zu und half ihm, beides ins Haus zu tragen und in die Diele zu stellen. In der Küche angekommen, sah sich meine Mutter ausführlich um, öffnete sogar ein paar Schranktüren, ließ sich dann aber doch hinreißen zu sagen: »Sehr hübsch! Und das ist dein neuer Mitbewohner?«

Ich drehte mich um und entdeckte Ben, der in der geöffneten Tür stand, die Hände tief in den Hosentaschen vergraben.

»Ja, das ist Ben«, sagte ich.

»Und Helmut«, fügte Ben hinzu und deutete auf den Hund neben sich. Dann kam er auf uns zu, um meinen Eltern nacheinander die Hand zu geben. Helmut trabte hinter ihm her, machte aber nur einen kurzen Slalom durch ihre Beine hindurch, um sich in seinem Körbchen zurechtzulegen.

»Ach wie nett, dass wir uns endlich kennenlernen!«, rief mein Vater, wobei sein britischer Akzent durchkam, wie immer, wenn er aufgeregt war. Er klopfte Ben sogar ein paar Mal auf die Schulter, während meine Mutter ihn interessiert betrachtete.

Ich stellte den Kuchen auf den bereits gedeckten Tisch, was doch wenigstens meine Mutter ausreichend von Bens Anblick ablenkte.

»Kaffee und Kuchen!«, flötete sie erfreut und hatte schon die erste Gabel Kuchen im Mund, da hatten es Ben und mein Vater noch nicht mal an den Tisch geschafft.

»Ben!«, sagte sie, den Mund voller Kuchen. »Setzen Sie sich, damit wir Sie endlich kennenlernen können. Immerhin leben Sie jetzt mit unserer Tochter zusammen.«

Ben lachte und setzte sich ihr gegenüber. Total entspannt, dabei war meine Mutter eine beeindruckende Persönlichkeit. Manche Leute hatten Angst vor ihr. Heute hatte sie sich ihr flammend rotes Haar mit einem blaugepunkteten Tuch aus dem Gesicht gebunden. Ihr Lippenstift passte perfekt zu ihrem Nagellack, und als Krönung trug sie Chucks mit Tigermuster. An einer anderen Person hätte diese Kombination vielleicht komisch ausgesehen, bei meiner Mutter jedoch nicht. Diese Frau sah selbst noch in einem Kartoffelsack würdevoll und respekteinflößend aus.

Nun reichte sie Ben einen Teller mit Kuchen. »Ben. Seien wir ehrlich miteinander«, sagte sie todernst. »Wer hat diesen Kuchen gebacken? Sie? Lucy kann es nicht gewesen sein.«

»*Gebacken* hat ihn tatsächlich Lucy, aber Millie, unsere Nachbarin, hat den Teig gemacht«, verriet Ben mich ohne mit der Wimper zu zucken und nahm den Teller entgegen. Gleich würde er ihr auch noch seine Blutgruppe und Schuhgröße verraten. Meine Mutter hatte diesen Effekt bei vielen Menschen. Sie erzählten ihr ungefragt die geheimsten Dinge aus ihrem Leben. Würde sie endlich mal in die Politik gehen, statt bunte Kunst zu verkaufen und Strandkörbe zu vermieten, wäre sie innerhalb kürzester Zeit Bundeskanzlerin, und wir hätten endlich das bedingungslose Grundeinkommen. Und wären Vorreiter im Klimaschutz. Meine Mutter hatte da einige Ideen, wie man die Welt verbessern könnte.

»So. Und ihr beide lebt jetzt also tatsächlich hier zusammen. Und wie läuft es so?« Meine Mutter legte geräuschvoll die Kuchengabel auf den Teller und sah mich mit schiefgelegtem Kopf lauernd an.

Mein Vater räusperte sich ebenso geräuschvoll. Dann zischte er: »Katharina. Du bist ein klein wenig indiskret.«

»Läuft gut bei uns, Mama«, mischte ich mich jetzt in das Gespräch ein und nahm mir auch ein Stück Kuchen. Meine Mutter warf mir einen langen, mütterlichen Blick zu, streckte die Hand aus und strich mir eine Locke hinter das Ohr. Ich weiß, dass ein Großteil der Menschen bei so einer Geste hysterisch das Weite gesucht hätten. Doch ich mochte das. Ich mochte gerne berührt werden, ganz besonders von meiner Mama. Und dabei spielte es keine Rolle, dass ich schon über dreißig Jahre alt war.

Mein Vater räusperte sich. »Ben, vielleicht möchten Sie mir den Hof zeigen? Ich habe Werkzeug mitgebracht. Falls es handwerkliche Probleme gibt, könnte ich mich derer gleich annehmen.«

Ben ließ keine Form von Irritation erkennen. Stattdessen sagte er nur knapp: »Gern«, und gemeinsam verließen die beiden energischen Schrittes die Küche.

Kaum waren die zwei verschwunden, legte meine Mutter los: »Ich hatte bei deinen Beschreibungen einen gesetzten Herrn im Pullunder erwartet«, zischte sie. »Nicht das!« Energisch fuchtelte sie mit dem Zeigefinger in Richtung Flur.

»Wie meinst du das denn?«, fragte ich möglichst emotionslos.

»Der sieht aus wie George Clooney! In jung!«

Ich sah sie einen Moment lang schweigend an. »Mama. Das ist sexistisch.«

»Pah. Benedict, der Arzt, klang für mich ein wenig spießig, beruhigend entspannt und ausreichend bodenständig. Ich dachte, das passt doch gut zu dir.«

Ich betrachtete meine Mutter leidenschaftslos. Spießig, entspannt und ausreichend bodenständig? Das waren die Attribute, die sie sich für meinen WG-Partner wünschte? Aber sie war noch nicht fertig. »Er sieht aus wie ein brandschatzender Wikinger!«

»Mama. Manchmal geht die Fantasie mit dir durch.«

»Hmpf.« Meine Mutter nahm sich noch ein Stück Kuchen. »Ihr seid ja noch Kinder. Das hier ist eine große Verantwortung. So ein riesiger Hof. Und dann noch der Hund!« Sie fuhr auf ihrem Stuhl herum und betrachtete Helmut, der schnell die Augen zumachte.

»Ich möchte dich nur kurz daran erinnern, dass ich seit einiger Zeit volljährig bin.«

»Daran brauchst du mich nicht zu erinnern, das weiß ich sehr wohl. Ich habe dich geboren. Aber ich werde ein Leben lang deine Mutter bleiben und nehme mir das Recht heraus, eine Bedenkenträgerin zu sein«, erwiderte sie ernst. Dann beugte sie sich noch weiter nach vorne. »Wen sollte denn Ben behandeln als Arzt? Welcher Mensch bei klarem Verstand würde sich denn vor dem ausziehen? Der sieht aus wie eines dieser Models aus den Männermagazinen. Ich kann ihn mir nicht im weißen Kittel vorstellen.«

Ich schnappte nach Luft. »Und das alles von der Frau, die mir den Feminismus mit der Muttermilch eingetrichtert hat? Die mir beigebracht hat, dass ich jeden Kerl umgehend zum Teufel jagen soll, der versucht, mich auf meinen Körper zu reduzieren?«

»Das ist was anderes«, erklärte sie trocken, nahm sich aber noch ein Stück Kuchen. Als sie das verspeist hatte, sagte sie: »Zeig mir den Hof.«

»Gerne, große Königin«, erwiderte ich. Ich hatte die Tour gewissenhaft ausgetüftelt. Erst die Schwachstellen, dann die Örtlichkeiten, die okay waren und danach das Sahnehäubchen. Also starteten wir mit einem Rundgang durch das Haus, wo meine Mutter zielgenau den Finger auf alle Schwachstellen legte, die da wären: der alte, bröckelige Lehmputz an den Wänden, die zugigen Fenster und die total schiefen Dielen im ganzen Haus. Sie rümpfte die Nase, und im froschgrünen Badezimmer angekommen, rief sie sogar: »Ach du Schreck!«

Als wir auf den Hof traten, schnaufte sie tief durch und erklärte mir mit Grabesstimme: »Dir ist schon klar, was die Reparatur und Instandsetzung solcher Mängel kostet?«

Ich nickte freundlich. »Aber die Heizung ist neu!« Dass sie trotzdem alle drei Tage ausfiel, behielt ich lieber für mich.

Seufzend folgte meine Mutter mir über den Hof, wobei sich ihre Laune ganz leicht besserte. »Schönes Kopfsteinpflaster«, murmelte sie, und ich lächelte. Mein Plan funktionierte. Gemächlich führte ich sie an meinen Vater und Ben vorbei, die am Scheunentor herumwerkelten, hinaus auf die Obstwiese.

Meine Mutter stand stumm da und blickte auf die Bäume und den dahinterliegenden Waldrand. Ich hatte es tatsächlich geschafft. Mit dem untrüglichen Sinn einer Tochter war es mir doch tatsächlich gelungen, meine Mutter zum Schweigen zu bringen. Am leicht nach oben gebogenen Stand ihrer Mundwinkel konnte ich ablesen, dass sie mochte, was sie sah.

»Das ist wirklich hübsch«, sagte sie nach einer Weile. »Und finanziell ist das alles abgesichert?«

»Frau Dormann hat für alles vorgesorgt. Sie hat uns genug hinterlassen, um mindestens das erste Jahr gut über die Runden zu kommen. Sie wollte hier wohl einfach frischen Wind reinbringen und endlich einen Arzt organisieren. Der fehlt auf dem Land nämlich. Die nächste Praxis ist vier Orte weiter, und der Arzt möchte demnächst in Rente gehen. Dann sieht es düster aus. Ich bin hier schon die ›Frau Doktor‹«, erklärte ich und grinste.

Meine Mutter kniff kurz die Lippen zusammen, schaffte es aber, das so stehen zu lassen. »Ein Jahr kann man das sicherlich mal machen. Und danach könnt ihr ja weitersehen. Hierfür bekommt man sicherlich eine ordentliche Stange Geld.« Sie deutete hinter sich. »Und mit diesem Ben musst du mal gucken. Den kann ich noch nicht richtig einsortieren. Hattet ihr Sex?«, fragte sie, und ich zuckte schmerzlich zusammen.

»Nein, Mutter.«

»Ich frage ja nur. Gelegenheit dazu hattet ihr ja genug. Und er sieht wirklich gut aus. Ist er vielleicht schwul? Das würde es leichter machen.«

Ich räusperte mich geräuschvoll. »Er ist nicht schwul, und er hängt noch an seiner Ex-Freundin. Wir sind nur Freunde und werden auch nur Freunde bleiben.«

Meine Mutter betrachtete mich eindringlich, so wie sie vorher auch das Haus betrachtet hatte, dann nickte sie, und das Thema war erledigt.

Als wir zurück in die Küche kamen, hockte mein Vater auf einem der Küchenstühle und hatte seinen nackten Fuß auf den kleinen, mit rotem Karostoff bezogenen Hocker gelegt. Er strahlte uns entgegen, während Ben in seinem Medizinkoffer herumkramte, der aufgeklappt auf dem Tisch lag.

»Unguis incarnatus«, verkündete mein Vater frohgemut.

»Auch genannt: eingewachsener Fußnagel«, erklärte Ben und grinste mich von der Seite an.

»Na endlich. Seit Wochen jammert er deswegen rum. Aber glaub mal nicht, dass dein Vater zum Arzt geht«, sagte meine Mutter und gesellte sich wieder zum Kuchen. »Dürfen Sie denn eigentlich einfach so praktizieren, Ben? Ist das rechtlich erlaubt?«

Ich wollte mich gerade einmischen, aber Ben war schließlich ohne Weiteres in der Lage, es mit meiner Mutter aufzunehmen. »Ich brauche eine Berufshaftpflichtversicherung und kann nur privat abrechnen, solange ich keinen Kassensitz habe. Das ist aber kein Problem. Bei einem medizinischen Notfall bin ich rechtlich sogar dazu verpflichtet zu helfen. Und Sie«, er wandte sich wieder an meinen Vater, »suchen sich einfach eine medizinische Fußpflege, die das Problem behebt. Ich habe den Zeh nur getaped, aber das nimmt wenigstens schon mal den Schmerz.« Er streifte sich die Handschuhe von den Händen, klappte seinen Koffer zu und setzte sich, nachdem er sich gründlich die Hände gewaschen hatte, zu meiner Mutter an den Tisch.

»Der Schmerz ist wie verflogen«, frohlockte mein Vater und schlüpfte vorsichtig wieder in Socke und Schuh. »Dein Mitbewohner hat ausgesprochen praktische Fähigkeiten. Außerdem haben wir das Scheunentor repariert.«

Ben nickte und lächelte fein. Ich vermutete mal, sie hatten es endgültig kaputt gemacht, das zumindest verriet mir Bens Gesichtsausdruck. Beim Fensterputzen und beim Strandkörbe-Umsetzen mit dem Trecker war mein Vater unschlagbar. Der Rest ging ihm weniger erfolgreich von der Hand, aber er war stets bemüht. Fest, fester, kaputt, war sein Motto.

Nachdem Ben uns den Fünf-Uhr-Tee serviert hatte, schleppte ich meinen alten Laptop zum Esstisch und startete Skype. Wir ließen uns nieder und starrten wie gebannt auf den Bildschirm, um mit Amerika zu sprechen.

»Ich seh nichts«, brummte mein Vater, denn meine Mutter hatte sich direkt vor dem Laptop aufgebaut. Ein wenig energischer als notwendig schob ich sie zur Seite und manövrierte Ben neben mich. Schließlich ging es hier um uns.

Und dann ertönte auch schon das übliche Skype-Geläute. Ich setzte ein freundliches Lächeln auf und nahm den Anruf entgegen. Langsam baute sich ein Bild auf. Ein kahlköpfiger, tiefbraun gebrannter Mann erschien auf dem Display. Dorle Dormanns Sohn. Er sah aus wie sie. Nur jünger. Und als Kerl.

»Da sind Sie ja!«, sagte er. Ein unüberhörbarer amerikanischer Akzent schwang in seinen Worten mit.

»Hallo Herr Dormann«, grüßten Ben und ich wie aus einem Mund, als hätten wir das vorher einstudiert.

»Haben Sie beide sich schon eingelebt?« Herr Dormann kratzte sich am Schädel. Er trug ein buntes T-Shirt mit einem Hai darauf und sah allgemein so aus, als wäre er gerade vom Surfboard geklettert.

»Haben wir«, sagte ich, woraufhin meine Mutter sich ins Bild beugte und enthusiastisch winkte.

»Ich bin die Mutter von Lucy!«, rief sie. Für einen Moment fror Herr Dormanns Gesicht ein, was äußerst dämlich aussah, er hatte nämlich den Mund schon geöffnet, um etwas zu erwidern, doch dann taute er wieder auf.

»Das ist eine verrückte Geschichte«, sagte er und blickte über den Bildschirmrand hinweg. »Aber meine Mutter war so eigen. Die hat ihr Ding durchgezogen. Ich hätte schwören können, dass sie den Hof irgendeiner Tierschutzorganisation vermacht. Oder ihrem Hund. Dem Tierheim hat sie aber nur Geld vererbt. Sie beide müssen sie mächtig beeindruckt haben.« Er grinste schief, und ich dachte, dass ein Besuch von ihm seine Mutter bestimmt auch mächtig beeindruckt hätte.

»Ich habe keine Ahnung, was Sie da in der Einöde wollen, aber viel Erfolg!« Er schenkte uns noch ein strahlendes Grinsen, dann winkte er, und das Gespräch war beendet.

»Na, dem hätte ich auch nichts vererbt«, brummte meine Mutter.

Kapitel 10

Als ich am nächsten Morgen ins Wohnzimmer kam, war mein Vater lächelnd und fröhlich vor sich hin pfeifend dabei, die Fenster zu putzen. Vermutlich war es wieder irgendein Kampflied der britischen Armee – das waren die einzigen Melodien, die er kannte, aber bei ihm klangen sie irgendwie immer fröhlich.

»Gut geschlafen?«, fragte ich.

Er fuhr erschrocken herum und ließ dabei fast den Wassereimer fallen. »Sehr gut! Es war eine kluge Entscheidung, gestern Abend nicht mehr nach Hause zu fahren. Wie gut, dass ihr so viel Platz habt.«

Meine Eltern hatte eigentlich zurück nach Klein Wöhrde fahren wollen, aber zwei Gläser Wein und eine Spielaufforderung von Ben waren dazwischengekommen. Ich hatte das sonderbare Spiel auch nach zwei Gläsern Wein nicht verstanden, weswegen ich gegen Mitternacht ins Bett gegangen war. Aber die restliche Truppe schien sich noch lange den Freuden des Gesellschaftsspiels hingegeben zu haben, denn die Reste dieses hochkomplizierten Spiels standen noch auf dem Esstisch herum. Bunte Karten und kleine Spielhäuser.

»Wer hat gewonnen?«, fragte ich und lief weiter zur Kaffeemaschine.

»Deine Mutter«, erwiderte mein Vater abwesend. Er putzte schon wieder fleißig weiter.

Ich goss mir eine Tasse Kaffee ein und nippte an dem heißen Gebräu. »Wo ist Helmut?«, fragte ich und sah mich um.

»Der hat die Nacht neben dem Bett deiner Mutter verbracht. Der kluge Hund hat gleich verstanden, an wen er sich halten muss.«

Ich grinste, und keine drei Minuten später kamen Helmut und meine Mutter herunter.

»Wie kann es sein, dass es im ganzen Haus keinen einzigen Spiegel gibt?«, fragte sie statt einer Begrüßung und fuhr sich durch die eindeutig notdürftig frisierten Haare.

Ich zuckte die Schultern und hielt ihr einen Becher Kaffee hin. »Das werde ich noch ergründen. Aber ich habe mich schon daran gewöhnt.« Hatte ich wirklich. Das Schminken hatte ich mir hier auf dem Hof gleich am ersten Tag abgewöhnt, und meine Frisur richtete ich einfach tastend. Ansonsten verließ ich mich darauf, dass Ben mir schon sagen würde, sollte mir mal eine Nudel im Gesicht kleben.

Meine Mutter nahm mir den Kaffee ab und lehnte sich an die Küchentheke. »Nun wird meine Tochter also doch noch zur Landpomeranze«, sagte sie mit einem Mamalächeln und fuhr mit den Fingerspitzen über meinen Handrücken. Vielleicht war sie die Einzige, die erahnen konnte, wie einsam mein Leben in Hamburg gewesen war. Niemand kannte mich besser als sie.

»Das Spiel war so lustig!« Sie nippte an ihrem Kaffee und deutete zum Tisch. »Ben ist echt ein feiner Kerl. Das kann schon was werden mit eurer WG.«

Mein Vater stellte den Putzeimer schwungvoll in die Küchenspüle und verschüttete dabei ebenso schwungvoll die Hälfte des Dreckwassers.

»Was tuschelt ihr?«, fragte er und klemmte sich zwischen uns an den Küchentresen.

»Wir haben über Ben geredet«, flüsterte meine Mutter und sah sich jetzt doch tatsächlich um, ob wir alleine waren. Die Miene meines Vaters hellte sich auf. »Der hat gestern meinen Zeh wirklich grandios behandelt! Großartig! Ich möchte mit jeder Malesche zu ihm kommen. Es war nur ein Zeh, aber er war wirklich sehr versiert. Ich glaube, er ist ein guter Arzt. Aber er hat es ein bisschen an der Seele.« Er nickte bedächtig, nahm meiner Mutter den Kaffeebecher aus der Hand und schlürfte genüsslich einen großen Schluck.

»Du hast nette Eltern.« Ben war damit beschäftigt, unsere Sonnenbank swimmingpoolblau zu streichen, und ich sah ihm dabei zu. Die Farbe hatten wir in der Scheune gefunden. Dort befand sich nämlich ein kleiner geheimer Verschlag, in dem ganze Spinnenvölker lebten, weswegen Ben die Farbe dort hatte herausholen müssen. Ich hätte vorher erst in Drachenblut baden, die Götter beschwören und mir eine Ganzkörperrüstung anlegen müssen, denn ich hasste Spinnen voller Inbrunst. Aber Ben schienen die Viecher nicht zu stören. Als er aus dem Verschlag wieder herauskam, hatte er nicht nur die blaue Farbe in der Hand, sondern auch ein geheimnisvolles Lächeln im Gesicht. Offenbar lagerten hinter dieser Tür ein paar Schätze. Leider hatte er nur gelacht und mir nicht verraten, um was für Schätze es sich handelte.

Meine Eltern waren wohlbehalten wieder in Klein Wöhrde angekommen und hatten sich auf der Rückfahrt nur zweimal verfahren. Den nächsten Besuch hatten sie aber schon angekündigt. Offenbar trieb sie die Sorge um, uns könnte der alte Hof unter den Fingern weggammeln. Sie dachten wohl, wir seien noch zu unqualifiziert, um so ein großes Projekt zu stemmen, dabei fand ich, wir machten das großartig.

Wir strichen immerhin eine Bank. Bewundernd schaute ich zu, wie Ben mit einem ganz kleinen Pinsel die Ecken der Armlehnen bearbeitete. »Ich werde dich ab jetzt nur noch Mikro-Ben nennen«, erklärte ich zufrieden und nippte an meinem Tee. »Du bist in der Lage, auch filigrane Aufgaben mit bestem Ergebnis zu erfüllen.«

Ben warf mir einen belustigten Seitenblick zu und grinste.

»Ich kann auch Stirnwunden nähen, von denen man hinterher fast nichts mehr sieht.«

»Ürgs.« Ich verzog das Gesicht. »So genau wollte ich es gar nicht wissen.«

Die späte Nachmittagssonne schob sich durch eine Wolke am Himmel und schien mir direkt ins Gesicht. Ich schloss für einen Moment genießerisch die Augen, bis eine schrille Frauenstimme mich aus meiner Entspannung riss.

»Miriam hat eine Murmel in der Nase!«

Direkt vor uns stand eine Frau in mintgrüner Jogginghose, mit mintgrünen Fingernägeln und Handtuchturban auf dem Kopf. Sie hielt ein kleines Mädchen an der Hand. »Sind Sie der Arzt?«

»Äh. Ja.« Ben erhob sich, stand einen Moment unschlüssig herum und beugte sich dann zu dem kleinen Mädchen hinunter.

»Zeig mal«, sagte er, und das Kind hob den Kopf. »Schöne Murmel«, sagte Ben. »Macht aber keinen Sinn in der Nase, was? Ich hole sie da mal raus. Bin gleich wieder da.« Er trabte über den Hof ins Haus, und ich sah mich bemüßigt, ebenfalls mal zu gucken. Da steckte tatsächlich eine Murmel in der Nase des kleinen Mädchens.

»Ich habe es selber probiert, aber Miriam hat sich aufgeführt, als wollte ich ihr die Nase amputieren. Ich hab mir grad die Nägel lackiert und vier Minuten mal nicht hingesehen«, erklärte mir die Mutter, nahm sich das Handtuch vom Kopf und zwirbelte die langen, klitschnassen Haare zu einem Knoten. »Und eigentlich müssten wir jetzt schon im Kindergarten zur Eingewöhnung sein. Aber irgendwas ist ja immer.«

Sie rieb sich die Stirn, und das Kind sagte laut und deutlich: »Kacke.«

»Miriam!«, rief die Mama empört, und ich sagte: »Na ja, stimmt ja irgendwie. Das ist eine tolle Farbe.«

Ich deutete auf ihre Nägel, und sie wackelte mit den Fingern. »Ich liebe Mintgrün. Passt auch zu Ihrer frisch gestrichenen Bank.«

Ben kam zurück. Er trug Handschuhe und hatte diverse Gerätschaften dabei, die er jetzt auf einem Handtuch auf dem Boden ausbreitete. Mir reichte er eine kleine Taschenlampe, und dann kniete er sich vor das Kind. »Ganz stillhalten. Tut nicht weh, okay?« Miriam nickte und hob den Kopf, woraufhin ich den Lichtstrahl auf ihr linkes Nasenloch hielt. Ben holte die Murmel in unter vier Sekunden heraus. »Nasensauger sind Gold wert«, erklärte er, während er dem Mädchen die blaue Glaskugel in die Hand drückte. Miriams Mutter atmete erleichtert aus.

»Dachte ich mir auch so. Aber man entsorgt die Dinger, wenn die Kinder keine Babys mehr sind. Danke. Was schulde ich Ihnen?«

»Nichts«, sagte Ben und erhob sich wieder.

»Wir wohnen in dem alten Haus ganz hinten links vor der Kuhwiese. Ich habe eine Hebebühne in der Scheune. Wenn Ihr Auto mal kaputt ist, kommen Sie vorbei.« Dann drückte sie ihrem Kind einen Kuss auf den Kopf, und die beiden eilten vom Hof.

»Murmeln in der Nase«, brummte ich und sah ihnen hinterher.

»Ich habe schon ganz andere Dinge aus menschlichen Körperöffnungen geholt«, erwiderte Ben und lachte, aber ich unterbrach ihn mit einer energischen Handbewegung.

»Will ich gar nicht so genau wissen!«, rief ich und fügte hinzu: »Aber Miriams Mutter hatte einen tollen Nagellack. Passt perfekt zur Bank.«

Ben griff sich erneut den Pinsel und machte sich wieder an der Bank zu schaffen. Als ich weiter einfach so rumstand, sagte er irgendwann: »Wolltest du nicht an deinem Roman schreiben? Oder hast du ein Date mit den übergriffigen Vampiren?«

»Hm«, antwortete ich missmutig. Seit unserer Ankunft in Bredenhofe hatte ich meinem Roman sage und schreibe sieben Seiten hinzugefügt. Ein kreativer Workflow sah anders aus. Es war zum Verzweifeln. Aber wenigstens war ich bei den Vampiren wieder im Zeitplan, seit ich meine Arbeitszeiten auf den Abend verlegt hatte. Tagsüber mussten wir schließlich Eltern bewirten und Bänke streichen. Und so hatten wir irgendwie bisher auch keine Zeit gehabt, über die wirklich wichtigen Dinge zu sprechen. Aber das ließ sich ja ändern. Und zwar möglichst bald, bevor der nächste Mensch mit einem gesundheitlichen Problem auf dem Hof stand.

»Ben«, sagte ich, sozusagen um mich warmzulaufen.

»Hm?« Er blickte auf und kleckerte mit dem erhobenen Pinsel ein wenig Farbe auf seine Hand. Geschickt wischte er sich den Klecks an seinem blauen Arbeitshemd ab, was farblich nicht weiter auffiel.

»Warum hast du gekündigt?«

Er atmete tief aus. »Wie kommst du jetzt darauf?«

»Ach. Ich dachte, wenn wir schon so freundschaftlich zusammenleben, könnten wir uns doch auch ein paar Geheimnisse erzählen.« Ich lächelte. Aber eigentlich hatte die Anmerkung meines Vaters mir noch einmal vor Augen geführt, wie wenig ich von Ben wusste. Wir redeten zwar miteinander, aber nicht über relevante und wichtige Themen. Ben konnte sich den lieben langen Tag nur über Kaffee, das Wetter und blaue Farbe unterhalten.

Er lächelte zurück, ließ meine Frage aber unbeantwortet. »Erzähl mir lieber ein paar Geheimnisse aus deinem Leben«, sagte er stattdessen.

Helmut kam aus dem Haus getrabt, steuerte zielsicher auf uns zu und ließ sich neben mir auf das alte Kopfsteinpflaster sinken. In den letzten Tagen suchte er gerne unsere Gesellschaft. Ich glaube, er hatte sich an uns gewöhnt. Vielleicht mochte er uns sogar. Ein bisschen zumindest. Mich auf jeden Fall, denn immerhin war ich diejenige, die ihn tagtäglich mit Köstlichkeiten fütterte, damit er ein wenig Speck ansetzte.

Ich dachte nach. Ein Geheimnis gegen ein anderes Geheimnis. Mädchenwelten funktionierten so. Henriette wusste, dass ich die perverse Angewohnheit hatte, Chips in Vanilleeis zu tauchen, und ich kannte ihre panische Angst vor Clowns. Eine wirklich seltsame Phobie, die aber tatsächlich einen Namen hatte: Coulrophobie.

»Ich war sehr einsam in Hamburg«, sagte ich schließlich. Einsam zu sein war nicht cool. Es war sogar irgendwie peinlich. Wer gab denn schon zu, einsam zu sein? Ich jedenfalls normalerweise nicht. Im Gegenteil, ich hatte es in den letzten Jahren perfektioniert, meine Einsamkeit zu überspielen. Tagsüber war es nicht allzu schwierig gewesen, bis auf sonntags, und nachts hatte ich halt mein Kissen im Arm gehalten. Ich sah auch nicht unbedingt aus wie ein einsamer Mensch. Nur Henriette wusste von meinem Geheimnis.

Ben lehnte den Pinsel gegen die Farbdose und setzte sich zu mir auf das Pflaster.

»Ich auch«, sagte er dann leise und verschränkte die Hände über den Knien. »Lag auch an mir und meinem Job. Vierundzwanzig-Stunden-Schichten sind einfach nicht gut geeignet, um soziale Kontakte zu pflegen.« Ben hatte sich am Morgen nicht rasiert und wirkte jetzt wirklich ein wenig wie der Wikinger, den meine Mutter auf den ersten Blick in ihm gesehen hatte. Bartstoppeln, das lässige Hemd mit den Farbflecken, die zerschlissene Jeans und der coole Haarschnitt.

Er blickte zu mir auf. »Man findet nicht so einfach Anschluss, gerade unter Ärzten. Ich hatte aus der Schul- und Studienzeit nicht so viele Freunde, und es gibt in Hamburg feste Grüppchen, die ziemlich verschlossen sind. Es ist schwierig, neue Leute kennenzulernen. Und dafür bräuchte man ja auch irgendwie Zeit.«

Ich nickte. Zeit hatte ich zwar gehabt, aber bei mir sah die Sache ganz ähnlich aus. »Bei mir haben alle Kinder bekommen, oder doch wenigstens geheiratet. Und dann sind die Mädels weg vom Markt. Als ob ihr Status als Ehefrau es ihnen nicht mehr möglich macht, am Wochenende was trinken zu gehen. Na, und mit Kindern ist es eh schwierig, was zu unternehmen. Oder zu planen.

Also nicht, dass du denkst, ich hätte was gegen Kinder. Ich mag Kinder«, fügte ich schnell noch hinzu.

Ben senkte den Blick. »Ich auch«, sagte er schlicht, als ob es wichtig wäre, diese Information mit mir zu teilen. »Es gibt in England ein Ministerium, das sich um Einsamkeit kümmert. Programme dagegen. Hier in Deutschland ist die Einsamkeit ein wirklich großes Problem. Darum kümmert sich niemand so wirklich. Ich hatte in der Klinik alte Damen, die geweint haben, als ich sie entlassen musste. Weil sie endlich mal für ein paar Tage nicht einsam gewesen waren. Gerade im Alter ist das schlimm.« Er dachte einen Moment lang nach. »Na ja. Nicht nur, wenn du alt bist. Wenn ich bedenke, wie viele Menschen ständig in fremde Städte ziehen, oder Jobs haben, in denen man keine Zeit für Freundschaften hat.«

»Und warum hast du jetzt gekündigt?«, fragte ich, doch Ben schüttelte nur den Kopf, und ich hakte nicht weiter nach.

»Wir sollten uns mal im Dorf umsehen«, schlug ich stattdessen vor. »Bekanntschaften schließen.«

Ben machte ein zweifelndes Gesicht »Ich habe hier ehrlich gesagt noch niemanden gesehen, den man kennenlernen könnte.«

»Ich auch nicht. Das sollten wir ändern. Erinnerst du dich, als Helmut am Montag mit mir spazieren gegangen ist? Vorbei an den zwei Höfen rechts von uns?«

»Wie könnte ich das jemals vergessen. Es war ein monumentales Ereignis.«

Ich musste lachen. Ich mochte seinen Sarkasmus.

Ich hatte mich endlich getraut, mit Helmut an der Leine den Hof zu verlassen. Und Helmut war dort langgelaufen, wo ich es wollte. Oder andersherum. Egal. Was zählte, war, dass wir zum ersten Mal zusammen spazieren gegangen waren, er und ich.

»Aber was ich nicht erzählt habe …« Ich senkte die Stimme. »Da haben sich in jedem Haus die Gardinen bewegt. Da leben Menschen. Und sie haben mich beobachtet.«

»Hm. Das ist ja toll. Aber ob sie ihre Häuser jemals verlassen?«

»Wir werden sehen«, antwortete ich, und dann schlug unser Hoftor so fest ins Schloss, dass wir alle drei erschrocken zusammenfuhren. Fredo kam über den Hof auf uns zu gestapft.

»Das Holz liegt ja immer noch da«, schnauzte er, woraufhin Helmut ein indigniertes Wuffen von sich gab. Ben und ich schwiegen und starrten auf unseren Nachbarn, der förmlich Funken sprühte. Was beeindruckend war, weil er ja schon im nicht wütenden Zustand ein eher unangenehmer Zeitgenosse war.

»Was bitte?«, fragte Ben, erhob sich und klopfte sich den Dreck von der Hose.

»Das Holz liegt immer noch da!«, wiederholte Fredo, sehr laut, aber ganz langsam, als wären wir doof. Also Ben. Mich ignorierte er.

»Das Feuerholz, oder von was redest du?«, mischte ich mich jetzt ein. Fredos Blick streifte mich nur.

»Es wird nass. Das ist verdammt gut abgelagertes Brennholz. Und ihr lasst es dort verrotten. Außerdem muss die Wiese gemäht werden. Die Baumscheiben müssen gemacht werden, und hier sieht es auch aus wie bei den Hottentotten.« Er machte eine allumfassende Bewegung mit dem Arm. Ich blickte mich um. Es sah aus wie am Tag unseres Einzugs. Keine Hottentotten weit und breit. Und das Holz war uns vorgestern geliefert worden, damit wir heizen konnten. Denn unsere Heizung führte ja nach wie vor ein Eigenleben und heizte nur an geraden Tagen. Oder wenn der Mond günstig stand. Das hatten wir noch nicht abschließend geklärt, und der Handwerker wollte irgendwann im Sommer mal gucken kommen.

»Hör mal, Fredo. Das Holz liegt unter dem Vordach. Das wird nicht nass«, erklärte Ben freundlich, und ich stellte mich neben ihn. Trockenes Holz sollte keinesfalls nass werden. Das war ja nun selbst uns klar. Außerdem hatten wir uns ein paar Youtube-Tutorials zu diesem Thema angesehen.

»Oder kann der Herr Doktor etwa kein Holz hacken?« Den ätzenden Unterton in Fredos schneidender Stimme hatte ich mir nicht eingebildet.

»Hör mal!«, fauchte ich wütend, woraufhin Fredo jetzt mich anstarrte.

»Willst du das Holz hacken, Mädchen?«

Oh. Ein absolutes Reizwort. Wenn mich jemand »Mädchen« nannte, wurde ich zum Bulldozer. Konnte ich gar nichts gegen tun. War ein Automatismus.

»Hör mal zu, du arroganter Vogel!«, schnauzte ich. »Was fällt dir eigentlich ein, hier so rumzumotzen? Es ist unser Holz, und wenn ich Bock habe, fälle ich einen ganzen Wald! Allein!« Ich trat einen Schritt vor und stemmte die geballten Fäuste in die Hüften, bereit, mich auf ihn zu stürzen. Verbal, versteht sich. Aber das war nicht nötig, denn Millie kam so energisch um die Ecke geschossen, dass ihre Kittelschürze sich im Fahrtwind bauschte.

»Bist du verrückt geworden, du Miesepeter?!«, kreischte sie und übertraf mich damit bei Weitem. »Was fällt dir ein, die beiden so anzuschnauzen?« Millie schien kurz davorzustehen, ihrem Gatten eins über den Schädel zu ziehen, zur Not mit der flachen Hand.

Die Veränderung, die jetzt bei Fredo ablief, war wirklich beeindruckend. Er klappte den Mund zu, trat einen Schritt zur Seite und wirkte plötzlich lammfromm. »Ich meine ja nur«, brummte er.

»Er meint nur!«, fauchte Millie. »Hab eine Meinung, aber nicht in diesem Ton!«

Fredo drehte sich um und stiefelte vom Hof. Millie verdrehte die Augen und steckte die Hände in die Taschen ihrer Kittelschürze.

»Könnt ihr Holz hacken?«, fragte sie dann, und wir schüttelten gemeinschaftlich den Kopf. »Zeige ich euch. Oder Fredo. Und ihr müsst mähen. Und die Fläche unter den Obstbäumen vom Unkraut befreien. Und dann kommt da Kompost drauf. Der liegt in den Holzdingern neben der Scheune.«

Sie nickte und schien zu überlegen, was noch getan werden musste. »Und in der Scheune steht ein Gasbrenner. Damit könntet ihr mal über das Unkraut zwischen den Steinen gehen. Da werdet ihr im Sommer sonst nicht mehr Herr drüber. Wie der funktioniert, zeige ich euch. Früher haben wir Gift genommen, aber das macht man nicht mehr. Ist auch gut so. Und, weswegen ich eigentlich gekommen war: Ich habe mich beim Kartoffelschälen geschnitten. Guck mal, Ben. Muss das genäht werden?«

Ben guckte, schüttelte den Kopf und sagte: »Ich reinige dir den Schnitt und klebe dir ein Pflaster drauf.«

Millie grinste breit. »Herrlich, einen Herrn Doktor als Nachbarn zu haben!«

Der Herr Doktor war den restlichen Tag lang ziemlich schweigsam. Er stand lange in der Scheune und betrachtete die Axt und den Hackklotz. Währenddessen erstellte ich eine To-do-Liste:

- Holz hacken
- Wiese mähen (Womit?)
- Unkraut verbrennen mit dem arschgefährlichen Gerät in der Scheune
- Baumscheiben (Was ist das genau? Google fragen!)
- 125 Wörter schreiben

Als ich damit fertig war, ging ich zu Ben, der begonnen hatte, alle möglichen Dinge in der Scheune unmotiviert hin und her zu tragen.

»Du hackst Holz, ich mähe die Wiese und kümmere mich um die Baumscheiben. Das Unkraut machen wir gemeinsam. Und dann muss ich noch jeden Tag 125 Wörter schreiben. Was hältst du von meinem Plan?«

Ben räusperte sich und stellte ein Zaunelement auf dem Boden ab. »Tut mir leid«, sagte er.

»Was tut dir leid?«, fragte ich und ließ die Liste sinken.

Er dachte einen Moment lang nach. »Ich habe das hier nicht gut im Griff«, sagte er dann leise.

Fragend zog ich die Augenbrauen hoch. »Hä?«

»Ich weiß nicht, was wann zu tun ist.« Ben klang verzweifelt und sah auch so aus.

»Ben«, sagte ich, »ich weiß es auch nicht. Wir müssen halt noch üben. Aber wir schaffen das.«

Ben schenkte mir eins seiner einseitigen Lächeln, dann griff er sich das Zaunelement und trug es wieder durch die Scheune. Verwirrt lief ich zurück ins Haus und beschloss, das Mähen und Baumscheibenversorgen auf den nächsten Tag zu verschieben. Heute Abend würde ich nur noch meine 125 Wörter in Angriff nehmen.

Ich schaffte vierundzwanzig, in denen Kaya und Luca sich stritten. Sie schrien sich an und hatten keinerlei Neigung, in Liebe zueinander zu entbrennen. Dann fütterte ich Helmut mit Käsewürfeln und ging ins Bett.

Kapitel 11

In der Nacht weckte mich ein lautes Bellen. Aus einem tiefen Traum gerissen, wusste ich erst gar nicht, wo ich war. Alles schien für einen Moment fremd. Dann landete ich unsanft in meinem Bett in Bredenhofe und richtete mich schlaftrunken auf. Helmut bellte. Immer wieder der gleiche Ton. Ein tiefes Wuff, das in einem heiseren Krächzen endete. Irritiert starrte ich ihn einen Moment lang an. Helmut klang, als gäbe es einen Notfall. Ich schlug die Decke zurück und setzte mich hin. Der Hund bellte weiter. Sein Bellen hatte etwas so furchtbar Dringliches, dass ich kurz entschlossen mit beiden Beinen gleichzeitig aus dem Bett sprang. Helmut stürmte aus dem Zimmer. Ich schlüpfte in meine dicke Strickjacke und die gefütterten Winterstiefel, die ich klugerweise vor meinem Schlafzimmer hatte stehen lassen, und folgte ihm. Helmut flitzte für sein sonst übliches Phlegma ziemlich zügig die Treppe hinunter, direkt durch die nur angelehnte Haustür.

Ich griff mir eine der beiden Taschenlampen, die wir von Dorle geerbt hatten, und trat hinter ihm hinaus auf den Hof. Helmut war schon in der Scheune verschwunden, bellte aber dort energisch weiter.

Kurz zögerte ich, dann lief ich noch einmal ins Haus zurück und packte die zweite Taschenlampe fest am Griff. Das Ding war so schwer wie ein Feuerlöscher und sicherlich auch als Waffe zu benutzen. Falls das nötig sein sollte. Ich wusste ja nicht, was Helmut so als Notfall einstufte, vielleicht hatte er einen Einbrecher entdeckt.

Ein leichter Nieselregen hatte eingesetzt. Ein wenig langsamer folgte ich dem Hund jetzt in die stockfinstere Scheue. Es roch nach altem Heu, trockenem Holz und Staub. Helmut wuselte aufgeregt dicht neben dem zweiten Tor zur Obstwiese herum, und ich richtete den Schein der Taschenlampe in seine Richtung. Da saß jemand. Auf dem Boden. Mit dem Rücken zur Wand, die Beine angezogen.

»Hallo?«, rief ich wesentlich energischer, als mir zumute war, und für einen Moment erwog ich den Gedanken, Ben zu Hilfe zu holen. Oder Millie. Oder gleich Fredo. Doch dann erkannte ich das Häuflein Mensch, das dort kauerte.

»Ben«, sagte ich erstaunt und eilte mit wenigen Schritten auf ihn zu, aber Ben reagierte nicht. Er trug immer noch das blaue Hemd und die Jeans vom Nachmittag.

»Was ist passiert?« Ich kniete mich neben ihn und berührte ihn an der Schulter. Dabei überlegte ich fieberhaft, wo wohl mein verdammtes Handy war. Vermutlich hatte ich es in der Küche ans Ladekabel gehängt. »Ben!« Ich rüttelte an seiner Schulter.

Endlich blickte er auf. Sein Atem ging schnell und bildete kleine Dampfwölkchen in der kalten Märznacht.

»Hast du dich verletzt?« Panisch sah ich mich nach einer Blutlache um. Und der Axt. Aber es war nichts zu sehen. Ben schüttelte den Kopf. Sah man so aus, wenn man einen Herzinfarkt hatte? Hatte Ben gerade einen Herzinfarkt?

»Ich rufe den Notarzt«, erklärte ich. Ben streckte die Hand aus, verfehlte mich aber. Wieder schüttelte er den Kopf. Vielleicht war er nicht mehr Herr seiner Sinne? Auch wenn er Arzt war, konnte er diese Situation richtig einschätzen?

»Alles okay«, sagte er mit schwacher Stimme, und ich hockte mich zu ihm auf den kalten Boden. In seinen Augen lag ein gehetzter Ausdruck.

»Okay sieht anders aus«, erwiderte ich, brachte meine Beine, die immer noch ins Haus rennen wollten, aber erstmal zur Ruhe.

»Das ist …« Er schien nach Worten zu suchen, aber keine zu finden.

»Hattest du das schon mal?«, fragte ich, und Ben nickte, jetzt mühsam um Atem ringend. Seine Hand schloss sich um meine. Seine Finger zitterten, und so hielt ich sie ganz fest. »Wir müssen reingehen«, sagte ich. »Es ist zu kalt hier draußen.« Ben atmete zu schnell, und im Schein der Taschenlampe, die ich neben uns gelegt hatte, konnte ich Schweiß auf seiner Stirn glitzern sehen. Das war der Moment, in dem ich es wirklich mit der Angst bekam. Wir hockten hier im Nirgendwo, und Hilfe war weit weg. Ich wusste nicht, was zu tun war. Wenn Ben jetzt etwas passierte, würde ich mir das nie verzeihen. Es lag alles in meiner Hand.

»Ich möchte einen Arzt rufen, Ben«, sagte ich und bemühte mich, das Zittern aus meiner Stimme herauszuhalten. Wieder schüttelte Ben den Kopf. Dann sagte er, und ich schwöre, dass seine Zähne dabei klapperten: »Ich habe eine Panikattacke.«

Darüber wusste ich ungefähr so viel wie über Herzinfarkte, aber ich war mir doch sicher, dass man daran nicht starb. Zumindest nicht unmittelbar. Helmut hatte sich bisher dezent zurückgehalten, mischte sich jetzt aber ins Geschehen ein, indem er sich zwischen uns drängte und Ben ausgiebig beschnüffelte. Erst wollte ich den Hund wegschieben, doch Ben hob eine Hand und vergrub sie in Helmuts dichtem Pelz. Der schnüffelte weiter, hielt aber ganz still. Und so warteten wir und saßen dicht beisammen, während Ben mit den Zähnen klapperte, weiterhin meine Hand fest umklammert hielt und hektisch atmete, während ihm der Schweiß über das Gesicht lief.

Irgendwann normalisierte sich seine Atmung ein wenig. Mir waren mittlerweile die Beine eingeschlafen, und Helmut hatte sich vor Erschöpfung sogar auf den kalten Boden der Scheune gelegt. Es regnete jetzt stark, und die Tropfen prasselten auf das Scheunendach.

»Wollen wir reingehen?«, fragte ich, und Ben nickte, ließ meine Hand los und stemmte sich mühsam in die Höhe. Ich wollte ihm helfen, ihn stützen, doch eine innere Scheu hielt mich davon ab. Und so trat ich nur einen Schritt zurück, um ihm ein wenig Raum zu geben, und folgte ihm, als er etwas wackelig auf den Beinen durch die Scheune zurück zum Haus lief.

Der Regen schien eine Pause zu machen. Ich überholte Ben und leuchtete uns mit beiden Taschenlampen den Weg, während Helmut hinter uns her trottete. Als ich die Haustür schloss, drehte Ben sich zu mir um. Er war weiß wie die Wand.

»Ich mache mir noch einen Tee. Gute Nacht.« Er ging ein paar wackelige Schritte Richtung Küche, blieb dann aber noch einmal stehen und räusperte sich. »Danke.«

»Ich möchte auch einen Tee«, sagte ich, und so landeten wir wenige Minuten später mit zwei dampfenden Tassen auf dem Küchensofa. Ich pustete über die heiße Oberfläche und verbrannte mir doch die Zunge.

Ich wollte Ben fragen, was das da eben gewesen war und was man dagegen tun konnte. Was ihm helfen würde, warum er diese Anfälle bekam und ob es ein Medikament oder eine Therapie dagegen gab. Aber als ich ihm ins Gesicht sah, schwieg ich. Ben war von der Attacke – oder vielleicht auch von der Tatsache, dass ich ihn in diesem Zustand gefunden hatte – ganz schön mitgenommen. Und ich spürte meine eigene Angst noch tief in meinem Herzen rumoren.

Stattdessen beherzigte ich Dorles Rat, mutig zu sein, und griff erneut nach seiner Hand, die immer noch ganz kalt war. Ich zog die Decke zu uns heran, breitete sie auf und deckte uns beide damit zu. Dann lehnte ich, aus Ermangelung eines Kissens, meinen Kopf gegen Bens Schulter. Ben legte sein Gesicht auf meinen Scheitel, und so saßen wir schweigend nebeneinander.

Irgendwann schlief Ben ein. Der Schweiß auf seiner Stirn war getrocknet, aber er fühlte sich trotz der Decke klamm und kalt an. Ich saß ganz still, um ihn nicht zu wecken, und blickte zu Helmut hinüber. Der seufzte tief und blinzelte mich an, als wollte er sagen: »Früher war hier nicht so viel los!«

Ich lauschte auf Bens ruhigen Atem und schloss probehalber die Augen, aber an schlafen war nicht zu denken. Dafür war mein Körper viel zu sehr mit der Nähe beschäftigt, die plötzlich zwischen uns entstanden war. Ben roch angenehm, dabei war er verschwitzt und hatte immer noch Farbe an den Ärmeln seines Hemds und auf den Fingerspitzen. Es war nicht dieser künstliche Duft, den Duschgel und Aftershave verursachten, und der alle Menschen irgendwie gleich riechen ließ. Den wirklichen Menschen konnte man erst riechen, wenn man einige Zeit mit ihm verbracht hatte. Wenn man lange Zeit gemeinsam im Auto saß, einen Berg bestieg oder morgens nebeneinander aufwachte. Ich fand, das waren entscheidende Momente im Leben. Denn der ganz eigene Geruch eines Menschen war unveränderbar, und es lag an der jeweiligen Nase des Gegenübers, ob er ihn mochte, oder eben nicht. Henriette konnte ihren Mann nicht riechen, auch wenn sie das nicht daran gehindert hatte, ein Kind mit ihm zu bekommen. Dafür sahen sie sich aber auch nur so oft, wie in Hamburg die Sonne schien. Mein Vater hingegen schnupperte sehr oft an meiner Mutter, und dabei stahl sich ein leichtes Lächeln auf sein Gesicht. Offenbar mochte mein Vater genau diesen Duft und hatte ihr vielleicht auch aus diesem Grund nie ein Parfüm geschenkt.

Irgendwann musste ich dann doch eingeschlafen sein, denn als ich die Augen wieder öffnete, war es hell draußen. Entfernt hörte ich Vogelgezwitscher, und Helmut brummte im Schlaf wie ein Bär im Winterquartier.

Ich lag auf der Seite, der Länge nach ausgestreckt auf dem Sofa. Ben lag hinter mir, eng an mich geschmiegt und hatte einen Arm um meine Mitte gelegt. Seine Hand ruhte auf meinem Unterarm. Ich blinzelte ein paarmal, hielt aber ganz still. Ich war durchdrungen von Bens Wärme. Seine Nähe hatte im Schlaf meinen ganzen Körper entspannt, und ich fühlte mich wie ein Stück Butter in der Sonne. Eine ganze Weile blieb ich einfach so liegen und genoss dieses Gefühl. Leider meldete sich irgendwann meine Blase, und ich begann, mich aus dem gordischen Knoten von Bens Umarmung zu lösen. Millimeter um Millimeter arbeitete ich mich vor, ich wollte nämlich keinesfalls, dass er aufwachte. Ich wollte, dass das hier mein Geheimnis blieb. Keine Ahnung, was in ihm vorgehen würde, wenn er feststellte, dass wir wie zwei Frischverliebte in Löffelchenstellung so dicht aneinandergekuschelt auf dem Sofa geschlafen hatten. Wir hatten schließlich eine Abmachung. Wer die von uns beiden heute Nacht gebrochen hatte, würde sich nicht mehr aufklären lassen, aber ich befürchtete, dass ich es gewesen war. Also mein Körper, im Schlaf. Schlimm genug.

Auf Zehenspitzen schlich ich die Treppe ins Obergeschoss hoch. Dabei stellte ich fest, dass mein Körper nicht nur heimlich Körperkontakt suchte, sondern auch noch die knarrenden Stellen der Treppenstufe drei, sieben und elf auswendig kannte. Ganz automatisch schlich ich nämlich lautlos wie ein Wattebausch darüber hinweg.

»Ich bin eine Köperintelligenzbestie«, flüsterte ich dem bunten Blumenarrangement zu, das anstelle des Spiegels im Bad hing, und stellte den kleinen Heizlüfter an. Unsere Heizung zog es vor, mal wieder nicht zu funktionieren. Die Heizkörper im ganzen Haus wurden nicht warm. Erstaunlicherweise hatten wir warmes Wasser, und damit konnte ich erst mal leben.

Ich entschied mich, schnell unter die Dusche zu springen. Das heiße Wasser weckte meine Lebensgeister, und nach wenigen Minuten war ich fit und ein wenig aufgekratzt, als hätten wir heute noch ein ganz besonderes Event vor uns. Unkrautbeseitigung und Baumscheiben pflegen! Yeah!

Ich wickelte mich in das Badetuch und machte mir in Gedanken eine Notiz, dass wir uns durchaus neue Handtücher gönnen sollten, denn das hellblaue Teil hatte seine besten Tage wohl gehabt, als ich in die Schule gekommen war. Ich suchte im Wäschekorb nach frischer Unterwäsche und fand auch gleich noch meine geliebte Jogginghose und ein altes Shirt, auf dem in großen Lettern »Super Woman« stand. Dann raffte ich mir die nassen Locken mit Hilfe eines Haarbands zusammen und trat zurück auf den Flur.

Ben wartete auf mich. Er hockte auf dem obersten Treppenabsatz und hielt zwei Tassen Kaffee in den Händen. Er brauchte dringend eine Dusche, aber der gehetzte Ausdruck in seinen Augen war verschwunden. Mein dummes Herz machte einen kleinen Hüpfer. Vermutlich aus Erleichterung, weil wir diese Nacht überstanden hatten.

Ich ließ mich neben ihn plumpsen. Auf dem obersten Treppenabsatz hatte ich noch nie gesessen. Man konnte von hier aus durch das Flurfenster direkt in den Himmel sehen, und der war heute Morgen blitzblank und blau, als hätten die Regengüsse der vergangenen Nacht ihn reingewaschen. Ben sah immer noch so aus wie gestern. Das blaue Arbeitshemd, eine kleine Salzkruste am Hals, blaue Punkte auf den Fingerspitzen – und, wie ich jetzt entdeckte, auch auf der Nase. Ich atmete unauffällig tief durch und schnupperte. Ja, ich konnte ihn riechen. Ben. Neben seinen Augen hatte sich ein Netz feiner Linien eingegraben, und am Kinn hatte er ein kleines Grübchen, das mir vorher noch nicht aufgefallen war. Unauffällig atmete ich erneut tief ein. Ich konnte ihn verdammt gut riechen.

Ich nahm einen Schluck Kaffee. Er war handgefiltert, mit Zucker und Milch und schmeckte einfach köstlich. Es musste auch am Koffein liegen, dass mein Herz ein paarmal ganz energisch zu pumpen begann. Ganz so, als wollte es mir etwas mitteilen. Aber es war dumm, mein Herz, deswegen ignorierte ich es.

»Danke, dass du …«, sagte Ben und schwieg dann einen Moment. Er räusperte sich und fuhr fort: »... einfach da gewesen bist. Das hat mir sehr geholfen.« Er sah bei diesen Worten aus dem Flurfenster in den blauen Himmel.

»Wie oft hast du das?«, fragte ich und bekam jetzt einen Seitenblick. Er zuckte die Schultern. »Ich habe ein paar Probleme, aber ich bekomme das in den Griff.« Das klang wie auswendig gelernt.

»Und wie oft hast du das jetzt?«, wiederholte ich meine Frage.

Ben kniff kurz die Lippen zusammen. Dann schüttelte er den Kopf und zuckte wieder mit den Schultern.

»Hast du deswegen gekündigt?«, fragte ich weiter.

»Du bist manchmal ein wenig penetrant«, erwiderte mein Mitbewohner, und ich nickte.

»Ja. Bin ich. Mit so was geht man doch zum Arzt.«

Ben lachte freudlos auf, doch das Lachen verschwand so schnell, wie es gekommen war. Er blinzelte mich an.

»Echt«, sagte ich. »Man muss sich helfen lassen. Ich meine, du bist Arzt! Was würdest du deinen Patienten sagen?«

»Hm«, antwortete Ben. »Es sind Panikattacken, die immer gleich ablaufen. Ich habe das Gefühl, keine Luft zu bekommen. Als ob ein Elefant auf meinem Brustkorb sitzt. Alle Geräusche sind gedämpft und verzerrt. Das Licht ist dann plötzlich ganz hell. Es blendet mich. Manchmal hilft es, in die Weite zu gucken. Und manchmal kommt dann ein Punkt, an dem ich spüre, dass ich es nicht aufhalten kann.«

»Und wann kommen diese Attacken?«

Er schwieg einen Moment und nippte an seinem Kaffee. Nach einer Weile sagte er, ohne wirklich auf meine Frage einzugehen: »Ich glaube, ich bin nicht ganz richtig im Kopf.«

»Ben«, sagte ich erschüttert, aber er schüttelte nur leicht den Kopf.

»Als Arzt in der Notaufnahme solltest du bestenfalls ein Adrenalinjunkie sein«, sagte er. »Du rennst immer. Dein Zeitplan ist immer scheiße. Du bist ständig am Limit. Manche Leute beflügelt das, aber bei mir hat das Adrenalin eine völlig gegenteilige Wirkung. Es macht mich fertig. Es gibt mir keine Kraft, es raubt sie mir.«

»War das der Grund, warum du gekündigt hast?« Ben warf mir einen langen, fast vorwurfsvollen Blick zu. War das wieder zu penetrant gewesen?

»Ja«, antwortete er. »Auch. Ich hatte Probleme mit dem Oberarzt. Er konnte mich nicht ausstehen. Hat mich ständig kritisiert und beschimpft. Ich war auch immer zu langsam. Ich bin langsam. Innerlich und äußerlich.«

»Nein«, erwiderte ich entschieden. »Bist du nicht. Höchstens vielleicht für den Betrieb in der Notaufnahme.«

Ben schwieg. »Ich bin ein guter Arzt«, erklärte er dann plötzlich mit Nachdruck. »Ich bin tatsächlich aus einer sehr romantischen Vorstellung heraus Arzt geworden. Andere wollen Geld verdienen, einen gewissen Status, aber das war mir nie wichtig. Ich will Menschen helfen. In der Medizin gibt es jede Menge Leitlinien, nach denen man sich grob richten kann. Trotzdem muss man immer wieder neu entscheiden, was in jedem speziellen Fall sinnvoll ist, man muss die richtigen Fragen stellen, sich auf seinen Patienten einstellen. Aber dafür braucht man Zeit, um komplexe Dinge erkennen zu können. In der Notaufnahme geht das alles nicht. Da muss man immer voll da sein, sofort entscheiden, hat keine Zeit, eine Entscheidung zu überdenken. Und das hat mich einfach fertiggemacht. Zum Schluss wurden die Attacken immer häufiger, und ich bekam noch größere Angst, Fehler zu machen, weil ich ständig damit beschäftigt war, die Angst unter Kontrolle zu halten. Da habe ich gekündigt.«

»Damit muss man zu einem Arzt gehen.«

Ben verdrehte die Augen und schüttelte den Kopf. »Du verstehst das nicht.«

»Das kann ich auch ohne medizinische Grundbildung verstehen.«

»Ich habe Techniken, um die Attacken in Schach zu halten. Meistens habe ich es im Griff. Nur in letzter Zeit bin ich so müde.«

Im Griff. Das hatte er eben schon mal gesagt. Ben wollte alles im Griff haben, so viel hatte ich verstanden. »Aber hier musst du nicht alleine alles im Griff haben. Das ist dir doch klar, oder?«

Er nickte, meinte aber genau das Gegenteil.

Ich atmete tief durch. »Ben. Der Hof hier ist unser gemeinsames Projekt. Nicht deins. Wir *beide* tragen hier die Verantwortung. Ich kann auch Holz hacken, Unkraut jäten und Dinge mit Baumscheiben tun, von denen ich keine Ahnung habe, aber das werden wir schon noch rausfinden. Und selbst wenn wir es nicht rausfinden, wird mit ziemlicher Sicherheit niemand daran sterben.« Ben biss sich auf die Unterlippe und starrte mich an. »Lass das auf dich wirken und sag mir, wenn du es verstanden hast«, sagte ich streng.

Plötzlich grinste Ben, mit beiden Mundwinkeln. »Okay.« Er betrachtete seine Tasse. »Du bist mir eine gute Freundin«, sagte er dann und klang fast beschämt. »Erinnerst du dich, was Dorle gesagt hat? Dass man einen guten Freund finden soll? Wir waren mutig, und einen Freund habe ich auch gefunden. Wir müssen also nur noch jemanden Gefährliches zum Kaffee einladen, im Freien schlafen und nackt im Regen tanzen.«

»Einen Schatz finden«, fügte ich hinzu. Die Paris-Sache ließ ich mal unter den Tisch fallen. Und dann saßen wir eine Weile einfach so da und tranken unseren Kaffee. Ich starrte gedankenverloren auf die goldgelben Streifen, mit der die Sonne die blasse Tapete im Treppenaufgang schmückte.

»Ich lasse mir von Fredo zeigen, wie man Holz hackt«, erklärte Ben.

»Okay«, erwiderte ich. »Und vorher bekämpfen wir das Unkraut auf dem alten Kopfsteinpflaster.«

Ben nickte knapp und wirkte für einen Moment fast entspannt.

»Ben?«, fragte ich.

»Hm?« Er drehte den Kopf und sah mir in die Augen, woraufhin ich schnell wieder die Sonnenstrahlen an der Wand betrachtete.

Ich räusperte mich. »Du musst duschen. Du stinkst wie ein Puma.«

»Danke, liebreizende Mitbewohnerin«, erwiderte er trocken, bevor er gehorsam aufstand und im Badezimmer verschwand.

Bald darauf begaben wir uns voller Tatendrang auf den Hof, wo wir das Auto wegfuhren und die Bank vor das Tor stellten, um Platz zu schaffen für unseren ersten Tag nach dem Motto »Ben und Lucy packen es an!«

Kapitel 12

Anpacken konnte man natürlich nur, wenn man irgendwie auch für Energienachschub sorgte, und so mussten wir nach unserem ersten echten Arbeitseinsatz noch dringend die Lebensmittelbestände aufstocken. Bisher hatten wir uns mit dem kleinen Tante-Emma-Laden im Nachbardorf begnügt, aber jetzt stand ein Großeinkauf auf dem Plan. Gleich am nächsten Morgen fuhren wir also zum nächstgelegenen Supermarkt nach Altdierksdorf. Ben hatte für uns beide gleich zu Beginn ein eigenes Konto eröffnet, auf das jeder von uns am Anfang des Monats einen festen Betrag einzahlte. Von wegen, er hatte nichts im Griff.

Staunend fuhren wir auf den Parkplatz, der allein schon so groß war wie drei Fußballfelder. Und damit wir nicht vergaßen, dass wir jetzt mitten auf dem Land lebten, standen auch zwei grüne Trecker neben dem Eingang. Offenbar ging auch den Landwirten mal das Klopapier aus.

Ben organisierte uns einen Einkaufswagen, und so gewappnet schoben wir los, mitten hinein ins Einkaufswunderland. Im Eingangsbereich gab es Brennholz und Anzünder, dahinter stapelten sich Setzkartoffeln und Gemüsesaat. So etwas bekam man in Hamburg nur selten zu sehen. Dafür konnte man dort vegane Gemüsebratlinge und fertige Rote-Bete-Suppen erstehen, wohingegen die Möhren hier in Fünf-Kilo-Netzen verkauft wurden. Die Suppe musste man selber kochen. Eine Mutter mit drei kleinen Kindern versuchte gerade, Gemüse in ihrem Einkaufswagen zu verstauen, in dem aber schon besagte Kinder hockten. Ein älteres Paar stand beim Salat und schien sich nicht einigen zu können, ob nun Rucola oder Feldsalat das Richtige war, und der Gang mit den Birnen und Äpfeln war komplett blockiert, weil dort gerade umgebaut wurde. Hier war richtig was los. Ein wenig verloren zuckelten wir durch die Gänge.

»Ich hasse fremde Supermärkte.« Ben blieb ruckartig stehen. »Habe ich dir übrigens erzählt, dass mein Bruder sich für heute Nachmittag angekündigt hat?« Seine Miene wirkte wenig erfreut.

»Äh, nein«, sagte ich gedehnt. »Hast du nicht.« Bevor ich weitere Fragen stellen konnte, sagte Ben: »Wenn es hier Haferflocken gibt, kann doch der Reis nicht weit weg sein, oder? Wenn du Reis wärst, wo würdest du stehen?«

»Reis? Wozu brauchen wir Reis?«, fragte ich und hielt mich mit einer Hand am Einkaufswagen fest, während Ben mich abschätzend betrachtete und gnadenlos weiterschob.

»Kochen. Nahrungszubereitung.«

Ich seufzte.

Da stand plötzlich Holger vor uns, unser Schneesturmretter mit dem grünen Trecker. Heute in einem passenden grünen Overall, die blonden Haare in wilden Stacheln vom Kopf abstehend. Sein rotes Gesicht glühte, er schien es ziemlich eilig zu haben.

»Ach, ihr!«, rief er, nahm zwei Dosen Tomaten aus dem Regal und drehte sich zu uns um.

»Moin«, antworteten Ben und ich unisono. Wenigstens die landesübliche Begrüßung klappte schon mal.

»Schon eingelebt?« Holger war so groß, dass ich den Kopf in den Nacken legen musste, um ihm ins Gesicht sehen zu können. Bei der Rettungsaktion zu Weihnachten war es mir gar nicht aufgefallen, da hatte die Größe seines Treckers von dieser Tatsache abgelenkt.

»Weitestgehend«, antwortete Ben, und Holger grinste.

»Bisschen anders als in der Stadt, was?«, fragte er. Ich setzte an, um darauf zu antworten und kurz über die dort erhältliche Rote-Bete-Suppe zu referieren, aber Holger kam mir zuvor. »Hört mal, ihr müsst euch mal blicken lassen. Im Dorf. Die Leute reden schon über euch, weil ihr da jetzt seit Tagen auf Dorles Hof hockt, ohne dass man euch zu Gesicht bekommt.« Wir schwiegen verdutzt. »Ende April ist Frühlingsfest bei uns auf dem Hof. Da kommt die Jägerschaft und spielt das Horn, der Chor singt, und es gibt Bier und Würstchen. Alle aus den umliegenden Dörfern kommen, nur Altdierksdorf nicht, die liegen hinter dem Wald und mögen uns nicht. Wir kommen nur zum Einkaufen her.« Er lachte kurz und donnernd, was die Tomaten in seinen Händen in Wallung brachte. »Und seid ihr schon in die freiwillige Feuerwehr eingetreten?«

Ich wollte Bens Hand nehmen. Und dann die Flucht ergreifen. Frühlingsfeste, Dorffehden und freiwillige Feuerwehren, daran hatte ich nicht gedacht, als ich mir das Landleben so idyllisch ausgemalt hatte.

»Das müsst ihr tun! Ganz wichtig.«

»Kommt die sonst nicht, wenn's brennt?«, fragte Ben zögernd. Offenbar war auch ihm nicht ganz wohl.

Holger schüttelte energisch den Kopf. »Die kommt immer. Aber das sind, wie der Name sagt, alles Freiwillige. Die lassen alles stehen und liegen, wenn die Sirene losgeht. Ohne die Feuerwehr hätten wir schlechte Karten. Letztes Jahr, als es so trocken war, sind ständig die Felder beim Ernten abgebrannt. Dem Edgar ist sogar die Zugmaschine abgefackelt. Unsere Feuerwehr ist Gold wert.«

»Dann treten wir natürlich umgehend ein«, erwiderte ich, und Holger grinste.

»Fein!«, sagte er. »Im November gibt es dann im Dorfgemeinschaftshaus Grünkohl und Bregenwurst für alle Mitglieder. Nun muss ich aber los. Meine Frau wartet auf die Tomaten. Die ist mitten beim Kochen, und da warten zehn Leute auf ihr Essen. Heike hält den gesamten Hof am Laufen. Und ich muss zurück in den Stall. Die Melkmaschine hat irgendeinen Defekt. Ist mir heute

Morgen beim Abmelken aufgefallen, die muss bis heute Abend wieder laufen.«

»Gut Glück!«, rief ich ihm hinterher. »Die reden über uns!«, fügte ich entsetzt hinzu, als Holger hinter dem nächsten Regal verschwunden war.

»Dorfleben«, war das Einzige, was Ben dazu einfiel. »Wusstest du, dass Kühe zweimal am Tag gemolken werden müssen? Das ist wie Notaufnahme!« Ben trat einen Schritt zur Seite, um einer energisch aussehenden Dame, die gleich zwei prall gefüllte Wagen an uns vorbeischubste, Platz zu machen.

»Notaufnahme?«, fragte ich.

»Du bist immer im Einsatz, ob du willst oder nicht. Kein Urlaub, keine Vertretung. Wenn du Landwirt bist, kannst du nicht einfach mal nach München fahren, weil es da schön ist. Wie ein Klinikarzt.«

Ich blinzelte. »Mich irritiert viel mehr, dass seine Frau für zehn Leute kocht. Macht sie das jeden Tag? Wenn ich für zehn Leute kochen sollte, müsste ich einen mehrwöchigen Kochkurs besuchen. Da hilft Youtube nicht mehr weiter.«

Ben lehnte sich zu mir rüber und grinste. »Du kannst ja bei den Landfrauen eintreten. Gleich nachdem wir bei der Feuerwehr unterschrieben haben. Die zeigen dir das bestimmt. Falls du Gelüste in diese Richtung verspürst.«

»Ich bin mit meinem Job ganz glücklich«, erwiderte ich und fand durch Zufall im nächsten Augenblick den Reis. Ich griff zwei Pakete und warf sie in den Korb. »Ich bin meine eigene Chefin und kann tun und lassen, was ich will. Das ist doch großartig!«

»Ich weiß nicht«, sagte Ben leise und schob den Wagen weiter auf der Suche nach dem nächsten Eintrag auf unserer Liste. Was auch immer das war. »Ich brauche Struktur. Feste Zeiten.«

»Ich nicht«, erwiderte ich fest. »Ich liebe es, frei zu sein.« Ben fand endlich, was er suchte – ein Gewürz, dessen Namen ich nicht aussprechen konnte.

»Ich nicht. Ich mag es, in ein System eingebunden zu sein. Auch wenn es manchmal nervt. Jetzt brauchen wir Müllbeutel«, erklärte er und schob den Wagen in die andere Richtung.

»Aber dann musst du immer das machen, was andere sagen! Und wann sie es sagen!«, rief ich ihm hinterher und eilte dem entschwindenden Wagen nach.

»Was ist daran schlecht?«

Ich zuckte die Schultern. »Weiß nicht. Ich habe noch nie so gearbeitet. Ich war immer frei.«

»Hat es dich glücklich gemacht?«, fragte Ben, und ich blieb stehen.

»Glücklich«, schnaubte ich verächtlich und musste an die vielen durchgearbeiteten Nächte denken, an meine Armut und Einsamkeit. »Na ja ...«

Ben fand die Müllbeutel und griff sich eine Rolle, um sie zu dem Rest unserer Einkäufe zu werfen.

Einträchtig schoben wir unsere Beute zur Kasse.

»Wenn ich so darüber nachdenke, ist das Leben als Landwirt vielleicht doch gar nicht so schlecht. Wobei die es sicher auch nicht immer leicht haben, aber wer hat das schon. Immerhin hat bei denen jeder Tag einen festen Rhythmus, eine feste Struktur. Und es geht nicht ständig um Leben oder Tod.«

Der Supermarkt war nicht nur riesig, es gab auch gleich drei leere Kassen, und so luden wir alles auf das Band.

»Benedict Greifenberg, ich glaube, du bist ein echter Spießer«, sagte ich, und Ben lachte.

Plötzlich entdeckte ich zwischen den Haferflocken, dem Reis, den Dosenbohnen und den Müllbeuteln eine kleine Glasflasche. In Mintgrün.

»Was ist das?«, fragte ich und deutete auf den Nagellack.

»Oh«, sagte Ben und fing an, den Korb mit den bereits gescannten Sachen wieder zu befüllen. »Den habe ich hinten beim Klopapier entdeckt. Sah aus wie die Nagellackfarbe von der Mutter mit dem Murmelkind, und die hat dir doch so gut gefallen. Da kannst du dir die Nägel lackieren und dich farblich passend auf die Bank setzen.«

Das verschlug mir für einen Moment die Sprache. »Danke«, sagte ich dann.

Am Nachmittag hockte ich auf dem Badewannenrand und wartete darauf, dass meine Nägel trockneten. Ich hatte die neue Farbe gleich ausprobiert, und sie passte nicht nur hervorragend zur blauen Bank, sondern auch zum langsam beginnenden Frühling. Dazu summte ich die Titelmelodie von *Star Wars*, keine Ahnung, warum. Das tat ich so lange, bis ich das laute Motorengeheul eines Autos hörte, das auf unseren Hof bretterte.

Erschrocken sprang ich auf und sah aus dem Fenster. Mitten auf dem Hof, direkt neben dem Berg an Unkraut, das wir mühsam mit einem Messer zwischen den Steinen hervorgeholt hatten, weil wir einfach nicht rafften, wie das Gas-Abbrenn-Teil funktionierte, stand ein schwarzer 7er BMW. Die Fahrertür wurde aufgerissen, und ein ganz in Schwarz gekleideter Mann stieg aus. Es war ein gut aussehender Kerl, doch ich meinte, einen harten Zug um den schönen Mund zu erkennen.

Dann entdeckte ich Ben, der ihm entgegenging. Die beiden gaben sich die Hand, und der Mann sah sich um, allerdings keinesfalls wohlwollend, sondern eher so, als würde er im Kopf kalkulieren, was die Hütte auf dem freien Markt wohl einbringen würde.

Ich schlüpfte vorsichtig in meine Strickjacke mit den großen Blumen und lief die Treppe hinunter in den Flur. Die Tür zur Küche war nur angelehnt, und ich hörte die beiden miteinander sprechen. Bens Stimme hatte plötzlich einen gänzlich neuen Tonfall, und der veranlasste mich, kurz vor der Türklinke eine Vollbremsung hinzulegen.

»Fahr doch einfach wieder«, sagte er gerade, und seine ohnehin recht tiefe Stimme vibrierte bei diesen Worten.

Seinen Bruder schien das zu amüsieren. Als er ihm antwortete, klang er Ben verwirrend ähnlich. »Ich weiß halt nicht, was der Scheiß soll. Du schmeißt deinen Job und verpisst dich hierhin? Hast du den Arsch offen oder was?«

Ich wartete darauf, dass Ben ihm die Meinung geigte, doch zu meiner Überraschung antwortete er gar nicht.

Kurz entschlossen betrat ich die Bühne und hielt kurz – aber wirklich nur ganz kurz – inne bei dem Anblick, der sich mir bot: Ben saß mit übergeschlagenen Beinen und verschränkten Armen am Tisch. Er hatte Kaffee gekocht und in die hübsche Blümchenkanne gefüllt. Millies Kuchen des Tages stand aufgeschnitten und mit Puderzucker bestäubt daneben und wartete nur darauf, auf Dorles gutem Geschirr mit den hellblauen Blumen serviert zu werden.

Eine richtige Kaffeetafel.

Helmut stand neben Ben am Tisch und guckte ernst. Unser Mitbewohner war offenbar genau wie ich der Meinung, dass Ben Beistand brauchte. Bens Bruder stand den beiden gegenüber und hatte, genau wie Ben, die Arme vor der Brust verschränkt.

»Das ist Lucy«, erklärte Ben nun, und ich setzte ein strahlendes Lächeln auf. »Hallo, Bruder von Ben!«

»Oh. Ein Blumenmädchen!« Bens Bruder lachte abfällig. »Und ihr haltet das hier echt für eine gute Idee, ja?«

»Hat der einen Namen?«, fragte ich Ben.

»Marius«, erwiderte dieser.

»Hallo Marius«, sagte ich und erhielt, oh Wunder, eine Antwort.

»Hallo Lucy.« Marius streckte mir sogar über den Tisch hinweg seine Hand hin, die ich ergriff. Helmut beobachtete das Geschehen sorgenvoll.

Marius hatte mittlerweile offenbar gecheckt, dass das Blumenmädchen eine Frau war. Mit Brüsten. Denn nun änderte sich sein gesamtes Verhalten.

»Was treibt denn eine schöne Frau wie dich mit meinem schrägen Bruder in die Einsamkeit? Liebeskummer? Das Problem hätte ich besser beheben können. Ihm fehlen da die entsprechenden Qualitäten, falls du verstehst, was ich meine.« Er wackelte anzüglich mit den Augenbrauen, grinste breit, und Ben zuckte zusammen.

»Nein«, antwortete ich todernst. »Verstehe ich nicht. Ich treffe die Entscheidungen in meinem Leben grundsätzlich ohne männlichen Einfluss.« Dabei lächelte ich nicht. Es war wichtig, im Umgang mit solchen Männchen nicht zu lächeln. Wir Frauen lächelten sowieso immer viel zu viel.

Marius' Grinsen versiegte. »Na, du bist wohl auch so ein Psycho wie mein Bruder, was?«

Ich schüttelte kurz den Kopf, als würde ich mich gruseln.

»Ich denke, du solltest jetzt wieder fahren«, erklärte Ben ruhig.

»Jap. Denke ich auch. Wenn ihr die alte Kiste loswerden wollt, melde dich. Ich kenne ein paar Leute, die das Ding gut verkaufen können. Schönes Leben noch.«

Und mit diesen Worten drehte er sich um und stiefelte aus dem Haus. Im Hof hörte ich die schwere Autotür zuschlagen, dann startete der leistungsstarke Motor, und Marius raste viel zu schnell vom Hof. Ich zog reflexartig die Schultern hoch und hoffte, dass die Bredenhofer sich genau jetzt an das ungeschriebene Gesetz hielten, im Haus zu bleiben und zu warten, bis Bens Bruder das Dorf verlassen hatte.

Leider war dem nicht so. Auf der Straße schrie jemand lautstark und offenbar mordswütend auf. Ben und ich liefen zur Tür. Das Motorgeräusch war schon kaum noch zu hören, aber die wütende Person zeterte weiter. Wir rannten die Treppe hinunter direkt zum Hoftor, neben dem vorübergehend unsere blaue Bank stand.

Eine Frau in Kittelschürze saß darauf, neben ihr auf dem Boden zwei Krücken. Sie reckte die Faust, was uns dazu brachte, schlagartig stehen zu bleiben.

»Was für ein dummes Arschloch war das denn?«, brüllte sie uns jetzt an. Sie mochte alt sein, aber in ihren stahlblauen Augen lag ein gefährliches Glitzern. Die grauen Haare waren wirr, und ein Netz aus Milliarden von Falten verlieh ihr das Antlitz einer wirklich uralten Person.

»Das war mein Bruder«, erklärte Ben nüchtern. »Entschuldigen Sie bitte. Er wird wohl nicht wiederkommen.«

Die Frau regte sich langsam wieder ab, zog die Nase hoch und ließ die Faust sinken. »Familie kann man sich nicht aussuchen, was?«

Ben lachte freudlos auf und schüttelte den Kopf.

»Ach, Herr Doktor. Nun gucken Sie nicht so. Sie haben sich doch eine tolle Frau ausgesucht. Gründen Sie eine eigene Familie. Und lassen Sie die Bank hier stehen. Die ist gut. Ich habe den Weg zu Millie vorher nicht geschafft. Jetzt kann ich hier Pause machen.« Sie nickte anerkennend und hievte sich dann mithilfe der Krücken wieder nach oben, um weiterzuhumpeln.

Um uns von Marius' Heimsuchung zu erholen, mussten wir erstmal Kaffee trinken und Millies Kuchen probieren. Er war mit Schokoladenflocken gebacken. Köstlich! Wir hatten einfach großes Glück mit unserer Nachbarin. Millie brachte uns nämlich immer ein paar Stücke rüber, wenn sie gebacken hatte. Und sie backte leidenschaftlich gern. Der Bund meiner Lieblingsjeans kniff bereits bedrohlich, was einer der Gründe war, warum ich endlich mit der Gartenarbeit anfangen wollte.

»Mein Bruder und ich verstehen uns nicht besonders«, sagte Ben kauend.

»Ach?«, witzelte ich und nahm mir noch ein Stück Kuchen.

»Er ist so aggressiv. War er immer schon. Als müsste er der Welt schon mal vorsorglich die Fresse polieren, bevor sie ihm etwas antun kann. Wir sprechen manchmal miteinander, fragen uns, wie es geht, hin und wieder sehen wir uns, aber ich glaube, wir tun das nur, weil wir halt Brüder sind. Und schon sehr viel Mist zusammen erlebt haben«, fügte er hinzu. »Ich weiß gar nicht, warum ich immer wieder versuche, Kontakt zu ihm zu halten. Jedes Mal denke ich, vielleicht ist es diesmal anders.« Er sah meinen Blick. »Ich glaube, er würde mich bedenkenlos den Löwen zum Fraß vorwerfen, wenn es hilfreich wäre.«

»Ihr seid schon sehr unterschiedlich«, sagte ich und trank einen Schluck von meinem Kaffee. Ben sah mich an, als hätte ich den Verstand verloren. »Das will ich auch sehr hoffen!«

Ich musste grinsen. »Und ein Gutes hatte sein Besuch bei uns«, sagte ich. Ben sah mich abwartend an. »Einen Punkt auf Dorles Liste können wir definitiv abhaken: Wir hatten jemand Gefährlichen zum Kaffee da!« Ben lachte, trank seine Tasse leer und sprang auf. »Ich gehe jetzt Holz hacken«, verkündete er.

»Wollen uns deine Eltern nicht auch besuchen kommen? Irgendwann mal? Sie sind doch bestimmt nicht immer in Island, oder?« Ben erstarrte mitten in der Bewegung, dann drehte er sich zu mir um. »Ich hab das damals nur so gesagt.«

»Wie? So gesagt?«

»Dass sie in Island leben. Das stimmt gar nicht. Tut mir leid«, sagte er und ging wortlos aus dem Zimmer. Ich sah ihm verwundert hinterher.

»Wurdet ihr unter der Wärmelampe ausgebrütet?«, rief ich, doch da fiel die Haustür schon ins Schloss.

Ich nutzte die Stille im Haus, um meinen altersschwachen Laptop anzuschmeißen und den E-Reader startklar zu machen. Mein Internetbrowser begrüßte mich mit zwanzig geöffneten Tabs. Alle zum Thema Angststörungen und Panikattacken. Da aus Ben, der ja eigentlich über das passende Hintergrundwissen verfügen sollte, nichts rauszukriegen war, hatte ich mich auf eigene Faust auf die Suche nach einer Lösung gemacht. Oder doch zumindest erst mal die Fakten zusammengetragen.

Was ich bisher wusste:

1. Sehr viele Menschen litten unter Panikattacken. Ich war erschüttert, wie viele Menschen damit zu tun hatten und wie viele Seiten im Netz es dazu gab.
2. Man war deswegen keinesfalls ein Psycho, wie dieser Idiot Marius es ausgedrückt hatte. Offenbar hatte mindestens jeder vierte Mensch im Laufe seines Lebens damit zu tun. Das war quasi wie Schnupfen, nur ging es nicht einfach wieder weg.
3. Man konnte etwas dagegen tun. Wenn es ganz arg war, gab es Medikamente, ansonsten schienen Gesprächs- und Verhaltenstherapien helfen zu können. Es dauerte allerdings seine Zeit.
4. Das waren doch verdammt noch mal Dinge, die ein Arzt wissen sollte!
5. Warum wusste Ben sie nicht? War es möglich, dass er sie einfach ignorierte?

Ich schüttelte den Kopf und kochte mir erstmal noch einen Kaffee. Während der durchlief, sah ich durch das Fenster erst Ben über den Hof stiefeln, dann einen äußerst übellaunigen Fredo. Fredo meckerte so laut, dass ich ihn deutlich hören konnte. Helmut hob den Kopf aus seinem Körbchen und spitze die Ohren. »Ja«, sagte ich zu ihm und goss mir eine Tasse Kaffee ein. »Heute ist der Tag der schrägen Besucher.«

Dann schwang ich mich wieder auf das Sofa, lud den nächsten Band der unsäglichen Vampire auf den Reader, setzte mein Headset auf und fing an zu diktieren. Und in Band drei wurde es endlich besser. Ein weiblicher Vampir tauchte auf und mischte die gesamte Vampirgemeinschaft mal so richtig auf. Als der Obermacker der Gang, der mich über sechshundert Seiten mit seiner sexistischen Art in den Wahnsinn getrieben hatte, von ihr vermöbelt wurde, war ich so richtig im Fluss. Das übersetzte sich ja fast von selbst! Ich tippte die nächste Seite an, las sie quer und startete dann direkt damit, den Text zu diktieren. Mein Diktierprogramm und ich waren ein eingespieltes Team, und mittlerweile waren meine diktierten Rohtexte schon so gut, dass ich nicht viel Zeit in die Überarbeitung investieren musste. Nur ganz selten sprangen mir Texte direkt so von der Zunge. Ich diktierte und diktierte, und als ich das nächste Mal eine Pause machte, stellte ich nach einem Blick auf die antike Küchenuhr fest, dass drei Stunden vergangen waren.

»Helmut«, flüsterte ich. »Du musst doch noch mal an die Ecke!« Der Hund grunzte, hob dann den Kopf und erhob sich langsam, um sich zu strecken. Ich zog mir das Headset vom Kopf, klappte den Laptop zu und eilte mit dem Hund im Schlepptau in den Flur.

Um dort über Ben zu stolpern, der gleich neben der Tür auf dem Boden saß. Im ersten Moment machte mein Herz vor Schreck einen Satz. Doch Ben erschrak sich mindestens so sehr wie ich, denn er sprang auf und gleichzeitig nach hinten.

»Was machst du hier?«, fragte ich. »Hast du wieder eine Panikattacke?«

»Was? Nein. Ich ... äh ...« Ben presste die Lippen aufeinander und unterdrückte ein Grinsen. »Ich möchte nicht darüber reden.«

»Was?«, fragte ich irritiert, während Helmut tief durchatmete und schon mal zur Haustür wanderte.

Ben verschränkte die Arme vor der Brust und sagte: »Ich höre dir zu.«

»Wobei?«, fragte ich zurück.

»Mh. Heute nicht so die hellste Kerze auf dem Kuchen, werte Mitbewohnerin?«

»Ach.« Mir dämmerte es langsam. »Ich dachte, Fredo hat dir das Holzhacken beigebracht?«, fragte ich empört.

»Er hat mir sehr schlecht gelaunt gezeigt, wie es geht. Aber dann musste er weg. Das war schnell erledigt. Du diktierst immer so schön. Und ganz oft meckerst du dabei und beschimpfst die

Protagonisten, besonders den bösen Vampir. Du nennst ihn immer einen dämlichen Sexisten, aber heute war das anders. Du hast übersetzt, als würdest du eine Geschichte vorlesen.«

»Und du hörst mir heimlich zu?«, rief ich empört und stemmte die Hände in die Hüften.

Ben tat es mir gleich. »Ich habe meistens keine große Wahl!?«

»Oh.« Wieder dämmerte es mir. Aber nur sehr langsam. »Du kannst es hören, wenn ich arbeite. Also überall.«

»Ja. Du sprichst nicht sonderlich leise, und das Haus ist ein wenig hellhörig.«

»Warum sagst du denn nichts? Ich kann vielleicht in mein Zimmer gehen und alle Türen schließen. Oder ins Bad. Oder in die Scheune.« Dort würde ich vermutlich irgendwann erfrieren, aber immerhin konnte ich dann unbelauscht arbeiten.

»Also ... ehrlich gesagt, fand ich das immer sehr schön.« Ben wurde tatsächlich rot. »Es klingt jetzt so, als hätte ich dich belauscht. Aber das habe ich nicht. Es war ja keine Absicht.« Er stockte einen Moment. »Na ja. Heute schon. Weil es heute so besonders schön war.«

Ich war baff. »Das ist mir jetzt aber peinlich.«

»Bitte nicht. Du hast eine wunderschöne Stimme. Du könntest auch Hörbücher aufnehmen ...« Er stockte und fügte dann hinzu: »Ich liebe es, vorgelesen zu bekommen.«

Diese letzten Worte trafen mich mitten ins Herz. Trotzdem sagte ich streng: »Du hast mich auditiv gestalkt!«, woraufhin Ben lächelte.

»Ich bitte um Entschuldigung«, sagte er formvollendet.

»Okay. Möchtest du dem weiteren Verlauf des Buches mit beiwohnen?«, fragte ich möglichst gelangweilt. »Dann musst du aber vorher mit mir und Helmut zu den Bäumen kommen.« Die Bäume waren der Beginn der Feldmark. Dort war eine große Wiese, die Helmut gerne aufsuchte, um seine Geschäfte zu erledigen. Er mochte nicht weiter gehen, dabei hatte ich das in den vergangenen

Tagen immer mal wieder versucht. Helmut blieb gerne in der unmittelbaren Nähe des Hofes. Er hatte lange mit Dorle zusammengelebt, aber ihr Mutigsein hatte nicht auf ihn abgefärbt. Wenn wir von unseren kleinen Ausflügen zurückkamen, musste der Hund auch jedes Mal nachschauen, ob Ben noch da war.

»Muss ich?«

»Ja«, erwiderte ich, schnappte mir die Leine und folgte dem Schäferhund, der schon am Hoftor auf uns wartete. Dahinter stieg offenbar eine Party. Auf der blauen Bank saßen Millie und die Kittelschürzendame von vorhin. Sie plauderten angeregt, während sie die Augen geschlossen und die Gesichter den letzten Strahlen der Frühlingssonne entgegengereckt hatten.

Ich leinte Helmut an und öffnete das Tor.

»Hallo, die Damen«, sagte ich, und beide öffneten ein Auge.

»Frau Doktor«, grüßte Millies Freundin, während Millie mich fröhlich angrinste.

»Das ist ja fast wie ein Biergarten. Setz dich dazu!«

»Helmut muss auf die Wiese. Er kneift schon die Hinterbeine zusammen«, erwiderte ich, während Ben hinter mir aus dem Tor schlüpfte. Die beiden Damen nickten ihm zu und schlossen dann behaglich die Augen wieder, um sich die Sonne ins Gesicht scheinen zu lassen.

Wir wanderten die wenigen Meter durch den scheinbar leeren Ort. Helmut ging sehr langsam und bedacht an der Leine, ich glaube, er hatte Sorge, dass er mich mit einer unbedachten Bewegung umreißen könnte. Er war ja ständig besorgt, der Hund. Die Fassaden der alten Fachwerkhäuser strahlten im hellen Licht der Abendsonne, und mir fiel auf, dass Ben und ich tatsächlich das erste Mal gemeinsam durch den Ort liefen. Helmut erledigte direkt nach Erreichen der Wiese alle seine Geschäfte und wollte wieder heim.

Millie und ihre Freundin saßen immer noch auf der Bank. Sie hatten sogar noch Gesellschaft bekommen. Vor der Einfahrt parkte das gelbe Postauto. Esat, der Postbote, hatte sich mit auf die Bank gesetzt, während er mit großer Ernsthaftigkeit Briefe sortierte.

»Wie nett«, begrüßte er mich und grinste fröhlich. Mir fiel wieder mal auf, dass er nahezu akzentfrei sprach, obwohl er laut Millie erst einige Jahre in Deutschland lebte. »Eine Bank!« Er hielt mir einen Stapel Briefe entgegen, die ich mir unter den Arm klemmte. »Bänke gibt es sonst nur in den Gärten. Auf der Straße hat noch eine gefehlt.«

»Und eine schöne Farbe ist das! Dorle wollte damit die Haustür streichen, aber Fredo hat sie davon abgehalten. Er hat ihr gesagt, das sei eine Haustür, kein Papagei«, erklärte Millie, und die Frau neben ihr verdrehte die Augen.

»Fredo ist ein Holzkopf.«

»Oh ja«, mischte sich unser Postbote ein, und ich sah zu, dass ich hinter Ben herkam, der sich schon an uns vorbeigestohlen hatte und ins Haus gegangen war.

Ich leinte Helmut ab und sah die Briefe durch. Einige Unterlagen vom Notar, vom Grundbuchamt, ein Brief meiner Mutter und ein Anschreiben von Dr. Martin König aus Tatenbühl. Der Ort lag nur ein paar Kilometer entfernt und beherbergte den letzten Goldbarren der Region – den letzten Hausarzt. Der Brief war handschriftlich adressiert an Ben. Ich runzelte die Stirn und drückte ihm den Umschlag in die Hand. »Guck mal. Von Dr. König.«

Ben nahm ihn schweigend und legte ihn auf die Küchentheke. Direkt in eine Kaffeepfütze, die ich dort hinterlassen hatte. Schnell schob ich den Brief zur Seite und tupfte mit einem Handtuch darauf herum.

»Willst du ihn nicht aufmachen? Was kann der von dir wollen? Vielleicht geht es um einen Patienten?«

Ich will nicht sagen, dass Bens Küchenpraxis florierte, aber wir hatten hier jeden Tag Menschen auf dem Hof, die ihm irgendeine körperliche Unannehmlichkeit zeigen wollten. Die Murmel in der Nase war nur der Anfang gewesen. Aber natürlich waren

Bens Möglichkeiten begrenzt, und er hatte einige der Patienten weiterschicken müssen. Ihm fehlte jegliches Gerät zur Diagnostik, und sein Stethoskop, die Hände und die geschulte Wahrnehmung reichten dann doch nicht immer aus. Im Augenblick war er mehr der Mann fürs Grobe. Fleischwunden, yeah. Ich ergriff beim Anblick vollgebluteter Kompressen jedes Mal schnellstens die Flucht, aber Ben schien ihnen wirklich etwas abgewinnen zu können. Keine Ahnung, was die Menschen hier vorher getan hatten, wenn sie sich so oft verletzten.

»Ben! Brief! Vom Kollegen!«

Ben fuhr herum und sagte: »Ich hab's gehört!« Laut, vernehmlich und wütend. Erschrocken von diesem Stimmungswandel sah ich ihn an.

»Dann ist ja gut. Ich dachte, du hast es vielleicht an den Ohren«, erwiderte ich spitz. Wer hätte gedacht, dass sogar Dr. Benedict Greifenberg laut werden konnte?

Kapitel 13

»Könntest du bitte aufhören, ständig so penetrant zu sein?« Ben hatte sich jetzt ganz zu mir umgedreht und sah mich wütend an.

»Nein, tut mir leid. Ist eine persönliche Eigenart von mir. Die kann ich nicht einfach ablegen wie einen alten Wintermantel.«

Jetzt richtete sich Ben zu seiner vollen Körpergröße auf. Auf einmal wirkte er wie der Arzt in der Notaufnahme, der es gewohnt war, klare Ansagen zu machen. Die auch ohne Diskussionen ausgeführt wurden. Das war der Ben, der harte Entscheidungen treffen konnte und in einem hammerharten System zu funktionieren gelernt hatte. Ich hatte diesen Mann noch nicht oft kennengelernt. Weil wir hier auf einem Hof fernab der Welt hockten, weil er hier so nicht sein musste und weil es ihn vielleicht krank gemacht hatte. Trotzdem sah ich keinen Grund, mich von ihm einschüchtern zu lassen.

»Dein Kollege möchte offenbar etwas von dir. Du kannst dich doch nicht einfach totstellen und verstecken!«

»Du machst es doch auch so!«, gab er zurück. »Warum sonst bist du mitgekommen? Doch ganz bestimmt nicht, weil du plötzlich deine tiefe Sehnsucht nach großen Abenteuern entdeckt hast.«

Das war gemein.

»Mag schon sein. Aber im Gegensatz zu dir bin ich kein Geheimniskrämer. Ich war einsam in Hamburg. Viele Menschen sind einsam. Aber ich habe etwas dagegen unternommen. Du kennst meine Geschichte, meine Eltern, du kennst sogar die Farbe meiner Unterhosen! Aber ich weiß nichts von dir. Deine Eltern leben in Island? Ja? Und was ist mit deinem blöden Bruder los?« Ich griff erneut nach dem Brief und schleuderte ihn Ben entgegen. Er segelte zu Boden. »Keine Ahnung, was Dr. König von dir will. Aber vielleicht solltest du ihn mal konsultieren und dir eine Therapie verschreiben lassen.«

»Das geht dich nichts an! Gar nichts!« Ben schnappte nach Luft, dann packte er den Brief vom Boden, zerriss ihn und verschwand. Er warf sogar die Küchentür hinter sich ins Schloss. So laut, dass das alte Haus knarzend protestierte und Helmut aufstand, um sich neben mir in Sicherheit zu bringen.

Ich musste tief durchatmen.

»Das ist nur … Streit«, sagte ich zu ihm und legte meine Hand auf seinen Kopf. »Das ist in WGs normal.« Zumindest hoffte ich das.

Ich sammelte die Einzelteile des Briefs auf und legte sie neben die Kaffeemaschine. Da war er also, unser erster großer Streit. Er hatte irgendwann kommen müssen. Man konnte nicht streitlos zusammenleben. Also nicht mit mir. Trotzdem fühlte ich mich fürchterlich, haltlos, als wäre eine beständige Säule in meinem Leben schlagartig zerbröselt und hätte jegliches stabile Fundament mit sich in die Tiefe gerissen. Ich räusperte mich und zog mein Handy aus der Hosentasche. Es war so schlimm, dass ich mir die nächste Folge der *Drei ???* heraussuchte und startete. Ohne Kopfhörer. Die Titelmelodie von Peter, Justus und Bob bewirkte wie immer eine sofortige Beruhigung meines vegetativen Nervensystems. Ich drehte mich zu den Briefschnipseln um und trommelte mit den Fingerkuppen auf den Küchentresen.

Faktisch war dieser Brief vom Empfänger geöffnet worden. Zwar nicht so wie vorgesehen, aber offen war er definitiv. Ich beugte mich ein wenig weiter nach vorne und zählte zehn Schnipsel.

Theoretisch hatte der Brief jetzt den Status von Müll. Zehn

herrenlose Müllschnipsel, die der Eigentümer schnöde im Stich gelassen hatte.

Es würde nicht weiter auffallen, wenn ich die Schnipsel vor der endgültigen Entsorgung kurz ansah. Also genauer ansah, unter Zuhilfenahme meiner enormen Puzzlefähigkeiten.

Ja. Ich fühlte mich bei diesen Gedankengängen schlecht. Aber ich war auch mit einem älteren Bruder aufgewachsen, und da musste man sehen, wo man blieb. Wer den Erdbeerkuchen zu spät zu Gesicht bekam, musste damit leben, dass derjenige, der schneller gewesen war, schon alle Stückchen einmal beherzt angeleckt hatte.

Es war doch für den weitere Fortgang dieses innovativen Wohnprojekts von enormer Bedeutung, den Inhalt des Briefes zu kennen.

Kurz entschlossen griff ich zu, legte alle Schnipsel nebeneinander und sortierte den Brief so, dass ich ihn lesen konnte.

Und ich hatte recht. Dr. König hatte Ben mit Füller geschrieben. Dass er nämlich schon seit Tagen versuchte, ihn zu erreichen. Dass er gehört habe, Ben sei ein junger, aufstrebender Mediziner, und er, also Dr. König, würde zu gerne erfahren, ob er vielleicht Interesse hätte, eventuell einmal einen Blick in seine Praxis zu werfen. Er würde in absehbarer Zeit in Rente gehen und suche schon sehr lange nach einem geeigneten Nachfolger. Und er wäre nicht in der Lage, seinen Ruhestand zu genießen, wenn er niemanden hätte, der sich um die vielen Patienten kümmern konnte. Ob Ben ihn vielleicht mal anrufen wolle?

Schnell machte ich ein Foto von dem Schreiben, dann schob ich die Schnipsel zusammen und trug sie in den Mülleimer, obwohl sie wohl eher in die Papiermüll gehört hätten. Aber so konnte ich sie zwischen den Resten der fetttriefenden Fertigpizza verstecken, die ich mir gestern Mittag gegönnt hatte.

Ich goss mir ein Glas Rotwein ein, schnappte mir mein Handy und löschte in der Küche alle Lichter. Heute würde ich nicht mehr arbeiten. Ich wollte mich in mein Bett kuscheln und noch einmal in Ruhe das neue Hörspiel hören, dem hatte ich nämlich vor lauter Aufregung gar nicht folgen können.

Mit Helmut im Schlepptau lief ich, die knarrenden Stufen aussparend, ins Obergeschoss. Vor Bens Tür blieb ich einen Moment lang stehen. Ich hatte einen richtigen Stein im Magen. Vielleicht sollte ich einfach klopfen und das Gespräch suchen. Mich wie ein erwachsener Mensch verhalten.

Ich hatte schon die Hand gehoben, aber dann kniff ich die Augen zusammen. Eigentlich hatte ich keinen Bock nachzugeben. Ja, ich war manchmal penetrant. Aber das hier war eine wichtige Sache, letztendlich für uns beide. Ich zog die Hand wieder zurück und hörte im nächsten Moment die *Drei* ??? sprechen. Verdutzt hob ich mein Handy, doch das war aus. Die Geräusche kamen aus Bens Zimmer.

Zwei Tage später war der Notartermin in Husum, bei dem wir offiziell Eigentümer des Dormann Hofes werden sollten. Ben war seit unserem Zusammenstoß sehr schweigsam. Ich auch. Mich beschäftigte unser Streit in jeder freien Minute, aber ich sah mich nicht veranlasst, klein beizugeben. Wenn Ben stur sein konnte, konnte ich es auch.

Beim Notar wurde noch nicht mal Kaffee serviert, während der Mann einen sage und schreibe fünfundzwanzigseitigen Vertrag runterratterte, völlig ohne jegliche Betonung, sodass mein Hirn vor lauter Langeweile anfing, den vorgelesenen Text ins Englische zu übersetzen. Als er fertig war, unterschrieben Ben und ich das Ding, und er gratulierte uns.

»Oh mein Gott. Vielleicht haben wir gerade unsere Seelen verkauft. Oder meine Mutter verpfändet«, sagte ich leise, als wir wieder auf dem Flur standen. Ben sagte nichts. »Vermutlich war es sehr blauäugig, das Ding nicht von einem Rechtsanwalt prüfen zu lassen.«

»Habe ich«, sagte Ben jetzt doch mal etwas.

»Hast du?«, fragte ich zurück.

»Habe ich dir auch erzählt. Du hörst halt nicht zu.« Mit schnellen Schritten nahm er die zwei Stockwerke nach unten. Ich verdrehte die Augen und folgte ihm.

Zurück auf dem Hof, zog Ben sich um, marschierte in die Scheune und fing an, weiter Holz zu hacken. Das wütende Geräusch seiner Schläge hallte von den drei Seiten des Hofes wider. Helmut saß neben mir auf dem alten Kopfsteinpflaster und blickte fragend zu mir auf. »So läuft das manchmal«, erklärte ich ihm. »Menschen streiten sich. Und dann versöhnen sie sich wieder. Das sind ganz normale Vorgänge. Leider müssen wir warten, bis Ben sich wieder einkriegt, weil ich nicht klein beigeben kann.« Er sah mich ernst an. »Das ist genetisch. Ich bin eben ein bisschen stur. Weißt du was? Lass uns spazieren gehen. Und heute machen wir etwas ganz Neues. Zur Feier des Tages! Heute gehen wir bis zum Waldrand. Hopp, Hopp!«

Und so geschah es. Helmut war von meiner Rede so beeindruckt, dass er gemeinsam mit mir an seiner Stammwiese vorbei den gesamten Weg hinauf bis zum Wald lief, der hier an die Felder anschloss.

»Wow!«, hauchte ich, als wir dort ankamen, und blieb stehen. Helmut wirkte auch ganz ergriffen. Hier waren wir noch nie gewesen, und es war wunderschön. Vor uns erhob sich der Wald, und ich konnte einen deutlichen blassgrünen Schimmer an den Ästen der noch kahlen Bäume erkennen. Auf dem Waldboden blühten schon die ersten frühen Blumen. Die Sonne schickte uns die letzten Strahlen des Tages und machte sich langsam bereit, zum Horizont zu wandern. Sie würde bald schlafen gehen, und ein kühler Hauch lag bereits in der Luft.

Ich reckte den Hals, um noch ein wenig Sonne zu tanken, während Helmut mir seine Schnauze gegen das Knie drückte. Als ich die Augen wieder öffnete, sah mich jemand an. Sehr interessiert. So als könnte er mir direkt bis auf den Grund der Seele blicken.

Ich öffnete den Mund und klappte ihn gleich darauf wieder zu. Dort, nur wenige Meter entfernt, saß ein Fuchs. Er war wunderschön. Sein rotes, buschiges Fell leuchtete geradezu in der untergehenden Abendsonne.

Helmut saß ganz still, dicht an mich gedrückt. »Ist sie das?«, flüsterte ich ihm fragend zu, und eine kleine Dampfwolke entstand vor meinem Mund. Das musste Tausendschön sein, jeder andere Fuchs hätte doch sicherlich das Weite gesucht.

Ich kannte Füchse nur aus Bilderbüchern oder Tierdokumentationen und hatte wirklich noch nie einen in echt gesehen. Die Füchsin schüttelte sich, dann stand sie auf und trabte leichtfüßig in den Wald. Einige wenige Schritte später war sie im Unterholz verschwunden.

Lange stand ich da und blickte ihr nach.

Hatte ich gerade tatsächlich einen weiteren Punkt auf Dorles Bucketlist abgehakt? Oder galt das nur, wenn man Tausendschön im Hof traf? Und hieß es, ich war eigentlich glücklich? Oder durfte ich mir jetzt etwas wünschen? Verwirrt sah ich in den Wald hinein, aber Tausendschön stand für weitere Fragen nicht zur Verfügung.

»Komm«, sagte ich zu Helmut. »Das müssen wir Ben erzählen!«

Als ich durch den stillen Ort zurückwanderte, wurde ich von unserer Nachbarin Millie eingefangen. Im wahrsten Sinne des Wortes. Sie war nämlich erstaunlich behände mitten auf der Dorfstraße vor mich gesprungen und hielt mir jetzt eine dunkelgrüne Flasche vor die Nase.

»Wollen wir einen Jägermeister trinken?«

»Himmel!« Ich fasste mir ans Herz. »Hast du mich erschreckt. Ich habe Tausendschön gesehen«, berichtete ich sofort, doch Millie runzelte nur die Stirn.

»Den Fuchs?«

Ich nickte, und Millie kniff die Augen zusammen. »Das ist ein

Zeichen«, erklärte sie mit ernster Stimme. »Man weiß nur leider immer nicht, wofür. Also Jägermeister?«

»Jägermeister? Ist das nicht dieses Kräuterzeug?«

»Sehr gesund. Gut für den Magen.« Sie zuppelte zwei kleine Gläschen aus ihrer Kittelschürze, und gemeinsam ließen wir uns auf der blauen Bank nieder, die noch von der Abendsonne erwärmt wurde.

»Auf Tausendschön«, sagte Millie und stieß mit mir an. Während ich nur vorsichtig nippte, kippte sie das dunkelbraune Zeug auf ex herunter. Dann atmete sie tief durch. »Und auf deinen wunderschönen Nagellack!« Sie nahm meine freie Hand und betrachtete meine Finger. »Sehr hübsch«, sagte sie anerkennend. »Wo ist Ben? Hat er endlich aufgehört, Holz zu hacken? Er treibt mich noch in den Wahnsinn. Bei mir wackeln ja bei jedem Schlag die Gläser im Schrank.«

»Wir haben uns gestritten«, sagte ich und war selbst erstaunt, dass ich mich Millie anvertraute.

»Warum?«, fragte sie und griff erneut nach meiner Hand. Was mich erstaunte, denn diesmal wollte sie wohl nicht den Nagellack bewundern.

»Ich glaube, ich habe ihn zu etwas drängen wollen, das er grad nicht kann«, fasste ich zusammen.

»So ein bisschen Druck kann aber manchmal ganz hilfreich sein. Der Martin will ja nun auch mal in Rente gehen.« Millie ließ meine Hand wieder los und deutete meinen Seitenblick richtig. »Natürlich weiß ich, worum es geht. Und er muss ja auch irgendwann mal irgendwas anfangen. Er kann ja nicht immer nur Holz hacken.«

Ich seufzte. »Ben war ziemlich sauer auf mich.«

Millie winkte ab. »Der soll sich mal am Riemen reißen. Männer, die ständig wegen irgendwas sauer sind, mag kein Mensch.« Ich sah sie erstaunt an und musste dann lachen. Hoheitsvoll nickte sie mir zu. »Ja, ich habe einen geheiratet. Das weiß ich wohl. Aber

Fredos Qualitäten liegen an anderer Stelle. Weißt du, was er gemacht hat?« Verschwörerisch beugte sie sich zu mir. »Ich habe einen Knopf von meiner Lieblingsbluse verloren. So einen ganz zauberhaften Knopf, der aussah wie eine Rosenknospe. Er hat zusammen mit Esat neue Knöpfe im Internet bestellt. Goldene! Und dann haben die beiden auch noch zusammen die Knöpfe wieder angenäht. Fredo kann nicht nähen, aber Esat hat es ihm gezeigt. Er ist ja in Syrien mit zwei kleinen Schwestern aufgewachsen und musste ständig irgendwas nähen.«

Vielleicht würde ich meine Meinung über Fredo doch noch mal revidieren müssen. Goldene Knöpfe waren natürlich ein schlagkräftiges Argument. »Was ist aus Esats Schwestern geworden?«, fragte ich und nippte an meinem Glas.

»Die Jüngste ist bei einem Angriff gestorben. Seine andere Schwester, ihr Name ist Alia, lebt mit ihrer Familie in Hamburg. Seine Eltern sind auch tot.«

»Wie furchtbar«, sagte ich. Millie nickte und goss uns Jägermeister nach. Diesmal kippte ich das Gebräu ebenfalls auf ex.

Wie aufs Stichwort bog Esat um die Ecke. Er war laufen gewesen und zog sich jetzt die Kopfhörer von den Ohren. »Na, ihr beiden?«

»Jägermeister?«, fragte Millie und hob die Flasche.

»Dann bin ich betrunken«, entgegnete Esat, setzte sich aber zwischen uns, weil wir beide jeweils nach links und rechts gerutscht waren. Ich wollte ihm sagen, dass Millie mir erzählt hatte, was dieser furchtbare Krieg mit seiner Familie angerichtet hatte, aber ich schwieg. Er sah so fröhlich aus, und vielleicht konnte man eine Katastrophe, wenn sie lange genug zurücklag, auch zwischendurch mal vergessen.

»Was macht deine Arbeit, Lucy?«, fragte Esat, steckte sich die Kopfhörer in die Taschen seiner Laufjacke und rieb sich fröstelnd die Hände. Es war dunkel geworden, und ohne die Sonne wurde es frisch.

»Es läuft«, sagte ich, was gelogen war. Bei meinem Roman lief gerade überhaupt nichts.

»Darf ich dich etwas fragen?« Esat war plötzlich ganz ernst, und ich nickte. Millie beugte sich weiter vor und beobachtete uns. »Wie hast du mit dem Schreiben angefangen? Kann man eine Ausbildung machen?«

»Öhm ...«, sagte ich erstaunt. Worauf wollte er hinaus? »Ich habe Literatur studiert, das hat aber nicht direkt mit dem Schreiben zu tun.«

»Weißt du, ich möchte studieren. Journalismus. Und ich frage mich, ob ich vorher irgendwie das Schreiben erlernen muss?«

»Du hast schon studiert, nicht?«, fragte ich, und er nickte.

»Etwas ganz anderes. Archäologie. Ich konnte das Studium aber nicht abschließen. Und ich möchte jetzt alles über Journalismus lernen. Damit die Menschen erfahren, was in der Welt passiert. Ich möchte es ihnen zeigen, so wie es ist. Journalisten sind das Nadelöhr der Informationen. Sie sind die vor Ort, sie sind nur leider oft nicht da, wo sie dringend benötigt werden. Ich spreche Arabisch, Deutsch und Englisch. Ich kann also tief in die einzelnen Kulturen abtauchen und vielleicht so besser übersetzen, was wirklich passiert.«

»Wow«, sagte ich beeindruckt, während Millie nickte. »Du hast wirklich Sprachtalent. Dein Deutsch ist schließlich auch perfekt.«

Er lächelte, und Millie warf ein: »Er sprach schon perfekt, als er hier in Bredenhofe eingezogen ist. Vorher hattest du schon ein paar Sprachkurse in Hamburg gemacht, nicht?« Esat nickte. »Aber er hat immer weitergelernt. Nie aufgehört«, fuhr Millie fort.

»Journalismus kannst du sicherlich in Hamburg studieren, oder an einer Fernuni. Es gibt auch Journalistenschulen, glaube ich ...« Esat griff nach seinem Handy und zog die Hülle herunter. Darunter kam ein gefaltetes Blatt Papier zum Vorschein. »Mein Abitur wurde anerkannt, weil ich es sehr gut abgeschlossen habe. Es ist recht kompliziert, das festzustellen. Schlimmstenfalls hätte ich

mein Abitur über den zweiten Bildungsweg nachholen müssen.«
Er reichte mir das Schreiben, und ich klappte es auf. Es war eine
Bescheinigung, dass er alle Vorrausetzungen für ein Studium in
Deutschland erfüllte.

»Herzlichen Glückwunsch!«

»Aber ich kann trotzdem noch nicht anfangen. Ich weiß nicht
wo, und ich habe kein Geld. Aber ich werde sparen. Und vielleicht
kann ich in der Zwischenzeit etwas über das Schreiben lesen.
Gerne auch das kreative Schreiben.« Esat blinzelte mich an und
grinste.

»Ich suche dir mal die Bücher raus, die ich zu dem Thema
habe, und bringe sie dir. Das ist bestimmt ein guter Anfang«, erwiderte ich, und Esat nickte.

»So, die Damen, ich gehe dann mal unter die Dusche.« Mit
diesen Worten erhob er sich, verbeugte sich vor uns beiden und
trabte in der Dunkelheit zu Millies und Fredos Haus hinüber.

»Ich werde ihn unterstützen. Finanziell. Wir haben schon et-
was beiseitegelegt, es ihm aber noch nicht gesagt«, erklärte Millie.
»Er ist sehr empfindlich, wenn er glaubt, Almosen zu bekommen.
Aber so ein Studium kostet viel Geld, auch wenn er sich einen
Nebenjob sucht. Er muss dann ja auch in Hamburg wohnen, und
seine Schwester hat auch nur eine kleine Wohnung und selber
Kinder. Und so richtig Fuß gefasst hat sie auch noch nicht. Esat
schickt ihr jeden Monat Geld. Noch einen Jägermeister?«

»Jo«, sagte ich und nahm das wieder gut gefüllte Glas entgegen.

»Wird noch was mit dir, Kleine. Ich dachte ja, du Stadtpflanze
hältst das hier keine fünf Tage aus.«

»Millie!«, sagte ich strafend. »Was hast du denn von mir gedacht?« Ich kippte den Schnaps wie eine echte Landpomeranze
runter und schüttelte mich dann hustend.

»Hier ist es ganz schön still. Das muss man aushalten können«,
sagte Millie und klopfte mir hilfsbereit auf den Rücken.

»Wir sind sogar schon bei der freiwilligen Feuerwehr eingetreten«, hustete ich. »Als passive Mitglieder allerdings.« Ich drehte mein Schnapsglas in der Hand. »Ist dir das Landleben nie langweilig geworden?«

»Nie«, erklärte Millie bestimmt. »Es ist zwar still, aber man ist nie einsam. Manche Menschen mögen es ja angeblich einsam, aber ich glaube, dafür ist der Mensch gar nicht gemacht. Wir sind Herdentiere. Marga geht es ebenso. Wir könnten niemals irgendwo anders leben.«

»Marga?«

»Meine Freundin mit den Diamantaugen«, erklärte Millie und grinste verwegen. »Früher, als junges Mädchen hat sie scharenweise die Männer hier im Norden verrückt gemacht. Eigentlich heißt sie Margarete Johanne von Strotenhäuser-Bildenstedt, aber das kann sich ja keiner merken, deswegen ist sie Marga.«

Einen Moment lang schwiegen wir einträchtig. »Ihr jungen Leute habt heute ja so viele Möglichkeiten. Ihr könnt alles machen, was ihr wollt, was toll klingt, aber es ist auch sehr anstrengend. Denke ich mir zumindest. Für mich war damals klar: Ich heirate Fredo, und wir leben hier und bekommen Kinder. Es mag überschaubar gewesen sein, aber es hat mich auch glücklich gemacht.«

»Das ist schön«, sagte ich. »Darauf sollten wir noch einen trinken. Wenn es doch zur Dorfkultur gehört.«

Wir tranken noch einen, und der Schnaps entfachte ein warmes, brennendes Gefühl in meinem Magen. Als ich mich gerade verabschieden wollte, drückte Millie mir eine große Tupperschüssel in die Hand, die unter der Bank gestanden hatte. »Ich habe heute mal modische Sandwiches gemacht. Für euch auch. Fredo liebt das. Am liebsten mag er die mit selbst gemachter Remoulade, Käse und Röstzwiebeln.«

»Danke, Millie.« Ich nahm die Brotbox, und wie aufs Stichwort knurrte mein Magen.

»Aber eine Sache müsst ihr noch lernen.« Millie beugte sich zu mir.

Ich runzelte die Stirn. »Das wäre?«

»Kochen. Alle beide. Dein Ben kocht so komische Sachen, die können einfach nicht satt machen. Und du kannst ja wirklich gar nichts in der Küche.«

»Äh«, sagte ich und erhob mich jetzt endgültig. Ich streichelte ihr noch einmal dankend die Schulter und lief dann die wenigen Schritte nach Hause.

Von Ben war nirgends etwas zu sehen. Ich wanderte einmal durch das ganze Haus und stand dann vor seiner geschlossenen Schlafzimmertür. Offenbar war er während meines Spaziergangs tatsächlich kommentarlos ins Bett gegangen. Und er hatte noch nicht einmal die Küche aufgeräumt. Benutzte Töpfe, Pfannen und Gläser standen wild auf der Küchentheke und in der Spüle verteilt. Erstaunt betrachtete ich das Chaos. Das war ich von Ben nun gar nicht gewohnt.

Ich schob eine Pfanne und einen Teller mit Nudelresten zur Seite und ließ mir im Stehen erst mal die Brote schmecken. Käse, Remoulade, Salat aus Millies Gewächshaus, Röstzwiebeln und offenbar extra für mich ein Klecks Ketchup. Ich konnte alles mit Ketchup essen. Kulinarisch war ich auf dem Stand einer Vierjährigen.

Dann fütterte ich den Hund und ging ins Bett. Die Küche würde bis morgen warten müssen. Als ich jedoch im Bett lag, konnte ich nicht schlafen. Brummend drehte ich mich hin und her, aber ich war von jeder Form von Schlaf noch so weit entfernt wie ein DAX-Unternehmen von der Frauenquote. Helmut hatte erst eine halbe Stunde vor Bens geschlossener Schlafzimmertür gestanden und sich dann schlussendlich vor mein Bett gelegt. Dass der Hund unter unserem Schweigen litt, war offensichtlich. Mit Streit kam er offenbar nicht gut klar. Konnte ich verstehen.

Ich schloss die Augen und hielt sie einige Minuten krampfhaft zu, doch dann öffnete ich sie wieder, drehte mich zur Seite und streckte meine Hand aus und legte sie auf Helmuts Kopf. Er lag nicht, wie sonst, entspannt auf der Seite, sondern mehr in Habachtstellung auf dem Bauch, die Hinterbeine unter den Körper gezogen, die Vorderbeine ausgestreckt und den Kopf darauf abgelegt. Als er meine Berührung spürte, seufzte er.

»So geht das nicht«, brummte ich in mein Kissen, das ich fest im Arm hielt. Wie zur Bestätigung seufzte Helmut noch einmal. Ich griff mir mein Handy und sah auf die Uhr. Es war erst zehn, und ich war einfach nicht müde. Vielmehr fühlte ich mich, als hätte ich zu viel Kaffee getrunken. Während ich Helmut hinter den Ohren kraulte, rief ich Google auf meinem Handy auf. Wenn ich schon nicht schlafen konnte, konnte ich doch wenigstens etwas Sinnvolles tun. Ich suchte nach Studiengängen für Esat und fand einige Möglichkeiten in Hamburg, Journalismus zu studieren. Bei meiner Recherche musste ich auch feststellen, wie schwierig es war, als ehemaliger Flüchtling die Voraussetzungen für eine Studienzulassung zu erfüllen. Das war unfassbar viel Papierkram, aber Esat hatte es tatsächlich geschafft.

Ich setzte ein paar Lesezeichen, legte das Handy zur Seite und schloss probehalber noch einmal die Augen. Aber dahinter wirbelten nur Bilder von Ben. Ich schnaubte, woraufhin Helmut aufstand und mit klackernden Krallen den Raum verließ.

»Verräter«, brummte ich ihm hinterher und warf die Bettdecke zurück. Es war so kalt, dass mich eine Ganzkörpergänsehaut erfasste und ich mich zügig in meine Strickjacke wickelte und in die Schuhe schlüpfte. Vermutlich sah ich aus wie eine sonderbare alte Katzenlady, nur ohne Katze, aber das war mir egal. Ich hatte mittlerweile völlig vergessen, wie ich aussah. Es gab ja auch nicht einen einzigen Spiegel, in dem ich nachsehen konnte, ob das Landleben optisch schon auf mich abgefärbt hatte.

Ich lief mit leisen Schritten durch den Flur. Der Boden knarrte, und es klang in der Stille der Nacht erschreckend laut. Wie aus Protest knarrte das Hausdach gleich noch mit. Erschrocken von dem ganzen Krach blieb ich unschlüssig stehen, bis ich hörte, wie sich knarzend eine Tür öffnete. Angestrengt lauschte ich in die Dunkelheit. Leises Tapsen, und dann ein Juchzer von Helmut. Bens Schlafzimmertür klappte, und ich hörte seine Schritte. Vermutlich wollte er sich nur ein Glas Wasser von unten holen. Aber Bens Schritte gingen nicht zur Treppe. Er war offenbar in meine Richtung unterwegs. Ich überlegte kurz, schnell die Schuhe loszuwerden, zurück in mein Zimmer zu eilen und wieder ins Bett zu springen, blieb stattdessen aber einfach nur reglos stehen.

Bis Ben direkt vor mir auftauchte und flüsterte: »Du bist ja wach.«

»Blitzmerker«, erwiderte ich und klang keinesfalls so frostig, wie ich beabsichtigt hatte. Helmut, der vor Freude mit dem ganzen Hinterteil wackelte, scharwenzelte abwechselnd zwischen Ben und mir hin und her.

»Es tut mir leid.« Ben sagte das so aufrichtig, dass das Haus ein zustimmendes Knarren von sich gab.

Ich räusperte mich. »Okay«, sagte ich, und weil er mit dem Entschuldigen angefangen hatte, fügte ich noch schnell hinzu: »Mir auch. Ich mag es nicht, wenn wir streiten. Helmut leidet sehr darunter.«

»Ich auch«, sagte Ben und nahm mich fest in den Arm. Es fühlte sich gut an. Warm und geborgen. »Ich wusste nicht, wie ich angemessen auf diesen Brief reagieren sollte. Du hast recht, ich sollte mich bei Dr. König melden. Aber ich kann einfach nicht.«

»Du kannst ihn doch einfach mal kurz anrufen. Oder wir fahren zusammen mal hin zum Kaffeetrinken. Oder du schreibst ihm einen Brief«, murmelte ich gegen seine Brust.

Zuerst dachte ich, Ben würde wieder wütend werden, doch er legte nur sein Gesicht auf meinen Scheitel und atmete tief durch. »Danke«, sagte er dann, ohne mich loszulassen.

»Wir sollten ins Bett gehen«, sagte ich schläfrig aus seiner warmen Umarmung heraus. Dabei wollte ich auf ewig so stehen bleiben. Aber das ging natürlich nicht. Wir würden jetzt ins Bett gehen und so tun, als wäre nichts geschehen. Weil wir aus gutem Grund eine Vereinbarung hatten. Man stand nicht die halbe Nacht im Flur herum und hielt sich im Arm, wenn man sich doch feierlich jegliche körperliche Nähe abgeschworen hatte. Nein, ich war mir sicher, dass das nicht ging. Trotzdem ließ ich es zu, dass Ben mich sanft an den Schultern nahm und in Richtung meines Schlafzimmers schob. Er setzte mich auf das Bett und zog mir die Schuhe von den Füßen. Dann drehte er mich so, dass ich mich nur noch zur Seite fallen lassen musste. Was gut war, denn eine bleierne Müdigkeit hatte plötzlich Besitz von mir ergriffen. Ben deckte mich zu, und ich schloss mit einem wohligen Seufzer die Augen, kaum dass mein Gesicht das Kissen berührte.

Es war bestimmt keine Absicht. Vielleicht nur ein Versehen. Außerdem dachte Ben wohl, dass ich schon schlafen würde. Aber dass er mir ganz sanft das Haar aus der Stirn strich, bekam ich durchaus noch mit. Ich hielt still und die Augen fest geschlossen. Diese Berührung würde mein Geheimnis sein. Ich würde sie fein säuberlich in meinem Herzen bewahren wie einen Schatz.

Kapitel 14

Am nächsten Morgen hatte der Frühling endgültig Einzug gehalten in Bredenhofe. An den Bäumen zeigten sich überall zartgrüne Blätter, die Sonne strahlte, und auf dem Hof kreischten die Vögel wie verrückt.

Während ich noch mit der Strickjacke über dem Nachtgewand und Winterschuhen an den nackten Füßen auf der Haustreppe hockte, meinen Kaffee schlürfte und die ersten warmen Sonnenstrahlen genoss, kam Ben grinsend und komplett angezogen in Jeans und Kapuzenpulli aus der Scheune.

»Ich hab was gefunden«, verkündete er schmunzelnd und streckte mir die geöffnete Hand hin.

»Einen Schatz?«, fragte ich lächelnd und musste an meinen eigenen Schatz denken, den ich heute Nacht heimlich verwahrt hatte. In Bens Handfläche lag eine kleine Ansammlung glitzernder Steine – strahlend bunte, geschliffene Glassteine in allen Formen, einige mit Einfassung, einige ohne.

»Oh!«, rief ich begeistert. »Wie hübsch!« Ich pickte einen Stein heraus und hielt ihn gegen die Sonne. Er strahlte und glitzerte in einem satten Samtrot. Der Stein war erstaunlich leicht. Wie eine Feder. Eine bunte Feder.

»Wo hast du die her?«

Ben hielt mir auch noch einen blauen Stein entgegen, und ich hob ihn ebenfalls gegen das Licht. »Aus dem kleinen Abstellraum in der Scheune. Da, wo die Spinnen hausen.« Er grinste mich an und hockte sich neben mich auf die Treppenstufe. »Es sind nur Glassteine. Aber sie sind schön, nicht wahr?«

Ich nickte. »Wirklich beeindruckend. Ein echter Schatz!« Und so saßen wir beieinander, bis ein Mann mit bedächtigem Schritt auf den Hof gewandert kam, vor uns stehen blieb und uns mit hochgezogenen Augenbrauen ansah. Ich gebe zu, wir sahen ein klein wenig abgerissen aus. Ich war schließlich immer noch im Schlafgewand, und Ben hatte Dreckstreifen von seinem Ausflug in die Abstellkammer des Schreckens auf den Wangen, als hätte er eine Kriegsbemalung aufgelegt.

»Moin!«, sagte ich deswegen mit Nachdruck und schob dann – ohne zu lächeln – hinterher: »Können wir Ihnen helfen?«

»Moin. Ich bin Oleg.« Dabei baumelte der sehr große Kerl mit den Händen und knickte ein wenig in der Hüfte ein, sodass er aussah wie ein Fragezeichen.

»Suchen Sie was?«, fragte Ben freundlich, und ich knuffte sein Knie mit meinem. Zu solchen sonderbaren Menschen musste man nicht auch noch nett sein.

Oleg, das lebende Fragezeichen, schien über die Frage nachdenken zu müssen. »Hier soll ein Arzt wohnen«, sagte er.

Ich klappte schon den Mund auf, aber diesmal knuffte Ben mein Knie, und ich schloss ihn wieder.

»Das ist korrekt«, erklärte Ben freundlich.

»Ich hab da ein Problem. Kann ich Ihnen das zeigen? Ich habe kein Geld, aber zwei frisch gerupfte Hühner.« Oleg macht eine vage Handbewegung in irgendeine Richtung und wirkte dabei äußerst unglücklich.

»Der erste Patient des Tages.« Ben erhob sich und deutete Oleg an, ihm in die Küchenpraxis zu folgen.

Und so kam es, dass wenige Minuten später ein Plastiksack seinen Besitzer wechselte.

»Das war irgendwie ein komischer Kerl, oder?«, sagte ich zu Ben, der sich wieder neben mich gesetzt hatte und unserem Besucher mit zusammengezogenen Augenbrauen hinterhersah, als dieser vom Hof schlenkerte.

»Der hat Angst vor Arztpraxen und Kliniken. Gibt es häufiger, als man denkt.« Ben schüttelte leicht den Kopf. »Die verstecken ihre Symptome dann vor sich und anderen so lange, bis es manchmal zu spät ist.«

Erschrocken sah ich ihn an, doch Ben schüttelte besänftigend den Kopf. »War nichts Schlimmes.«

Wenig später kam Frau Rosental auf den Hof gestiefelt, unsere Nachbarin von nebenan. Sie erklärte, dass sie eine Bindehautentzündung habe und dringend ärztlichen Rat und ein Medikament brauche. Dazu knallte sie eine Kiste mit jungen Salatpflanzen auf das Kopfsteinpflaster, was wohl die Bezahlung darstellte. Und da Frau Rosental keine Anstalten machte, ins Haus zu gehen, sodass Ben sie im Hof untersuchen musste, flüchtete ich mich in die Küche, um noch ein wenig zu arbeiten.

Ich hatte heute nämlich noch viel vor. Henriette würde mich endlich besuchen kommen und meinen Arbeitstisch und die restlichen drei Kartons aus meiner alten Wohnung mitbringen, die ich bei ihr zwischengelagert hatte. Vorausgesetzt natürlich, dass Anton nicht über Nacht an Brechdurchfall oder anderen schlimmen Dingen erkrankt war, die kleine Kinder anflogen wie die Motten das Licht. Aber ein kurzer Handycheck bestätigte, dass Henriette sozusagen schon auf dem Weg war. Zügig schlüpfte ich in korrekte Kleidung, wusch mir die Haare und brachte dann die Küche ein wenig auf Vordermann. Frau Rosental wurde immer noch von Ben verarztet. Diesmal auf der Treppe vor dem Haus. Ich hörte sie leise murmeln.

Als Ben schließlich fünf Minuten später reinkam, wusch er sich als Erstes ausgiebig die Hände. So mit professionellem Gereibe und so, und danach desinfizierte er sich jeden Finger einzeln mit dem scharfen Krankenhausdesinfektionsmittel, das neben der Spüle stand.

»Wann kommt deine Freundin?«, fragte er geistesabwesend und fügte dann ohne eine Antwort abzuwarten hinzu: »Ich habe in der Scheune noch einen kleinen Tisch und Stühle gefunden. Die habe ich erst mal in den Obstgarten gestellt. Wenn ihr wollt, könnt ihr euch also raussetzen.«

»Danke«, sagte ich. »Sie müsste in einer Stunde hier sein. Und? War es eine Bindehautentzündung?«

»Äh, ja. Und ein familiäres Problem. Ich habe ihr empfohlen, einen Therapeuten aufzusuchen. Einer, der auch Eheberatung macht.«

»Ah«, sagte ich und biss dann ganz schnell die Zähne zusammen, denn mein Unterbewusstsein wollte ihn doch sofort darüber in Kenntnis setzten, dass derartige Therapeuten auch beim Thema Angstattacken möglicherweise adäquate Ansprechpartner darstellten. Stattdessen sagte ich: »Ich koche schon mal Kaffee und guck mir mal den Tisch an.« Mit diesen Worten lief ich nach draußen und Millie in die Arme, die mitten im Hof stand. Hier war ja wieder was los! Unsere Lieblingsnachbarin guckte mit in den Nacken gelegtem Kopf in den Himmel, und ich folgte ihrem Blick.

»Hallo Lucy«, sagte sie und sah jetzt endlich mich an.

»Hallo Millie. Was gibt es dort zu sehen?«

Ein breites Lachen zog sich über Millies Gesicht. »Den Frühling. Sieh dir das Blau an! Könnte ich malen, würde ich das tun.« Sie senkte den Kopf wieder und drückte mir eine Tupperdose in die Hand. »Ich habe dir einen Kuchen gebacken. Für dich und deine Freundin. Und Ben. Dem könnt ihr ja was abgeben. Der hat nämlich Fredos Rücken wieder hinbekommen. Also nicht Ben, sondern der Osteosonstwas, zu dem er ihn geschickt hat. Fredo ist ein neuer Mensch! Der blaue Nagellack ist wirklich hübsch! Fast so schön wie der Himmel.«

Ich wackelte mit dem Finger vor ihrer Nase. »Danke für den Kuchen«, sagte ich dann ehrlich erfreut. Daran hatte ich natürlich gar nicht gedacht.

Millie lächelte. »Gern geschehen«, sagte sie und schob dann hinterher: »Leihst du mir den?«

»Wen?«, fragte ich verdutzt zurück.

»Den Nagellack«, erwiderte Millie und deutete auf meine Finger. »Ich habe früher auch Nagellack getragen, aber irgendwie habe ich das dann im Laufe der Jahre vergessen. Aber das ist so eine hübsche Farbe!«

Ich stellte den Teller auf die Treppe und erklärte kurz entschlossen: »Komm. Ich lackiere dir die Nägel.«

Millie lächelte. »Das wäre aber schön. Ich habe meine Lesebrille nämlich schon wieder verlegt.«

»Warte kurz.« Ich sprang ins Haus, die Treppe hinauf, schnappte mir die Leinentasche mit den Schreibratgebern, die ich für Esat zusammensucht hatte, und fand auch das kleine Fläschchen Nagellack, ordentlich aufgereiht neben meinem Mascara, der Haarbürste und meiner Gesichtscreme auf dem tiefen Fensterbrett. Beglückt, dass ich nicht erst langwierig suchen musste, griff ich ihn mir und eilte zurück zu Millie, die sich mittlerweile auf die Treppe gesetzt hatte. Ich stellte die Büchertasche auf die Stufe, setzte mich daneben und streckte eine Hand aus. Millie legte ihre hinein. Es war seltsam, ihr plötzlich so nah zu sein, ihre Hand in meiner zu halten. Ihre Nägel waren pragmatisch kurz gehalten, aber sauber gefeilt. Vorsichtig begann ich, den ersten Nagel zu lackieren. Es war ein wenig kompliziert, aber ich bekam es hin, ohne den ganzen Finger anzumalen. Millie beobachtete mich dabei, während sie den Oberkörper ein wenig zur Seite geneigt hatte. Vermutlich, um etwas sehen zu können.

»Das machst du ganz hervorragend«, lobte sie, als ich beim vorletzten Finger angekommen war. Und schließlich, als ich die kleine Flasche wieder zuschraubte, hob sie die Hände und betrachtete die blaue Pracht. »Danke, liebe Lucy.« Die Farbe leuchtete mit ihren stahlgrauen Löckchen um die Wette.

»Bitte. Gerne geschehen. Meinst du, du kannst mit deinen frisch

lackierten Fingern die Tasche hier mit den Büchern für Esat mit
rübernehmen?«, fragte ich, als plötzlich jemand »Millie!« rief. Also,
er rief nicht, er brüllte es quer durch den Ort, und während ich erschrocken zusammenzuckte, regte sich in Millies Gesicht nur der
linke Mundwinkel. »Fredo. Der alte Krawallmacher. Ich habe seine
Zeitschriftensammlung der GEO aus den Jahren 1970 bis 1989 in die
Altpapiertonne geworfen, und die wurde heute Morgen abgeholt.
Endlich weg, der alte Plunder. Das mache ich jetzt mit allem so.«
Sie lachte, und es klang leicht bösartig. Dann seufzte sie wohlig und
legte die Hände auf die Knie. Fredo kam derweil wütend auf den
Hof marschiert. »Steht da im Weg rum, das Ding!«, schnauzte er, als
er endlich vor uns stehen blieb, und wies auf die blaue Bank.

»Halt die Klappe«, sagte Millie zu ihm, und Fredo hielt tatsächlich auf der Stelle die Klappe. »Guck mal!« Sie hob mit einem
verschmitzten Grinsen die Hände und wackelte mit den Fingern.
Fredo legte die Stirn in Falten und kniff dann die Augen zusammen.

»Du hast blaue Fingernägel«, bemerkte er trocken.

»Das trägt man jetzt so. Das ist modern«, erklärte Millie ihm,
lächelte mir verschwörerisch zu und sagte dann energisch zu ihrem Mann: »Die GEO ist weg. Schon abgeholt. Leb damit. Und
nimm du die Bücher für Esat. Ich kann nicht. Meine Nägel sind
frisch lackiert.« Fredo seufzte. Dann nahm er die Büchertasche,
schulterte sie und folgte Millie mit einem breiten Grinsen.

Nachdem ich den beiden noch einen Augenblick lang verwirrt
hinterhergestarrt hatte, schnappte ich mir den Kuchen, über-
querte den Hof und lief durch die Scheune, in der heute zauber-
hafte goldene Staubkörner in den Strahlen der Sonne tanzten, die
durch die fehlenden Ziegel ins Innere schien.

Der Tisch stand unter einem Apfelbaum im Obstgarten, fein
säuberlich mit einer rot-weiß karierten Tischdecke bedeckt, vier
alten Holzstühlen drum herum und einer einzelnen Blume in einer alten Blechdose obendrauf.

»Oh«, sagte ich ehrlich verdutzt. Ich stellte den Kuchenteller ab und nahm Platz. Langsam blickte ich mich um und legte die Hände flach auf die Tischplatte. Es war überraschend warm. Im Vergleich zu der Kälte der vergangenen Tage war es beinahe sommerlich. Die Vögel sangen, und der weite Blick bis zum Waldrand erfreute mein Herz bis in die letzte Faser.

»Was für ein wunderschöner Ort«, sagte ich leise und atmete tief durch. Es war alles so unfassbar schön. Bis zu dem Moment, als mir etwas klar wurde: Wenn der Frühling da war, rückte der Abgabetermin für meinen Roman in greifbare Nähe. Herbst. Oktober, um genau zu sein. Mein Herz setzte für einen Moment aus. Das war quasi übermorgen.

Ich ließ den Kuchen im Stich und rannte zurück. Durch die Scheune, über den Hof, mitten in die Küche, wo mein alter Laptop zum Glück am Strom hing. Ben hockte mit angezogenen Beinen auf Dorles Sessel und las in einer Fachzeitschrift. *Der moderne Chirurg* oder irgend so ein Gedöns.

»Ich muss schreiben«, sagte ich und rannte mit dem Laptop zurück zum kleinen Tisch unter dem Apfelbaum.

Hier starrte ich erst minutenlang auf den Bildschirm, dann fing ich langsam an zu tippen. Nur um gleich darauf aufzustöhnen und mal wieder jeden einzelnen Buchstaben zu löschen.

»Verdammt« Ich hob den Blick. »Verdammt, verdammt, verdammt!« Noch so viel Text für die wenigen Monate. Es ging einfach nicht.

Ein Auto fuhr unter lautem Gehupe auf den Hof, und ich klappte den Laptop wieder zu.

»Lucy!«, rief Henriette, und ich hörte eine Autotür klappen. Ich musste aufstehen und zu ihr gehen. Aber für einen Moment konnte ich mich nicht bewegen. Das musste der Schock über die Erkenntnis sein, dass ich keinen Roman zustande brachte. So einfach war das.

Henriette würde mich hier hinter der Scheune nicht finden,

da ich aber einfach nicht aufstehen konnte, rief ich: »Durch die Scheune! Ich bin im Garten!«

Keine zehn Sekunden später tauchte meine Freundin neben mir auf. »Dass du jemals sagen würdest, ich bin im Garten, konnte ja auch niemand ahnen.« Sie blieb mit weit aufgerissenen Augen stehen und drehte sich einmal im Kreis.

»Kreisch!«, sagte sie dann dem Ort angemessen leise, als sie sich auf der Apfelwiese umsah. »Was ist das denn hier für ein Zauberwald? Hast du geschrieben oder übersetzt?«, fragte sie dann mit Blick auf meinen Laptop.

»Geschrieben«, log ich gnadenlos, und dann sprang ich auf, rief ebenfalls »Kreisch!« und umarmte Henriette so fest, dass sie keine Luft mehr bekam.

»Ich bin ohne Kind unterwegs. Das erste Mal. DAS ERSTE MAL!«, rief sie.

Ich ließ sie los, schob meine Schreibdepression in die letzte Kammer meines Kopfes und fragte: »Oh mein Gott. Bist du sehr traurig? Vermisst du ihn?«

In Henriettes Gesicht zeigte sich erst Unglaube, dann Verwirrung, dann verdrehte sie die Augen. »Ich habe ihn nicht im Keller angekettet. Er hat einen Vater, der verdammt noch mal in der Lage sein sollte, sein eigenes Kind zu betreuen. Das nicht mehr gestillt wird, wohlgemerkt.«

»Ja«, sagte ich und nickte anerkennend. Ich fand ja schon lange, dass ihr Mann ein echt entspanntes Leben führte. Was mich nicht stören würde, wäre es nicht auf Henriettes Kosten.

»Ich habe erkannt, dass das Übel damit beginnt, dass man Frauen nach der Geburt ihres Kindes zu Hause einsperrt, sie isoliert und dann erwartet, dass sie das alles toll finden«, erklärte sie mir trocken.

»Ja!«, rief ich etwas lauter.

»Ich möchte wieder arbeiten, und mein Mann wird seine Stunden reduzieren müssen. So einfach ist das. Und vorher möchte ich ein alkoholisches Kaltgetränk zu mir nehmen und dann irgendwann schlafen. Mindestens zwölf Stunden am Stück, in denen niemand weint, schlecht träumt, den Nuckel verliert oder in die Windel kackt.«

»Ja!«, rief ich noch lauter, reckte die Faust und fügte hinzu: »Ich mache mit. Also bei dem alkoholischen Kaltgetränk. Und Kuchen gibt es auch. Und Kaffee.«

Henriette sank mit schlenkernden Gliedern auf einen der Stühle und lehnte sich zurück. »Und dann möchte ich Ben kennenlernen. Und Helmut. Und Millie. Fredo nicht.« Ich nickte, aber sie war noch nicht fertig. »Und essen möchte ich auch. Am besten sofort sehr viel. Dann das Haus anschauen. Ich bin eine kinderlos reisende Mutter, ich darf diese Ansprüche stellen.«

»Wir haben viel vor«, antwortete ich und wollte gerade loseilen, um Kaffee und Teller zu holen, da ergoss sich plötzlich eine Welle von Menschen in den Obstgarten.

Ben trug ein Tablett mit Tassen, Milch, Zucker und der Blümchenkaffeekanne, Millie einen Strauß Blumen in einer Vase. Fredo trug seinen verkniffenen Gesichtsausdruck und noch einen Klappstuhl, und Helmut trug nichts, legte Henriette aber sogleich die Nase auf das Bein, was für seine Verhältnisse einer stürmischen Begrüßung gleichkam. Im allgemeinen Trubel blieb mir Henriettes Gesichtsausdruck bei Bens Anblick nicht verborgen. Natürlich hatte ich ihr erzählt, dass mein neuer und medizinisch vorgebildeter Mitbewohner gut aussah, aber Henriette hatte wohl nicht mit diesem Anblick gerechnet. Ich hatte ja nun mittlerweile Zeit gehabt, mich an Bens Schönheit zu gewöhnen, aber wenn man ihn zum ersten Mal sah, konnte das schon den Hypothalamus irritieren. Zumal er mittlerweile wie ein waschechter Holzfäller aussah, der mit seinem Pferd durch die Einsamkeit der kanadischen Wälder zog. Sein Haare waren ziemlich lang geworden, er trug einen verwegenen Dreitagebart, und die wenige Frühlingssonne, die wir bis jetzt gehabt hatten, hatte ihm

eine leichte Bräune verpasst, die ihm außerordentlich schmei-
chelte.

Wir hockten also auf der alten Obstbaumwiese und aßen Unmengen von Apfelkuchen, den Millie gebacken hatte. Mit Lager-
äpfeln von dem Baum, unter dem wir saßen, verkündete sie stolz.

»Ich habe einen Zuckerschock«, verkündete Henriette dann
irgendwann, verschränkte ihre Hände vor dem Bauch und lehnte
sich zurück.

Ben grinste träge. »Den haben wir wohl alle«, sagte er. »Hast
du mal ein Foto von deinem Baby?«

»Oh ja!«, schloss sich Millie diesem Wunsch in verzückter
Stimmlage an. »Ich möchte auch ein Foto von Klein Anton sehen!«
Henriette suchte ihr Handy aus der Handtasche und wischte einige Male über das Display. Dann schob sie das Smartphone so
auf den Tisch, dass wir alle die Fotos sehen konnten. Sogar Fredo
lehnte sich nach vorne. Anton lag auf der blau-weiß gestreiften Decke, die ich ihm zur Geburt geschenkt hatte, und lächelte glückse-
lig in die Kamera. Seine Augen strahlten förmlich, und er hatte
kleine Spuckebläschen vor dem Mund. Bei Babys war das ja wirklich noch ganz süß. Er war ein ganz zauberhafter kleiner Junge. Ich
wusste noch genau, wie er wenige Tage nach der Geburt geduftet
hatte. Nach Wärme und Milch und Glück. Aber ich wusste auch,
dass er meine Freundin an die Grenzen ihrer Belastbarkeit geführt
hatte, und manchmal darüber hinaus.

»Wisch mal nach rechts«, sagte sie zu Ben. Der wischte, und
ein Foto tauchte auf, auf dem Anton müde im Arm seiner Mutter
lag. Er schmiegte das Köpfchen in ihre Halsbeuge und blinzelte
müde, aber zufrieden den Fotografen an.

»Ein hübsches Kind«, sagte Fredo, und ich musste dreimal gucken, weil ich nicht glauben konnte, dass diese Worte aus seinem
Mund gekommen waren. Millie lächelte breit. »Wir sollten einen
Sekt aufmachen und darauf anstoßen, dass du Mutter geworden
bist! Und so ein wunderschönes Baby hast!«

Henriette sah sie einen Moment lang ungläubig an. Dann grinste sie.

»Okay!«, sagte sie lachend. Millie schubste Fredo unsanft mit dem Ellenbogen in die Rippen.

»Hol den Rotkäppchen. Der steht im Kühlfach ganz unten.« Und Fredo holte den Rotkäppchen und brachte auch gleich noch Gläser mit.

So kam es, dass wir alle gemeinsam auf die Tatsache anstießen, dass Henriette Mutter geworden war. Sie war sichtlich gerührt, als sie an ihrem Sekt nippte. »Ich muss aber zugeben, dass ich mir das Muttersein ein wenig anders vorgestellt hatte«, sagte sie in die Runde. Und fügte dann ein wenig leiser hinzu: »Es war ja auch nicht vorauszusehen, dass mein Mann direkt nach der Geburt abtrünnig werden würde. Ich dachte, wir machen das zusammen. Wenn man es alleine macht, ist so ein Tag mit Baby nämlich Langeweile auf olympischem Niveau. Nur dass man hinterher vollkommen erschöpft ist und um sechs auf dem Sofa zusammenbricht.«

»Ja, alleine sollte man das nicht machen. Kinder brauchen ihre Väter. Das verstehen die meisten Väter nur oft nicht. Und die Mütter fordern es nicht ein. Fredo ist ein toller Vater. Und Großvater. Nicht wahr, du alte Motzbacke?« Millie blickte ihren brummbärigen Gatten liebevoll an, und er blickte zurück. Und dann blitzte in seinen Augen etwas auf. Er nickte stumm, und ich konnte es fast nicht glauben, aber da stahl sich doch tatsächlich ein leichtes Lächeln in seine Mundwinkel.

»Das war ja früher noch nicht so üblich, aber ich habe von Anfang an gesagt: Wenn du eine Beziehung zu deinen Kindern willst, musst du Zeit mit ihnen verbringen. Zeit ohne mich. Das ist wichtig. Und das wollte Fredo. Deswegen hat er als einziger Vater den Kinderwagen durch den Ort geschoben.«

»Und Windeln gewechselt. Ich habe den Mädchen den Wald gezeigt, und die Tiere, die darin leben. Du kannst deinen Sohn das nächste Mal mitbringen, dann gehe ich mit ihm auch in den Wald.«

Das alles hatte Fredo gesagt, und Ben und ich sahen uns mit gro-ßen Augen an.

Millie goss mir noch einen großzügigen Schluck ins Glas und sagte: »Aber erst mal ist es gut, dass Antons Papa Zeit mit ihm ver-bringen kann. Alleine. Das wird den beiden guttun. Und dir, Hen-riette, tut es gut, ebenfalls mal alleine zu sein. Das ist für uns Müt-ter nämlich auch ganz wichtig. Schon meine Mutter hat gesagt: Wenn es den Müttern gut geht, geht es der ganzen Familie gut! Noch ein Sektchen?« Und mit diesen Worten füllte sie Henriettes Glas bis zum Anschlag wieder auf.

Kapitel 15

»Es gibt in diesem ganzen Haus keine Spiegel!«, verkündete Henriette, als sie am nächsten Morgen die Treppe heruntergeschlenkert kam. Sie sah das erste Mal seit langer Zeit wieder aus wie sie selbst. Ein wenig ungelenk, weil so groß, keine Augenringe und ein vergnügtes Lächeln in den Mundwinkeln. Sie gehörte zu der sonderbaren Spezies der Wesen, die jeden Morgen gut gelaunt aufwachten, egal wie die Nacht gewesen war.

Weil es keine Spiegel gab, hatte sie allerdings auch noch keine Frisur. Ihre blonden Locken standen wirr in alle Richtungen ab, und ich nahm mir vor, sie vor ihrer Abreise noch einmal darauf hinzuweisen und ihr einen glänzenden Kochtopfdeckel zu reichen. Vermutlich würde sie es mir sonst übel nehmen.

Die Reste des gestrigen Spieleabends – Spielsteine, Würfel und bunte Kärtchen – zogen sich noch quer durch das Wohnzimmer. Ich hatte keine Ahnung, wie, aber Ben schaffte es wirklich, jeden zu einem Spielchen zu animieren. Gestern war es Monopoly gewesen, und Millie hatte gewonnen. Dafür hatten dann Ben und Fredo meinen Arbeitstisch noch im Dunkeln aus Henriettes riesigem Auto gepuzzelt und ihn erst mal in die Diele gestellt, wo er eigentlich ganz gut hinpasste. Man konnte Jacken und Mützen darauf ablegen. Und vielleicht sogar einen Blumenstrauß daraufstellen.

»Spiegel haben wir nicht. Aber Kaffee!«, erwiderte ich und legte die kleinen, glitzernden Steine, die Ben in der Spinnenkammer gefunden hatte, und die ich gerade auf einem alten Emaille-teller drapieren wollte, zur Seite. Den wiederum hatte ich ganz hinten in einem der Küchenschränke entdeckt. Hier gab es überall Schätze.

»Kaffee!«, grunzte meine Freundin und riss mir die Tasse förmlich aus der Hand. Sie trank einen Schluck und schloss genießerisch die Augen. »Filterkaffee! Der wird in Hamburg gerade wie Gold gehandelt. Himmel, ist der gut. So echt und authentisch. So wie Ben, mit dem ich übrigens nicht zusammenwohnen könnte. Ich würde ständig einen Eisprung bekommen und sabbern. Tschuldigung«, sagte sie, als sie meinen Blick sah.

»Bitte reduziere ihn nicht so auf seinen Körper. Das ist sexistisch.«

Henriette setzte ihr Pokerface auf und betrachtete mich einen Moment lang reglos. »Wir leben in einem Patriarchat. Uns passiert das ständig. Da können die Kerle das wohl mal aushalten. Ich halte ja kein Plakat hoch, auf dem steht: *Ben ist rattenscharf!*«

»Das ist sehr nett von dir«, erwiderte ich hoheitsvoll und legte die restlichen Steine auf den Teller.

»Hat er keine Freundin? Stehen die Mädels nicht scharenweise vor eurem Eisentor und erbitten Einlass?« Sie lachte, und ich rang mir ein Grinsen ab.

»Was ist das denn?«, wechselte Henriette das Thema und deutete auf die Glassteine.

»Kitsch«, erklärte ich, jetzt mit einem echten Grinsen im Gesicht. »Ein kitschiger Schatz. Ben hat ihn in der Abstellkammer des Grauens in der Scheune gefunden.«

Henriette beugte sich vor und betrachtet die glitzernde Pracht. »Wir lieben Kitsch«, sagte sie und lag damit ganz richtig. Kitsch im richtigen Maß konnte das Leben schöner machen.

»Der rote Stein ist ja toll!« Sie deutete auf den gleichen Stein, den ich gestern ins Sonnenlicht gehalten hatte, um ihn ausgiebig zu bewundern.

»Nimm ihn mit. Als Erinnerung, dass du dich auch mal um dich selbst kümmern musst.«

Henriette fischte ihn vorsichtig aus dem ganzen Steinwirrwar heraus und lächelte mich an. »Danke. Ich werde ihn mir auf den Nachttisch legen. Und bevor ich fahre, möchte ich bitte den gleichen Nagellack wie Millie und du. Ist das hier so Usus? Dass Nachbarinnen den gleichen Nagellack tragen? Ist das eine intensive Freundschaftsbekundung? Dann will ich den auch.«

Ich lachte. Und dann sprintete ich nach oben, um das kleine Fläschchen zu holen.

Geschickt lackierte sich Henriette die Nägel, trank gleichzeitig Kaffee und aß nebenbei noch ein Stück Kuchen von gestern. »Weißt du, dass ich heute zum ersten Mal seit Antons Geburt wieder lackierte Nägel habe? Das geht nämlich nicht mit Baby.« Sie brach sich ein großes Stück Kuchen ab und schob es sich in den Mund. »Es ist unglaublich, was alles nicht geht«, mampfte sie, während sie sich den letzten Nagel anmalte. »Wo ist Ben?«, fragte sie dann und pustete intensiv auf ihre Nägel, dabei wussten wir doch alle, dass der Lack deshalb nicht schneller trocknete. »Ich muss gleich los, also wenn der Lack trocken ist, und wollte mich noch verabschieden.«

Ja, wo war eigentlich Ben? Ich goss mir ebenfalls noch eine Tasse Kaffee ein und dachte über die Frage nach. »Ich habe ihn heute noch gar nicht gesehen«, erwiderte ich, doch dann wurde mir klar, dass ich ihn nicht zu sehen brauchte. Ich konnte ihn hören. Ben hackte Holz. Das rhythmische Poltern aus der Scheune hatte ich zwar schon einige Minuten vorher gehört, doch jetzt erst begriff ich, was es bedeutete. Er arbeitete fleißig daran, unseren nächsten Wintervorrat anzulegen. Und das noch vor dem Frühstück.

»Er ist in der Scheune. Und er hat eine Axt in der Hand, deswegen kündige dich durch lautes Rufen an. Und nimm ihm auch einen Kaffee mit.« Ich füllte noch einen Kaffeebecher und drückte ihn Henriette in die Hand.

Ich hatte gerade den Küchentisch abgeräumt, als Henriette wieder in der Küche erschien.

»Dann fahre ich mal los, aber ich komme bald wieder.« Wir umarmten uns, und diesmal drückte sie mich so fest, dass ich fast keine Luft mehr bekam. »Es fühlt sich an, als wäre ich im Urlaub gewesen. Was ein einziger Tag und eine durchgeschlafene Nacht doch alles auszurichten vermögen.«

Ich brachte sie zum Wagen, und als sie den Motor gestartet und schon den Rückwärtsgang eingelegt hatte, ließ sie die Seitenscheibe noch einmal runter.

»Du, was ich noch sagen wollte: Ben sah eben ein wenig traurig aus.« Sie wirkte nachdenklich bei diesen Worten. »Traurig trifft es vielleicht gar nicht so sehr. Er wirkte mehr so, als müsse er diesen riesigen Stapel Holz innerhalb kürzester Zeit zerhacken. Er wirkte gestresst. Und traurig.«

»Ich sehe gleich mal nach ihm«, erwiderte ich und überlegte, ob ich ihr von Bens Panikattacken erzählen sollte. Doch dieses Thema war zu persönlich, als dass ich es irgendjemandem erzählen konnte. Auch wenn dieser Irgendjemand meine beste Freundin war.

»Mach das. Soll ich dir beim nächsten Besuch einen Spiegel mitbringen?« Sie grinste mich breit an, und plötzlich fiel mir wieder ein, was ich noch vorgehabt hatte. Ich beugte mich zu ihr ins Auto, griff mit beiden Händen beherzt zu und brachte ihre Haare durch Rütteln und Schütteln in Ordnung. Nun ersetzten zehn Finger zwar keine Bürste, aber besser als vorher war es allemal.

»Danke. Sah ich wieder aus, als wäre ich in der Mauser?« Ich hob entschuldigend die Schultern. »Vielleicht ist ein Leben ohne Spiegel durchaus erstrebenswert.« Henriette drückte mir einen Kuss auf die Wange, ich trat einen Schritt zurück und winkte ihr nach.

Den restlichen Tag verbrachte ich mit meinem Laptop am Tisch im Obstgarten. Es war nicht ganz so warm wie am Vortag, weswegen ich mich in gleich zwei Strickjacken wickelte und dicke Wollsocken in den roten Gummistiefeln trug, die Dorle mir hinterlassen hatte.

Ich übersetzte. Mir blieb auch nichts anderes übrig, denn schreiben konnte ich nicht. Meine männliche Hauptfigur war und blieb ein Arschloch, und ich konnte ihn einfach nicht dazu bringen, sich in einen attraktiven, liebenswerten Menschen zu verwandeln. Es war zum Verrücktwerden.

Während ich nach den richtigen Worten suchte, lauschte ich den Geräuschen, die mein holzhackender Mitbewohner in der Scheune produzierte. Für jemanden, den schon ein weit entferntes Flugzeug aus seinen Gedanken reißen konnte, war ich heute ziemlich hartgesotten. Vielleicht lag es daran, dass der Abgabetermin unaufhaltsam näher rückte.

Gegen Nachmittag begann mein Magen zu knurren und hinderte mich daran, noch mehr Vampirgedöns in deutsche Sprache zu verwandeln.

Ben hatte mittlerweile das Holzhacken eingestellt und war verschwunden, und so eilte ich in die Küche, um mir noch ein Stück Kuchen von Millies gestriger Produktion zu holen. Und dann setzte ich auch gleich noch einen Topf mit Nudelwasser auf. Es gelüstete mich nach Kohlenhydraten – vermutlich, weil mein Gehirn so aktiv gewesen war, das löste bei mir immer einen Bärenhunger aus. Während ich dem Nudelwasser beim Heißwerden zusah, fiel mein Blick auf einen Briefumschlag, der neben der Keksdose lag, und weil ich grad eh nichts anderes zu tun hatte, griff ich danach und las den Absender auf der Rückseite. Dr. Martin König. Der Brief war nicht nur geöffnet, sondern offenbar auch gelesen worden, denn er war leicht zerknittert. Einen Moment lang überlegte ich, dann stellte ich das Nudelwasser wieder ab. Vielleicht war das hier der Grund für Bens ausschweifende Holzhack-Session.

»Ben?«, rief ich halblaut und ging in den Flur. Es regte sich nichts. »Ben!«, rief ich noch einmal, diesmal lauter. Immer noch absolute Stille im Haus, nur Helmut war mir aus der Küche gefolgt, um zu ergründen, warum ich so ein Spektakel veranstaltete.

Ich lief die Treppe hinauf und fand Bens Zimmertür fest verschlossen. Ich klopfte energisch, und als ich keine Antwort bekam, öffnete ich die Tür.

Ben lag in voller Montur zusammengerollt auf dem Bett, das Gesicht zur Wand gedreht. Er reagierte nicht.

Unschlüssig blieb ich einen Moment stehen, doch dann erinnerte ich mich an die Situation in der Scheune, ging zum Bett und setzte mich neben ihn.

»Erde an Ben?«, sagte ich leise und legte ihm eine Hand auf die Schulter.

Ben brummte. »Ich bin müde, hab schlecht geschlafen.«

»Ach«, erwiderte ich. Und was war mit dem Brief in der Küche? Durfte ich mich hier einmischen? Sollte ich es vielleicht einfach dabei belassen und wieder runtergehen, um Nudeln zu kochen? Ich betrachtete meine Hand auf Bens Schulter und spürte seine Körperwärme prickelnd in meiner Handfläche.

Aber wir waren verdammt noch mal Freunde. Ich konnte ihn nicht einfach seinen Problemen und seinem Schicksal überlassen. Immerhin war er es schließlich gewesen, der mir den Tisch in den Obstgarten geschleppt hatte, der mir in jeder Lebenslage zuhörte, mir morgens zulächelte, obwohl ich aussah wie ein Ork auf Reisen, der meine beste Freundin nach einem Foto von ihrem kleinen Jungen gefragt hatte und mir jeden Tag Essen kochte. Ihm hatte ich es zu verdanken, dass meine Hamburger Einsamkeit nur noch eine entfernte Erinnerung war. Wir waren ein Team. Und wir hatten einen Eid geschworen, nämlich über alle Probleme zu sprechen, alles gemeinschaftlich zu lösen und füreinander da zu sein. Der erste Teil dieses Schwurs bezog sich wohl eher auf die Wäsche und das Putzen, aber ich konnte ihn getrost auch auf den Rest unseres Lebens übertragen.

»Ben. Du bist vielleicht müde, aber du bist auch traurig. Oder angstvoll. Oder beides. Wir haben hier draußen doch nur uns. Ich will nicht, dass du dich so fühlst.«

Ben schien für einen Moment das Atmen einzustellen, dann drehte er sich auf den Rücken und sah mich an.

»Es gibt da doch Therapien, also wegen der Angst. Ich habe das mal online recherchiert ...«

Weiter kam ich nicht, denn Ben sagte: »Das weiß ich selbst.«

»Okaaayyy«, antwortete ich gedehnt und wollte schon von der Bettkante aufstehen, doch Ben griff nach meiner Hand.

»Tut mir leid«, sagte er, und ich ließ mich von seinem festen Griff zurück auf das Bett ziehen.

»Ich schaff das alles nicht«, sagte er so flüsterleise, dass ich ihn fast nicht verstand.

»Was? Du musst doch gar nichts schaffen.«

Er räusperte sich und drehte sich endlich ganz zu mir um. Eine seltsame Dunkelheit lag in seinen Augen. Ich hatte sie gestern schon gesehen, bei dem ganzen Besuchertrubel aber nicht weiter darüber nachgedacht. Dabei war sie offenbar ein düsterer Vorbote gewesen.

»Was musst du denn schaffen?«, fragte ich erneut, wartete die Antwort aber gar nicht ab. »Außerdem haben wir schon ganz viel geschafft. Wir waren mutig, weil wir hierhergezogen sind, wir haben mit einer gefährlichen Person Kaffee getrunken. Also zumindest fast, wäre besagte Person nicht vorher abgehauen«, fuhr ich fort, und als Ben die Stirn runzelte, fügte ich hinzu: »Denk an deinen Bruder!« Ein mattes Grinsen zog sich über sein Gesicht.

»Wir haben sogar schon einen Schatz gefunden! Und vielleicht gilt die blaue Bank auch als Schatz, denn dort trifft Millie sich jetzt immer mit ihren Freundinnen, und Esat isst dort jeden Morgen auf seiner Postrunde sein Frühstücksbrot.« Ich nickte bekräftigend. »Bleibt nur noch im Regen zu tanzen und im Freien zu schlafen.« Paris und die Tatsache, dass man wohl nackt im Regen tanzen sollte, zumindest laut Dorle, unterschlug ich an dieser Stelle mal wieder. Ben räusperte sich, und mir fiel auf, dass er immer noch meine Hand hielt.

»Einen guten Freund finden«, sagte er leise. Ich stutzte, nickte dann aber.

»Einen guten Freund finden«, wiederholte ich ebenso leise. »Also, schon ganz viel geschafft. Und dann wirst du auch Dr. König anrufen können. Es geht doch erst mal nur um ein Gespräch. Vielleicht ist seine Praxis ganz furchtbar, mit einer Siebzigerjahretapete an den Wänden und einer ganz schrillen, unkündbaren Sprechstundenhilfe, die die Patienten immer anschreit. Dann wäre es ja gar keinen Gedanken wert.«

»Selbst wenn ich wollte. Ich kann es mir gar nicht leisten, eine Praxis zu übernehmen. Ich zahle immer noch meinen Studienkredit zurück und verdiene ja aktuell auch keinen Cent«, sagte Ben dumpf.

»Aber wir haben ganz viele junge Salatpflanzen. Und eingekochte Erbsensuppe in Weckgläsern. Und sieben Paar von Frau Johansons gestrickten Wollsocken«, zählte ich seine Einkünfte der vergangenen Tage auf. Ben schien einen Moment lang nachdenken zu müssen, ob er das lustig finden sollte. Tat er dann aber, denn er rang sich für einen kleinen Moment ein Lächeln ab, wurde aber gleich darauf wieder ernst. »Faktisch verdienst du momentan Geld. Ich hingegen lebe von meinem wenigen Ersparten und von Dorles Geld«, sagte er und rieb sich mit einer Hand über das Gesicht. »Geld, für das ich nichts getan habe, außer an Weihnachten nett zu ihr zu sein. Und eine Ausbildung als Arzt zu haben.«

»Dein Wert bemisst sich doch nicht an deinem Kontostand«, sagte ich empört, und Ben blinzelte. »Ich lebe seit Jahren am Rande des Existenzminimums. So ist das bei Übersetzerinnen nun mal. Mal ist Geld da, mal nicht. Wir werden furchtbar schlecht bezahlt. Aber auch das geht irgendwie. Und weil ich keine Miete mehr zahle und der Vorschuss für das Buch noch auf meinem

Konto liegt, bin ich aktuell geradezu reich. Außerdem kochst du jeden Tag.« Einen Moment lang schwieg ich, und Helmut erdreistete sich in dieser Zeit doch tatsächlich, in Zeitlupe auf das Bett zu klettern. Ich glaube, der Hund dachte, wenn er sich nur langsam genug bewegte, könnte man ihn nicht sehen. Und Ben ließ ihn. Er zog sogar die Beine ein wenig an, damit Helmut Platz hatte.

»Manche Dinge werden ja mit der Zeit besser. Einige Krankheiten zum Beispiel. Wunden heilen«, fing ich zögerlich an. »Ist das mit der Angst vielleicht auch so?«

Ben schnaufte tief durch. »Nein«, sagte er dann knapp und zog die Nase kraus. »Es wurde immer schlimmer. Die ganze Zeit über.«

»In der Klinik?«

Er nickte. »Erst war es nur zu Hause. Aber dann kam die Angst auch, wenn ich bei der Arbeit war, und zu der Angst kam noch die Angst, Fehler zu machen. Und die Angst, dass es jemand merkt. Und dann war alles nur noch Angst.«

»Und dann hast du gekündigt?«

Ben zögerte einen Moment. »Nachdem ich mit dem Oberarzt aneinandergerasselt bin. Zum wiederholten Male. Ich habe viele Dinge anders gesehen als er. Er fand auch, dass ich zu langsam sei. Und mit meiner Art nicht zur üblichen CI des Unternehmens passte. Wobei das Unternehmen ja ein Krankenhaus war. Ein Haus für kranke Menschen. Und ich halte es für einen großen Fehler, dass Krankenhäuser Gewinn erwirtschaften müssen. Dass ich Menschen nach kurzer Untersuchung rauswerfen muss, obwohl sie eine Nacht in einem warmen Bett dringend gebrauchen könnten. Ich war wie gelähmt. Nichts ging mehr. Der Druck wurde so hoch, dass es in meinem Kopf anfing zu pfeifen. Alle starrten mich an. Da habe ich einfach gekündigt. Und dann kam Dorles Testament, und nun sind wir hier. Aber ich erfülle meine Abmachung nicht.«

»Als Arzt für die Einwohner des Ortes zur Verfügung zu stehen? Ich erwähne noch mal den Inhalt unserer Speisekammer.«

Wir schwiegen. Nach einer Weile fragte ich: »Hast du jetzt auch Angst?«

Ben sah mich an. Eindringlich. Ein bisschen fassungslos vielleicht. »Lucy«, sagte er dann rau. »Mit dir zusammenzuleben ist wie Familie. Ich …« Er schüttelte stumm den Kopf, als müsste er nach Worten suchen. »Nein. Jetzt habe ich nur eine diffuse Grundangst, die ich immer habe. Die Angst, nicht zu genügen. Nichts zu schaffen. Nicht allem gerecht zu werden.«

»Hm«, brummte ich und lächelte ihn an. Ja, wie Familie. Und das war gut so! Ich war Bens Familie, weil er keine eigene, richtige Familie hatte, ganz im Gegensatz zu mir. Und dabei blieb es.

»Du musst eine Therapie machen«, setzte ich an, doch Ben unterbrach mich.

»Ich schaffe das alles …« Er holte Luft, wohl um seine Unzulänglichkeit noch intensiver auszuführen, aber jetzt unterbrach ich ihn.

»Hör jetzt auf! Du bist ein großartiger Mensch. Basta. Ende. Aus.«

Er schwieg. Lange. Also ob ich mit meinen Worten seine eigenen gänzlich vertrieben hätte. Als müsste er erst mal darüber nachdenken.

»Ein großartiger Mensch, der eine Therapie braucht«, fügte ich noch hinzu, damit mein Standpunkt ein für alle Mal klar war. »Wollen wir zusammen *Drei ???* hören?«

Ben atmete seufzend aus, dann zog er sein Handy aus der Hosentasche und hielt es mir vor die Nase. *Die drei ??? und der Phantomsee* erschien auf dem Display, und ich nickte auffordernd. Großartige Folge. Und auch sehr gruselig. Ben rückte ein Stück zur Seite, und ich rutschte neben ihn. Helmut legte Ben eine Pfote auf den Fuß, mir den Kopf auf das Knie und grunzte, während das Haus ein freundschaftliches Knarren von sich gab. Und dann hörten wir über Bens Bluetooth-Boxen gleich zwei Folgen der drei Freunde aus Rocky Beach, um danach eine Tea Time mit

Sandwiches zu zelebrieren und uns anschließend unserem neuen Hobby zu widmen: Wir hatten beide eine geheime Leidenschaft für Reportagen im NDR. Es gab eine riesige Mediathek, und ständig kamen neue Dokumentationen dazu. Mittlerweile lagen wir mit meinem Laptop und einem Bier auf Dorles Sofa, während der alte Bollerofen sich bemühte, die abendliche Kühle für uns in behagliche Wärme zu verwandeln. Direkt auf der Startseite der Mediathek gab es eine Reportage über Landärzte, und ohne dass Ben großartig Einspruch erheben konnte, klickte ich sie an. Das musste ein Wink des Schicksals sein, den ich nicht einfach vorbeiziehen lassen konnte.

Wenige Minuten später war ich tief ergriffen. Eine der Ärztinnen, die endlich mit einundsiebzig Jahren in den Ruhestand gehen wollte, fing vor laufender Kamera an zu weinen, weil sie sich nicht in der Lage sah, ihre Patienten im Stich zu lassen. Würde sie die Praxis schließen, was ihr in ihrem Alter mehr als zustand, würde sie aber genau das tun. Es gab keinen anderen Arzt weit und breit. Die nächste Klink war über sechzig Kilometer entfernt, aber gerade für die älteren Menschen, die regelmäßig ärztliche Betreuung benötigten, hätte das Krankenhaus auch auf dem Mars sein können. Unerreichbar. In einigen Orten verkehrte jetzt einmal die Woche ein Hausarzt-Bus, der wenigstens eine rudimentäre Versorgung gewährleistete, aber das war kein richtiger Ersatz. Kein Ersatz für einen Arzt, der seine Patienten kannte und dem sie vertrauen konnten.

»Wow!«, sagte ich und nippte an meinem Tee. »Ich wusste nicht, wie dramatisch es wirklich ist. Dorle hatte recht. Einen Arzt im Ort zu haben ist wie ein Goldbarren im Keller. Und ist das nicht ganz andere Arbeit als in der Notaufnahme?«

Ben nickte geistesabwesend. Und dann sagte er: »Morgen früh rufe ich Dr. König an.«

Kapitel 16

Ich hatte die tiefe Sehnsucht, den Kopf auf die Tischplatte sinken zu lassen und das Projekt als gescheitert zu betrachten. Ich konnte einfach nicht schreiben. Der rote Faden ließ sich von mir nicht bändigen. Ich legte das Gesicht in die Handflächen. Aber ich konnte doch auch nicht für den Rest meiner Tage Vampirromane übersetzen. Darauf würde es nämlich ganz sicher hinauslaufen. Wenn ich den Roman nicht pünktlich abgab, würde ich meinen Vorschuss zurückzahlen müssen. Dann war die einzige Möglichkeit, jemals einen Roman zu veröffentlichen, dahin. Noch einmal würde ich den Mut nicht aufbringen, einen Text von mir an fremde Menschen zur Beurteilung zu schicken.

Wie immer, seit es so herrlich warm geworden war, saß ich im Obstgarten und arbeitete. Eine Stunde lang übersetzte ich – diesmal einen Roman, in dem es um Hexen ging, was weit angenehmer war als die Vampirsache –, dann schrieb ich eine Stunde. Zumindest versuchte ich es.

Neben mir saß Millie, die behaglich das Gesicht in die Sonne hielt. Sie war am Morgen auf der Wiese aufgetaucht und hatte gefragt, ob sie sich zu mir setzen dürfe, woraufhin Ben und ich ihr einen alten Ohrensessel nach draußen geschleppt hatten.

»Was zappelst du denn so rum?«, fragte sie jetzt und raffte dabei ihre Kittelschürze, um ihren Beinen auch ein wenig Sonne zu gönnen.

»Hm«, brummte ich und hoffte, dass das als Antwort ausreichte.

»Was heißt hm?«

»Hm heißt, ich kann nicht schreiben. Zumindest nichts Eigenes.« Ich schloss das Dokument auf dem Rechner. Es ging einfach nicht weiter.

»Lern lieber kochen. Das geht schneller«, schlug Millie vor, und ich musste lachen. Recht hatte sie. »Und jetzt tipp weiter. Irgendwas. Das Tippen ist so herrlich beruhigend.«

Mein Tippen war also der Grund, warum sie hier neben mir saß und mir bei der Arbeit zusah. Das Klackern der alten Tastatur beruhigte sie. Vielleicht war ihr auch einfach nur langweilig. Oder sie musste vor Fredo fliehen, der, seitdem sie begonnen hatte, das Haus auszumisten, seine Siebensachen in Sicherheit brachte und Dinge suchte, die Millie schon längst entsorgt hatte. Wie die Gesamtausgabe der *GEO* von 1970 bis 1989.

Ich blätterte auf meinem Reader zur nächsten Seite, um wenigstens mit der Übersetzung weiterzumachen, da piepte es eine Etage über mir. Ich hob den Blick. Ein kleiner, unscheinbarer Vogel hockte dort und blickte mit schräg gelegtem Köpfchen auf mich herab.

Die Obstbäume hatten begonnen, ihre Blüten zu öffnen, und über dem ganzen Garten schwebte ein lieblicher Duft. Hummeln und Bienen arbeiteten lautstark vor sich hin, und am Himmel über der ganzen Szene zogen ein paar kleine strahlend weiße Wolken dahin. Bisher vermisste ich Hamburg wahrlich nicht. Ich konnte überraschend gut ohne Cafés, den Sushi-Laden um die Ecke und die 24-Stunden-Supermärkte leben. Vielleicht änderte sich das noch, aber bisher genoss ich unser Leben. Vor allem genoss ich es, Menschen um mich zu haben, die ich mochte. Und zwar ohne dass ich dafür einmal durch die ganze Stadt gurken musste. Hier stand ich morgens auf, und Ben war da. Irgendwann kam dann Millie vorbei. Mit Kuchen. Kuchenbacken war ihr tägliches Ritual, und sie versorgte den ganzen Ort mit ihren Kreationen. Esat kam gegen halb eins und brachte die Post, und seitdem die Sonne so herrlich schien, tranken wir dann oft gemeinsam einen Espresso auf der blauen Bank. Überhaupt verließen die Menschen plötzlich ihre Häuser, als hätten sie Winterruhe gehalten, die nun schlagartig vorbei war. Ständig machte ich neue Bekanntschaften, und hin und wieder verirrte sich eine davon auf unsere Bank.

Millie seufzte tief und verschränkte die Hände vor dem Bauch. Ich tippte noch ein wenig auf meiner Tastatur herum, wobei mir sehr bewusst war, dass der kleine Vogel mich weiter beobachtete. Vielleicht wusste er, dass ich nicht von hier war, und wollte mich ein wenig im Auge behalten.

Ben kam durch die Scheune auf die Wiese hinausmarschiert. Er schob eine Schubkarre vor sich her, in der eine Teekanne, drei Tassen sowie Zucker und Milch und Millies neuste Butterkuchenkreation standen.

Er nickte mir nur zu, sagte aber kein Wort. Offenbar dachte er, dass Millie schlief. Dann stellte er alles auf den Tisch, grinste mich an und schob die leere Karre weiter, um sie neben einem der kleineren Kirschbäume abzustellen.

Der kleine Vogel beobachtete jetzt ihn, wie er sich auf die Knie hockte und das Unkraut unter den Baumscheiben herauszog. Ben machte es so, wie Millie es ihm gezeigt hatte. Der Löwenzahnwurzel rückte er mit einem alten Küchenmesser zu Leibe, den Rest der Beikräuter zog er samt Wurzeln einfach aus der lockeren Erde. Danach schnitt er alles klein und warf es in die Schubkarre, weil er die »Biomasse« – sein Wort, nicht meins – hinterher zwischen den Stauden im großen Beet neben dem Hof verteilen würde. Mulchen nannte man das. Den gärtnerischen Verstand verlieren, nannte es Fredo. Die beiden stritten sich vorzüglich über diese Vorgehensweise, über die Ben nach der Lektüre von mindestens drei einschlägigen Büchern stundenlang mit unserer Nachbarin drei Häuser weiter fachsimpelte. Offenbar ging es hier um unterschiedliche Sichtweisen, wobei ich Ben mehr glaubte als den althergebrachten Methoden, nach denen man die Beete radikal leer räumte und nur die paar Stauden stehen ließ. In der Natur schien aber offener Boden sofort belegt zu werden, nämlich mit Unkraut. Welches alle Gärtner, die ihren gärtnerischen Verstand noch beisammenhatten, umgehend wieder entfernten. Wobei sich bei Bens Methode gar kein neues Unkraut ansiedelte, weil der Platz ja mit dem Mulchzeug schon belegt war. So musste man auch nicht düngen, das erledigte die langsam verrottende Mulchschicht gleich noch mit. Angeblich machte man damit sogar die Regenwürmer glücklich. Ergab in meinen Augen absolut Sinn.

»Mulcht der Junge wieder?«, fragte Millie mit geschlossenen Augen, und ich lachte auf. Das klang doch irgendwie fantastisch unanständig.

»Er besorgt sich erst mal Mulchmaterial«, erwiderte ich und beobachtete Ben weiter, der erstaunlich lange Haare bekommen hatte. Er brauchte definitiv einen Haarschnitt.

»Hat dem Fredo ganz schön den Marsch geblasen letzte Woche. Hätte ich ihm gar nicht zugetraut.«

»Ja, er ist nicht nur nett«, sagte ich. Millie öffnete ein Auge und linste zu mir rüber.

»Der ist aus ganz anderem Holz geschnitzt als wir. Der hat schon was erlebt, das kann ich fühlen. Er stellt Fragen, die hat vorher noch kein Mediziner gefragt.« Sie war jetzt offenbar hellwach und beugte sich leicht zu mir rüber. »Carolin aus Neu-Wiekerrode hat er vor ein paar Tagen gefragt, woran sie so schwer tragen muss. Weil sie doch immer solche Kreuzschmerzen hat und kein Arzt ihr helfen konnte. Die Carolin hat ihm daraufhin gesagt, er solle dorthin abhauen, wo der Pfeffer wächst.« Millie lachte kurz auf, wurde aber gleich darauf wieder ernst. »Und dann kam Carolin zu mir und hat eine Stunde lang furchtbar geweint. Weil sie doch ihre Schwiegermutter so lange gepflegt hat und dieser große Hof so viel Arbeit macht. Und ihr Mann ein blödes Arschloch ist. Und ihre Tochter jetzt in München lebt und sie ganz alleine auf diesem Hof zurückgelassen hat. Angeheiratet, versteht sich. Ich glaube, Ben war der erste Mensch, der ihre ganzen Strapazen ernstgenommen hat, auch wenn sie ihm gegenüber nicht zugeben konnte, dass er den Finger direkt in die Wunde gelegt hat.«

»Und wie geht es Carolin jetzt?«, fragte ich.

»Sie macht jetzt einen Yoga-Kurs bei der Volkshochschule. Diese wöchentliche Stunde trotzt sie der Zeit auf dem Hof ab, und es scheint ihr gutzutun. Sie hat immer noch Kreuzschmerzen, aber irgendwie scheint sie nicht mehr so traurig zu sein. Vorgestern hat sie mir erzählt, dass sie sich überlegt, diesem arroganten Schnösel von Doktor noch eine Chance zu geben.« Millie zwinkerte mir zu. »Bin gespannt, wie das ausgehen wird. Ben wird wieder irgendwas Kluges sagen, den Finger in die Wunde legen, und Carolin wird wieder ausrasten, aber am Ende wird es ihr helfen.« Sie sah mich an. »Warum habt ihr beide eigentlich nichts miteinander? Ist er schwul?«

Ich zuckte auf meinem Stuhl zurück. »Millie!«, brummte ich empört.

»Was?« Sie sah mich interessiert von der Seite an. »Kein abwegiger Gedanke. Guck ihn dir doch an! Wenn ich jünger wäre … Oder magst du lieber Frauen?« Die letzten Worte hatte sie geflüstert, und ich schüttelte den Kopf. »Das wäre nicht schlimm. Wir sind da alle offen, obwohl wir Landeier sind. Der Helge, der Melker vom Meyerschen Hof, war zweimal mit einer Frau verheiratet und lebt jetzt mit einem Mann zusammen. Ist kein Problem. Sein Freund kommt auch mit zu den Weihnachtsfeiern, und sogar die alte Meyer findet das gut. Und die ist schon 102.«

»Ja, weil gleichgeschlechtliche Liebe normal ist. Aber wir sind beide nicht homosexuell«, erklärte ich hoheitsvoll. »Ben ist nicht an mir interessiert. Und ich nicht an ihm. Wir haben einen Deal, und der besagt, dass das hier unser Projekt ist. Und dass wir nur Freunde sind.«

Millie lächelte, aber in ihren Augen glitzerte etwas, das ich nicht zuordnen konnte.

»Glaube ich nicht«, erklärte sie dann und lehnte sich wieder, offenbar sehr behaglich, in ihrem Gartenstuhl zurück. »Da liegt was in der Luft. Das kann ich spüren. Die Dorle hat nicht umsonst gedacht, dass ihr zusammen seid.«

Ich schwieg.

»Wäre doch nicht schlimm, oder?«, fragte Millie und klang plötzlich ganz harmlos.

Ich wollte ihr sagen, dass das sehr wohl schlimm wäre. Weil Ben vermutlich an vielem interessiert war, aber ich gehörte ganz sicher nicht dazu. Ben war unerreichbar. Was verdammt noch mal gut so war. Er war schließlich mein Mitbewohner.

»Denkt ihr an das Frühlingsfest morgen?«, wechselte Millie jetzt das Thema und streckte sich ein wenig, um sich dann plötzlich kerzengrade aufzurichten und zum Wald zu blicken. Sie legte sogar eine Hand über die Augen, um besser sehen zu können. Ich folgte ihrem Blick, sah aber nichts als Bäume.

»Ich dachte, ich hätte die Füchsin gesehen«, murmelte sie. »Aber ich habe mich wohl getäuscht. Seit Dorles Tod war sie nicht mehr hier. Also, ihr denkt an das Frühlingsfest, ja? Wir holen euch ab.« Sie gab einen unwilligen Laut von sich, lehnte sich erneut zurück und schloss die Augen. Ich sah weiter zum Wald hinüber, der still und leise im Sonnenschein lag. Die Füchsin war weit und breit nicht zu sehen. Vielleicht wollte Millie nur ablenken. Vielleicht aber wusste sie auch viel mehr, als ich ihr zutraute.

Zu unserem Fünf-Uhr-Tee tauchte Ben mit einer kleinen Maschine in der Hand in der Küche auf.

»Würdest du mir die Haare schneiden? Ich will zu dem großen Ereignis morgen gut aussehen«, sagte er ganz arglos, während ich uns zwei Tassen Tee in Dorles feines Porzellan goss. Er hielt mir ein silbrig glänzendes Teil mit baumelndem Kabel vor die Nase.

»Schert man mit so was nicht Schafe?«, fragte ich zurück, doch Ben hob nur eine Augenbraue.

»Mich kann man damit auch scheren«, erklärte er trocken. Seufzend trug ich die beiden Tassen zum Sofa, und Ben folgte mir. In der anderen Hand schleppte er ein Bettlaken hinter sich her, wie Linus von den Peanuts seine Schmusedecke. Das breitete er auf dem Boden aus und hockte sich im Schneidersitz drauf. Dann deutete er auf seinen Kopf. »Zwölf Millimeter. Ist schon eingestellt.« Schien für ihn keine große Sache zu sein. War es ja auch nicht. Ich bemerkte jetzt, dass ich sogar meine Hände in die Hosentasche gesteckt hatte. Mein Körper schien keinerlei Interesse daran zu haben, Ben den Schädel zu rasieren.

»Lass doch wachsen«, sagte ich, während ich immer noch regungslos herumstand.

»Nein!«, erwiderte Ben empört und sah zu mir hoch. »Wenn die noch länger wachsen, kann ich mir bald Zöpfe flechten.«

Es war ja nun kein unmoralisches Anliegen, ganz und gar nicht, und demnach war es völlig unverständlich, warum ich gerade so gar keine Lust hatte … ihn anzufassen. Die Erkenntnis durchlief mich siedeheiß.

»Wenn ich es alleine mache, habe ich hinterher immer Ecken und Kanten auf dem Kopf. Das steht mir nicht«, erklärte er.

»Wer hat das denn bisher gemacht?«, fragte ich knapp.

»Der Frisör«, erwiderte er ebenso knapp und betrachtete mich jetzt mit einem gewissen Argwohn. »Findest du es komisch, mir die Haare zu schneiden?«

»Nein«, sagte ich schnell und fügte hinzu: »Das ist es nicht.« Und dann griff ich endlich die kleine Maschine und steckte den Stecker in die Steckdose an der Wand. Das Ding brummte so energisch in meinen Händen, dass meine Finger anfingen zu prickeln. Damit konnte man vermutlich auch eine ganze Herde Heidschnucken scheren. Oder eben Ben.

Ich beugte mich weiter vor und fing ganz vorsichtig in seinem

Nacken an. Ben hatte dort sehr prägnante Knochen, die sich deutlich unter den Haaren abzeichneten. Er beugte den Kopf leicht nach vorne, was die Muskeln an seinem Rücken in Bewegung brachte. Schöne Muskeln. Ich riss mich zusammen und konzentrierte mich darauf, die Maschine weiter nach rechts zu bewegen. In einem sanften Schwung zog ich sie bis zu den etwas längeren Haaren am Oberkopf. Die kurzen Stoppeln rieselten auf das Bettlaken.

»Du solltest das Shirt ausziehen, sonst piekst es hinterher«, hörte ich mich sagen. Weil es logisch war. Also theoretisch logisch. Als Ben sich übergangslos das Shirt abstreifte, hätte ich mir selbst mit der flachen Hand vor die Stirn hauen können. Das machte das Ganze doch nun keinen Deut besser. Im Gegenteil. Jetzt saß der Mann auch noch mit nacktem Oberkörper vor mir. Ich riss mich erneut zusammen, bis es in mir knackte, und arbeitete weiter. Das Haus gab ein verhaltenes Keuchen von sich, da war ich mir sicher, denn es knarrte und knurrte weit oben im Dachgebälk. Helmut beobachtete uns aus seinem Körbchen heraus mit zusammengekniffenen Augen.

Ich biss mir selbst auf die Lippe und rasierte verbissen weiter, während Ben die Augen schloss und seine Hände ganz entspannt auf den Oberschenkel ruhen ließ. Nur ich war nicht entspannt.

Ich strich über die bereits rasierte Fläche, und nun prickelten meine Finger noch sehr viel mehr. Ben öffnete die Augen, drehte leicht den Kopf und sah zu mir hoch. Ich zog die Finger zurück, und für einen kleinen Moment trafen sich unsere Blicke. Mein Herz machte einen rasanten Doppelschlag. Meine Hand wollte sich wieder auf seinen Kopf senken, dort über die raspelkurzen Haare streichen, seinen Mundwinkel berühren, den linken, der immer zuerst lächelte, und neben dem sich ein kleines, geheimes Grübchen versteckte, das nur ganz selten zu sehen war. Ich wollte die kleine Narbe auf seinem Nasenrücken streicheln, meine Fingerspitze auf seine vollen Lippen legen. Er war mir so vertraut geworden. Er war ein Teil meines Lebens, und ich musste mich jetzt verdammt noch mal ernsthaft zusammenreißen. Denn wenn Ben mich zurückwies, würde ich das nicht überstehen.

Woher ich die Kraft nahm, meine Stimme ganz normal klingen zu lassen, war mir schleierhaft, aber als ich sagte: »Sieht gut aus. Jetzt die andere Seite«, klang ich, als würde ich ihm erklären, dass ich vorhatte, gleich noch einen Topf mit Nudeln aufzusetzen. Oder dass der Hund mal rausmusste. Oder wir keine Milch mehr hatten. Ganz normale Dinge eben. Nichts, was mein Herz auf ungebührliche Art und Weise berührte.

Ben ließ sich täuschen. Für einen kleinen Moment, als er mir in die Augen gesehen hatte, war etwas in ihm aufgeblitzt. Eine entfernte Ahnung, eine Irritation. Aber die war jetzt verschwunden. Denn ich klang wie immer. Ich hatte alle Anzeichen meiner körperlichen Reaktion getilgt, und Ben ließ sich bereitwillig auf diesen Pfad führen.

Meine Hände zitterten leicht, als ich mit der Maschine auf die andere Seite wechselte, aber das legte sich schnell wieder. Weil ich mich gut zusammenreißen konnte.

Nach fünf Minuten war ich fertig und ließ die Maschine sinken. »So, wieder eine Frisur für den Herrn Doktor«, sagte ich nonchalant, und Ben grinste zu mir hoch.

»Danke!«

»Bitte, gern geschehen«, erwiderte ich, froh, dass das hier wie eine ganz normale Unterhaltung klang. Ben rieb sich seitlich über die kurz geschorenen Haare und ließ dann die Hände wieder sinken.

Sein Handy klingelte. Er zog es ein wenig umständlich aus der Hosentasche und nahm das Gespräch entgegen. »Äh, was?«, fragte er verdutzt, nachdem er ein paar Sekunden nur zugehört hatte. Schließlich legte er auf und sagte dann klar und deutlich: »Idiot«.

»Was war das denn?«, fragte ich verdutzt.

»Mein Bruder. Er hat sich verwählt. Und direkt wieder aufgelegt.«

»Wie nett.«

»Das kannst du laut sagen«, erwiderte er dann, und sein Mund verzog sich zu einem leichten Grinsen, das aber nicht viel Humor enthielt. Dafür presste er die Lippen zu fest aufeinander. Er starrte schweigend aus dem Fenster. Nach einer Weile klopfte er plötzlich neben sich auf das Bettlaken und lud mich ein, mich neben ihm niederzulassen. Auf dem Laken lagen mir aber zu viele Haarstoppeln herum, weswegen ich mich in den Sessel setzte. Ben blieb auf dem Boden hocken und drehte sich zu mir um. Er schien etwas auf dem Herzen zu haben.

»Mein Bruder trug schon mit sechzehn einen Anzug und drehte ständig irgendwelche krummen Dinger …« Er zögerte einen kleinen Moment und räusperte sich. Ganz offensichtlich wollte er mir etwas erzählen, wusste aber nicht wie. »Marius und ich sind den größten Teil unserer Kindheit im Heim aufgewachsen. Wir haben unterschiedliche Väter, die aber nie eine Rolle gespielt haben. Unsere Mutter hatte eine Psychose. Das weiß ich heute. Damals war mir das natürlich nicht klar. Sie sagte immer, wir würden sie so stressen. Wir haben dann eine Weile bei unserer Oma gelebt, aber die war auch … schwierig. Oder besser: psychisch labil. Und dann sind wir ins Heim gekommen. Und das war gut. Also sehr viel besser als alles davor.«

Ich bekam bei seinen Worten ein ganz dumpfes Gefühl im Magen. Familie hatte also tatsächlich eine ganz andere Bedeutung für ihn als für mich. Für mich war es etwas Selbstverständliches. Für Ben nicht.

Kapitel 17

Zum Frühlingsfest war offenbar der gesamte Ort auf den Beinen. Ben und ich standen am Fenster und blickten auf die Dorfstraße, auf der unglaublich viele Menschen unterwegs waren. Alle hatten sich schick gemacht. Viele trugen eine Feuerwehruniform. Nicht nur die Einwohner von Bredenhofe waren hier, es kamen auch immer mehr Autos, die die kleine Straße links und rechts zuparkten. Und das alles fand erstaunlicherweise an einem Wochentag statt. Feierte man solche hohen Festtage nicht üblicherweise an einem Wochenende? Offenbar nicht in Bredenhofe. Heute war Donnerstag, und das Frühlingsfest wurde immer an einem Donnerstag gefeiert.

»Huhu!«, rief es jetzt aus der Diele, und Helmut stöhnte in seinem Körbchen. Für den Hund war das alles hier zu viel Trubel. »Seid ihr fertig?« Millie war in der Küche aufgetaucht, in einem dunkelroten Kleid mit passendem Bolerojäckchen. Die Haare hatte sie zu einem lockeren Knoten gebunden, und an ihren Ohrringen glitzerten gelbe Steine. Ihre mintgrünen Fingernägel leuchteten förmlich zu dem bunten Ensemble. Wir hatten sie mittlerweile viermal nachlackiert, und auch meine Nägel waren wieder mintgrün.

Ben warf mir einen erschrockenen Blick zu, den ich erwiderte. »Wir sind fast fertig!«, sagte er, und ohne ein weiteres Wort auszutauschen, rannten wir gemeinsam wie der Blitz ins Obergeschoss, um uns umzuziehen. So ein monumentales Ereignis konnte man wohl nicht in Jeans und Turnschuhen begehen.

Als wir uns wieder in der Küche trafen, trug Ben ein weißes Hemd zur Jeans und ich mein Blümchenkleid.

Millie lehnte an der Küchentheke und studierte gerade die Etiketten der Gewürzdosen, die in einem Gestell über dem Herd hingen. »Alles schon abgelaufen. Hier müsste man mal ran«, sagte sie und drehte sich zu uns um. Als sie uns sah, erhellte sich ihre Miene.

»Habt ihr selbst gemerkt, was?« Sie lachte und deutete auf uns. Wir nickten und folgten ihr brav auf den Hof, wo Fredo in einer schicken Feuerwehruniform auf uns wartete.

»Ist dir aufgefallen, dass Millie manchmal mit uns redet wie mit zwei kleinen Kindern?«, raunte Ben, während wir ihr hinterhertrabten und uns in den Strom der Menschen einreihten, die sich über die Dorfstraße schoben.

»Ja«, flüsterte ich zurück. »Aber aus irgendeinem Grund stört es mich nicht.«

»Mich auch nicht.« Ben nickte der Mutter von Murmelkind Miriam zu, die mit ihrer gesamten Familie und im Hofstaat ebenfalls auf dem Weg zum Fest war, und huldvoll zurücknickte.

Holgers und Heikes Hof lag ganz am Ende des Ortes. In dem riesigen Garten entdeckte ich keine Obstbäume, sondern das erste Grün jungen Gemüses und Frühlingsblumen, die ihre zarten Triebe in den blauen Himmel reckten. Auf der Wiese dahinter stand ein riesiger, hochmoderner Kuhstall.

In der großen Scheune waren lange Tische aufgebaut, die sich unter den vielen Speisen und Getränken förmlich bogen. Jetzt erst fiel mir auf, dass offenbar jeder mindestens einen Teller oder eine Schüssel in der Hand hielt. Das hier war ein Mitbringbüfett, und wir hatten nichts mitgebracht.

»Millie!«, flüsterte ich und zuppelte unserer Nachbarin am Ärmel, damit sie stehen blieb. »Wir wussten nicht, dass wir was mitbringen sollen!« Millie drehte sich um.

»Was wolltet ihr denn mitbringen? Nutellabrot?« Sie lachte.

Und ihre Freundin Marga, die direkt neben ihr aufgetaucht war, lachte ebenfalls. »Nee, lasst mal. Ich habe Blätterteigschnecken und Zuckerkuchen gemacht. Das reicht für alle, da braucht ihr nicht auch noch was mitbringen. Ihr habt es ja nicht so mit dem Kochen.«

»Ben kocht. Gut, wie ich finde«, erklärte ich, doch Millie warf mir nur einen Blick aus zusammengekniffenen Augen zu. »Avocado-Nudeln und Müsli.«

»Ja«, stimmte ich zu, merkte aber im selben Moment, dass das Büfett hier aus etwas rustikaleren Gerichten bestand. Es gab eingelegtes Gemüse, Salat, selbst gebackenes Brot, Spanferkel, Würstchen und Eintopf aus einem so großen Topf, wie ich noch nie einen gesehen hatte.

»Ah, da ist ja die Heike!«, rief Millie und winkte.

Besagte Heike strahlte so viel Bodenständigkeit aus, dass mir ganz schwindelig wurde. Sie trug ebenfalls eine äußerste schicke Feuerwehruniform und sah aus wie das Covermodel von *Landleben modern*, ganz so, als würde sie sich gleich ein rotes Kopftuch über die blonden Haare knoten und eine Schürze vor die Uniform binden, um die Kühe abzumelken.

»Hallo!«, begrüßte sie mich mit einem festen Handschlag. »Du bist Lucy, die Autorin, ja? Die mein Mann letztes Jahr im Schneesturm gerettet hat.« Sie strahlte mich an und präsentierte mir wunderschöne Lachfalten um die Augen. Aha. Ich erinnerte mich. Heike war die Frau, die jeden Tag zehn Leute verköstigte und den Laden am Laufen hielt. »Da wollen wir doch erst mal einen drauf trinken, dass wir uns endlich kennengelernt haben! Wir dachten schon, ihr verlasst Dorles Hof nie.« Heike grinste mich an, und von irgendwoher kamen kleine Gläschen geflogen, die mit Jägermeister gefüllt waren. Ein wenig verängstigt drehte ich mich zu Ben um, aber der war verschwunden. Es war halb vier. Am Nachmittag. Da ich nun also allein war und nicht unhöflich sein wollte, nahm ich lächelnd das Glas entgegen und schüttete das Teufelszeug in mich hinein. Im nächsten Moment fingen grün gekleidete Menschen an, auf Blasinstrumenten zu spielen, so laut, dass ich vor Schreck auch noch den nächsten angereichten Jägermeister trank. Danach brannte ein Feuer in meinem Bauch, und ich musste ganz dringend etwas essen, um die Flammen zu löschen.

Heimlich setzte ich mich von Millie, Marga und Heike ab, um zum Büfett zu schleichen und mir eine Scheibe Brot zu schnappen. Dort blieb ich dann auch stehen, die Scheunenwand im Rücken, und betrachtete das bunte Treiben. Alle schienen sich zu kennen, jeder begrüßte jeden. Eine Frau und ein Mann tanzten mit ernsthafter Miene und gereckten Köpfen mitten durch die Menge.

Auf einmal stand Esat neben mir und musterte mich von der Seite. »Du musst jeden zweiten Jägermeister auslassen. Heimlich wegschütten. Sonst bist du in einer Stunde stockbesoffen, und das vergessen die Bredenhofer nie. Sie werden dich zeit deines Lebens daran erinnern und sich schlapplachen. Aber lass dich beim Wegschütten bloß nicht erwischen!«

»Danke für den Rat«, sagte ich und biss erneut in das trockene Brot. »Du sprichst aus Erfahrung?«

Esat zog eine Grimasse und nickte. »Ben sollten wir ebenfalls warnen. Er sitzt da hinten bei den Landwirten auf der Bank und hat mit Sicherheit schon den dritten Jägermeister intus.«

»Esat!«, dröhnte plötzlich eine Stimme, und ein wohlbeleibter Mann im grünen Jägersgewand kam auf uns zu. »Hab dich gesucht!«, rief er und sah dann mich an. »Und wer bist du?«

»Lucy Bradford.« Ich reichte ihm die Hand, die er energisch und mit festem Griff schüttelte.

»Ach, die Frau vom neuen Doktor! Auf dem Dormann Hof! Carsten Hochsträtter. Angenehm. Hier« sagte er dann leise zu Esat und drückte ihm einen Briefumschlag in die Hand, den Esat ihm gleich wieder zurückzugeben versuchte. Carsten Hochsträtter hielt dagegen. »Nein, nimm. Für dein Studium. Von Lisa und mir.«

»Das kann ich nicht annehmen!«, flüsterte Esat mit verzweifelter Miene und wurde dabei puterrot, doch sein Gegenüber winkte ab. »Ist nicht viel. Aber besser als nichts. Jägermeister?«

Wir schüttelten hastig die Köpfe, und der große Kerl verschwand wieder in der Menge.

»Was mach ich jetzt damit?« Esat wedelte mit dem Umschlag vor meiner Nase herum.

Ich griff ihn mir und öffnete ihn halb. Darin waren zweihundert Euro. »In ein Sparschwein stecken«, sagte ich und schob Esat den Umschlag in die Jackentasche.

»Das kann ich doch nicht annehmen. Das sind Almosen!«

Ich schüttelte den Kopf. »Du bist ein Bredenhofer. Offenbar kümmert man sich hier umeinander.« Esat wirkte nicht beruhigt, ließ den Umschlag aber, wo er war.

»Ich habe dir übrigens alle interessanten Unis in Hamburg rausgesucht, die deinen Studiengang anbieten. Soll ich dir die per Mail rüberschicken?«

Esat blies die Wangen auf und ließ die Luft dann zischend durch die gespitzten Lippen entweichen. »Danke, ja. Gerne. Ich kenne mich in Hamburg gar nicht aus und bin da bis jetzt noch nicht vorangekommen. Mit der Zimmersuche bin ich auch noch nicht weiter …«

Er wurde durch den Auftritt des Chors unterbrochen, der plötzlich in der Scheune auftauchte. Es wurde noch voller, und Liedtexte wurden herumgereicht, wobei aber niemand außer mir wirklich auf die Blätter schauen musste. Alle konnten auswendig mitsingen und taten das auch. Weit entfernt, hinten links neben Fredo und Millie, entdeckte ich Ben, für den Esats Jägermeisterwarnung sicher gut gewesen wäre. Er lehnte ein wenig blass am Scheunentor und starrte auf den Liedtext, schwieg aber. Das nächste Lied war »Der Mai ist gekommen«, und das konnte ich tatsächlich auswendig. Das hatten wir irgendwann mal in der Schule im Musikunterricht gelernt, und der Text schien sich in meinem

Gedächtnis verankert zu haben. Also sang ich mit. »Der Mai ist gekommen, die Bäume schlagen aus …« Fast so laut wie Esat, der allerdings bisher nicht einmal auf seinen Zettel hatte schauen müssen. Er kannte alles auswendig.

»Woher kennst du alle diese alten Lieder?«, fragte ich ihn, nachdem der Refrain verklungen war. Er hob eine Augenbraue.

»Ich bin perfekt integriert. Ich beherrsche sogar den korrekten Gebrauch des Plusquamperfekts. Das kann in Bredenhofe keiner. Außer mir.« Ich musste lachen, und er grinste. »Ich liebe Sprachen«, fügte er hinzu. »Es fällt mir leicht, sie zu lernen. Und solche Lieder sagen viel aus über die Entwicklung von Dörfern und Städten in diesem Land.«

Der Chor kam zum Ende seiner Darbietung, und die Massen strömten wieder aus der Scheune ins Freie. Wir strömten mit, aber Millie stellte sich uns in den Weg. »Wir haben einen Tisch!«, verkündete sie und rieb sich frohlockend die Hände. »Kommt mit!«

»Ist das wie beim Oktoberfest?«, erkundigte ich mich, während ich ihr folgte. »Muss man die vorreservieren? Sind die rar?« Im Laufen drehte Millie sich um. »Es sitzt nicht jeder bei jedem. Das ist kompliziert. Aber wir sitzen immer mit Heike, Holger und Manfred zusammen. Und natürlich mit Marga. Immer. Und jetzt haben wir ein paar Leute aus Tatenbühl verscheucht und Platz. Auch für euch.«

Der Tisch bestand aus einer alten, kippeligen Biergarnitur, auf die jemand kleine Blumensträuße in Wassergläsern gestellt hatte. Als ich mich vorsichtig auf der Bank niederließ, entdeckte ich auch Ben wieder. Er saß mir mit leicht glasigen Augen gegenüber.

»Frau Doktor!«, rief Marga und hielt mir doch glatt den nächsten Jägermeister entgegen. Dankend schüttelte ich den Kopf und griff stattdessen nach der Flasche Wasser vor meiner Nase.

»Ach, wie schön. Hat Millie dich gefunden, ja?« Heike hatte ganz rote Wangen und freute sich offenbar ernsthaft, dass ich wieder da war. »Ich wollte dich die ganze Zeit schon was fragen: Was macht man so als Autorin? Den ganzen Tag meine ich. So ein Tag ist ja lang. Sitzt man die ganze Zeit rum und tippt?« Zweifelnd betrachtete sie mich, als wäre das ganz und gar unmöglich.

»Ja«, erwiderte ich und stellte fest, dass plötzlich der ganze Tisch auf meine Antwort lauschte. »Im Großen und Ganzen schon. Vorausgesetzt natürlich, es fällt einem was ein.«

»Die Geschichte, quasi.« Holger hatte sich ein wenig zu mir gebeugt.

»Die Geschichte. Genau. Es ist ein kreativer Akt. Man braucht Zeit und Ruhe, und manchmal schafft man viel Text, manchmal nicht. Das ist nicht so gut planbar.« Das war leider mehr als wahr. Bei meinem aktuellen Schreibtempo würde ich im Jahr 2026 fertig werden. Und gut wäre die Geschichte dann immer noch nicht.

»Und worum geht es in deinem Buch?«, fragte Holger weiter.

Ich wappnete mich, denn ich wusste ja, was jetzt kam. »Es ist ein Liebesroman.«

Doch er überraschte mich. »Schön! Den müssen wir unbedingt lesen«, erklärte er.

»Ja«, pflichtete seine Frau ihm bei. »Wie heißt er denn? Und wann kann man ihn kaufen? Wie aufregend!«

Okay. Die Bredenhofer schienen keine Ressentiments gegen mein Genre zu hegen. Erstaunlich! Ich entspannte mich.

»Er hat noch keinen Namen, und er erscheint nächstes Jahr im Frühling. Im Dürskop Verlag« Ich konnte selbst den Stolz in meiner Stimme hören.

»Also, das könnte ich nie im Leben.« Heike sah mich an, als käme ich von einem fremden Stern. »Das dauert ja ewig, bis man dann endlich was in der Hand hat. Und den ganzen Tag nur sitzen! Wäre ich gar nicht zu in der Lage.«

Holger lachte. »Meine Frau flippt schon aus, wenn ich mal die *Tagesschau* mit ihr gucken will. Da muss sie dann fünfzehn Minuten stillsitzen. Nahezu unmöglich.«

»Na ja, jeder kann andere Dinge. Du kannst ja offenbar kochen. Für viele Menschen.«

»Das kann jeder«, erwiderte Heike. »Das ist keine besondere Fähigkeit. Ich bin ansonsten ein völlig unkreativer Mensch.«

»Kochen ist doch sehr kreativ«, wandte ich ein. »Alleine die Planung für so viele Leute über viele Tage hinweg. Das ist auch eine kreative Leistung. Ich kann kein bisschen kochen. Schon gar nicht für so viele Menschen.«

Heike lachte. »Das kann doch jeder. Nahrung zuzubereiten liegt uns in den Genen. Das hat mir meine Mutter beigebracht. Und ihr ihre Mutter. Ob es dann jedem schmeckt, ist eine andere Frage.«

»Nee, sie kann das wirklich nicht«, wandte Millie ein. »Gar nicht.«

Schweigen am Tisch. Die Pause nutzte Marga, um allen noch mal Schnaps nachzuschenken. Auch Ben, der mir verwirrt zublinzelte.

Schließlich räusperte sich Heike. »Dann sollten wir es dir wohl beibringen«, sagte sie. »Man muss doch kochen können.« Das klang, als wäre es eine feststehende Tatsache. Ich wollte einwenden, dass man in Hamburg einfach nur in den nächsten Supermarkt gehen musste, um dort ein fertiges Menü zu erstehen, falls gewünscht vegan, gluten- oder zuckerfrei, aber ich sagte nichts. Weil ich jetzt hier lebte. In Bredenhofe. Und eine viel beschäftigte Landwirtin anbot, mir das Kochen beizubringen. Was durchaus sinnvoll war, denn ich hatte aktuell nicht vor, wieder zu den gut sortierten Supermärkten nach Hamburg zu ziehen.

»Au ja!«, rief Marga und exte den Schnaps. »Da bin ich dabei. Dann können wir auch endlich mal wieder Butter machen. Alleine lohnt das nicht.«

»Kochen!« Esat nickte mit glänzenden Augen.

»Sehr schön.« Auch Millie schien angetan zu sein, und ohne mein Zutun nickte mein Kopf.

»Dann ist es abgemacht! Lucy lernt kochen!«, rief Heike, und ich ergab mich meinem Schicksal, während Ben mich ansah und es in seinen Mundwinkeln zuckte. Das hier war dann wohl das glatte Gegenteil von Einsamkeit. Willkommen in Bredenhofe.

Das Fest ging bis in die Nacht, aber wir traten schon gegen halb acht den Heimweg an. Wir waren völlig erschlagen, und ich hatte so viele Hände geschüttelt, dass mir das Handgelenk wehtat. Ben musste sich auf dem Weg über die Dorfstraße an mir festhalten.

»Ich trinke nie wieder dieses Kräutergebräu«, jammerte er. »Das kommt direkt aus der Hölle. Man muss Landwirt sein, hier in der zehnten Generation leben und Kühe melken können, um das unbeschadet zu überstehen.«

»Ben, reiß dich zusammen. Hast du mitbekommen, dass ich jetzt kochen lernen muss?« Ich zog ihn am Jackenärmel hinter mir her. »Es gibt jetzt einen Bredenhofer Kochkurs. Nur für mich. Ich weiß nicht, ob ich das gut oder schlecht finden soll.«

Und obwohl Ben ganz unübersehbar übel war, lachte er. »Das war in der Tat herrlich mit anzusehen.«

»Ich kann noch nicht mal eine Kartoffel schälen«, erklärte ich ihm.

Ben seufzte. »Das weiß ich sehr wohl, ich bin ja dein Mitbewohner.« Und er hörte nicht auf zu lachen, bis ich ihn auf das Sofa bugsiert, die Schuhe ausgezogen und mit einer Decke zugedeckt hatte.

Ich kochte mir einen Kaffee und setzte mich in den Sessel neben ihm. Es hatte immer alles zwei Seiten. In der Stadt konnte man anonym leben. Niemanden interessierte es, ob man kochen konnte. Oder furchtbar einsam war. Hier hingegen war es unmöglich, einfach so vor sich hinzuleben. Aber dafür war man nicht einsam. Und jetzt hatte ich einen Kochkurs an der Backe.

Kapitel 18

Drei Tage später hatten wir uns von unseren Kopfschmerzen erholt. Die Fenster zum Hof standen weit offen, und die Vögel schmetterten ein Abendkonzert. Es war halb sieben und Ben hatte gleich einen Termin bei Dr. König.

»Ben. Ich bin schon sehr gespannt«, sagte ich fröhlich und stellte mich neben ihn.

»Hmpf«, brummte der nur.

»Dann lass uns starten«, sagte ich, und wir sammelten unsere Sachen zusammen und liefen zum Auto. Ich fuhr. Das war sicherer. Ben war ein wenig nervös, wenn auch sehr bemüht, sich das nicht anmerken zu lassen.

In Tatenbühl, vier Orte weiter, parkte ich den alten Golf vor einem sehr hübschen, reetgedeckten Haus, das mit seinem breiten Dachüberstand, den zwei knorrigen Bäumen vor der Treppe und den grünen Fensterläden außerordentlich einladend aussah.

Eine blond gelockte Dame schob gerade den offenbar letzten Patienten das Tages aus der Tür und kam dann auf uns zugeeilt. »Feierabend«, sagte sie fröhlich. Unter ihrem weißen Kittel trug sie einen pinkfarbenen Pullover, passend zu ihrem Nagellack und Lippenstift. Sie sah ein wenig aus wie Barbie in den Achtzigern, aber die hatte nicht solchen Stahl in den Augen. Diese Frau sah süß aus, würde aber wohl einen Weltuntergang auch alleine bewältigen, falls es notwendig war.

»Ich bin Susi Großmeister.« Gut gelaunt streckte sie uns ihre Hand entgegen.

Ben ergriff sie und erwiderte: »Ben Greifenberg.«

»Martin wartet schon ganz ungeduldig auf Sie.« Ihr Blick wanderte zu mir. »Soll ich Ihnen in der Zeit mal die Praxis zeigen?« Sie reichte mir ebenfalls die Hand.

»Lucy Bradford«, stellte ich mich vor, doch sie nickte nur wissend.

»Die Schriftstellerin«, raunte sie und wackelte mit einer Augenbraue. »Ich weiß. Sie waren wochenlang ›Talk of the Town‹, wie man so schön sagt.«

Ich rang mir ein Lächeln ab. Das war ja prima. Davon hatten wir mal wieder nichts mitbekommen auf Dorles Hof. Hinter dem Wald. Am Ende der Zivilisation. Wie unangenehm.

Aber dass der Herr Landarzt mit Ben alleine sprechen wollte, hatte ich nun auch verstanden. Deswegen ließ ich mir die Praxis zeigen, in der Susi Großmeister klar erkennbar ihren Fingerabdruck hinterlassen hatte. Es gab pinkfarbene Dekomaterialien in Hülle und Fülle. Vorhänge, Bilder, Handtücher und kleine Porzellanschweine in Pink. Sogar ein paar pinkfarbene Bücher lagen auf dem Tisch im Wartezimmer. Beeindruckend, wenn jemand so konsequent war.

»Käffchen?«, flötete Frau Großmeister, als wir unseren Rundgang im Labor beendeten, in dem einige hoch technische Apparate standen, die doch tatsächlich mit kleinen pinkfarbenen Aufklebern verziert waren.

»Ja, gerne«, antwortete ich und folgte dem pinken Wahnsinn in die Kaffeeküche, wo – Verzeihung, aber das stimmte tatsächlich – eine pinkfarbene Kaffeemaschine uns einen starken, kleinen, sehr italienisch schmeckenden Espresso zubereitete.

»Ich bin ja so dankbar, dass er sich die Praxis wenigstens anguckt.« Sie reichte mir die kleine Tasse. »Sie glauben gar nicht, wie schwierig es ist, hier einen Nachfolger zu finden.«

Ich nippte an meinem Espresso und setzte mich an den kleinen weißen Tisch. Auf dem nichts Pinkes stand, wie ich bemerkte.

»Das scheint in der Tat schwierig zu sein«, erwiderte ich.

Frau Großmeister setzte sich zu mir. »Martin ist schon ganz verzweifelt. Er ist fast siebzig und möchte wirklich gerne in den Ruhestand gehen. Wir hatten jetzt zwei junge Ärzte, die aber sehr deutlich zum Ausdruck gebracht haben, dass ihnen das Feld der Allgemeinmedizin zu wenig prestigeträchtig ist und der Verdienst zu gering. Denen war das hier schlicht zu langweilig, so weitab vom Schuss, dabei ist es so eine tolle Arbeit! Wir kennen unsere Patienten über Jahre, oft Jahrzehnte. Martin ist ein großartiger Chef, der lässt hier niemanden alleine. Man kann ihn immer fragen, wenn man unsicher ist. Und man ist sich oft unsicher, so ist dieser Job nun mal.« Ich nickte und nahm noch einen Schluck Kaffee. »Dann hatten wir eine junge Ärztin hier, die war toll. Sie wollte die Praxis eigentlich übernehmen, aber dann ist sie doch nach Afrika in die Entwicklungshilfe gegangen.« Susi Großmeister verdrehte die Augen. »Ist ja ehrenhaft, aber langsam wird es eng. Wir haben ein großes Einzugsgebiet, und der Martin macht ja auch noch Hausbesuche.« Sie zog undamenhaft die Nase hoch und fügte hinzu: »Er bräuchte wirklich kompetente Unterstützung. Ihr Mann wäre perfekt.« Sie schenkte mir ein Lächeln, aber bevor ich dazu kam, etwas zu sagen, fuhr sie fort: »Wenn man so lange in einer Großstadt und dann noch in der Notaufnahme gearbeitet hat, ist das hier wie Schafe hüten in der Lüneburger Heide. Völlig entspannt. Sie brauchen also keine Sorge haben, dass er nicht pünktlich zum Abendessen zu Hause ist, außer es gibt mal einen Notfall.«

Ich nickte langsam und schwieg. Sollte sie halt denken, dass wir verheiratet waren. Es gab keine Notwendigkeit, sie aufzuklären.

Stimmen im Flur rissen mich aus meinen Gedanken, und Ben tauchte auf, gefolgt von Dr. König. Die beiden schienen sich angeregt zu unterhalten, und Ben wirkte fast entspannt.

»Ah, Ihre Frau!« Dr. König eilte auf mich zu, ergriff meine

Hand und schüttelte sie geradezu enthusiastisch. Ich öffnete den Mund. Spätestens jetzt musste ich ihr doch reinen Wein einschenken, aber Ben schwieg. Nicht nur das, er sah mich dabei fest an und presste irgendwie die Lippen aufeinander. Und so beschloss auch ich, weiterzuschweigen.

Auf der Rückfahrt dachte ich an die Schafe in der Lüneburger Heide und warf Ben einen Seitenblick zu. »Mensch, Ben. Sag was.«

Ben sah zurück. »Es ist nicht schlimm, dass die denken, dass wir verheiratet sind«, knurrte er, und ich blinzelte verwirrt. Schließlich war ich gedanklich noch beim Schafehüten.

»Ja. Nee. Das meinte ich nicht. Wobei wir das schon hätten aufklären sollen.«

»Hm«, brummte Ben.

»Hm? Der pinke Praxisgeneral und Dr. König denken jetzt, wir wären verheiratet. So ganz egal ist das nicht.«

Ben brummte wieder. »Ob das mit dem Pink nur eine Phase ist? Ob das vorbeigeht und irgendwann eine schwarze Phase kommt?«

»Weichst du mir gerade aus? Möchtest du nicht darüber reden?«, fragte ich, und mein Mitbewohner lachte auf.

»Nein. Ich möchte dir erzählen, dass Martin ein sehr netter Kerl und vermutlich ein toller Hausarzt ist, und dass ich nach dem kurzen Gespräch sicher bin zu bewältigen, was dort gefordert wird. Bindehautentzündungen, grippale Infekte, Rückenschmerzen … Erstickende Kleinkinder, schwerste Verbrennungen und Polytraumata kommen hier wohl nur selten vor.«

Einen Moment lang schwieg ich und wartete, aber als er nicht weitersprach, fügte ich ungeduldig hinzu: »Hast du ihn wegen deiner Angst angesprochen?«

»Habe ich nicht.«

»Idiot«, seufzte ich, und Ben lachte erneut auf. »Du bist immer so subtil, liebe Lucy. Ich werde mich noch einmal mit ihm treffen und ihm davon erzählen. Nicht beim ersten Gespräch. Diese verdammte Angst gehört zum Arztdasein nämlich auch dazu. Irgendwie. Du hast Angst vor deiner eigenen Ohnmacht, wenn jemand stirbt oder leidet. Angst davor, einen Fehler zu machen. Angst, nicht gründlich genug untersucht zu haben. Angst, wichtige Hinweise zu übersehen. Angst vor der Verantwortung, auf die du überhaupt nicht vorbereitet bist. Das ist am Anfang wie der Sprung in einen riesigen Eiskübel. Schwimm oder geh unter. Nur dass mit dir auch gleich noch ein paar Patienten absaufen.« Einen Moment lang hielt er inne, während wir das Ortsschild von Tatenbühl passierten. »Meine Angst ist mal stärker und mal weniger stark. Ich habe sie schon so lange. Aber ich sage es ihm.« Und dann fügte er ganz unvermittelt hinzu: »Was macht dein Roman?« Ich spürte, wie er mich von der Seite ansah, blickte aber weiterhin auf die Straße.

»Läuft«, erwiderte ich und gab meiner Stimme einen hoffnungsfrohen Unterton. Lief ja auch. Irgendwie. Irgendwann. Hätte ich noch zwei oder drei Jahre, um das Buch zu schreiben, wäre auch alles toll. Aber ich hatte nur noch bis Ende Oktober. Fünf Monate. Das waren knappe 150 Tage. Ich hatte das gestern schnell mal ausgerechnet, um mich noch ein wenig reinsteigern zu können.

»Warum läuft es nicht?«, fragte Ben, und ich runzelte die Stirn. Ich hatte doch gerade gesagt, es läuft. »Ist schwierig«, brummte ich. Er wusste ja offenbar, was Sache war.

»Aber warum?« Ben warf mir einen Seitenblick zu, und ich zuckte die Schultern.

»Hoher Druck«, erklärte ich. »Das ist meine Chance. Kai Rogos, der Lektor, kannte mich von den Übersetzungen, sonst hätte er die Leseprobe vermutlich nie angesehen. Ohne Agentur kommst du kaum an einen Verlagsvertrag.« Ich schwieg einen Moment und blickte starr auf die Straße. »Die haben mir auf einen

Schlag halt sehr viel Geld gezahlt. Und wenn ich nicht liefere, muss ich das zurückzahlen. Das geht gar nicht. Ich gebe es ja gerade aus. Abgesehen davon, dass ich dann vermutlich nie wieder so eine Chance bekommen werde.«

»Es geht doch um die Liebe. Vielleicht musst du dein Herz an die Sache ranlassen und nicht so viel nachdenken.«

Ach, Ben. Wenn es doch nur so einfach wäre. »Klar.«

Er räusperte sich. Und dann hustete er und sagte: »Ähm. Also, um noch mal auf das Verheiratetsein zurückzukommen … ich habe das bewusst verschwiegen. Also dass wir nicht verheiratet sind.«

Ich schaltete runter, denn an dieser Stelle wurde die Landstraße sehr kurvig. »Warum das?«

»Es gibt mir irgendwie Sicherheit, wenn alle glauben, dass wir verheiratet sind«, sagte Ben, und als ich nichts darauf sagte, weil mir einfach nichts einfiel, fuhr er fort: »Ich kann das nicht erklären. Können wir es einfach so stehen lassen?«

»Klar.« Ich schaltete in den fünften Gang und ließ meine Hand auf dem Schaltknüppel liegen. Und jetzt legte Ben seine Hand auf meine.

Mir lief ein Schauer über den Rücken, und es kostete mich einiges, mir nichts anmerken zu lassen.

»Danke«, sagte er.

Ich wusste nicht, was ich darauf erwidern sollte. Wofür genau bedankte er sich? Eine Weile schwiegen wir, doch dann musste ich auf die Dorfstraße von Bredenhofe abbiegen und brauchte dafür beide Hände. Ben zog seine Finger langsam wieder zurück. Sofort fehlte mir seine Wärme.

Millie saß auf der blauen Bank vor dem Haus. Mit Frau Rosental. Woraufhin Ben trocken bemerkte: »Da wartet die Bindehautentzündung. Schon wieder!«

Ich konnte mir ein Lachen nicht verkneifen. »Tja, das harte Leben eines Landarztes.«

Ben rieb sich die frisch geschorenen Schläfen, machte aber

keine Anstalten auszusteigen, obwohl die Bindehautentzündung schon von der Bank aufgestanden war.

»Lucy, darf ich dich was fragen?«

»Immer«, erwiderte ich und zog den Schlüssel aus dem Schloss.

»Nervt dich das?«, fragte er. Erstaunt sah ich ihn an. »Dass ich so bin. Diese Angst … die meisten Menschen hat es irgendwann genervt, weswegen ich es kaum jemandem erzählt habe.« Er räusperte sich.

Ich witterte eine tiefe Hintergrundgeschichte in seinen Worten, schüttelte aber nur den Kopf.

»Nein, es nervt mich nicht. Wie kommst du darauf? Wieso sollte mich das nerven? Ich wünschte nur, dass ich dir helfen könnte.«

»Oh, das tust du«, sagte Ben. »Mehr, als dir vielleicht bewusst ist.«

Sein Blick irritierte mich. Er schien mir direkt ins Herz zu sehen, und ich zog schnell die Handbremse an und drehte mich zur Tür, damit er nicht mehr zu sehen bekam, als für ihn bestimmt war. »Dann mal auf zu deiner Bindehautentzündung«, sagte ich leichthin und stieg aus.

Im Haus irrte ich erst ein wenig unschlüssig herum, räumte die Küche auf, die hinterher kein bisschen aufgeräumter aussah, schmiss dann eine Maschine Wäsche an und bezog mein Bett neu. Diesmal bekam ich die kleinen roten Rennautos und legte Ben die Enten hin. Dann schmierte ich uns ein paar Brote. Irgendwann saß ich dann aber doch vor dem Computer und hatte genau vier Seiten geschrieben. Zwar hatte ich keine Ahnung, ob sie gut waren, aber ich hatte immerhin mal mein panisches Hirn abgeschaltet und mein Herz tippen lassen. Dabei war herausgekommen, dass Luca, meine Hauptfigur, sich zum ersten Mal nicht wie ein Arschloch gebärdete. Er war tatsächlich ganz nett – umgänglich, freundlich und keinesfalls mehr die verbale Abrissbirne der vergangenen Kapitel. Die beiden befanden sich auch plötzlich nicht mehr im Hamburg, sondern waren irgendwo anders. Jedenfalls sah die Welt ganz anders aus, als man sie gemeinhin kannte. Nicht schön, aber trotzdem passte die düstere Umgebung gut zu meinen Figuren.

Irgendwann standen Luca und Kaya dicht nebeneinander. Kaya lehnte ihren Kopf an seine Schulter, und er legte einen Arm um sie. Sie atmete tief durch und stellte fest, dass sie Luca mochte. Und nicht nur das, sie konnte ihn gut riechen.

Hier nahm ich einmal die Finger von den Tasten, betrachtete mit gerunzelter Stirn das Manuskript und die letzten drei Sätze und schrieb dann einfach weiter.

Bis Ben irgendwann auftauchte und mich vom Schreiben abhielt, um mir einen Vortrag über den Zusammenhang zwischen der empfindlichen Bindehaut des Auges und eventuellen emotionalen seelischen Schieflagen zu halten. Es war durchaus interessant, aber ich fand, dass es langsam an der Zeit war, dass Doktor Ben sein umfangreiches Wissen an seine Patienten weitergab. Und nicht nur an mich. Außerdem spukten mir Kaya und Luca im Kopf herum. Irgendetwas war passiert.

Der nächste Tag war ein Freitag. Ich mochte Freitage. Freitage waren verheißungsvoll, weil das ganze Wochenende sich hinter ihnen versteckte. Und Wochenenden mochte ich mittlerweile auch, weil ich nicht mehr krampfhaft bemüht war, eine Struktur zu finden. Es gab hier jeden Tag die gleichen Abläufe. Vielleicht war das für viele Menschen langweilig, aber für mich war es äußerst angenehm. Helmut musste raus, die jungen Stauden mussten gewässert werden, weil es einfach nicht regnen wollte, Millie brachte Kuchen – Ben und ich wetteten jeden Tag aufs Neue, mit was sie uns diesmal beglücken würde –, dann kochte Ben irgendwann Essen, und um fünf tranken wir Tee. Oft mit den Menschen, die gerade so da waren. Millie oder Esat, Melanie, der Mulchexpertin von nebenan, Millies Freundin Marga mit dem stechenden Blick oder irgendeinem anderen Dorfbewohner, der sich auf der blauen Bank eingefunden hatte. Zwischen diesen einzelnen Programmpunkten arbeitete ich. Und danach gingen Helmut und ich zum Waldrand. Während er dort auf der großen Wiese herumlief und Hundedinge tat, stand ich mit dem Rücken zum Wald und betrachtete den kleinen Ort, der in der Abendsonne glitzerte.

Jeden Tag das Gleiche. Ich war in kürzester Zeit das spießigste Wesen in ganz Norddeutschland geworden. Vermutlich würde ich mir bald eine Kittelschürze von Millie ausleihen, jeden Freitag die Gosse reinigen und sogar die Gardinen nach einem festen Plan mehrmals im Jahr waschen.

Ich putzte sogar. Gerade hatte ich die Spüle gewienert und bewunderte mein Werk. Dann wusch ich mir die Hände und desinfizierte sie mir – wenn ich das nicht mindestens einmal an Tag tat, hielt Ben mir endlos lange Vorträge über Hygiene. Ich befand normales Händewaschen ja als absolut ausreichend, aber Ben nicht, weil hier ja ständig Infekte und Bindehautentzündungen herumliefen.

Nachdem ich keimfrei war, zog ich das karierte Geschirrhandtuch von Millies Teller und verleibte mir noch im Stehen ein großes Stück Schmandkuchen ein. Helmut, der gelangweilt neben mir herumstand, bedachte ich mit einem homöopathisch kleinen Krümelchen, weil er ja offiziell keinen Zucker fressen durfte. Dann schnappte ich mir meinen Laptop und eine Tasse Kaffee, schlüpfte in die Gummistiefel, weil man dafür keine freie Hand zum Anziehen brauchte, und schlurfte in den Obstgarten, wo mein kleiner Tisch schon auf mich wartete.

Die Apfelbäume blühten um die Wette. Für einen Moment stand ich mit geschlossenen Augen einfach nur da und sog ihren Duft tief in meine Lungen. Das Land konnte manchmal bestialisch stinken, wenn nämlich unser Nachbar seine Gülle aufs Feld fuhr. Aber dafür gab es hier auch Düfte, die ich in der Stadt nie zuvor gerochen hatte. Wie die Apfelbaumblüte, die ersten Kräuter in dem kleinen Beet neben dem Tor zur Scheune und die frisch erwachte Erde, deren würziges Aroma über allem lag.

Ich ließ mich auf meinen Stuhl fallen und klappte den Laptop auf. Helmut, der mittlerweile auch mein Schatten genannt wurde, denn wo ich war, war auch er, rollte sich mir zu Füßen zusammen und verfiel augenblicklich in einen zarten Schnarchrhythmus. Ich las die letzten beiden Seiten in meinem Manuskript. Und dann öffnete ich wieder mein Herz, wie Ben gesagt hatte. Ich knüpfte an das an, was ich das letzte Mal geschrieben hatte, und der Film in meinem Kopf sprang sofort an.

Nicht nur, dass meine Figuren sich plötzlich gut riechen konnten, auch der Schauplatz hatte sich drastisch verändert. Ich befand mich nicht länger im nebeligen Hamburg der 2000er-Jahre, plötzlich spielte der Roman in einer dystopischen Zukunft. Die Weltordnung stand Kopf, der Planet lag in Trümmern. Und Luca war krank. Er hatte eine seltene Blutkrankheit, die unweigerlich zum Tod führte, wenn er nicht regelmäßig ein bestimmtes, sehr teures und sehr seltenes Medikament bekam. Aber genau dieses Medikament war nirgends mehr zu bekommen, und Kaya, die ihn mit jeder Faser ihrer Existenz liebte (wo auch immer das hergekommen war, es schien absolut schlüssig zu sein), setzte nun alles daran, ihn zu retten. Alles. Sie handelte aus reiner, purer Liebe heraus und hatte gar keine Zeit für große Gesten oder irgendeine Form von Romantik. Und trotzdem gab es intensive Nähe zwischen den beiden. Eine unaufgeregte Nähe, die viel mehr prickelte als die ganz große Liebesgeschichte, die ich bisher im Kopf gehabt hatte.

Ich schrieb fast eine Stunde und vollendete sogar das zehnte Kapitel. Als ich danach den neuen Text noch einmal las, wunderte ich mich über mich selbst. Die Geschichte hatte eine solche Kehrtwendung vollzogen, dass ich gar nicht hinterherkam. Nicht nur das Setting war völlig anders, nein, auch die Figuren hatten eine neue Tiefe bekommen. Ich begann, in den schon existierenden Kapiteln alles zu markieren, was ich würde anpassen müssen, und konnte nur hoffen, dass dem Verlag dann auch noch gefiel, was meine beiden Figuren hier trieben.

Ich tippte die nächsten Worte und verfiel in einen regelrechten Schreibrausch, bis der Bildschirm plötzlich schwarz wurde. Entsetzt riss ich die Finger von der Tastatur. Akku leer. Mein alter Backstein war so alt, dass er es noch nicht mal mehr schaffte, mich vorzuwarnen. Er schaltete sich einfach irgendwann aus.

Ich stürzte in die Scheune und suchte das rote Verlängerungskabel. Als ich es endlich fand, war es hoffnungslos vertüddelt, und ich verlor wertvolle Zeit mit dem Entwirren. In meinem Kopf fühlte es sich an, als würde in meiner Romanwelt die Geschichte weiterlaufen, nur ohne mich! Ich war nämlich nicht da, um alles aufzuschreiben.

Vielleicht waren alle schon tot, wenn ich den Backstein endlich wieder in Gang gebracht hatte!

Hektisch stöpselte ich das Kabel in die einzige Steckdose in der Scheune und zerrte es hinter mir her, um es ans Ladekabel des Laptops zu stecken. Es dauerte endlos lange Minuten, bis das System sich wieder hochgefahren hatte, doch gerade, als endlich mein Text wieder auf dem Bildschirm erschien, tauchte Marga hinter den Apfelbäumen auf.

»Frau Doktor!«, rief sie energisch und wedelte mit ihrer Krücke.

»Hmpf!«, antwortete ich und versuchte gleichzeitig so auszusehen wie jemand, der gerade nun wirklich keine Zeit hatte.

»Das war aber ein schönes Frühlingsfest, was?«

»Mhm.«

»Im November ist Grünkohlessen der freiwilligen Feuerwehr. Soll ich euch da auch schon mal anmelden?« Marga war zwischen den Bäumen stehen geblieben und nagelte mich mit ihrem Diamantenblick förmlich fest.

»Ja«, sagte ich. »Klar. Aber jetzt muss ich arbeiten.«

»Ach, herumsitzen und denken, was?«, knurrte sie, ging aber

tatsächlich wieder. Nur um eine halbe Sekunde später von unserem Nachbarn Manfred abgelöst zu werden, der mit seinem Trecker hinter den Obstbäumen auftauchte. Die Wiese hinter den Bäumen, die sich bis zum Wald erstreckte, diente als Kuhweide, aber Manfred hatte ein riesiges Teil hinter seinem Trecker hängen, dessen Anblick mich erschrocken ahnen ließ, dass der Kuhweide vielleicht ihr letztes Stündchen geschlagen hatte. Womöglich wollte er sie jetzt und hier zum Acker umpflügen. Ich starrte auf den riesigen Traktor. Manfred saß hinter dem Lenkrad, trank Kaffee aus einem Thermobecher und blickte versonnen in die Ferne. Das tat er so lange, mit laufendem Dieselmotor, bis ich ein unartikuliertes Knurren von mir gab und langsam aufstand. Ich musste verdammt noch mal schreiben! Gerade wollte ich zum Trecker stürmen, als Manfred mich entdeckte, grüßend die Hand hob und einfach so wieder davonfuhr.

»Himmel, Arsch und Zwirn!«, entfuhr es mir, und ich sank zurück auf meinen Stuhl. Doch kaum hatten sich meine Fingerspitzen wieder auf die Tastatur gesenkt, tauchte Ben hinter mir auf.

»Hast du Lust auf einen Kaffee?«, fragte er arglos.

»Hast du einen an der Waffel?« Ich fuhr auf meinem Stuhl herum und sah ihn mit vernichtendem Blick an, woraufhin er förmlich in seiner Bewegung einfror. Einen Fuß noch erhoben, den anderen am Boden, drehte er sich in Zeitlupe um und lief dann zurück in die Scheune.

»Argh«, brummte ich und rieb mir den Schädel. Meine Figuren hatten sich mittlerweile beide auf das zerschlissene Sofa in der alten Ruine gelegt, in der sie Unterschlupf gesucht hatten, nachdem die Apokalypse über die Welt gekommen war. Sie schliefen und schienen auf mich zu warten. Wie nett von ihnen!

Aber jetzt hatte ich Ben gegenüber ein schlechtes Gewissen.

Seufzend stand ich auf und trat durch die Scheune hinaus auf den Hof. Ben lud gerade eine Kiste Wasser aus dem Golf, um sie ins Haus zu tragen. Direkt vor ihm blieb ich stehen. Helmut, der mir natürlich an den Fersen gehangen hatte, konnte nicht mehr bremsen und rammte mir von hinten gegen die Beine.

»Tschuldigung«, sagte ich atemlos.

»Ist okay«, sagte Ben trocken. »Du bist immer so, wenn du schreibst. Oder übersetzt.«

»Bin ich so?«, fragte ich erstaunt, und Ben nickte. »Ja«, sagte er dann gedehnt und stellte die Kiste auf das Kopfsteinpflaster.

»Aber erst war der Akku alle, und dann kam Marga, und dann stand Manfred mit dem Trecker da rum … und dann kamst du«, sagte ich ein wenig kleinlaut.

»Na, so bist du halt.« Er zuckte mit den Schultern, schnappte sich den Wasserkasten und ging. Ich sah ihm hinterher. So war ich halt?

»Ist es okay, dass ich halt so bin?«, brüllte ich ihm nach. Ich musste das wissen. Es war so immens wichtig. Ich musste wissen, ob es ein resigniertes »So bist du halt!« gewesen war oder ein freundliches. Eines, bei dem man halt damit lebte, aber persönlich keinen schweren Schaden davontrug? Oder eines, das einen wirklich störte? Ben blieb kurz vor der Treppe ins Haus stehen und drehte sich langsam zu mir um. »Wie meinst du das?«

»Das war eine einfache Frage. Ist es okay, dass ich so bin?«

»Lucy. Du bist völlig okay. Ein bisschen schräg, verträumt, manchmal ein wenig biestig. Wenn du versuchst zu kochen, muss man hinterher die Küche renovieren, aber das ist alles völlig okay. Man kann gut mit dir zusammenleben.« In Bens linkem Mundwinkel zuckte ein Grinsen. Es kletterte in seine Augen und erhellte das tiefe Blau seiner Iris.

»Du bist ganz wunderbar«, sagte er dann so leise, dass ich mir nicht sicher war, ob er das wirklich gesagt hatte. Dann drehte er sich um und ging.

Kapitel 19

Wir hatten eine Eierschwemme. Frau Petersen aus dem Nachbarort hatte Ben die Behandlung ihrer Nagelbettentzündung mit Eiern bezahlt. Sie schien eine riesige Horde Hühner zu besitzen, denn wir hatten jetzt so viele Eier, dass wir einen Cholesterinschock bekommen würden. Die Eier stapelten sich in der Küche, auf dem Esstisch und sogar auf der Fensterbank, weswegen heute das erste Mal ein Kochkurs bei uns stattfinden würde. Zum Thema Eierverarbeitung natürlich.

Ich lehnte mit einem Kaffee in der Hand am Küchentresen und bestaunte den riesigen Berg an Eiern.

»Gold wäre besser«, brummte Ben, der im Holzfäller-Look durchs Haus streifte und irgendetwas suchte. Vielleicht seine Axt.

»Eier sind auch prima. Aber was tun wir jetzt damit?«, fragte ich zurück.

»Kuchen backen. Omeletts. Spiegeleier. Dem Kochtrupp von Bredenhofe wird schon was einfallen.«

»Aber das Cholesterin?«, wagte ich zweifelnd einzuwenden.

»Eier haben mit dem Cholesterin nichts zu tun. An Eiern stirbt man nicht. Wir könnten viel eher vom Blitz getroffen werden. Oder uns einen multiresistenten Keim einfangen.« Ben eilte wieder an mir vorbei. »Wo sind verdammt noch mal meine Handschuhe?« Er stoppte abrupt vor mir ab und sah mich strafend an. Strafend, weil in der Vergangenheit immer ich für verschwundene Gegenstände verantwortlich gewesen war. Ich hatte nämlich begonnen, regelmäßig aufzuräumen. Ganz gegen meine übliche Gewohnheit. Eine Folge des Zusammenlebens mit meinem furchtbar ordentlichen Mitbewohner, nahm ich an. Leider begriff Ben mein System nicht, weswegen er ständig irgendetwas suchte.

»Na, hier in der Schublade bei den Handtüchern!«, erklärte ich, zog die Schublade auf und nahm die Arbeitshandschuhe raus. Ben zog die Augenbrauen zusammen und schenkte mir einen strafenden Blick. »Was machen die denn da? Die sind dreckig!«

Ich zuckte die Schultern. »Ich habe aufgeräumt«, erwiderte ich dann leicht indigniert. »Ich kann es auch lassen. Also das Aufräumen. Was hast du denn vor?«

Bevor Ben antworten konnte, flog die Küchentür auf, und Fredo kam herein.

»Hänger steht vor der Scheune. Fertig?« Dann kniff er die Lippen zusammen, bis sie in seinem Gesicht fast vollständig verschwanden, und brummte irgendetwas Unverständliches, das so ziemlich alles bedeuten konnte.

»Lass dich mal mit Geld bezahlen«, knurrte er und deutete anklagend auf die Eierschwemme, die sich in der Küche erstreckte. Dann steckte er die Hände in seine Arbeitshose und starrte böse vor sich hin.

Ben antwortete nicht, schnappte sich aber die Handschuhe und marschierte aus der Küche. Er sah dabei aus wie ein Einheimischer. Leicht muffelig, kleidungstechnisch perfekt an das unwirtliche Wetter angepasst – der Frühling machte nämlich eine Pause – und mit einem klaren Ziel vor Augen: Holzhacken.

»Fredo, so viel Holz gibt es hier doch gar nicht, wie ihr beide ständig hackt«, bemerkte ich trocken, doch Fredo zuckte nur die Schultern.

»Ist nicht alles für euch. Wir hacken heute für Hiltrud. Die muss das sonst bezahlen. Außerdem ist Holzhacken gut für den Jungen.« Dann klopfte er sich auf die Brust und sagte einen Satz, über den ich den ganzen Tag lang nachdenken würde: »Gut für sein Herz.«

Und mit diesen Worten drehte er sich auf dem Absatz um und marschierte aus der Küche. Ich legte mir selbst die Hand auf die Brust. Auf das Herz, um genau zu sein. Fredo hatte garantiert nicht gemeint, dass Holzhacken gut für Bens Herz-Kreislauf-System sei. Er meinte schon das Herz, im Sinne von Herz und Seele. »Fredo!«, sagte ich erstaunt.

Holzhacken war gut fürs Herz. Eier auch, wie sich bald herausstellen sollte, und auch hier ging es nicht um den medizinischen Aspekt. Es ging darum, dass plötzlich viele Menschen in unsere Küche strömten, um sich der Eierschwemme anzunehmen. Und meiner nicht vorhandenen Kochkünste. Millie, Heike, Marga und Esat kochten und backten, was das Zeug hielt. Und während sie mir abwechselnd Vorträge über den perfekten Eischnee, die korrekte Lagerung von frischen Eiern und die Kunst des Apfelkuchenbackens hielten, ließen sie mich Äpfel schälen. Und Kaffee kochen. Das konnte ich unfallfrei.

Es duftete in der Küche nach Apfelkuchen, orientalischen Gewürzen, von denen ich kein einziges zuordnen konnte, und einer Gemüsequiche. Im Radio liefen erst Schlager, die Millie allesamt lautstark mitsang, dann Hip-Hop, und nun trällerte ABBA fröhlich vor sich hin, nur hin und wieder unterbrochen von einer Sturm- und Gewitterwarnung. Ich saß mit einer Tasse Kaffee am Tisch und wartete auf meine nächste Handlungsanweisung der Kochgang, doch bis dahin lehnte ich mich behaglich zurück. Es hatte begonnen zu regnen – kein sanfter Landregen, sondern ein prasselnder Dauerregen, der mir die Sicht aus dem Fenster nahm. Was Ben und Fredo nicht daran hinderte, weiter Holz zu hacken. Aber sie mussten wohl beide was fürs Herz tun.

Helmut wärmte mir unter dem Tisch die Füße, und ich hatte unseren kleinen Schatzteller mit den leuchtenden Glassteinen auf den Esstisch gestellt, wo er jetzt im Schein der Kerze warm glitzerte. Es war zwar erst Mittag, aber hell würde es an diesem Tag offenbar gar nicht mehr werden. Die Sonne schien schon jetzt zu Bett gegangen zu sein. Als das Haus unter einer heftigen Windbö ein protestierendes Knarren von sich gab, hielten alle kurz den Atem an, lauschten und machten dann ungerührt weiter. Millie eilte in ihrer Kittelschürze auf mich zu, bückte sich aber knapp vor dem Tisch und hielt Helmut einen Apfelschnitz hin, den er mit spitzen Zähnen nahm, auf den Boden legte und genau untersuchte, bevor er ihn schließlich fraß. Dabei bewegten sich seine Ohren in alle Richtungen. Eine steife Brise hatten wir hier oben ja häufiger mal, und schlechtes Wetter war ich aus Hamburg gewohnt, aber heute war es anders.

»Der Hund hat Angst vor Sturm. Und Gewitter«, erklärte mir Mille und eilte an mir vorbei, weil irgendeine Speise aus dem Ofen oder in den Ofen musste.

Heike schoss in entgegengesetzter Richtung an uns vorbei, zog aber im Laufen etwas aus ihrer Hosentasche. »Ach, Esat, hier. Schau mal drauf!«

Esat nahm den Zettel und faltete ihn auf. »Oh«, sagte er. Ich sah ihm über die Schulter. Auf dem Zettel standen in Schönschrift zwei Adressen.

»Das sind die Kontaktdaten von zwei Freunden aus Hamburg, die vielleicht untervermieten würden!«, rief Heike, die jetzt einen großen Topf an uns vorbeitrug.

»Vielen Dank«, murmelte Esat sichtlich gerührt und faltete das Blatt Papier wieder fein säuberlich zusammen, um es sich in die Hosentasche zu stecken. Dann stöhnte das Haus unter einer erneuten Böe, und er zuckte zusammen.

Gemeinsam sahen wir aus dem Fenster, wo sich der kleine Holunder auf dem Hof im Wind bog und hilflos mit den knorrigen Ästen wackelte.

»Wenn man in der Stadt lebt, merkt man meist nicht viel von einem Unwetter. Findest du nicht auch?«, fragte er. Ich nickte.

»Stimmt. Man ist dem nicht so direkt ausgeliefert, so umgeben von anderen Häusern. Hier hat man das Gefühl, das Dach hebt gleich ab.« Und wie um das zu unterstreichen, gab ebendieses einen jammernden Laut von sich. Esat hob eine Augenbraue.

»Was machen denn deine Studiumspläne?«, fragte ich.

Esat zuckte die Schultern. »Ich glaube, das war eine Schnapsidee.« Er seufzte.

»Wieso?«, fragte ich erstaunt.

»Ich habe mich jetzt bei einigen Unis beworben, aber bisher noch keine einzige Antwort erhalten. Und ich habe es noch mal durchgerechnet. Mir fehlt einfach das Geld. Dabei haben die Bredenhofer mir immer wieder etwas zugesteckt. Das ist sehr peinlich, aber man kann sie einfach nicht davon abhalten. Ich habe genau notiert, von wem ich was bekommen habe, und ich werde es ihnen zurückgeben, wenn es nicht klappt …« Er klang düster. »Es war eine dumme Idee, studieren zu wollen. Schließlich muss ich ja auch noch meine Schwester finanziell unterstützen. Sie kann wegen der Kinder nicht so viel arbeiten, und ihr Mann ist krank. Und bei Millie und Fredo zahle ich kaum Miete.« Er drehte den Kopf und sah mich direkt an. »Hier habe ich eine gute Arbeit. Und ich lebe gerne in Bredenhofe. Würde ich nach Hamburg gehen, würde ich das alles hier sehr vermissen. Bis auf das Wetter.« Er grinste mich an und drückte mir dann ein Netz mit Walnüssen in die Hand. »Als Kochschüler muss man all die unbeliebten Aufgaben übernehmen. Knack die mal!«

Ich seufzte, schnappte mir die Nüsse und lief mit ihnen zum Küchentisch. Mittlerweile prasselte der Regen so heftig gegen die Scheiben, dass man die Musik fast nicht mehr hören konnte. Das Wetter war wirklich grausig, was natürlich den Gemütlichkeitsfaktor im Haus um einhundert Prozent erhöhte. Marga humpelte mit ihren Krücken an den Tisch und setzte sich neben mich. Sie hielt mir ein Stück Butterkuchen entgegen.

»Na, Frau Doktor. Hast du dich gut eingelebt? Bisschen anders hier das Leben als im schicken Hamburg, was?« Marga nannte mich stur Frau Doktor, als wäre das mein Vorname. Ich nahm den Butterkuchen und biss hinein. Er war köstlich.

»Frau Doktor, Kuchen kann ich«, sagte Marga höchst zufrieden. Ich sagte nichts. Marga schaffte es tatsächlich, das »Frau Doktor« in jeden verfügbaren Satz einzubauen. Vielleicht sollte ich mal mit ihr über weibliche Identitätsbildung durch den Erfolg des Ehegatten reden. Aber darauf hatte ich im Moment keine große Lust. Schließlich hatte ich ja noch nicht mal einen Gatten. Also biss ich erneut in das buttrige Stück Kuchen.

»Gut eingelebt«, sagte ich mit vollem Mund. Über das vermeintlich schicke Hamburg wollte ich auch nicht reden. Das hatte ja bei mir aus fünfundvierzig Quadratmetern Einsamkeit bestanden. Da wollte ich auch nicht wieder hin zurück.

»Aber so ein junges Mädchen muss doch auch mal tanzen gehen.« Marga betrachtete mich zweifelnd. Ich zuckte die Schultern und überlegte, wann mich jemand zuletzt als »junges Mädchen« bezeichnet hatte. Aber Millies Freundin war bestimmt weit über achtzig, da war ich vermutlich wirklich ein junges Mädchen. Zwischen uns lagen gute fünfzig Jahre. Fünfzig Jahre Leben und Erfahrung.

»Ich bin in Hamburg auch nicht tanzen gegangen«, sagte ich.

»Im Herbst ist ja dann auch endlich Grünkohlessen. Und im Sommer Schützenfest, allerdings im Nachbarort. Wir sind zu klein, wir haben kein eigenes Schützenfest. Aber da kann man ganz toll tanzen. Soll dein Mann dich mal groß ausführen. Ihr sollt euch ja wohlfühlen hier. Und bleiben. Im Ort wird nämlich schon der nächste Hof verkauft. Vom alten Olaf. Der stand lange leer, und wir haben alle gehofft, dass da wieder ein Landwirt reingeht. Ist ja alles da. Aber nun ist er verkauft und wird komplett umgebaut. In Wohnungen. Das muss man sich mal vorstellen.« Ich räusperte mich. Und nahm den letzten Bissen vom Kuchen. Marga wirkte für einen Moment ernsthaft verstimmt, doch dann hellte sich ihre Miene wieder auf.

»Ich weiß das doch«, sagte sie leise. »Dass ihr gar kein Paar seid. Ist aber schöner so. In meinem Alter darf man die Wahrheit auch mal biegen. Und ihr passt einfach so gut zusammen. Wie Topf auf Eimer.« Sie schenkte mir ein verwegenes Lächeln, erhob sich mühsam und tapste zurück in die Küche.

Eine Stunde später war über die Hälfte der Eier fachkundig verarbeitet, und ich deckte den Tisch. Wir aßen alle zusammen, wobei wir noch Hiltrud einluden, die Nachbarin, für die Fredo und Ben das Holz gehackt hatten. Während wir die Köstlichkeiten verspeisten, sah immer mindestens einer der Anwesenden mit sorgenvoller Miene aus dem Fenster. Der Sturm war abgeebbt, aber der Regen wollte gar nicht mehr aufhören.

»Ihr müsst das große Tor noch sichern«, sagte Fredo nach dem letzten Bissen. »Wenn der Sturm es aus den Angeln hebt, fliegt es weg. Da gibt es so einen Haken. Zeig ich dir, Ben.«

Er klopfte Ben auf die Schulter. Die beiden verschwanden und kamen wenige Minuten später triefnass zurück. Genau in dem Moment, als ein tiefes Grummeln sich über uns legte. Das Haus zuckte erschrocken zusammen.

»Gewitter im Anmarsch«, brummte Marga und erhob sich, wobei Esat ihr half. »Ich lauf nicht mehr nach Hause. Wer fährt mich?« Auch Hiltrud erhob sich jetzt und sammelte ihre Siebensachen zusammen. Ich packte gemeinsam mit Millie für jeden eine große Schüssel mit Vorräten zusammen. Das Essen würde uns in den kommenden Tagen zumindest nicht ausgehen.

»Legt euch die Taschenlampen zurecht und lasst den Hund nicht mehr raus. Der kann aushalten. Aber er hat Angst bei Gewitter und versucht dann, sich unter dem Holunder zu verstecken. Dann steht man stundenlang im Regen, um ihn da wieder rauszuziehen«, erklärte Millie uns, während sie eilig in ihren Regenmantel schlüpfte. Ben begleitete alle nach draußen und lud Hiltrud, Heike und Marga in seinen Golf, um sie sicher nach Hause zu bringen.

Als er klitschnass zurückkam, war er ziemlich angespannt. Ich musste allerdings zugeben, dass ich einen Teil meiner lockeren Lässigkeit von vor einigen Minuten ebenfalls verloren hatte. Denn mittlerweile regnete es so stark, dass sich ein brummendes Rauschen über das Haus gelegt hatte.

Helmut war ganz dicht an mich herangerutscht und hatte seine Nase zwischen die Sitzfläche und mein rechtes Bein gebohrt. Meine Wetter-App bimmelte alle paar Minuten vor sich hin, um mich über das heraufziehende Gewitter in Kenntnis zu setzen.

»So einen Regen habe ich selbst in Hamburg selten erlebt«, sagte Ben und setzte sich zu mir an den Tisch, nachdem er die triefenden Klamotten in der Diele gelassen hatte und in einen trockenen Kapuzenpulli geschlüpft war. Ich schob ihm einen Becher Tee rüber. Eine ganze Weile saßen wir schweigend beisammen, bis Ben aufstand, seinen Teller in die Küche trug und mir erklärte, dass er ins Bett gehen würde.

Ich blieb, wo ich war, streichelte Helmut über den Kopf und lauschte auf das Unwetter. Der Hund und das Haus seufzten immer wieder schwer, und ich starrte in die Dunkelheit, denn die Kerze auf dem Tisch war heruntergebrannt. Ich hatte den ganzen Tag mit sehr netten Menschen verbracht. Im Kühlschrank standen Quiche und Kuchen, und das frisch gebackene Brot lag unter einem Geschirrhandtuch auf der Küchentheke. Es verbreitete immer noch einen wohligen Duft im Raum. Die Anspannung in mir ließ nach. Die Geräuschkulisse hatte sich seit fast einer Stunde nicht sonderlich verändert, und ich hatte mich allmählich daran gewöhnt. Das Haus stand hier schon seit fast vierhundert Jahren. Ein bisschen Gewitter, Sturm und Dauerregen konnten ihm vermutlich nichts anhaben. Dass es sich alle paar Minuten leicht knarzend zu Wort meldete, war sein gutes Recht.

Ich lehnte mich zurück, und Helmut rollte sich zu meinen Füßen zusammen. Dann zog ich mein Handy aus der Hosentasche und rief meine Mutter an.

»Hase!«, begrüßte sie mich. »Ich wollte mich auch gerade bei dir melden. Was für ein Wetter! Du hast noch gar nicht angerufen!«

»Du auch nicht, werte Mutter«, erwiderte ich. Wir telefonierten regelmäßig miteinander, aber es gab in unserer Familie ein ungeschriebenes Gesetz: Sobald ein Unwetter aufzog, riefen wir uns gegenseitig an. Das machte man so in der Familie Bradford. Man informierte sich gegenseitig darüber, wer sich wo aufhielt und ob einer von uns dem Unbill des schlechten Wetters schutzlos ausgeliefert war und eventuell Rettung benötigte.

»Dein Bruder hat heute sogar ein Fußballspiel abgesagt«, erklärte meine Mutter mir bedeutungsschwer, und ich gab einen anerkennenden Laut von mir.

»Respekt!«, erwiderte ich. Normalerweise spielte mein Bruder noch Fußball, wenn er knietief im Schlamm steckte, sodass ihn seine Fußballkollegen fast vom Platz zerren mussten.

»Wie geht es dir denn, mein Spätzchen?« Meine Mutter kochte sich im Hintergrund Tee, das konnte ich hören. Der altertümliche Wasserkessel begann nämlich jetzt lautstark zu pfeifen. Offenbar stellte sie sich auf ein längeres Gespräch ein. Das sollte mir nur recht sein. Behaglich legte ich die Füße auf den gegenüberliegenden Stuhl, womit ich Helmut aufscheuchte, der aber nur einmal aufsprang, unwillig brummte und sich wieder einrollte. Ich hörte, wie heißes Wasser in eine Kanne plätscherte. »Was macht denn eigentlich dein Buch?«

»Oh Gott«, stöhnte ich. »Es wird alles anders, als ich gedacht hatte. Und fertig ist es auch noch lange nicht, aber meine Figuren sind endlich nicht mehr so widerspenstig. Vielleicht will der Verlag es gar nicht mehr, wenn sie sehen, was da alles passiert ist.«

Es knisterte kurz im Hörer, vermutlich hatte meine Mutter sich schnell noch einen biologisch vollwertigen Schokoladensnack gegönnt.

»Das glaube ich nicht. Die werden es bestimmt mögen. Ich

möchte es lesen! Das ist einfach unglaublich. Stell dir vor, nächstes Jahr um diese Zeit hältst du ein Exemplar deines eigenen Buches in der Hand! Ich werde Gitti zwingen, es sich kistenweise hinzulegen.« Sie schwieg einen Moment, und ich konnte mir bildlich vorstellen, wie sie bei Gitti aufschlug, der die Buchhandlung in Klein Wöhrde gehörte, um sie zu zwingen, mein Buch zu verkaufen.

»Der Umzug hat dir gut getan«, sagte sie plötzlich leise. Ich lächelte, was meine Mutter nicht sehen konnte.

»Ja«, sagte ich ebenso leise. »Ganz erstaunlich.« Ich atmete tief durch, nahm die Füße vom Stuhl und trat Helmut bei dieser Aktion aus Versehen auf die Rute. Der Hund jaulte einmal kurz auf. »Oh nein, entschuldige!«, flüsterte ich und streichelte ihn besänftigend am linken Ohr. »Ich habe den Hund getreten«, setzte ich meine Mutter in Kenntnis.

»Ach ja. Der Hund. Und wie geht es Ben?« Ich räusperte mich. Klang ihre Stimme anders? Sie hatte das so ganz beiläufig gefragt, aber meine Mutter konnte Beiläufigkeit auch perfekt vorspielen.

»Gut«, erwiderte ich knapp.

»Hm«, brummte sie. »Versteht ihr euch also gut?«

»Ganz hervorragend«, erwiderte ich. Mein Leben wäre eindeutig einfacher gewesen, wenn wir uns weniger gut verstanden hätten.

»Weißt du, Spätzchen. Was dir da bisher in der Liebe passiert ist, ist ja nicht der Normalfall. Liebe muss nicht schwierig sein und wehtun. Es gibt auch ganz nette Männer.«

»Papa?«, fragte ich flapsig, in der Hoffnung, sie von Ben abzulenken. Zumal Ben nicht einfach nur irgendein netter Mann war. Er war viel mehr – ein wirklich guter Freund, ein wichtiger Mensch in meinem Leben. Bredenhofe und Dorles Hof waren für mich nur zu einem Zuhause geworden, weil ich es mit Ben teilte. Ohne ihn wäre das hier nicht das Gleiche. Ohne ihn hätte ich mich hier nicht so wohlgefühlt, wie ich es nun mal tat. Zu Hause. Angekommen. Ich schüttelte ganz leicht den Kopf, denn allein die

Vorstellung, dass er nicht hier sein könnte, ließ mir einen Schauer den Rücken hinunterlaufen.

»Mama. Ich brauche keinen Mann, um glücklich zu sein«, sagte ich und wiederholte damit einen ihrer eigenen Lieblingssprüche. Manchmal musste man meine Mutter mit ihren eigenen Waffen schlagen. Ich konnte sie quasi schon überlegen hören, wie sie weiter auf dem Thema Ben herumkauen könnte. Sie war da wie ein Terrier. Einmal reingebissen, würde sie so schnell nicht mehr loslassen.

»Nein«, stimmte sie mir zu. Was blieb ihr auch anderes übrig? Sie war diejenige, die mir eingebläut hatte, dass mein Wert sich weder über meine Arbeit noch über einen Mann definierte.

Im nächsten Moment piepte mein Handy am Ohr. Gleichzeitig piepte es auch bei meiner Mutter. »Meine Wetter-App«, sagte sie und schien kurz das Handy vom Ohr zu nehmen, denn es raschelte.

Ich tat es ihr gleich. »*Schwere Gewitter*«, stand dort in rot blinkenden Buchstaben.

»Oha«, hauchten wir beide gleichzeitig

»Gibt es noch Familienmitglieder, die angerufen werden müssen?«, fragte ich und lauschte einen Moment darauf, was sich außerhalb des Hauses abspielte. Ich glaubte, ein tiefes Grollen zu hören.

»Opa ist zu Hause. Dein Bruder auch. Tante Frieda, Onkel Gerd und zwei deiner Cousins sind heute in Hamburg in der Oper, die werden da wohl sicher sein. Dein Vater wollte noch tanken fahren – falls der große Blackout kommt und wir drei Wochen keinen Strom haben.« Leichter Sarkasmus schwang in ihren Worten mit. Aber insgeheim bewunderte sie meinen Vater dafür, dass er so gut für sie vorsorgte, auch wenn es manchmal anstrengend war. Meine Eltern hatten einen ganzen Kellerraum nur für Konserven, Wasserkisten, Batterien, eingekochtes Obst und Gemüse und Wein, der regelmäßig kontrolliert und aufgefüllt wurde. Sollte eine Katastrophe über uns hereinbrechen, musste ich mich nur irgendwie bis zu meinen Eltern durchschlagen, dann konnte ich mich dort in den Keller setzen, sehr viel essen und mich beständig betrinken. Kein schlechter Plan.

»Aber gerade eben ist er auf den Hof gefahren. Somit sind jetzt alle zu Hause. Wenn etwas Schlimmes passiert, musst du nur zu uns kommen. Wir können dich getrost vier Wochen mitversorgen. Und den Hund. Und Ben.« Ich glaubte, sie bei ihrem letzten Wort grinsen zu hören. Also beendete ich lieber das Gespräch und trug meine Teetasse in die Küche. Der Sturm hatte etwas nachgelassen, aber das erschien mir nur logisch. So ein Gewitter vertrug sich vermutlich nicht gut mit einem Sturm. Der würde es ja wegwehen.

In der Küche musste ich kurz innehalten, denn ein tiefes Grollen rollte über den kleinen Ort und unser altes Haus hinweg. Das war ja mal wirklich ein gewaltiges Gewitter. Fröstelnd zog ich die Schultern hoch, und Helmut sah sich veranlasst, seine Nase in meine Kniekehle zu bohren. Mit ihm im Schlepptau wanderte ich langsam die Treppe hinauf, wobei der Hund darum bemüht war, keine Millisekunde den Körperkontakt zu mir zu verlieren. Er hatte sich förmlich an mir festgeklebt. Aber er hatte jetzt auch wirklich Angst. Das konnte ich in seinen Augen sehen. Er atmete ganz schnell und folgte mir bis ins Badezimmer, wo ich mir die Zähne putzte und in meine Schlafklamotten schlüpfte. Schnell flocht ich mir noch einen Zopf, damit meine Haare morgen früh nicht fragglemäßig von meinem Kopf abstanden. Während sich meine Finger wie von allein bewegten, fiel mein Blick auf Bens grüne Zahnbürste. Sie stand akkurat in dem Zahnputzglas, seine Zahnpasta daneben. Zugeschraubt, auf dem Kopf, wie es sein sollte. Ich hielt beim Flechten inne und ließ die Hände sinken. Meine Zahnbürste lag quer auf der Ablage, und ein wenig restlicher Schaum tropfte auf die Fliesen. Die Zahnpastatube lag geöffnet daneben. Ein dicker Klecks Zahnpasta war ihr aus dem Hals gekrochen und stach auf dem Hellgrün der Porzellanablage richtiggehend ins Auge. Meine Haarbürste dagegen lag auf der Fensterbank, neben zwei zusammengeknüllten Shirts von mir. Ich drehte mich um. Meine blauen Adidas Sneakers hatten sich kunstvoll ineinander verkeilt und lungerten neben dem Klo herum. Aber morgen früh, da konnte ich mir sicher sein, würde sich alles wieder an seinem richtigen Platz befinden. Der Zahnpastaklecks wäre weggewischt, die Tube geschlossen, und meine Zahnbürste würde neben Bens im Zahnputzglas stehen. Die Haarbürste läge im Regal, die T-Shirts zusammengelegt auf der Fensterbank, und meine Schuhe hätten ihren Platz unten in der Diele neben allen anderen Schuhen gefunden.

Ben räumte nämlich jeden Tag auf. Aber so beiläufig, dass es mir nie so richtig auffiel. Er tat diese Dinge einfach und bekam davon keine schlechte Laune. Natürlich war mir vorher auch schon klar gewesen, dass er regelmäßig aufräumte. Aber hatte ich mich eigentlich jemals dafür bedankt? Und hatte es bisher jemals jemanden in meinem Leben gegeben, der mich und meine Eigenheiten einfach so hinnahm?

Mit einem leichten Lächeln schloss ich die Zahnpastatube, spülte meine Zahnbürste aus und stellte beide an ihren Platz, bevor ich in trauter Zweisamkeit mit Helmut in mein Zimmer hinüberging.

Kapitel 20

Mit weit aufgerissenen Augen saß ich im Bett. Es war für einen Moment taghell. Der auf die Helligkeit folgende Donner ließ das Haus erbeben. Noch nie hatte ich ein derart lautes Gewitter gehört. Dazu war es plötzlich bitterkalt im Haus. Helmut, der beim Einschlafen noch neben meinem Bett gelegen hatte, eine Nase in meinen Schuh gesteckt, war verschwunden.

»Helmut?«, fragte ich in die Dunkelheit hinein. Dann schwang ich die Beine aus dem Bett und wollte die Nachttischlampe anknipsen, aber als ich den Schalter betätigte, blieb es dunkel. Ich tastete mich zum Lichtschalter für die Deckenleuchte, aber auch hier tat sich nichts. Der Strom war weg.

»Blackout lässt grüßen«, brummte ich und griff in die Schublade des Nachttisches, in dem eine kleine Taschenlampe lag. Millie hatte sie mir geschenkt und erklärt, dass in jeder Schublade eine Taschenlampe liegen müsse. So mache man das auf dem Land. Hier fiel häufiger mal der Strom aus, und bei Gewitter gleich dreimal so oft.

Dankbar für ihre Weitsicht, knipste ich die Lampe an und trat in den Flur, blieb aber sofort wieder stehen. Ein sonderbares Geräusch irritierte mich. Ein stetiges, schnelles Schnaufen. Mein erster Impuls war, zurück ins Bett zu klettern und mir die Decke über den Kopf zu ziehen. Das wäre aber keinesfalls angemessen gewesen. Aus dem Alter war ich schließlich endgültig raus. Ich musste herausfinden, wer oder was dieses Geräusch verursachte. Ein paar

Schritte später wusste ich es. Helmut saß auf der obersten Treppenstufe und hechelte vor lauter Angst so schnell, wie ich es nie für möglich gehalten hätte. Ben saß neben ihm und hatte die Arme um ihn gelegt.

»He, ihr beiden.« Ich trat hinter sie. Helmut reagierte nicht. Er war so tief in seiner Angst gefangen, dass ich das Weiße in seinen Augen sehen konnte. Ben blickte auf. Er hatte die Zähne derart fest zusammengebissen, dass die Muskulatur seines Kiefers sogar im matten Schein der Taschenlampe ganz weiß aussah.

Ich beugte mich zu meinen beiden Mitbewohnern hinunter, legte die Taschenlampe auf den Boden und hockte mich neben sie auf die oberste Stufe. Kaum saß ich, sagte Ben voller Inbrunst: »Ich hasse Gewitter.«

»Ihr hasst offenbar beide Gewitter«, antwortete ich und deutete auf den leidenden Helmut. So dicht neben Ben spürte ich, dass er ganz leicht zitterte. Er war ganz kalt. Kein Wunder, im ganzen Haus war es so kalt wie in der Winterhöhle eines Bären.

»Helmut ist zu mir ins Bett geklettert. Ich konnte eh nicht schlafen, weil es so laut ist.« Ein Blitz erhellte alles um uns herum, und Ben schwieg für einen Moment. Dann fuhr er fort: »Er wollte aber nicht bei mir bleiben und ist dann hierhergelaufen. Seitdem sitzt er hier und hechelt.«

Einen langen Moment saßen wir so da, bis der nächste Donnerschlag die Wände des alten Hauses zum Vibrieren brachte und Helmut vor Schreck für einen Moment vergaß, panisch zu hecheln.

»Geht es dir gut?«, fragte ich leise.

»Na ja, geht so«, sagte er. »Aber Helmut geht es sehr viel schlechter.«

»Okay«, erwiderte ich. »Bleibt hier sitzen, ich komme gleich wieder.« Ich stieg zwischen den beiden hindurch auf die oberste Treppenstufe und lief hinunter zur Küche. Auf der Anrichte lag die nächste Taschenlampe, die wir, wie Millie uns beauftragt hatte, schon bereitgelegt hatten. Mit ihrer Hilfe konnte ich mich orientieren und zündetet alle Kerzen an, derer ich habhaft werden konnte. Dann räumte ich den Tisch frei, drehte die Stühle um und breitete die dicke Kuscheldecke vom Sofa darunter aus. Es folgten alle Kissen und Helmuts Decke aus dem Körbchen, die zwar streng nach nassem Hund roch, aber darauf konnte ich jetzt keine Rücksicht nehmen. Obendrüber warf ich die dicke besticke Leinendecke, die ich in Hamburg immer als Sofaüberwurf benutzt hatte und die hier aus Ermangelung einer Aufgabe bisher im Schrank gelegen hatte. Jetzt hatte sie eine Aufgabe. Eine wunderbare Aufgabe. Weil ich eine Kerze für zu gefährlich hielt, nahm ich das Lichtglas aus dem Schrank, das tagsüber im Hof stand und nun in seinem Deckel ausreichend Energie gespeichert hatte, um einen warmen Schein zu verbreiten. Dann betrachtete ich mein Werk und nickte zufrieden. Ich war mit Kissenburgen aufgewachsen. Meine Eltern hatten uns, wenn wir bei Gewitter Angst bekommen hatten, immer Kissenburgen gebaut. Wir Kinder fanden das prima und sehnten irgendwann das nächste Gewitter förmlich herbei.

Ich eilte die Treppe wieder hoch und fasste Ben an den Händen. »Komm«, sagte ich, und er ließ sich von mir hochziehen.

»Helmut. Auf!« Ich stupste den Hund an, der uns aber erst folgte, als wir schon den untersten Treppenabsatz erreicht hatten. Dann jedoch verstand der kluge Hund sofort, was zu tun war. Er zischte an uns vorbei und verschwand in der Kissen- und Deckenburg. Ben hatte da eine weit längere Leitung. Er stand nur mit hängenden Armen davor, bis ich mich duckte und in die sichere Höhle kletterte. Dann folgte er mir.

»Ist dir das zu eng?«, fragte ich und rutschte ganz an die Seite, dicht an Helmut heran, der sich offenbar ein wenig beruhigt hatte. Er hechelte nicht mehr im schnellen Rhythmus einer Nähmaschine, sondern nur noch wie der Zweitakter von Fredos uraltem Trecker.

Ben schüttelte den Kopf, rutschte zu uns, zog die Knie an und legte die verschränkten Arme darauf.

»Unwettertrutzburg«, erklärte ich ihm. »Hilft immer.«

»Merke ich«, erwiderte Ben und blickte auf.

»Habe ich dir von meiner Oma erzählt?«, sagte er nach längerem Schweigen. Ich schüttelte den Kopf. Draußen donnerte das Gewitter mit unerbittlicher Wucht, und es fühlte sich an, als würde das ganze Haus beben. Es war vermutlich klug, sich die Zeit mit Geschichten zu vertreiben. »Nur, dass ihr früher auch bei ihr gewohnt habt.«

»Sie war …«, er zögerte einen Moment, dann kniff er die Lippen zusammen, »… ganz unmedizinisch gesagt, nicht ganz fit im Oberstübchen.«

Für einen Moment war es taghell, sogar in unserer dunklen Trutzburg. Das Gewitter schien direkt über uns zu sein.

»Sie hat ständig geschrien und uns gesagt, dass wir die Mama verrückt gemacht haben. Weil wir so laut waren. Und so ungezogen.«

»Ziemlich beeindruckend für kleine Jungs«, erwiderte ich beklommen. »Wie kann man das Kindern sagen? Dass sie schuld sind?«

Ben zuckte die Schultern. »Sie wusste es nicht besser. Hatte uns nach dem Zusammenbruch meiner Mutter und ihren Alkoholexzessen an der Backe und wusste nichts mit uns anzufangen. Wir sind nicht zur Schule gegangen, und während mein Bruder einfach irgendwann sein Ding gemacht hat, hing ich meiner Oma am Rockzipfel. Ich habe versucht, alles richtig zu machen …«, er räusperte sich, »… damit sie mich lieb hatte. Damit ich sie nicht auch krankmachte, wie meine Mutter.«

Das war einfach nur entsetzlich. Ben schien meine Gedanken erraten zu haben, denn er sagte: »Ich finde, dafür bin ich ganz furchtbar normal geworden.«

»Absolut«, bestätigte ich. »Und wie ging es damals weiter?«

Ben atmete tief durch und drehte sich ein wenig zu mir. »Willst du das wirklich wissen? Ich komme echt aus einem Irrenhaus. Mir ist das peinlich.«

»Natürlich will ich es wissen.«

»Meine Oma saß bei Unwetter immer weinend und schreiend auf der Treppe«, sagte er dann, und sein Grinsen misslang gründlich. »Mein Bruder hat sich dann jedes Mal ins Bett verzogen, und ich habe versucht, meine Oma zu trösten. Dabei hatte ich selbst furchtbare Angst.« Er zögerte einen Moment. »Weil ich ja gar nicht wusste, was ich tun sollte, und Gewitter und Sturm auch furchtbar gruselig fand. Im Heim wurde dann alles viel leichter. Strukturierter. Und ich konnte endlich richtig zur Schule gehen, was zwar schön, aber auch schwierig war, weil ich so viel verpasst hatte. Ich habe mich da total reingekniet. Niemand hat damals erwartet, dass der Kleine aus dem Heim es wirklich schaffen könnte. Prekäre Verhältnisse und so, du verstehst?« Ich nickte wortlos. »Das wussten die Kinder in der Schule natürlich. Ich war der Asi. Das Heimkind. Der Idiot. Aber ich hatte ein paar Lehrer, die mich großartig unterstützt haben. Je besser ich wurde, desto mehr wurde ich unterstützt. Also von den Lehrern. Mit meinen Mitschülern wurde es immer komplizierter.« Ben legte sich hin und drehte sich zur Seite, sodass er mich ansehen konnte, was Helmut zum Anlass nahm, zwischen uns zu robben. »Am Ende hab ich mein Abi mit einem Einserschnitt gemacht und den Medizinertest auf Anhieb bestanden. Im Studium ging es dann irgendwann mit der Angst los. Ich hatte immer Angst, aber sie ist nicht so aufgefallen, weil mein Leben dafür prädestiniert war, Angst zu haben. Erst in Berlin habe ich sie wirklich gespürt. Vielleicht weil die ganzen Kämpfe aufgehört haben. Mit meinen Mitschülern, den Ämtern, meinem Bruder. Mit dem Studium fiel das alles weg. Ich war plötzlich umgeben von wohlbehütet aufgewachsenen Menschen, die zum achtzehnten Geburtstag ein Auto geschenkt bekommen haben. Medizin ist schon ein elitärer Studiengang. Ich war der, der eigentlich nicht dazugehörte. Der, der Dinge anders sah und anders machte, der, der keine Kindheit gehabt hatte, in der man jedes Jahr für eine Woche zum Skifahren nach Kitzbühel flog. Noch viel wichtiger war aber, dass ich trotzdem akzeptiert wurde. Obwohl ich anders war. Aber der Druck war dementsprechend hoch. Die erste echte Panikattacke, also die, die ich als solche erkannt habe, kam in einer Vorlesung. Es war voll, überall waren Studenten, und die Luft war stickig. Mein Herz fing an zu rasen, und ich hatte plötzlich Probleme zu atmen. Ich bin aufgestanden und hab mich im Hörsaal ganz an den Rand gestellt, damit ich schnell rauskam, wenn es sein musste.« Er schwieg eine Weile und streichelte Helmut, der sich mittlerweile beruhigt hatte. »Im Laufe der Zeit entwickelt man Strategien. Wenn ich Erfolg hatte, gute Leistungen brachte, ging es mir gut. Aber wenn die Zweifel kamen, stürzte ich jedes Mal ab.«

»Und dann im Job?«, fragte ich. Ben schaffte es, sogar im Liegen mit dem Fuß zu wippen. Das hatte er schon lange nicht mehr getan.

»Es waren ja viele Jobs. Du durchläufst im Studium und während der Facharztausbildung so viele Stationen. Ich habe gut funktioniert. Ich hatte das mit der Angst im Griff. Die meiste Zeit. Zumindest bin ich nicht komplett zusammengebrochen.« Sein Fuß hielt wieder still, und er fügte hinzu: »So wie in der Scheune. Das ist mir damals nicht passiert, oder nur ganz selten. Ich hatte auch nie ein Problem, mit Patienten umzugehen. Das hat mir gelegen und viel gegeben. Bis ich vor zwei Jahren in der Notaufnahme angefangen habe.« Er legte den Kopf auf den Arm und schloss für einen Moment die Augen. »Da war dieser Oberarzt, der mich gleich von Anfang an nicht leiden konnte. Wegen meines Aussehens. Wegen meiner Art, mit den Patienten umzugehen, und meiner Versuche, sie nicht sofort wieder loszuwerden, sondern ihnen für eine Nacht ein Bett zu besorgen.« Er räusperte sich. »Patienten, die kein eigenes Bett hatten«, erklärte er, aber das hatte ich mir schon gedacht. »Es ist eine Katastrophe, dass Kliniken mit kranken Menschen Gewinn erwirtschaften müssen. Über all diese Themen sind wir ständig aneinandergerasselt, und er hat mich mehrmals vor versammelter Mannschaft rundgemacht. Ich habe mir alle Mühe gegeben, mich einzufügen, in sein Konzept zu passen. Aber es hat nicht geholfen. Er mochte mich einfach nicht.« Wieder schloss er die Augen, und als er sie wieder öffnete, lief ich Gefahr, mich in ihrer blauen Tiefe zu verlieren. Es kostete mich einiges, mich zur Ordnung zu rufen. Ben erzählte mir das schließlich alles, weil ich seine Freundin war, weil er mir vertraute.

Ich ließ mich ebenfalls auf die Seite sinken. Das kleine Licht des Sonnenglases zauberte ein hübsches Funkeln in unsere Unwettertrutzburg. Helmut lag völlig erschöpft zwischen uns und schlief, obwohl das Gewitter weiterhin draußen tobte.

Ben räusperte sich. »Ich glaube, Fredo weiß, wie ich mich fühle«, sagte er dann ganz unvermittelt.

»Fredo?«, fragte ich erstaunt. Ich musste mich verhört haben, doch Ben nickte.

»Ich habe das Gefühl, dass er hier ständig mit neuen Holzstapeln zum Hacken vor der Tür steht, weil er glaubt, dass das gut für mich ist.«

»Ist es auch, oder?«

Ben zuckte die Schultern und rollte sich auf den Rücken. »Ja. So werde ich mal das ganze Adrenalin los, das sich über die Jahre angestaut hat.«

Eine Weile schwiegen wir. Helmut schnarchte friedlich, und der Donner wurde ein wenig leiser. Das Gewitter schien abzuziehen.

Ben sah mich an. Das warme Licht der kleinen Laterne ließ funkelnde Sterne in seinen Augen tanzen.

»Du musst eine Therapie machen«, sagte ich.

Ben nickte leicht. »Ja, muss ich«, sagte er dann zu meiner großen Überraschung. Er sah sich in unserer Höhle um.

»Für mich hat noch nie jemand eine Höhle gebaut.« Seine Stimme war kaum hörbar.

»Dann wurde es ja Zeit«, sagte ich, doch Ben war noch nicht fertig.

»Meine letzte Freundin war Anästhesistin in einer anderen Klinik.« Offenbar war er gewillt, mir jetzt wirklich alles zu erzählen.

»Alex?«, fragte ich, und Ben runzelte die Stirn, als müsste er scharf nachdenken. »Ach, jetzt weiß ich. Du hast das damals ja mitbekommen. Dass sie sich selbst zum Weihnachtsfrühstück bei meinen Freunden eingeladen hat. Ich dachte einen Moment, du kannst Gedanken lesen.« Er räusperte sich. »Ja, Alex. Es war nahezu unmöglich, sich mal zu normalen Tageszeiten oder am Wochenende zu sehen. Und wenn wir uns gesehen haben, war ich jedes Mal völlig erledigt. Sie hat sehr wohl mitbekommen, dass ich manchmal nicht ganz rundlaufe, aber ihrer Meinung nach hätte ich mich einfach mehr zusammenreißen müssen.«

Was für eine empathielose blöde Kuh. Ich zog die Nase kraus und spürte ein Ziehen im Magen. Oder Herzen. Beide Organe lagen so dicht beisammen, dass ich es nicht auseinanderhalten konnte. Alex erinnerte mich an Milow. Und Ro. Beide hatten mich nie so gesehen, wie ich wirklich war, sondern immer nur ihre eigenen Bedürfnisse im Kopf gehabt.

»Und du? Hast du auch eine Alex?«, flüsterte Ben und riss mich damit aus meinen verwirrenden Gedanken. Ich starrte ihn an. Jetzt war er derjenige, der Gedanken lesen konnte. Stumm schüttelte ich den Kopf und versuchte mich an einem Lächeln.

Und dann griff Ben nach meiner Hand. Ich schloss die Augen. *»Tu das nicht!«*, hätte ich am liebsten gerufen, um dann im meine Kemenate zu verschwinden und die Tür hinter mir zu verbarrikadieren. Doch ich riss mich zusammen und konzentrierte mich auf die angenehme Wärme seiner Handfläche, spürte, wie mein Herzschlag sich erhöhte. Ob er etwas Ähnliches fühlte? Ich öffnete die Augen wieder. Aber in Bens Blick lag nur offene Freundlichkeit.

»Können wir bitte für immer hierbleiben?« Er lachte.

»Klar!«, sagte ich und klang dabei geradezu energisch.

Kapitel 21

Wenige Tage später war plötzlich der Sommer da, dabei hatten wir erst Mai. Aber es war schon jetzt so heiß, dass Fredo einen pinkfarbenen Sonnenschirm über der blauen Bank aufspannte, damit Millie, Marga und Esat dort sitzen konnten, ohne einen Sonnenstich zu bekommen.

Ich saß regungslos vor meinem immer noch geschlossenen Laptop im Obstbaumgarten und beobachtete die sonnentrunkenen Hummeln, die sich wie kleine Zeppeline wankend in der heißen Luft über die Wiese bewegten. Mir steckte noch immer unser Gespräch in der Kissenburg in den Knochen. Bens Geständnis und die Nähe, die Vertrautheit, die er damit zwischen uns geschaffen hatte, berührten mich tief …

Seufzend klappte ich meinen Laptop auf und starrte auf meinen Text. Die Hitze machte mich träge, aber immerhin hatte ich heute schon fast zwei Seiten geschrieben. Kaya und Luca liebten sich, und es war nicht die klassische große Liebe, die ich am Anfang im Kopf gehabt hatte. Ihre Liebe war ganz leise, aber voller Vertrauen. Und sie wuchs mit jeder Seite. Aber es hatte keinen Urknall des Verliebens gegeben. Was wohl passieren würde, wenn der Verlag dieses Buch nicht haben wollte? Vermutlich würde Rogos mich wutschnaubend anrufen und der Verlag seinen Vorschuss zurückverlangen. Den ich mittlerweile fast vollständig ausgegeben hatte. Panik griff nach meinem Herzen. Wenn ich ganz ehrlich war, wusste ich nicht, was ich schlimmer finden sollte, dass der Verlag mein Manuskript ablehnte und mein Traum verglühte, weil ich dieses Buch nur so schreiben konnte, wie ich es gerade tat, oder dass es veröffentlicht wurde und die Leser es blöd fanden. Denn in diesem Text war so viel von mir selbst, von meiner Seele. Ich sollte Rogos anrufen und mit ihm über dieses Thema reden, aber schon bei dem Gedanken daran wurde mir schlecht.

Ich riss mich zusammen und versuchte weiterzuschreiben, doch als ich gerade wieder in die Geschichte eintauchte, kam Millie um die Ecke, in einer kurzärmligen Kittelschürze, mit modischen Birkenstocks an den bloßen Füßen und gelbem Nagellack auf allen Nägeln.

»Ach, hier bist du!«, rief sie erfreut und setzte sich schwungvoll auf den Lehnstuhl vor mir. Mit ernster Miene hielt sie mir ihre Hände vor die Nase und wackelte mit den Fingern. »Ich habe neuen Nagellack für uns gefunden. Fredo hat ihn im Internet bestellt. Ist das Gelb zu verwegen? Bin ich zu alt dafür? Es ist immerhin Sommer!«

»Äh, nein. Also ja! Ist nicht zu verwegen«, sagte ich und lehnte mich, irgendwie sehr dankbar, aus meinen Gedanken gerissen zu werden, in meinem Stuhl zurück. Millie stellte das kleine Fläschchen auf den Tisch.

»Dann bist du herzlich eingeladen, dir die Nägel ebenfalls gelb zu lackieren. Du hast da übrigens was im Gesicht«, sagte Millie und deutete auf ihre Wange. Ich rieb über meine eigene, und es krümelte unter meinen Fingerspitzen.

»Unverschämtheit. Ben hat nicht gesagt, dass ich Zahnpasta im Gesicht hab! Warum gibt es hier denn auch keinen einzigen Spiegel?«, fragte ich empört und rieb mir jetzt die getrocknete Zahnpasta von den Fingern.

»Wohnst ja schon lange genug hier, hättest dir ja mal einen kaufen können. Die gibt es im Drogeriemarkt für kleines Geld. Oder Fredo bestellt dir einen im Internet.«

»Ich brauche eigentlich keinen, ich hab ja Ben. Der sagt mir, wenn ich Kekskrümel im Mundwinkel habe. Also meistens. Heute hat das Konzept nicht funktioniert. Aber warum hatte Dorle keinen Spiegel?«, fragte ich.

Millie legte ihre Stirn in Falten. Dann blickte sie an mir vorbei zur Scheune, als stünde die Antwort dort am großen Tor angeschlagen. »Das Dorlchen wollte nicht sehen, wie sie alt wurde.« Sie rieb sich die Nasenspitze. »Sie fühlte sich doch manchmal noch wie neunzehn. Und als sie achtzig wurde, hat sie alle Spiegel abgenommen und verschenkt.« Sie schwieg einen Moment. »Ich will das auch nicht sehen, aber bei uns hängen die Spiegel noch. Irgendwann guckst du da rein und erkennst die Person nicht wieder, die zurückguckt. So viele Falten und Runzeln.« Sie blinzelte mich an und wirkte plötzlich verlegen. »Man sollte meinen, wenn man so alt ist, stört einen das eh nicht mehr, aber bei Dorle war das nicht so. Jeder Blick in den Spiegel machte ihr klar, dass unsere Zeit hier auf der Erde endlich ist.«

Ich beugte mich vor und griff nach Millies Hand, weil sie plötzlich so traurig wirkte. Gedankenverloren strich ihr schwieliger Daumen über meinen Handrücken.

»Es verändert sich grad so viel. Mein ganzes Leben war es hier immer gleich. Die Menschen wohnten da, wo sie immer gewohnt hatten. Es gab klare Regeln, Ordnung. Das Frühlingsfest im Frühling, im Spätsommer die Ernte, im Winter das Krippenspiel in der Kirche. Jetzt sterben meine Freunde, die Höfe werden verkauft, renoviert, die Kühe verschwinden, die Landwirte hören auf, die Kinder ziehen weg und kommen nur noch selten zu Besuch. Jetzt werden aus Olafs Hof Ferienwohnungen gemacht. Das war, seit ich denken konnte, ein landwirtschaftlicher Betrieb. Nun ist das auch vorbei. Manchmal macht mir das Angst, aber Dorle hat gesagt, dass man jede Veränderung begrüßen muss. So hat sie es gehalten. Sie konnte das immer schon besser als ich, vielleicht weil sie so viel von der Welt gesehen hat. Deswegen seid ihr hier, weil ihr eine Veränderung seid. Dorle hat immer gerne die Dinge in die Hand genommen. Auf diese Weise konnte sie selbst bestimmen, was mit ihrem Hof passieren würde.«

Ich schwieg und beobachtete, wie Millie gedankenverloren meine Hand in ihrer barg, nur um dann so schnell das Thema zu wechseln, dass ich erst gar nicht hinterherkam. »Meinst du, Ben macht das?« Sie ließ meine Hand los, sah mich an, und das altbekannte Glitzern in ihren Augen war zurück.

»Was meinst du?«

»Na, er ist doch beim Doktor! Hoffen wir mal, dass er endlich mit ihm über die Praxisübernahme spricht!«

»Ben ist bei Dr. König?«, fragte ich erstaunt, und Millie nickte.

»Woher weißt du das? Ich dachte, er ist mit Helmut spazieren gegangen.«

Millie gab ein genervtes Schmatzen von sich. »Nee. Der Hund liegt im Schatten unter dem Holunder. Die Susi hat mich angerufen.«

»Sie ruft dich an, weil Ben in der Praxis ist? Gibt es nicht so etwas wie eine Schweigepflicht?« Empört betrachtete ich meine Nachbarin, die aber nur ein schmutziges Lachen ausstieß.

»Natürlich nicht. Nicht, solange Susi Großmeister das Praxisregime führt. Sonst hätten wir ja auch nie erfahren, dass der alte Gert letzten Winter eine Lungenentzündung hatte. Der hätte ins Krankenhaus gemusst, aber er hat sich geweigert. Und dann lag er ganz alleine in dem großen Haus. Der wäre gestorben, hätten wir uns nicht um ihn gekümmert. Und das hätten wir nicht tun können, wenn wir nicht die wichtigen Infos von Susi bekommen hätten.«

Landleben. Ohne Worte.

Irgendwann verschwand Millie, um irgendwelche wichtigen Dinge zu erledigen. Vermutlich musste sie noch backen, wobei ich aber eigentlich nicht glauben konnte, dass bei diesen Temperaturen irgendjemand freiwillig irgendetwas in einen Ofen stecken wollte. Ich hingegen blieb unter meinem Baum sitzen und klappte meinen Laptop auf.

Hier draußen hatte ich kein Internet. Deshalb verband ich den Laptop mit dem Hotspot meines Handys und loggte mich in mein Mailprogramm ein. Ohne noch groß darüber nachzudenken, setzte ich meine Mutter in die Empfängerleiste, hängte das Dokument »Kaya_und_Luca« an und schickte alles ab. Mit einem Klick war das erledigt. Ich hatte die bisher existierenden zehn Kapitel verschickt. Einigermaßen fassungslos über meinen spontanen Mut starrte ich auf den Bildschirm. Aber ich kannte halt niemanden, der sich mit dem Thema Liebe besser auskannte als meine Mutter. Sie musste das Buch zuerst lesen, bevor es irgendjemand sonst tat.

Ben kam durch die Scheune hinaus auf die Wiese. Er kam um die Ecke, als wäre er nie weg gewesen. Als hätte er nicht gerade ein wichtiges Treffen mit Dr. König gehabt, in dem es entweder um die Praxisübernahme oder eine Therapie gegangen war.

»Hi«, sagte er und trabte an mir vorbei, um sich am nächsten Baumstamm zu schaffen zu machen. Jetzt erst entdeckte ich, dass er viele kleine Kartons mit sich herumschleppte.

»Was machst du da?«, fragte ich und klappte meinen Laptop zu.

»Ich habe ein paar Dinge gekauft.« Ben hockte sich auf die Knie, packte den Inhalt der Kartons aus und reihte ihn nebeneinander auf der Wiese auf. Ich stand auf und ging zu ihm.

»Bunte Lampions!«

»Mit Solar«, brummte Ben, der jetzt in den Beipackzettel vertieft war. Die kleinen Lampen hatten alle Farben des Regenbogens. Ich griff mir ein paar und hob sie hoch, woraufhin sie sich, vermutlich für immer, ineinander verhedderten und ich ein ganzes Knäuel kleiner Lampions in den Händen hielt.

»Oh.«

»Ja. Oh. Lucy. Erst denken, dann anfassen.«

»Tschuldigung.« Ich legte das Lampiongewimmel zurück auf die Wiese und tat unschuldig. »Wo warst du? Bevor du die Lampions käuflich erworben hast?«, fragte ich – ganz unschuldig natürlich. Ben ließ vom Lesen ab und blickte seitlich zu mir hoch.

Sein Blick traf mich tief ins Herz. Ich atmete langsam aus, was Ben dazu veranlasste, mich zu fragen: »Alles okay?«

Ich nickte.

Ben ließ sich auf die Fersen sinken, ohne den Blick von mir abzuwenden. »Wirklich?«, fragte er lauernd. »Du bist ganz blass.«

»Alles super«, sagte ich, während mein Herz Doppelschläge ausführte. Was bestimmt nicht normal war. Bestimmt war es ein Hinweis. Den ich ignorierte. Ich konnte gut Dinge ignorieren.

»Also? Wo warst du?« Meine Stimme klang plötzlich ganz dünn, und mir fiel auf, wie übergriffig meine Frage war. Faktisch ging es mich schließlich nichts an. Wenn er mir nicht von seinem Termin erzählen wollte, hatte ich das verdammt noch mal zu akzeptieren. »Du musst mir das nicht erzählen«, schob ich deshalb schnell noch hinterher und wollte mich abwenden.

»Bei Dr. König«, sagte Ben und kam jetzt auf die Füße, ein paar bunte Lampions noch in der Hand. Blau, gelb und rot.

»Er hat mir angeboten, als angestellter Arzt für einige Tage in der Woche bei ihm in der Praxis einzusteigen. Um zu sehen, wie es läuft.«

Ich legte den Kopf schräg und wartete ab.

»Hast du ...« Weiter kam ich nicht, denn Ben nickte.

»Hab ich. Ich habe mit ihm über meine Angstattacken gesprochen.« Dann zog er die Nase kraus und hockte sich wieder zu den Lampions. Thema beendet.

»Gut gemacht«, sagte ich und ging zurück zu meinem Laptop, um ihn herunterzufahren. Ich konnte jetzt nicht weiterarbeiten. Ich musste Ben beobachten. Er hängte bunte Lampions in die Bäume, und das mit einer Hingabe, dass man hätte meinen können, unser aller Leben hinge davon ab. Ben komponierte richtige

Lichtbilder. Er kletterte sogar in die kleine Pflaume, damit sie auch in ihrem Wipfel ein rotes, blaues und grünes Licht abbekam.

Das hätte Dorle mit Sicherheit gefallen. Ich blickte durch das Blätterdach zum Himmel hinauf, der eine sanfte Rotfärbung angenommen hatte. Und weil es so herrlich warm war, fiel mir der Weißwein ein, den ich am Tag zuvor vom Einkaufen mitgebracht und in den Kühlschrank gestellt hatte.

Ben war immer noch mit den Lampen beschäftigt, und so lief ich in die Küche, goss uns jeweils ein Glas ein und trug sie zurück in den Garten. Ben war so vertieft, dass er mein Verschwinden gar nicht bemerkt hatte, denn als ich hinter ihm stand und mich räusperte, um auf mich und das alkoholische Kaltgetränk aufmerksam zu machen, sah er mich verwundert an. »Wo hast du den denn her?«

»Küche.« Vielsagend hob ich eine Augenbraue und reichte ihm ein Glas, an dem sich bereits Tautropfen abgesetzt hatten.

»Ich bin beeindruckt. Danke.« Ben lächelte mich an, und das Lächeln erreichte vollumfänglich seine Augen und brachte sie zum Strahlen. Mich machte es für den Bruchteil einer Sekunde befangen, doch da hatte Ben mich schon an der Schulter gepackt, zwei Meter nach links geschoben und sich der Länge nach mitten ins Gras fallen lassen. Er klopfte neben sich. Ich zögerte. So lange, dass Ben, der sein Handy gezückt hatte, um darauf etwas zu suchen, aufblickte. Und das Handy beiseitelegte. Er setzte sich auf. Unverwandt sah er mich an, als würde er in meinem Gesicht nach der Lösung suchen, warum ich so dämlich in der Gegend herumstand. »Lucy. Was ist los?«

»Nichts«, brachte ich hervor, hob mein Weinglas, prostete ihm zu und nahm einen tiefen Schluck. Und im nächsten Moment, als hätte jemand sich entschieden, dass nun der große Moment für kleine bunte Lampions gekommen sei, gingen die Lichter an. Eins nach dem anderen schickte sein buntes Funkeln in die Abenddämmerung. Sie hingen in den Bäumen wie kleine leuchtende Edelsteine, und ich konnte nicht anders, als sie zu bestaunen. Mich im Kreis zu drehen und wie ein Kind an dieser Pracht zu erfreuen.

Ben lachte, und ich erhaschte einen Blick auf den Jungen, der er einmal gewesen war. Wieder klopfte er leicht neben sich auf die Wiese. »Legst du dich zu mir?«

Und diesmal legte ich mich zu ihm.

»Du hast Angst«, sagte er, und ich sah ihn fragend an. »Ich kenne mich aus mit Angst.« Stumm sah ich wieder zum Himmel hinauf und verschränkte die Hände vor dem Bauch. Ja, ich hatte Angst. Aber ich schwieg, weswegen Ben sich auf die Seite drehte, den Kopf auf der Hand aufstützte und mich ansah.

»Warum schreibst du nicht über die Liebe, wie du sie siehst?«

Ich räusperte mich. »Du verstehst das nicht.«

Ben lachte auf. »Doch, ich glaube schon. Du kannst mich aber gerne korrigieren. Du hast Angst davor, dass andere Menschen deinen Roman lesen, Angst davor, was sie über dich denken könnten.«

Ich zuckte bei seinen Worten zusammen. Er hatte recht. Ich hatte es mir nur nie eingestanden.

»Lucy, was ist denn, wenn du nicht weiterschreibst?« Ich runzelte die Stirn. »Das wäre doch eine Möglichkeit. Du hörst einfach auf und übersetzt weiter Bücher, die andere geschrieben haben. Aber dann wirst du nie wissen, ob den Leuten dein Buch gefallen hätte.« Er drehte sich wieder auf den Rücken und starrte in den dunkler werdenden Himmel.

Wir sahen dem Tag dabei zu, wie er schlafen ging, und irgendwann startete Ben »It takes a lot to know a man« von Damien Rice auf seinem Handy. Weit entfernt sangen ein paar Grillen dazu. Die Luft duftete verheißungsvoll nach Sommer, und ich blinzelte zu den ersten Sternen hinauf. Ben hatte recht. Ich hatte Angst. Angst, mich zu offenbaren, Angst, dass der Verlag das Buch jetzt nicht mehr haben wollte. Aber da war auch noch etwas anderes – ich wollte diese Geschichte schreiben, egal, wie die Menschen sie fanden. Es war mein Buch. Meine Geschichte.

Den Blick weiterhin auf die Sterne gerichtet, atmete ich tief durch und kostete die würzige Abendluft aus. Eigentlich sollte ich mir unendlich viele Gedanken machen. Über die Zukunft, über Ben und mich, das Buch, den Vorschuss ... aber dann begriff ich, dass dies nicht der Moment war, sich Gedanken zu machen. Das hier war einer dieser besonderen Momente, die man mit allen Sinnen erleben musste. Die sich ins Gedächtnis einbrannten und immer wieder abrufbar waren, die die Seele beschwingten und Glück versprühten. Und das auch noch Wochen danach. Und damit schob ich alle kruden Gedankengänge beiseite und genoss es einfach, hier zu liegen und in den Sternenhimmel zu blicken, umgeben von unzähligen glitzernden Edelsteinen in den Bäumen.

Irgendwann, mittlerweile lief The National, kam Ben schwungvoll auf die Beine und hielt mir die Hand entgegen. Ich legte meine hinein und ließ mich hochziehen.

»Dorle hat zwar gesagt, man soll nackt im Regen tanzen, aber ich finde, angezogen in der ersten Sommernacht des Jahres ist mindestens genauso gut«, flüsterte er. Und bevor ich Nein sagen konnte, hatte er mir schon eine Hand auf die Schulter gelegt und meine andere ergriffen.

Und wir tanzten. Ungelenk in den ersten Minuten, weil mein Gehirn immer wieder mit dem Denken anfangen wollte, doch irgendwann sprang es in den Ruhemodus, und dann wurde es so leicht. Leicht und unbefangen. Ich überließ Ben die Führung, und wir tanzten über die Wiese. Unsere Körper brauchten offenbar keine Gedanken, sie funktionierten einfach so im herrlichen Einklang miteinander. Die Lampions schickten kleine bunte Lichter zu uns herunter, und ich spürte Bens Atem an meinem Haar. Mein Körper und meine Seele tanzten gleichermaßen. Irgendwann lehnte ich meinen Kopf an seine Schulter, und Ben legte beide

Arme um mich. Unsere Bewegungen wurden immer kleiner, bis wir schließlich stehen blieben. Sein Kinn ruhte auf meinem Scheitel, und er hielt mich ganz fest. So standen wir da, ohne zu denken oder zu sprechen.

Irgendwann löste Ben seine Arme um mich. Ich wagte nicht aufzusehen, sondern blieb einfach so stehen und starrte auf einen Punkt an seiner Brust. Der Drang, ihn wieder zu berühren, war übermächtig. Ben legte seine Hand ganz sanft auf meine Schulter. Ich hob den Kopf, wollte etwas sagen, doch er kam mir zuvor.

»Ich hole uns noch Wein.«

Er lächelte. Während ich das Gefühl hatte, in meinem Gesicht müssten sämtliche Gefühle, die in mir tobten, ganz offensichtlich geschrieben stehen, sah er aus wie immer. Ich schluckte trocken und nickte. Ben schnappte sich die Weingläser und lief in die Scheune. Ich blieb zurück und starrte ihm hinterher, bemüht, das sonderbare Zittern, das von meinen Händen Besitz ergriffen hatte, irgendwie unter Kontrolle zu bekommen.

Als er zurückkam, hatte er nicht nur die Weingläser in der Hand, sondern auch noch die dicke Decke unter dem Arm. Die breitete er auf dem Boden aus, machte eine einladende Bewegung, dann reichte er mir die Gläser und setzte sich. Vielleicht wäre das der richtige Moment gewesen, um sich zu verabschieden und ins Haus zu gehen. Aber mein verräterischer Körper machte diesbezüglich keine Anstalten. Stattdessen trank er noch einen Schluck Wein und legte sich neben Ben auf die Decke, als wäre nichts gewesen. Was vielleicht ganz gut war, denn auch Ben benahm sich, als wäre nichts gewesen. Als hätte es diesen Moment der körperlichen Nähe zwischen uns nie gegeben, oder als wäre das zwischen Freunden ganz normal. Aber vielleicht war es das ja auch. Mit einer solchen Form von Freundschaft kannte ich mich nicht aus.

Zweifelnd richtete ich mich ein wenig auf und trank noch einen Schluck Wein. Dann stellte ich das Glas beiseite und legte mich so, dass ich Ben ansehen konnte. Die Musik verstummte, und erst jetzt, als die Stille sich über uns senkte, wurde mir klar, dass es keinen Ort gab, an dem ich in diesem Moment lieber gewesen wäre.

Irgendwo raschelte es leise. Ich meinte, das Trippeln klitzekleiner Füße zu hören.

»Eine Maus?«, fragte ich, und meine Stimme klang seltsam weit entfernt.

»Eine ganze Mäusefamilie«, erwiderte Ben und drehte sich zu mir. Ich sah ihn an, blickte in sein schönes Gesicht, das mir mittlerweile so vertraut war, und schloss die Augen. Einen Moment lang schwebte ich zwischen Wachen und Schlafen. Nicht mehr ganz hier, aber auch noch nicht bei den Träumen. Mein Atem ging ganz gleichmäßig, trug mich durch das Schweben hindurch, und bevor ich abdriftete, meinte ich eine Berührung zu spüren. An der Hand. Ein federleichtes Streicheln.

Als ich aufwachte, war es stockfinster um uns herum. Die Lampen waren ebenfalls schlafen gegangen, und eine Wolke hatte sich vor die glitzernden Sterne des Nachthimmels geschoben.

Ben saß neben mir und blickte in die Dunkelheit.

»Habe ich dich geweckt?«, flüsterte er und beugte sich ein wenig zu mir herunter.

»Weiß nicht«, antwortete ich und gähnte so sehr, dass mein Kiefer knackte.

»Ich habe die Füchsin gesehen«, flüsterte Ben, und seine Fingerspitzen legten sich auf meinen Arm. »Sie war hier!«

Ich setzte mich ebenfalls auf und spähte in die Dunkelheit. Aber ich konnte rein gar nichts sehen. »Hast du sie richtig gesehen, oder glaubst du nur, dass sie es gewesen sein könnte? Vielleicht war es die Mäusefamilie.«

Bens Gesicht war dicht vor meinem. Ich konnte trotz der Dunkelheit erkennen, dass er energisch den Kopf schüttelte.

»Sie war hier. Sie hat mich angeschaut.«

Ich grinste. »Ben. Das bedeutet wohl, dass du glücklich bist. War es nicht so? Dass Dorle uns gewünscht hat, die Füchsin Tausendschön zu sehen, weil sie sich nur glücklichen Menschen zeigt?«

Ben verharrte für einen Moment reglos. Dann stand er auf, schnappte sich die Weingläser und lief zur Scheune. Ich sah ihm hinterher. Vielleicht war er doch nicht glücklich und hatte den Besuch der Füchsin nur geträumt? Ich jedenfalls hatte eines nicht geträumt … Gedankenverloren betrachtete ich meinen Handrücken.

Kapitel 22

Um kurz nach sieben weckte mich mein Handy – eine Uhrzeit, zu der ich üblicherweise noch im Schlummerland weilte. Immerhin war ich Freiberuflerin. Mein geringes Einkommen wurde zwar nicht vollständig, aber doch immerhin ein wenig durch flexible Arbeitszeiten ausgeglichen.

Mama blinkte auf dem Display. »Mama! Ist jemand gestorben?«

»Wer soll denn gestorben sein?« Meine Mutter. Mit einem offensichtlichen Fragezeichen in der Stimme.

»Warum rufst du so früh an?«, ächzte ich, während ich mich erleichtert zurück auf die Kissen sinken ließ.

»Früh?«, fragte meine Mutter und schien das Handy vom Ohr zu nehmen, um auf die Uhr zu gucken. Echte, altertümliche Armbanduhren besaß die Familie Bradford schon sehr lange nicht mehr.

»Zehn nach sieben. Das ist nicht früh. Das ist morgens. Dein Vater hat schon die Strandkörbe aus der Reparatur geholt und zum Strand gebracht.«

»Ja. Toll«, sagte ich resigniert.

»Und ich habe schon fast die ganze Buchhaltung von diesem Monat fertig gemacht und ein kleines Bild gemalt. Husum im Nebel. Also früh …«

»Ja«, wiederholte ich. »Ich hab's verstanden. Also, warum rufst du an?« Ich zog mir die Bettdecke bis zur Nasenspitze, weil es im

Haus trotz der warmen Tage immer noch recht frisch war. Das alte Bauernhaus brauchte offenbar ein wenig länger, um die Winterkälte loszuwerden.

Meine Mutter räusperte sich. Das tat sie immer vor gewichtigen Ankündigungen. »Ich habe die ersten Kapitel gelesen.«

»Oh«, sagte ich und war schlagartig wach. »So, äh, ganz? Gelesen?«, fragte ich schüchtern, und plötzlich schlug mir das Herz bis zum Hals.

»Lucy. Das ist ausgesprochen gut geschrieben. Und die Liebesgeschichte ist toll! Wenn auch das Setting ein wenig ungewöhnlich ist.«

Ich wartete, ob noch was kam. Ein Aber vielleicht. Doch meine Mutter schien auf eine Reaktion von mir zu warten.

»Es gefällt dir?«, fragte ich vorsichtig. Sie gab ein unflätiges Grunzen von sich.

»Es ist fantastisch! Und ich kenne mich aus. Ich lese ganz viele solcher Bücher. Meistens sage ich, dass die Autorin leider keine Ahnung hat. Aber hier ist es anders. Es geht nicht um die riesige, schnulzige Liebe, die mit der Realität überhaupt nichts zu tun hat. Die Liebe deiner Figuren kommt irgendwie ohne die üblichen Klischees aus. Die beiden sind so wunderbar echt und natürlich! Und sie passen einfach toll zueinander. Aber du hast auch den Schmerz und die Sehnsucht gut eingefangen, und die Angst, die die Liebe manchmal entfachen kann.«

Ich jauchzte stumm in mich hinein und stieß mit der Faust in die Luft. Yeah!

»Aber eine Sache wollte ich dir sagen.«

Oh. »Ja?«

»Warum bist du die ganze Zeit mit angezogener Handbremse unterwegs? Du hast unter deine Figuren ein gigantisches Sicherheitsnetz gespannt. Warum?«

Ich schwieg und starrte an die Decke.

»Lass dich fallen, Schätzchen. Lass deine Figuren los.«

»Okay«, sagte ich.

»Und schick mir den Rest, wenn du weiter bist«, erwiderte meine Mutter und legte auf.

Ich blieb noch ein paar Minuten liegen und starrte die Decke an. Dann kletterte ich aus dem Bett, schlüpfte in meine Strickjacke und trat auf den Flur. Ich brauchte einen Kaffee. Einen sehr starken Kaffee, um mich der nächsten Aufgabe des Tages zu widmen, nämlich meinen Lektor darüber in Kenntnis zu setzen, dass ich die Pfade des Exposés verlassen hatte.

Also machte ich mich auf in die Küche – nur um wenige Schritte später erschrocken stehen zu bleiben, weil mir ein nackter Mann entgegenkam. Ben kam genau in dem Moment aus dem Bad, als ich daran vorbeigehen wollte. Und er hatte definitiv jegliche Form von Verhüllung vergessen.

»Ben!«, rief ich empört, weil ein nackter Ben jetzt nicht das war, was ich in Anbetracht der eh schon komplizierten Gesamtlage gebrauchen konnte.

»Lucy!«, rief Ben offenbar ebenso entsetzt und machte einen Satz nach hinten, zurück ins Bad.

»Bist du bekloppt? Was machst du hier?«, fauchte ich und konnte mich nur mit Mühe davon abhalten, mir eine Hand vor die Augen zu halten. Dabei war es dafür ja nun wirklich zu spät.

»Dasselbe könnte ich dich fragen«, gab Ben zurück, der sich jetzt hinter der Badezimmertür verschanzt hatte. »Es ist weit vor acht. Das ist doch keine Uhrzeit, zu der du freiwillig das Bett verlässt!«

Und dann fing mein Mitbewohner an zu lachen. So sehr, dass Helmut ins Obergeschoss getrabt kam, um zu erkunden, was hier so Lustiges zu dieser frühen Stunde passierte. Ich musste grinsen. Wenn auch verhalten. Das hier war nämlich alles andere als lustig.

»Ich gehe jetzt runter. Mach die Badezimmertür zu!«, sagte ich energisch. »Ich brauche Kaffee.«

»Guck doch einfach nicht hin«, erklärte Ben trocken und

streckte doch tatsächlich den Kopf aus dem Bad, um mich anzusehen. Dabei grinste er so breit, dass seine Mundwinkel es fast bis zu seinen Ohren schafften. Seine Haare waren noch klitschnass, und er tropfte.

»Du kannst hier doch nicht nackt durch die Gegend rennen.«

»Das tue ich sogar jeden Morgen, seit wir hier wohnen. Ich konnte ja nicht ahnen, dass die Eule plötzlich über Nacht zur Lerche wird.«

»Hmpf«, erwiderte ich.

»Du siehst zu dieser frühen Stunde übrigens ganz liebreizend aus«, stellte Ben fest und legte beide Hände an den Türrahmen, um sich weiter vorbeugen zu können.

Ich starrte ihn an, dann sah ich an mir herunter. Ich trug eine pinkfarbene, ausgeleierte Jogginghose, mintgrüne, selbst gestrickte Socken von Millie und ein T-Shirt, in dem ich meine alte Wohnung renoviert hatte. Es hatte dementsprechend Farbflecken. Und ein Loch rechts neben dem Schlüsselbein. Gekrönt wurde das Ensemble von einer roten Strickjacke.

»Ein bisschen wie eine Landstreicherin«, erklärte Ben fröhlich und grinste erneut.

Ich stöhnte. »Hinfort mit dir. Und zieh dir was an«, erwiderte ich so würdevoll, wie mir möglich war. Und dann sah ich zu, dass ich in die Küche kam, um den stärksten Kaffee ever zu kochen.

Ich ließ Helmut auf den Hof, ging dann in die Küche und öffnete alle Fenster, so weit es ging. Draußen sangen die Vögel. Die Sonne schaffte es schon über das Scheunendach und tauchte das alte Kopfsteinpflaster in flüssiges Gold. Während der Kaffee blubbernd vor sich hin kochte, stand ich herum und sah hinaus. Der Holunder draußen im Hof blühte in weißen Tuffs, und überall zwischen den Pflastersteinen strahlten kleine Hornveilchen in Gelb und Lila.

Helmut kam in die Küche getrabt. Er hatte seine morgendliche Hofrunde absolviert und fand, dass es an der Zeit war zu frühstücken. Ich riss mich vom Anblick des sommerlichen Hofes los und füllte seinen Futternapf. Danach nahm ich mir einen Kaffee, lief zurück zur Haustür und setzte mich auf die Treppenstufen zum Hof. Hinter mir kam nun auch Ben die Treppe runtergepoltert, vollständig bekleidet in einer zerschlissenen Jeans, Chucks und einem blauen Shirt. Er lief in die Küche und kam wenige Sekunden später ebenfalls mit einem Kaffee heraus. Mit vollem Körpereinsatz drängelte er sich zwischen Türrahmen und mir hindurch, um sich direkt neben mich zu setzen. So dicht, dass unsere Schenkel und Schultern sich berührten.

Ich seufzte.

»Was ist der Grund für dein frühes Aufstehen?« Er trank einen Schluck und sah mich an. Dabei zappelte schon wieder sein Fuß, und ganz automatisch legte ich eine Hand auf sein Bein.

»Meine Mutter hat mich angerufen, um mir mitzuteilen, dass sie schon die Buchhaltung für diesen Monat gemacht hat. Und ein Bild hat sie auch schon gemalt. Alles vor acht.«

»Ah«, machte er. »So aus pädagogischen Gründen? Frei nach dem Motto: Der frühe Vogel fängt den Wurm?«

Ich schüttelte den Kopf. »Nee. Eigentlich waren das nur nebensächliche Informationen, weil sie nicht glauben kann, dass es Menschen gibt, die nicht jeden Morgen quietschvergnügt um halb sechs aus dem Bett springen. Eigentlich hat sie angerufen, weil sie die ersten zehn Kapitel von meinem Buch gelesen hat.«

Ich spürte, wie Ben den Atem anhielt. Als ich nicht weitersprach, fragte er: »Und? Wie hat es ihr gefallen?«

Ich streckte die nackten Füße aus und wackelte mit den Zehen in der Sonne.

»Gut«, beschied ich knapp.

»Wie? Gut. Das war alles?«

Ich seufzte. »Sie mochte es sehr. Sie sagt, ich habe das sehr gut gemacht.«

Ben lachte, was seine Augen strahlen ließ. »Ich will es auch lesen.«

Das wusste ich. Aber ich wusste auch, das zu verhindern. »Klar, irgendwann«, erklärte ich freundlich. Und unverbindlich.

»Lucy, warum lässt du mich nicht deinen Roman lesen?« Ben legte den Kopf schräg, kniff die Augen zusammen und betrachtete mich sehr genau. Bei dieser Musterung wurde mir ein wenig unwohl.

»Es ist sehr persönlich«, erklärte ich leise. Weil diese Geschichte tief drinnen verdammt noch mal von Ben und Lucy handelte und meine Mutter mir auf den Kopf zugesagt hatte, dass ich mit angezogener Handbremse unterwegs war.

Ben schien für einen Moment zurückzuzucken. »Na, persönlicher, als wir hier leben, geht es ja wohl kaum noch«, brummte er, stand auf und verschwand im Haus. Ich blieb noch einen Moment sitzen, und mein Magen zog sich ein wenig zusammen. War Ben jetzt beleidigt? Aber er konnte diesen Roman unmöglich lesen. Ich wackelte noch ein wenig mit den Zehen in der Sonne und wartete darauf, dass das ungute Gefühl in meinem Magen wieder verschwand. Doch es blieb hartnäckig.

Helmut kam um die Ecke und setzte sich neben mich auf die Treppe. Er leckte sich das Maul.

»Gutes Frühstück?«, fragte ich ihn, und er guckte mir kurz, aber intensiv in die Augen. Seine waren bernsteinfarben. Er hatte sehr schöne Augen. Dann schüttelte er sich ein wenig, woraufhin ich meinen Kaffee retten musste, und ließ sich komplett neben mir auf die Treppe sinken, die Beine unter den Körper gezogen, die Schnauze auf meiner pinkfarbenen Jogginghose platziert. Ich legte meine freie Hand auf seinen Kopf und kraulte ihm das weiche Fell zwischen den Ohren. Helmut gefiel das, er schloss genießerisch die Augen.

»Zum ersten Mal in meinem Leben möchte ich, dass alles so bleibt, wie es ist«, sagte ich zu ihm. Die Worte kamen direkt aus meinem Herzen und hatten nicht den Umweg durch mein Hirn genommen. Erschrocken lauschte ich ins Haus, ob Ben mich vielleicht gehört hatte, aber in der Küche klapperte es. Er räumte offenbar die Geschirrspülmaschine aus.

»Es ist wahr«, sagte ich zu Helmut, der mir, immer noch mit geschlossenen Augen, ergriffen zu lauschen schien.

In meinem Leben vor Bredenhofe hatte ich mir immer gewünscht, dass alles anders war. Dass ich mehr Geld verdiente, dass ich mehr Freunde hatte, dass ich nicht ständig so alleine war, dass diese verflixte Einsamkeit endlich aufhörte, dass ich sportlicher war, weniger aß, dass es mehr Sinn in meinem Leben gab. Und jetzt war alles gut so, wie es war. Also fast gut. Ich lehnte meinen Kopf gegen die alte Eingangstür. Das Holz war warm von der Sonne.

Helmut seufzte. Und dann seufzte das Haus, ganz tief, als würde dieser Seufzer vom Keller bis zum Dachboden hallen, und ich seufzte gleich mit.

Ben polterte immer noch in der Küche herum. Ich schob Helmuts Kopf sanft beiseite und stand auf. Die Kaffeetasse nahm ich mit, an der konnte ich mich festhalten. Ben räumte tatsächlich die Geschirrspülmaschine aus. Vorher hatte er aber noch die Spüle geputzt und den Herd auf Hochglanz poliert. Zwei Schubladen standen offen, woraus ich schloss, dass er sie ausgeräumt, ausgewischt und wieder eingeräumt hatte. Ein Putzflash.

Ich räusperte mich.

Ben arbeitete ungerührt weiter.

»Ben«, sagte ich energisch. »Wollen wir Uno spielen?« Ein Friedensangebot. Er schnaubte belustigt.

»Hör zu …« Endlich blickte er auf. »Das ist dein Roman. Der dich die ganze Zeit über begleitet. Wenn du nicht übersetzt, schreibst du an dem Ding. Er ist ein Teil von dir geworden. Du bist ja nicht verpflichtet, ihn mir zu zeigen, aber ich habe mittlerweile das Gefühl, dass du da an einem Geheimprojekt arbeitest. Und ein bisschen komisch ist das schon. Ich breite mein ganzes verdammtes Leben vor dir aus, jedes beschissene Detail, und du …«

»Das ist etwas anderes«, unterbrach ich ihn.

»Nein, ist es nicht. Steh zu deinen Worten. Zu deinem Buch und zu dem, was es aussagt. Zu dem, wie du die Liebe siehst. Und dann halte es aus, was andere sagen. Sonst wird das nichts.« Er rieb sich jetzt mit der freien Hand die Stirn. »Wie irre ist es bitte, dass ich mich darüber aufrege?«, fragte er in den stillen Raum hinein. »Es geht mich nichts an. Das ist es doch, was hier klar wird. Du hast dein Leben …« – er deutete auf mich und dann auf sich –, »… und ich habe meins.«

»Ben. Das ist doch Blödsinn. Bitte«, versuchte ich ihn zu unterbrechen.

»Tut mir leid. Es geht mich nichts an. Dein Roman, dein Leben. Ich putze jetzt weiter die Küche.« Und damit drehte er sich in einer abgehackten Bewegung um und tat genau das. Die Küche putzen.

Und ich? Ich stand belämmert herum und sah ihm dabei zu. Nach einer Weile kehrte ich schweigend zur Eingangstreppe zurück und hockte mich dort wieder hin. Die Sonne war gewandert und schickte mir ihre goldenen Strahlen jetzt durch den wilden Wein, der sich an der Hauswand emporrankte. Helmut lag immer noch auf den Stufen und betrachtete mich sorgenvoll, als ich mich neben ihn setzte.

»Alles Scheiße«, setzte ich ihn in Kenntnis und vergrub meine Hände in seinem dichten Pelz. *Steh zu dem, wie du die Liebe siehst.* Bens Worte hallten in mir nach. Wie sah ich die Liebe denn?

Ich schluckte trocken. Nun. Wohl genau so, wie ich es in den letzten zehn Kapiteln geschrieben hatte.

Ich hörte ihn durch den Flur poltern. Er lief die Treppe rauf und wieder runter. Oben hörte ich die Waschmaschine anlaufen. Hinter mir fing er an, unsere Schuhe zu sortieren und aufzureihen. Ben schaffte Ordnung. Vielleicht um Ordnung in seine Gedanken zu bekommen. Vielleicht aber auch einfach nur für uns. Ich blieb erst mal einfach so sitzen. Und irgendwann, Ben hatte noch eine weitere Runde durch das Haus gedreht, tauchte er hinter mir auf und zwängte sich in die Lücke zwischen Helmut und mir.

»Ich wäre jetzt bereit, eine Runde Uno zu spielen«, verkündete er trocken und hielt mir eine frische Tasse Kaffee entgegen. Und die Karten auch gleich noch.

»Tut mir leid«, sagte ich leise. »Es ist alles ganz anders, als du denkst.«

»Mir tut es auch leid«, erwiderte er. Und wenigstens für den Moment schien das Unheil abgewendet zu sein. Alles war wieder wie immer, aber mich beschlich langsam das Gefühl, dass es nicht so bleiben würde.

Kapitel 23

Ich stand in Millies Küche und hielt mich an einer Kartoffelpresse fest. Heute war der zweite Kochkurs, und meine Aufgabe war es, Herzoginkartoffeln zu machen. Millie kümmerte sich um das Gemüse, wobei sie mir nebenbei jeden Handgriff erklärte, Heike briet einen Rehrücken an, dass es dampfte und zischte, und Esat erklärte mir gleichzeitig, wie man ein Himbeer-Sahne-Dessert herstellte. Ich war hoffnungslos reizüberflutet.

»Du musst den Kartoffelteig mit der Spritztüte auf das Blech spritzen«, erklärte Heike über den zischenden Topf hinweg. »Die müssen so aussehen wie Hundehaufen!« Fassungslos sah ich sie an. In was war ich hier bitte hineingeraten? Und das alles nur, weil ich nicht kochen konnte!

»Die müssen in den Ofen, jetzt los!«, fügte Millie ungeduldig hinzu, und Marga, die es sich mit einer Zeitung im Sessel neben dem Esstisch bequem gemacht hatte, fing an zu lachen. »Wie eine Horde aufgescheuchter Hühner!«, rief sie.

Esat drehte sich zu ihr um. »Danke, Marga.«

»Du nicht, du bist der Hahn.« Marga lächelte ihn liebreizend an, und Esat lächelte zurück. Aber so richtig überzeugend war das nicht. Er wirkte schon seit ein paar Tagen ein wenig traurig, und ich vermutete, dass es mit seinem Studium zu tun hatte.

Fredo kam in die Küche gestiefelt. »Und was bin ich dann?«

»Der Obergockel«, ließ Marga vernehmen und hob wieder die Zeitung vor die Nase.

Fredo war neben mir stehen geblieben und griff sich das Spritzdings von der Küchentheke. »Ich zeige es dir.« Dann befüllte er das Teil geschickt mit dem Kartoffelteig, zwirbelte das Ende zusammen und spritzte eine perfekt geformte Herzoginkartoffel auf das Blech. »So macht man das.« Ich seufzte, nahm ihm die Spritztüte ab und versuchte mein Glück. Meine Herzoginkartoffel sah aus, als wäre ihr schlecht. Sie neigte sich nach links und drohte das Gleichgewicht zu verlieren.

»Fast gut«, sagte Fredo zu meinem Erstaunen, und ich versuchte es erneut. Der nächste Kartoffelhaufen war auch nicht schön, drohte aber zumindest nicht mehr umzufallen.

»So lernt man das. Man muss es probieren«, erklärte Fredo mir ernst, und ich nickte ihm zu.

»Danke«, sagte ich.

Er tätschelte mir die Schulter. »Gut!« Erstaunt sah ich von meinem Hundehaufen aka Herzoginkartoffel auf, aber Fredo marschierte schon wieder aus der Küche. Dabei hätte ich ihn gerne gefragt, was genau er damit gemeint hatte. Waren wir auf dem Weg der Dorfintegration? Mochte er uns vielleicht sogar ein wenig? Esat hatte die Szene verfolgt und stellte seine Rührschüssel jetzt neben das Backblech.

»Man denkt, er sei ein böser, schroffer Kerl. Ist er aber gar nicht. Kann er gar nicht sein, sonst würde Millie ihn nicht so sehr lieben«, flüsterte er mir zu, und ich grinste.

»Den netten und umgänglichen Anteil seiner Persönlichkeit lässt er aber nicht so oft raus, oder?«, fragte ich und machte mich an die nächste Kartoffel. Esat dachte einen Moment lang nach. »Nein. Er gibt nicht viel aufs Nettsein. Aber wen er mal in sein Herz geschlossen hat, der kann auf ihn zählen. Er kam gestern zu mir und wollte mir allen Ernstes Geld von seinem Ersparten überweisen.« Ich blickte auf. Esat sah ernsthaft mitgenommen aus, weswegen ich die Spritztüte beiseitelegte. »Vielleicht versteht er, dass dieses Studium ein Traum von dir ist.«

Esat senkte kurz den Blick. »Ich kann nicht einfach noch mehr Geld annehmen. Ich weiß gar nicht, wie ich es zurückzahlen soll. Die beiden haben schon so viel für mich getan. Ich hatte vorher in Hamburg Probleme, Anschluss zu finden. Hier war es so einfach, dabei haben mich alle gewarnt und gesagt, die Menschen seien auf dem Land zum Teil gegen Ausländer. Das hat man in Hamburg gesagt, dabei habe ich es hier so nicht erlebt.«

»Die Menschen hier mögen dich. Ich übrigens auch. Vielleicht ist es für Fredo tatsächlich ganz selbstverständlich, dir Geld zu geben. Vielleicht musst du dir nicht so viele Gedanken machen«, sagte ich, wohl wissend, dass ich gut reden hatte. Esat wollte etwas erwidern, doch da kam Millie mit wehender Kittelschürze angeprescht und begutachtete die Herzoginkartoffeln.

»So wird das nichts«, erklärte sie, nahm mir die Spritztüte aus der Hand und setzte in wenigen Sekunden fast zwanzig perfekt geformte Kartoffelgebilde auf das Backblech.

»Ihr zwei quatscht zu viel und passt nicht gut auf«, sagte sie streng, und wir nickten ergeben. Dieser Kochkurs war kein Spaß, so viel stand mal fest. Aber Esat konnte ja auch schon kochen.

Zum Essen kam dann auch Ben rüber. Und Holger bog, kurz nachdem wir uns am Tisch niedergelassen hatten, mit seinem grünen Trecker auf den Hof und gesellte sich ebenfalls zu uns.

Es war köstlich. Schlicht und ergreifend phänomenal. Kein Vergleich zu den Avocado-Nudeln, die es bei uns so oft gab. Oder dem Rührei. Oder dem Müsli. Das hier war wirklich eine ganz andere Nummer. Und ich hatte die Herzoginkartoffeln gemacht. Also zwei davon. Die hässlichen.

Zwei Stunden später hatten wir alles aufgegessen, den Tisch abgeräumt und die Küche geputzt. Die Kochgang war sich mittlerweile einig, dass ich eine hart zu knackende Nuss war. Mit Entsetzen hatte man zur Kenntnis genommen, dass ich ohne Rezept und mehrtägige Vorbereitung noch nicht mal einen einfachen Rühr-

kuchen zubereiten konnte. Einfachen Rührkuchen konnten hingegen alle der Anwesenden nachts um drei im Dunkeln und ohne
Waage backen. Weswegen das nächste Mal »Backen« auf dem Pro-
gramm stand.

Ben und ich verabschiedeten uns schließlich und liefen zurück
auf den Hof.

»Was machst du jetzt?«, fragte er, als er die Haustür aufschob.

»Schreiben«, erklärte ich düster und sah auf die Uhr. Es war
erst halb vier. Ich würde die Handbremse lösen müssen. Und dann
den Mut finden, meinen Text dem Verlag zu zeigen.

Zweifelnd betrachtete Ben mich. Er sah für einen Moment so
aus, als wollte er etwas sagen, verkniff es sich dann aber. »Ich habe
gleich das erste Telefonat mit meinem eventuell zukünftigen Therapeuten«, sagte er.

»Echt jetzt?« Ich war gerade dabei, mir die Schuhe von den
Füßen zu streifen, und hielt inne.

»Ja«, erwiderte er, und ein unsicheres Lächeln machte sich in
seinem Gesicht breit.

»Das geht? Per Telefon?«

Er nickte. »Das geht. Und das mache ich jetzt.«

»Finde ich grandios!«, sagte ich schnell.

Ben legte seinen Schlüsselbund auf meinen ehemaligen Arbeitstisch, der jetzt mit unserem Teller der Schätze und einem
Blumenstrauß geschmückt in der Diele stand. »Martin hat ihn mir
besorgt. Therapeuten sind mindestens so rar wie Hausärzte. Es
gibt hier auch weit und breit keinen einzigen Psychotherapeuten.
Die nächsten Angehörigen dieser Zunft sind in Husum, aber dort
bekommt man bis zur nächsten Eiszeit keinen Termin. Weswegen
der, mit dem ich jetzt arbeite, in Hamburg sitzt. Ich habe letzte
Woche schon mal mit ihm telefoniert, und wir haben uns gegenseitig für kompatibel befunden. Heute ist das erste …« Er räusperte
sich. »Therapiegespräch«, vollendete er dann seinen Satz.

»Ich bin stolz auf dich«, sagte ich und grinste Ben an, der mich aber nur mit gerunzelter Stirn betrachtete. Offenbar war er gedanklich schon bei dem gleich anstehenden Gespräch.

Ich verzog mich mit Kaffee und Laptop in den Obstgarten. Erst übersetzte ich zwei Seiten, dann wagte ich es endlich, Herrn Rogos eine Mail zu schreiben. Ich schrieb ihm, wie sehr das Buch sich verändert hatte und warum ich es genau so schreiben musste: So sah ich die Liebe. Und ich drückte meine tiefe Hoffnung aus, dass die Geschichte trotzdem noch für den Verlag interessant war.

Als ich fertig war, schickte ich die Mail ab, ohne sie noch einmal durchzulesen, murmelte »Scheiße«, und rieb mir erschöpft das Gesicht. Auf einmal wurde ich von einem Vogel angegriffen. Er pickte mir energisch in die Schulter und flatterte dann schnell wieder in die Krone des Apfelbaums. Von dort blickte er auf mich hinab und schimpfte.

»Äh, was?« Ich starrte nach oben. Der Vogel starrte zurück. Er war rund und dunkelbraun und hatte eine rote Schwanzfeder, die aufgeregt zuckte.

»Bist du irre?«, erkundigte ich mich besorgt. »Können Vögel Tollwut haben? Das hättest du dann nämlich ganz bestimmt.«

Der Vogel schrie mich an und flog die nächste Attacke. Hektisch sprang ich auf und rettete mich zu dem kleinen Birnenbaum, während er jetzt auf dem Rand meines Laptops saß und mich abschätzig betrachtete.

»Kack nicht auf meine Tastatur! Was habe ich dir überhaupt getan?«, fragte ich, traute mich aber keinen Millimeter näher heran. Da hatte jemand mal wirklich Energie. Geradezu Furcht einflößend. Dann flatterte das wild gewordene Vogeltier an mir vorbei, und ich duckte mich. Es landete drei Bäume weiter, und endlich verstand ich, was hier los war. Direkt unter dem Apfelbaum, wo ich nun schon seit Wochen mein Lager aufgeschlagen hatte, lag ein dicker, abgebrochener Stamm im hohen Gras. Vermutlich hatte einer der vergangenen Herbststürme ihn dorthin befördert. Und auf dem langsam vermodernden Holz hockte ein klitzekleiner, kugelrunder Babyvogel. Er gab ein leises Piepen von sich, woraufhin der hysterische Muttervogel losschoss, um wieder eine Attacke in meine Richtung zu fliegen. Erneut duckte ich mich, blieb aber, wo ich war. Ob der kleine Vogel aus dem Nest gefallen war? Suchend blickte ich in die Baumkrone, konnte aber nichts entdecken. Was tat ich denn jetzt bitte? Brauchte diese Vogelfamilie Hilfe? Zögerlich machte ich einen Schritt in Richtung des kugelrunden Vogelkindes, da flog es plötzlich nahezu senkrecht nach oben. Die Mutter kreischte wie von Sinnen, und das Federbällchen landete sicher im Apfelbaum.

»Mensch!«, rief ich. »Was für ein Aufriss! Er kann doch schon fliegen! Wirklich …« Ich atmete tief durch, kehrte zum Tisch zurück, schnappte mir meine Tasse und den Laptop und verzog mich wieder auf die Haustreppe. Hier war ich zumindest vor verrückten Vogelmüttern sicher und konnte weiter mein Manuskript anstarren. Hier hatte ich allerdings auch wieder WLAN, was dazu führte, dass ich Mails bekam – eine, die mir neue Lagerregale anpries, eine, in der mir umwerfender Sex versprochen wurde und … eine von meinem Lektor. Ich schluckte, und sekundenlang kreiste mein Zeigefinger über den Trackpad. Aber dann öffnete ich sie doch. Mit angehaltenem Atem überflog ich sie. Die Mail war höflich, aber deutlich. Ein Begeisterungssturm klang anders. Jetzt las ich sie noch einmal langsam, und mein Herz schlug mir dabei bis unter die Schädeldecke. Rogos war interessiert, aber er sprach auch ganz klar seine Bedenken aus, ob der Roman jetzt überhaupt noch ins Portfolio und somit in sein Genre passte. Deshalb bat er mich, ihm das, was ich bisher geschrieben hatte, zu schicken, um es besser einschätzen zu können.

Ich rieb mir den Kopf. Und dann tauchte Ben auf und blieb hinter mir im Türrahmen stehen.

»Wir sind wie ein kleines Kammerspiel. Unser Leben bewegt sich nur zwischen Bett, Küche und Haustreppe. Ist dir das schon mal aufgefallen?«

»Nein«, sagte ich und drehte mich zu ihm um. »Ich war auch schon im Obstgarten, da hat mich aber eine Helikopter-Vogelmutter vertrieben.«

»Hm«, brummte Ben. Dann beugte er sich in einer plötzlichen Bewegung zu mir runter, fuhr mir mit den Händen über die Haare und richtete sich wieder auf. Ich war wie erstarrt und sah ihn an.

»Du hattest die Kontrolle über deine Frisur verloren«, erklärte er trocken und hockte sich neben mich.

»Der Verlag möchte die ersten Kapitel haben«, sagte ich tonlos.

»Das erscheint mir sinnvoll zu sein«, sagte Ben.

»Aber jetzt ist die Geschichte so anders. Das hat nichts mehr mit dem zu tun, was ich ihm damals verkauft habe.« Die plötzliche Panik ließ meine Stimme ganz dünn werden.

»Sei mutig und schick's ihm einfach. Gibt eh keine Alternative«, sagte Ben trocken. »Ich bleibe hier bei dir sitzen. Du schaffst das.« Ich schüttelte den Kopf. »Doch, Lucy. Das ist dein Buch. Das ist, was du schreiben kannst. Wenn er es dann nicht mehr will, wird sich etwas anderes finden.«

Mit zitternden Fingern tippte ich eine Mail, hängte das Manuskript an und schickte es weg.

»Und wie war es bei dir?«, fragte ich dann.

»Das Telefonat war gut«, sagte er. »Ich … denke, dass mir das helfen wird. Es wird dauern. Alles braucht halt seine Zeit.«

Ich lag im Bett, und mir war warm. Das Haus hatte beschlossen, die brütende Hitze des Tages endlich auch durch die dicken Lehmwände des Fachwerks zu lassen, und nun waren es im Schlafzimmer mindestens dreißig Grad. Helmut hatte sich auf dem Boden der Länge nach ausgestreckt. Ich drehte mich zum meinem Laptop, der aufgeklappt auf dem Nachttisch stand, und checkte zum zehnten Mal meinen Mailaccount. Aber Rogos hatte natürlich noch nicht zurückgeschrieben.

Irgendwann schaltete ich die kleine Nachttischlampe aus und lauschte Helmuts sanftem Schnarchen. Und nachdem ich mich siebenmal hin und her gewälzt hatte, schlief ich schließlich ein.

Der Mond warf sein fahles Licht ins Zimmer und brachte die Enten auf meinem Laken auf sonderbare Weise zum Tanzen. Das Haus knarrte. Es klang müde, so als würde es nach dem heißen Tag auch keine Ruhe finden. Ich drehte mich zur Seite, und da lag Tausendschön, auf dem Kopfkissen neben mir zusammengerollt, wie Füchse das zu tun pflegten.

»Ist dir so nicht zu warm? So eingerollt wie eine Wurst?«, fragte ich sie und drückte mein Gesicht fester in mein eigenes Kissen.

»Nein. Ist prima«, antwortete die Füchsin, ohne jedoch den Kopf zu heben oder auch nur das Maul zu bewegen. Was ja klar war. Füchse konnten nicht sprechen. »Ich dachte, wir sollten uns mal unterhalten«, sagte sie, nachdem wir eine ganze Weile schweigend dagelegen hatten.

»Ja, bitte. Das ist mir recht«, erklärte ich. »Du musst mir da auch noch was erklären. Kommst du, um Glück zu bringen? Oder zeigst du dich nur Menschen, die glücklich sind?«

Sie schien einen Moment lang nachzudenken. »Macht beides keinen Sinn, merkst du selbst, oder?«

»Aber Dorle und Millie …«, setzte ich an, doch die Füchsin lachte nur.

»Die Menschen machen sich immer alles passend. Dorle hat sich eingebildet, dass sie immer gerade besonders glücklich war, wenn ich sie besucht habe. Und Millie ist so furchtbar abergläubisch.«

»Ah«, sagte ich matt. »Ich dachte, das wäre so eine nette, kleine magische Geschichte. Wie ein Märchen.«

»Lucy, kommen wir zum Punkt. Du bist feige.«

Ich schwieg, erschüttert über diese harten Worte.

»Liebe ist nicht wie ein Knall. Sie schleicht sich an, auf Zehenspitzen, und wenn man nicht drauf achtet, überfällt sie einen von hinten.« Sie klang, als wüsste sie, wovon sie sprach. Also ich zumindest wusste das sehr genau.

»Du kannst natürlich einfach so weitermachen, aber du wirst merken: Dieses Gefühl geht nicht von alleine weg. Das ist kein grippaler Infekt. Das ist Liebe«, erklärte sie mir ernst, und ich war erstaunt, was für schwierige Worte sie kannte. Immerhin war sie ein Fuchs. »Bringt auch nichts, ihm dein Buch nicht zu zeigen. Das ist, nimm es mir nicht übel, total albern.«

Ich räusperte mich. »Ben bringt mein Herz dazu, schneller zu schlagen. Wenn er lacht, möchte ich auch lachen. Ich kannte das bisher nicht. Ich wusste nichts darüber. Ich habe Liebesfilme gesehen und Liebesromane gelesen, aber ich habe es nicht verstanden. Nicht gefühlt. Denn das hier ist ganz anders.«

»Dann sag es ihm.«

Ich lachte auf. »Damit mache ich alles kaputt.«

Die Füchsin erhob sich. »Das denkst du nur. Aber ist es wirklich so? Mag platt klingen, aber man muss immer auf sein Herz hören.«

Mit diesen Worten sprang sie vom Bett und schwebte aus dem Fenster.

»Platt? Ich würde sagen, das klingt wie ein bescheuerter Kalenderspruch«, rief ich ihr hinterher. Und dann wachte ich auf.

Ich hatte einen furchtbar trockenen Mund, und meine Augen brannten. Verwirrt setzte ich mich auf. Der Mond schien nicht durchs Fenster. Es war bewölkt. Ein wenig benommen setzte ich mich an den Rand des Bettes und sah hinaus. Dann rieb ich mir das Gesicht. Was war das denn bitte für ein irrer Traum gewesen? Ich schluckte, und mein Hals schmerzte. Ich brauchte ein Glas Wasser. Oder einen Tee. Ja, Tee. Ich brauchte unbedingt einen Tee. Ich hievte mich hoch und wankte die Treppe ins Erdgeschoss hinunter. Leise Stimmen waren aus der Küche zu hören.

»Hallo?«, krächzte ich, verstummte aber sofort wieder, denn die Halsschmerzen waren wirklich furchtbar. Als ich die Tür aufschob, entdeckte ich Helmut und Ben, die auf dem Sofa saßen und *Die drei ???* hörten.

Sie sahen auch nicht viel besser aus, als ich mich fühlte. »Ich glaube, ich werde krank. Und ich habe ganz komische Dinge geträumt«, verkündete ich.

»Komm zu uns«, sagte Ben und klopfte neben sich auf das Sofa. Ich ging hinüber und ließ mich neben die beiden plumpsen. »Was hast du geträumt?«, fragte er und legte mir die dicke Decke über die Knie. Mittlerweile war mir wirklich kalt.

»Kann ich nicht drüber sprechen«, sagte ich.

»Unanständige Träume?«, erkundigte Ben sich mit einem Grinsen. Ich schüttelte den Kopf und spürte, wie mir die Tränen kamen.

»Lucy. Hattest du einen Albtraum?« Wieder schüttelte ich den Kopf. »Dann lass uns mal den Halsschmerzen auf die Schliche kommen. Darf ich dir in den Mund gucken?«

Ich nickte und öffnete artig den Mund, während Ben die Taschenlampe an seinem Handy aktivierte. Damit leuchtete er mir in den Rachen, und es war mir nur ein bisschen peinlich, weil das Zähneputzen ja schon ein wenig länger her war.

»Darf ich mal nach dem Lymphknoten tasten?«

Wieder nickte ich, und jetzt berührte Ben ganz sanft die zarte Haut an meinem Hals. Suchend tasteten seine Fingerspitzen sich vor, während er die Augen geschlossen und den Kopf leicht geneigt hatte. Ich wollte ihn küssen. Jetzt. Stattdessen schluckte ich die Tränen hinunter.

»Ich vermute, du hast ein wenig geschnarcht. Das kann die Schleimhäute schon mal austrocknen, und dann hat man Halsschmerzen.«

Energisch schüttelte ich den Kopf. »Ich schnarche nie.«

»Dann ist ja gut. Aber ich glaube nicht, dass es ein Infekt ist. Dein Hals sieht ganz normal aus, und deine Lymphknoten sind nicht zu ertasten.«

»Es ist bestimmt ein grippaler Infekt«, beharrte ich. Der würde nämlich vorbeigehen. So war das im Leben. Infekte gingen vorbei, die Liebe nicht so einfach.

Ben lachte. Es war dieses tiefe, rollende Lachen, das jedes Mal ein Kribbeln in meinem Bauch auslöste. »Okay. Dann ist die beste Medizin, jetzt mit uns *Drei ???* zu hören. Auf ärztliche Anordnung.«

Ich nickte stumm, dabei hätte ich ihm so gerne von Tausendschöns Besuch erzählt. Und dass ich auf mein Herz hören sollte. Und dass ich mich das einfach nicht traute. Doch dann legte Ben mir den Arm um die Schulter, und ohne weiter nachzudenken, lehnte ich mich an ihn und schloss die Augen.

Kapitel 24

Der Sommer hatte uns fest im Griff. Es war heiß und trocken und brachte die Ordnung in der Norddeutschen Tiefebene gehörig durcheinander. Man war hier grundsätzlich eher auf Wasser eingestellt. Wasser von oben und von unten. Fehlendes Wasser war schlecht für den Garten, die Landwirtschaft, die Ernte und die Menschen. Dr. König hatte sich beim abendlichen Gartenwässern den Knöchel gebrochen, und so war Ben in der Praxis eingesprungen. Sehr viel früher als erwartet.

Wenige Tage später kam endlich die ersehnte Mail von Kai Rogos. Bis zu diesem Zeitpunkt hatte ich kein Wort geschrieben, aber nahezu stündlich nachgesehen, ob er endlich geantwortet hatte. Als seine Mail dann endlich da war, konnte ich sie mehrere Minuten lang nur anstarren, ohne in der Lage zu sein, sie auch zu öffnen. Dazu musste ich mir mit Kaffee Mut antrinken. Und dann endlich las ich, was mein Lektor über mein Buch dachte. Woraufhin ich mir vor Schreck den Kaffee über die Hose kippte.

Er mochte den Text. Sehr sogar. Obwohl er jetzt wirklich nicht mehr in das Liebesromanprogramm passte. Aber er wollte mit seinen Kollegen besprechen, wie man nun verfahren wolle. Um fünf wollte er mit mir telefonieren. Und er schloss seine Mail mit der Frage, ob ich denn vielleicht auch ein paar Tage früher abgeben könnte? Er hätte da eine Idee. Woraufhin ich die Tasse auf den Tisch knallte, einen riesigen Kaffeefleck auf der Tischdecke verursachte, aufstand und viermal durch die Küche rannte, weil ich jedes Mal vergaß, was ich eigentlich suchte. Ich war außer mir. Dann stellte ich fest, dass es bereits halb drei war, ließ den Kaffeefleck Kaffeefleck sein und eilte auf den Hof, um des Weiteren festzustellen, dass der Golf nicht da war. Der war nämlich mit Ben zusammen in der Praxis.

»Himmel, Arsch und Zwirn«, knurrte ich und rannte weiter auf die Bredenhofer Hauptstraße. Hier kam gerade Holger mit seinem Trecker längs, und ich winkte ihm energisch. Er hielt an, was das riesige landwirtschaftliche Gerät in seinem Schlepptau ordentlich rumoren ließ, und öffnete die Treckertür.

»Kannst du mich nach Tatenbühl zur Hausarztpraxis fahren?«, brüllte ich zum Führerhaus hoch. Holger nickte.

»Bist du krank?«, brüllte er zurück, während ich flink nach oben kletterte, um neben ihm Platz zu nehmen. Es war überraschend kühl in der Fahrerkabine. Holgers Trecker hatte doch tatsächlich eine Klimaanlage.

»Nein«, erklärte ich. »Tschuldigung. Der Besuch in der Praxis ist rein privater Natur. Nimmst du mich trotzdem mit?« Holger lachte. Dann nickte er und fuhr los, um mich keine zehn Minuten später vor der Praxis abzusetzen. In dieser Zeit hatte ich mit meiner Mutter und Henriette geschrieben. Beide hatten auf meine leicht hysterischen Nachrichten gemeint, ich solle mich entspannen und einfach hören, was mein Lektor von mir wolle.

»Na, ihr haltet mich wohl für ein leicht grenzdebiles Huhn«, brummte ich, als ich ihre Nachrichten las, und stürmte in die Praxis. Wo mich der schrille Traum in Pink begrüßte. »Ist gerade schlecht, Frau Doktor. Heute ist viel los!«, rief sie mir entgegen, während sie mit Versichertenkarten, Rezepten und dem Telefonhörer jonglierte. Das sah ich selbst.

»Ist die Hitze!« Susi Großmeister dirigierte gleich zwei Patienten mit energischen Bewegungen in Richtung Wartezimmer. Auf der Theke, hinter der Theke und neben dem Eingang liefen zahlreiche Ventilatoren auf Hochtouren.

Und dann tauchte plötzlich Ben auf. In einem weißen Polo-shirt, grauer Jeans und allen Ernstes braunen Birkenstocks an den Füßen. Inmitten des ganzen Chaos betrat er den Flur und sah sich suchend um. Bis er mich erblickte. Ich erwartete, dass er mir ebenfalls entgegenbrüllen würde, es wäre zu viel los für ein privates Gespräch, doch er lächelte mich an.

»Hab dich gehört. Bist du okay?« Er bahnte sich seinen Weg durch die Wartenden, die sich vor ihm teilten, als wäre er eine Respekt einflößende Hornisse, der man lieber Platz machte.

»Ja«, sagte ich schnell. »Ich wollte dir nur erzählen, dass ich heute um fünf mit meinem Lektor telefoniere. Er hat eine Idee. Und er will das Buch früher haben.«

Ben blieb auf der anderen Seite des Flurs stehen und grinste. »Ich dachte schon, es wäre der grippale Infekt, der dich hergetrieben hat. Aber das ist ja großartig! Was genau heißt, er will das Buch früher haben?«

Ich zuckte die Schultern. Mittlerweile war es um uns herum still geworden, und alle Blicke klebten an Ben und mir.

»Weiß ich nicht genau. Früher halt«, sagte ich, weil sich mir sofort die Frage stellte, was ich hier eigentlich tat. Ich hätte die Zeit nutzen können, um mich vorzubereiten. Stattdessen war ich durch die brütende Hitze gefahren, nur um Ben von meinen Neuigkeiten zu berichten. Ich hätte ihm auch eine Nachricht schreiben können. Dann wären wir auch nicht so aufgefallen, und ich hätte ihn nicht von der Arbeit abgehalten.

»Bin wieder weg!«, rief ich, und Ben warf mir etwas zu, das ich reflexhaft auffing. Es war der Schlüssel für den Golf. Er konnte gut kombinieren, der Herr Doktor.

Kaum wieder zu Hause, schämte ich mich noch ein wenig, dann setzte ich mich hin und bewachte mein Telefon. Zwischendurch hoffte ich noch auf Kuchen von Millie, doch die hatte offenbar an einem solch heißen Tag Besseres zu tun, als den Ofen anzuheizen. Also klaute ich aus unserer gut bestückten Speisekammer ein paar Kekse und bewachte weiter mein Handy. Das pünktlich um fünf klingelte.

»Wie schön, dass Sie Zeit für mich haben!«, rief Kai Rogos. Ich sagte nichts, denn ich war so aufgeregt, dass mir das Herz fast aus dem Kopf hüpfen wollte.

»Also, ist ja spannend, wie sich die Geschichte entwickelt hat. Eigentlich hätten wir den ganzen Vertrag rückabwickeln müssen, das muss ich leider so deutlich sagen. Wir haben einen Liebesroman gekauft und eine dystopische Endzeitstory bekommen. Aber die ist bis jetzt dramaturgisch stringent und dicht gewebt. Ich konnte gar nicht aufhören zu lesen.«

»Ja«, sagte ich. »Danke«, schob ich dann noch hinterher, damit er mich nicht für stieselig hielt. Aber mir raste das Herz derartig, dass ich kurz das Gefühl hatte, in Ohnmacht zu fallen.

»Wissen Sie, was mir besonders gut gefallen hat? Sie verharren nicht in Klischees und finden die Liebe und das Schöne im Kleinen. Außerdem gefällt mir, dass ihre Figuren die Liebe erst allmählich entdecken. Slow Burn sozusagen.« Er lachte herzhaft. »Ich mag ihre männliche Hauptfigur Luca. Der ist nicht so ein hirnloser Macho, das gefällt mir auch sehr. Ich würde gerne mal ein Bier mit ihm trinken gehen. Das Hauptaugenmerk liegt ja trotz des speziellen Settings ganz klar auf der Liebesgeschichte. Und die finde ich gut aufgebaut. Besonders. Langsam. Es ist ganz zauberhaft zu spüren, wie ihre Hauptfigur erkennt, dass sie ihren Love Interest liebt.«

Ich schluckte trocken. »Manchmal ist das so«, sagte ich dann atemlos.

»Ja, die meisten starten mit einem Knall. So einen langsamen Einstieg in die Liebesgeschichte, ohne dass der Faden abreißt, ist schon hervorragend gemacht. Also, ich kann Ihnen Folgendes anbieten: Uns ist zum Weihnachtsgeschäft eine Übersetzung weggebrochen, da ist also ein Programmplatz frei geworden. Für genau so einen Roman wie Ihren. Wir bräuchten dann allerdings in vier Wochen das fertige Buch. Bekommen Sie das hin?«

NEIN! »Ja«, brachte ich heraus.

Noch ein paar kurze Absprachen, und dann war das Gespräch auch schon wieder vorbei. Ich blieb noch eine Weile am Tisch sitzen und starrte an die Wand. Oder aus dem Fenster. Zumindest regte ich mich nicht. Das hätte zu viel Energie gefordert.

Ich blieb sogar so lange sitzen, bis ein gigantischer grüner Trecker schnaubend vor unserem Hoftor hielt und Ben hinausließ. Offenbar hatte der Landwirt ihn mitgenommen.

Ich hörte Ben die Stufen zum Haus hochtraben und die nie abgeschlossene Haustür öffnen. Helmut, der bei dieser Hitze sonst nur flach ausgestreckt auf dem Holzboden lag, sprang auf und eilte in den Flur, wobei er juchzende Laute von sich gab.

»Hallo Helmut«, begrüßte Ben den Hund, und dann rumpelte es ein wenig im Flur. Ben und Helmut hatten mittlerweile ihr ganz eigenes Begrüßungsritual, in dem ein Ball und ein Zerrseil vorkamen. Als sie sich fertig begrüßt hatten, kam Ben um die Ecke. Er sah verschwitzt und zerzaust aus, aber keinesfalls unglücklich.

»Und? Telefoniert?«, fragte er und lief zum Kühlschrank, um sich eine kalte Cola herauszunehmen. Er öffnete den Deckel, exte die Zuckerbrause fast in einem Zug und drehte sich dann erwartungsvoll zu mir um.

»Jep«, erklärte ich. »Das Buch erscheint noch vor Weihnachten. Es bekommt einen besonderen Programmplatz, weil ein anderes Buch ausgefallen ist. Ich muss in vier Wochen fertig sein.«

Ben stieß sich vom Küchentresen ab, kam zu mir und schien für einen Moment zu überlegen, ob er mich in den Arm nehmen sollte. Dann winkte er ab und setzte sich stattdessen neben mich. »Ich stinke vermutlich wie ein Puma.«

Ich lächelte ihn an. So gut es ging. Nein, das würde ich nicht schaffen. Vier Wochen. Es fehlten noch mindestens fünfzehn Kapitel. Das war nicht zu schaffen.

»Das war ja der Hammer in der Praxis«, versuchte ich mich abzulenken.

»Och, ging. Aber wie läuft das jetzt ab? Schickst du ihm jeweils, was du geschrieben hast?«

»Also ehrlich, bei euch war der Wahnsinn los.« Ablenkung um jeden Preis war hier das Motto.

»Notaufnahme bei dem Wetter ist noch um einiges heftiger. Da hast du auch immer gleich schlimme Notfälle. Heute war nichts so Dramatisches dabei. Gerade die Älteren müssen ausreichend trinken und vergessen das gern. Also? Buch fertig in vier Wochen?«

Ich schüttelte den Kopf. Wortlos.

»Setz dich hin. Jetzt. Und fang an. Ich mache dir eine Limonade. Und zum Abendessen gibt es belegte Brote. Los! Hopp Hopp!«, rief er, aber ich regte mich nicht.

»Lucy? Alles okay?« Er beugte sich ein wenig nach vorne und versuchte, mir in die Augen zu sehen.

»Ich krieg meine Tage. Und einen grippalen Infekt. Und sowieso«, sagte ich, um irgendwas zu sagen.

Ich spürte, wie Ben mich musterte.

»Fang jetzt an«, sagte er dann streng und schob mir den aufgeklappten Laptop vor die Nase.

»Kann nicht.«

»Doch. Du guckst jetzt in dein Exposé und schaust, was als Nächstes geschrieben werden muss. Und dann schreibst du es. Ein Kapitel nach dem anderen.« Das Haus gab ein zustimmendes Knarren von sich, und Ben hob den Kopf. »Siehst du, das Haus findet das auch.«

Ich nickte und lächelte schwach. Wir kannten unser Haus mittlerweile ganz gut.

Ich legte die Finger auf die Tastatur, blickte aber noch mal auf. »Hast du …«, setzte ich an, doch Ben schüttelte den Kopf.

»Du versuchst abzulenken. Aber, nein. Habe ich nicht.« Er dachte einen Moment nach. »Es war nicht chaotisch. Es war nur viel los. Nichts, was mich überfordert hätte. Ich kenne die Handgriffe, die Fragen. Und Martin ist ein guter Chef. Er humpelt alle fünf Minuten auf Krücken ins Sprechzimmer und fragt, wie es mir geht. Aber es geht mir gut, und mittlerweile merke ich rechtzeitig, wenn mein Puls hochgeht.«

Er schwieg. Ich wartete.

»Ich bekomme das hin.« Ernst sah er mich an. »Und du auch!«

Dann sprang er auf, und nun hatte ich keine Ausrede mehr. Mit einem vorsichtigen Tippen auf die Datei rief ich das Exposé auf und begann zu lesen, was jetzt passieren sollte. Ich überlegte erst zaghaft, dann mutiger, und auf einmal fing der Film in meinem Kopf an zu laufen. Und ich schrieb.

Ich schrieb auch weiter, als Ben leise eine Karaffe mit selbst gemachter Limonade und einen Teller mit belegten Broten auf den Tisch stellte. »Ich bin im Obstgarten«, flüsterte er. »Komm vorbei, wenn du eine Pause brauchst.«

Ich tippte weiter Wort um Wort und spürte das erste Mal seit sehr langer Zeit wieder eine Leichtigkeit beim Schreiben. Wie am Anfang, als ich das erste Kapitel in wenigen Stunden geschrieben hatte, bebend vor Freude über diese neue Welt, die sich mir eröffnete.

Ich schrieb zwei ganze Kapitel. Fast dreißig Seiten. Einiges war nur roher Text, Worte, die mehr wie Regieanweisungen klangen, das würde ich im zweiten Durchgang verfeinern und anpassen, aber es ging voran.

Um kurz vor Mitternacht hob ich die Finger von den Tasten und streckte mich. Ich sicherte zum gefühlt hundertsten Mal meinen Text und klappte dann den Laptop zu.

Dann lief ich nach oben und sprang unter die Dusche, um die Hitze des Tages abzuwaschen, bevor ich in ein altes Hauskleid meiner Mutter schlüpfte. Es war rot und hatte gelbe Tupfen, aber es saß so herrlich locker, dass man es auch bei gefühlten einhundert Grad am Körper ertragen konnte. Als ich fertig war, raffte ich eine Decke, mein Laken und das Kopfkissen unter dem Arm zusammen und trabte damit die Treppe hinunter auf den Hof, immer dem Lichterglanz im Obstgarten entgegen. Wo mich Helmut begrüßte, als wäre ich vor zehn Jahren spurlos verschwunden und plötzlich wieder aufgetaucht. Ben lag auf einer Decke mitten auf der Wiese, alle viere von sich gestreckt, und schlief. Kurz überlegte ich, wieder umzukehren, doch dann breitete ich meine Decke dicht neben ihm aus und ließ mich ebenfalls auf die Wiese sinken.

Ich starrte in den Nachthimmel, an dem so viele Sterne standen, dass ich mich gar nicht sattsehen konnte. Sogar die Milchstraße konnte ich erkennen. Himmel und Sterne, ich hatte geschrieben! Und es war so gut gelaufen, dass ich den Rest des Buches auch schaffen würde. Vier Wochen waren mehr als sportlich, aber machbar. Das wusste ich jetzt.

Helmut streckte sich neben mir aus, sorgsam darauf bedacht, mich nicht zu berühren. Der arme Hund hatte schließlich noch einen selbstwärmenden Pelz. Und ich streckte ebenfalls Arme und Beine von mir, weil das irgendwie ein wenig Kühlung versprach.

Ben atmete tief und gleichmäßig. Es hatte etwas Beruhigendes, ihm zuzuhören. Ich atmete ebenfalls tief durch und schloss probehalber die Augen. Die Nacht war nicht so still, wie ich es erwartet hatte. Irgendwo raschelte es, und etwas knabberte in den Ästen der Obstbäume über uns, die ganz leise mit ihren Blättern rauschten. Irgendwann musste ich aber doch eingeschlafen sein, denn als ich die Augen wieder öffnete, waren die Lichter im Garten aus. Ich lag regungslos da und wusste doch im selben Moment, dass mich etwas geweckt hatte. Etwas, das nicht in eine stille Sommernacht gehörte.

Ich drehte den Kopf, aber Ben schlief noch. Unsere Hände

hatten sich ineinander verschränkt, und ich zog vorsichtig meine Finger zurück, als das, was mich geweckt hatte, wieder erscholl. Ein Ruf.

»HILFE!« Panik. Nackte Angst. Ruckartig setzte ich mich auf, und im selben Moment war auch Ben wach.

»Was war das?«, fragte er verschlafen und setzte sich neben mich.

Ich kam auf die Beine. »Ein Hilferuf«, sagte ich. »Ich weiß nicht, woher.«

Ben kam taumelnd neben mir hoch.

»HILFE!«

»Fredo«, sagte Ben und rannte los. Ich ihm hinterher. Helmut bellte und blieb uns auf den Fersen. Wir rannten über das Kopfsteinpflaster, und ich vergaß, dass ich keine Schuhe anhatte. Es tat weh, aber es spielte keine Rolle.

Fredo stand im Schein der Straßenlaterne auf der Hauptstraße. Er trug nur eine Unterhose und hielt etwas in der Hand, das er flehentlich zum Himmel reckte. Ben stoppte so abrupt, dass ich ihn fast umgerannt hätte, und drehte um. Warum auch immer. Ich rannte weiter.

»Was ist passiert?«, rief ich, und Fredo riss den Kopf hoch. Ich hatte noch nie in meinem Leben solche Angst gesehen.

»Kann nicht anrufen«, keuchte Fredo abgehackt und hielt mir zitternd Millies Handy entgegen. Es war mit einem Fingerprint gesichert. Das Festnetz der beiden war seit Wochen kaputt.

»Was ist passiert?« Ich packte ihn an den Schultern, und der große Fredo fühlte sich plötzlich so klein an zwischen meinen Händen.

»Sie stirbt«, gurgelte er.

Da tauchte Ben wieder auf, den Notfallkoffer unter dem Arm, den er in der abschließbaren Truhe im Gästezimmer verwahrt hatte, weil er morgen die Hausbesuche übernehmen sollte.

Und er telefonierte, während er rannte. Vielleicht ahnte er, was passiert war. Ich packte Fredo an seiner erstaunlich knochigen Schulter und zog ihn hinter mir her.

Das Schlafzimmer der beiden lag im Obergeschoss. In fliegender Hast lief ich hinter Ben her. Fredo folgte uns keuchend etwas langsamer.

Millie lag im Bett. Das Laken unachtsam auf dem Boden. Es roch nach Weichspüler. Und Millie atmete nicht mehr. Ihr Gesicht war von einem erschreckenden Blau.

»Wir müssen sie auf den Boden legen«, sagte Ben und hatte Millie schon an den Schultern gepackt. Ich griff ihre Füße. Millie war so schwer wie ein Betonklotz, trotzdem schafften wir es, sie auf den Boden zu legen. Ben hantierte mit fünf Dingen gleichzeitig. Er griff nach meinen Händen und legte sie auf Millies Brustkorb. »Da drücken. Ganz fest. Mit ineinander verschränkten Händen und durchgestreckten Armen. Dreißigmal. Ich muss ihr einen Zugang legen.« Er reckte sich und schlug mit dem Handrücken gegen den Lichtschalter. Die funzelige Deckenleuchte erhellte Millies lebloses Gesicht. Und ich drückte. Fest. Schnell. Ich tat ihr weh, da war ich mir sicher. Aber ihr Herz schlug nicht mehr. Also drückte ich es. Immer und immer wieder.

Ben hatte ihr einen Zugang in die Vene am Handrücken gestochen und spritzte ihr Medikamente. Sein Gesichtsausdruck zeigte absolute Konzentration. Mit einem gezielten Griff hielt er mich fest, und ich hörte auf zu drücken. Er beugte sich vor, überstreckte Millies Kopf und beatmete sie. Weit entfernt hörte ich die Sirenen. Dann das Horn der Feuerwehr. Ich blickte auf. Fredo stand im Flur. Das Gesicht jetzt ausdruckslos. Weiß, auch wie tot.

Und dann drängelte sich Heike in voller Feuerwehrmontur an ihm vorbei. »Moin. Wir haben den Defibrillator aus dem Dorfgemeinschaftshaus dabei. Notarzt ist unterwegs.« Sie wirkte ruhig. So ruhig, als hätte sie das schon tausendmal getan. Sie reichte Ben einen Kasten, und der fing gleich an, damit zu hantieren.

»Soll ich weitermachen?«, fragte ich, doch Ben schüttelte den Kopf. »Heike übernimmt.« Die schmiss sich die Jacke vom Körper und kletterte über Millie hinweg, und dann machten die beiden weiter. Beatmeten Millie und drückten ihr Herz, weil es nicht mehr von alleine schlug.

Kapitel 25

Ich ging zu Fredo. Er bebte am ganzen Körper. Die Angst in seinen Augen war mehr, als ich aushalten konnte, deswegen legte ich einen Arm um ihn, und Fredo drückte plötzlich sein Gesicht gegen meine Schulter.

Er sagte irgendetwas, das ich nicht verstand, aber es war auch nicht für mich bestimmt. Erst dachte ich, er würde beten, doch dann verstand ich ihn. »Millie ist alles für mich. Millie, ich kann ohne dich nicht leben. Du bist doch die Liebe meines Lebens.«

Ich schlang meine Arme um Fredo und hielt ihn fest. Hielt mich auch an ihm fest. Von irgendwoher hörte ich das tiefe Brummen eines Helikopters. Und dann kamen noch mehr Menschen. Eine Notärztin tauchte auf, klar erkennbar an dem silbrig glänzenden Schild auf der orangefarbenen Jacke. Alle waren ruhig. Besonnen. Ben mittendrin. Millie wurde auf eine Liege gelegt, und alle packten zu, um sie die Treppe hinunterzubringen.

»Sie fliegen sie nach Husum. Ins Herzzentrum«, sagte Heike zu mir, und ich schob Fredo in den nächstbesten Raum, um nicht im Weg zu sein. Esat tauchte plötzlich auf. Verschlafen. Angst in den Augen. Er hielt mir eine Hose entgegen, und gemeinsam bugsierten wir Fredo hinein. Schuhe fanden wir unten im Flur, und dort hing auch ein Hemd am Haken. Den bebenden Fredo zwischen uns, eilten wir über die Straße zu unserem Hof und dem Golf. Helmut saß auf der Hoftreppe und blickte uns entgegen.

»Himmel, dich habe ich ganz vergessen«, sagte ich und löste mich von Fredo, um wenigstens den Hund ins Haus zu lassen.

»Alles wird gut«, sagte ich zu ihm und drückte für eine Sekunde mein Gesicht in sein weiches Fell. Dann schnappte ich mir den Autoschlüssel und schloss den Golf auf. Esat setzte sich mit Fredo nach hinten, und ich fuhr mit quietschenden Reifen vom Hof. Überall im Ort brannten Lichter in den Häusern. Menschen standen spärlich bekleidet auf der Straße, und im Rückspiegel sah ich die grelle Beleuchtung des Rettungshubschraubers in den Himmel aufsteigen.

Um diese Zeit war kaum ein Auto auf der Straße. Die Navigation, die ich mit zittrigen Fingern in meinem Handy aktiviert hatte, lotste uns zuverlässig nach Husum, und kaum dreißig Minuten später hielt ich direkt vor dem Herzzentrum. Es brauchte ein paar Anläufe, bis wir Fredo aus dem Auto gezerrt hatten, und ich spürte, wie die Angst nach mir griff. Was, wenn wir dieses Gebäude betraten und uns jemand sagte, dass Millie gestorben war? Das war undenkbar. Unmöglich. Und trotzdem bestand diese Möglichkeit.

Mit Fredo zwischen uns eilten wir durch eine Seitentür in die Eingangshalle. Krankenhäuser schliefen nie. Hier war sogar der Empfang besetzt, und ich schob Fredo zu Esat hinüber, um uns durchzufragen. Wir streiften über Flure, die alle gleich aussahen und gleich rochen. Zweimal verliefen wir uns, bis wir vor einer verschlossenen Tür standen.

Ich klingelte, und nach schier endlosen Minuten wurde sie einen Spalt aufgeschoben, und eine lockige Frau spähte um die Ecke. Sie wirkte, als hätte ich sie gestört, als müsse sie gleich weiterspringen.

»Wir wollen zu Millie Wredestad«, erklärte ich und klang dabei so atemlos, als wäre ich nach Husum gejoggt. Ich tat es nicht absichtlich, aber ich riss mich derartig zusammen, dass ich langsam Atemnot bekam.

»Ihr Mann ist hier. Er kommt gleich«, sagte sie und schloss

die Tür wieder. Ah. Ja. Okay. Und was war jetzt mit Millie? Verdammte Axt. Esat und Fredo standen bibbernd hinter mir und hatten gebannt meine Versuche verfolgt, irgendeine Information zu bekommen.

»Was heißt das?«, fragte Fredo jetzt tonlos. Ich zuckte die Schultern, versuchte aber, eine kluge Miene aufzusetzen. »Dass Ben auch hier ist und gleich kommt. Er wird mehr wissen«, erklärte ich. »Setzen wir uns.« Ich deutete auf die blassblauen Stühle, die aufgereiht an der Wand standen. Wir setzten uns dicht nebeneinander, wie eine Herde Schafe im Sturm, die die Köpfe zusammensteckten und so dem heftigen Wind trotzten.

Ben kam zwanzig Minuten später. In dieser Zeit schwiegen Fredo und Esat, und ich redete. Belanglose Dinge. Die aber wichtig waren, damit die Stille uns nicht erdrückte, denn sie versuchte genau das zu tun.

Ben standen die kurzen Haare vom Kopf ab, und er sah so übernächtigt aus, wie ich mich fühlte. Ich versuchte in seinem Gesicht zu lesen, aber es gelang mir nicht. Dafür konnte ich jetzt meinen eigenen Herzschlag in meinen Ohren hören.

Ben durchmaß den Flur mit langen Schritten und hockte sich vor uns. Und dann sprach er. So schnell, als würde er dafür einen Preis bekommen. Und als wäre ihm absolut klar, dass von seinen Worten Fredos weiteres Leben abhing.

»Es war ziemlich knapp. Aber sie ist stabil.« Er beugte sich näher zu Fredo und legte ihm eine Hand auf das Knie. »Wir wissen aber nicht, wie sie sein wird, wenn sie wieder aufwacht, Fredo. Wir müssen damit rechnen, dass ihr Gehirn nicht genug Sauerstoff bekommen hat. Verstehst du das?«

Fredo schüttelte den Kopf, dann zog er die Nase hoch. »Millie ist unkaputtbar.«

Ben rang sich ein Lächeln ab. »Das glaube ich auch. Aber trotzdem musst du wissen, dass es diese Möglichkeit gibt. Dass sie nie wieder so sein könnte wie vorher.«

»Ich will zu ihr«, sagte Fredo knapp.

»Gleich. Ich kümmere mich darum.« Dann stand Ben auf und zog mich in seine Arme. Ich umschlang seinen Oberkörper und drückte meinen Kopf fest gegen seine Brust. Das erste Mal, seit ich auf der Obstwiese aufgewacht war und Fredos Schrei gehört hatte, konnte ich wieder durchatmen. Bens Nähe machte das möglich.

»Du bist ja wohl nicht mitgeflogen«, brummte ich und genoss es, mich einfach nur anzulehnen. Erleichterung durchströmte mich, Erleichterung, dass Millie lebte. Wenn wir auch noch nicht mal ansatzweise abschätzen konnten, was jetzt kam.

»Nee. Ich habe den RTW zum Feld begleitet, wo der Heli stand, und danach wart ihr drei weg. Und der Golf auch. Irgendjemand hat mich hergefahren. Frag mich nicht, wer das war. Jemand aus dem Dorf, den ich noch nie gesehen habe. Er kam vorgefahren, und alle haben mich in sein Auto geschoben. Ich glaube, ein paar der Bredenhofer warten unten vor der Klinik.«

Ich lauschte seiner tiefen Stimme und schloss die Augen. Als ich sie wieder öffnete, entdeckte ich, dass Fredo und Esat uns interessiert betrachteten. Es blieb ihnen ja auch nichts weiter übrig, nachdem wir in stiller Angst so lange den kalten Krankenhausflur angestarrt hatten. Da konnte ich es ihnen nicht verübeln, dass sie nun uns anguckten. Wie wir als Nicht-Paar in inniger Umarmung hier standen.

»Ich versuche, uns einen Kaffee zu organisieren«, sagte ich schließlich und ließ Ben los. Zumindest versuchte ich es, denn er hielt meine Hand einfach fest, als ich mich von ihm lösen wollte. Regungslos sah er mich an. »Das hast du toll gemacht, Lucy Bradford.«

Es waren diese Worte, die endlich meine Erstarrung lösten. Die das Fass zum Überlaufen brachten und mir mit voller Wucht die Bedeutung der heutigen Nacht ins Bewusstsein riefen. Ich atmete zitternd aus.

»Und du erst.« Meine Stimme klang mir ganz fremd. Er legte eine Hand an meinen Hals, als wollten seine Fingerspitzen meinen rasenden Puls beruhigen.

Ich suchte Kaffee, fand aber keinen. Dafür fand ich den Ausgang und stand schließlich vor der Klinik. Es war immer noch warm, und ich lehnte mich gegen die Hauswand, die noch mehr gespeicherte Tageswärme abgab und meinem verspannten Rücken wohltat. Überhaupt fühlte ich mich, als wäre ich in eine Zentrifuge geraten. Mir tat jeder Muskel im Körper weh, und jetzt fingen auch noch meine Hände an zu zittern.

Vermutlich hatte ich einen Schock. Der Gedanke war erstaunlich nüchtern und so wohltuend wie die Wärme der Hauswand auf meinen angespannten Muskeln. Immerhin wäre Millie fast gestorben. Und vielleicht war sie das auch. Die Millie, die wir kannten und liebten.

»Hier ist sie!«, rief plötzlich jemand, und ich zuckte zusammen. Aus dem fahlen Licht der Außenbeleuchtung vor der Klinik schälte sich ein Pulk von Menschen. Einer von ihnen trug eine Tasse. »Heißer Tee mit Zucker«, erklärte Heike und hielt mir eine Tasse entgegen. Sie trug immer noch ihre komplette Feuerwehrfrau-Ausrüstung, nur die Jacke hatte sie abgelegt.

Neben ihr standen Holger und Marga. Holger klopfte mir so energisch auf die Schulter, dass ich fast umfiel. »Gut gemacht. Solide Erste-Hilfe-Ausbildung?«

Ich war nicht umgefallen, aber der kräftige Schlag auf die Schulter hatte mich wieder im Hier und Jetzt landen lassen. Dankbar nahm ich den Tee, trank einen Schluck, und dass ich mir dabei die Zungenspitze verbrannte, half enorm, das Zittern in den letzten Winkel meiner Persönlichkeit zu verdrängen.

Ich schüttelte den Kopf. »Ben. Er hat gesagt, was ich tun soll.«

»Hast du sehr gut gemacht. Viele Leute sind in einer Notsituation ganz starr vor Schreck und können gar nichts mehr. Noch nicht mal die Feuerwehr rufen. Wirklich gut gemacht, Lucy!« Holger nickte mir zu, und in seinen grauen Augen lag großes Wohlwollen.

»Danke«, sagte ich piepsig.

»Wie ihr seht, kann man mit einfachen Mitteln helfen. Ich werde mal einen Erste-Hilfe-Kurs im Dorfgemeinschaftshaus organisieren. Und jeden im Landkreis dazu verpflichten. Man sieht ja, was selbst Schriftstellerinnen mit ihren zarten Händen zustande bringen. Herzdruckmassage, perfekt ausgeführt«, erklärte Heike. Ben tauchte auf, und Holger begrüßte auch ihn mit einem kräftigen Schlag auf die Schulter.

»Kommt sie durch?«, fragte er als Erstes.

Ben nickte. »Ich hoffe es. Und hoffentlich nicht mit zu starken Beeinträchtigungen. Fredo darf jetzt zu ihr, und er fragt, ob du ihn begleiten könntest.« Er sah mich an. »Ich glaube, er traut sich nicht alleine. Ist vielleicht gut, wenn du seine Hand hältst. So eine ITS von innen ist eine ziemlich heftige Angelegenheit.«

Beklommen rieb ich mir die Hände. Ich war erst einmal auf einer Intensivstation gewesen, und das hatte mich damals sehr erschreckt. Meine Oma war zwischen den ganzen Kabeln und Schläuchen fast nicht zu sehen gewesen.

»Soll ich …«, setzte Ben an, doch ich unterbrach ihn.

»Nein, schon gut. Ich kümmere mich um Fredo.« Und mit diesen Worten trabte ich zurück ins Gebäude und zur Intensivstation, vor der Fredo ziemlich verloren herumstand. Neben ihm stand Esat, ebenso verloren. Beide blickten mir mit demselben Gesichtsausdruck entgegen. Sie wirkten, als hätten sie sich verlaufen und warteten darauf, dass jemand sie rettete.

»Esat, die restlichen Bredenhofer stehen unten vor der Klinik. Es gibt heißen Tee.« Esat nickte und setzte sich in Bewegung.

»Der arme Junge. Hat in diesem verdammten Krieg so viel verloren und verdient ein wenig Ruhe. Und jetzt das.« Fredos Stimme zitterte. »Ich kann da nicht alleine reingehen«, sagte er dann.

»Ich komme mit«, erklärte ich und bemühte mich, wenigstens meine Stimme ruhig und entschlossen klingen zu lassen.

Wir klingelten erneut, und wieder machte die gelockte Schwester uns auf. Diesmal ließ sie uns rein. Mit freundlichen Worten erklärte sie uns alles, wiederholte es, wenn nötig, auch mehrmals, und half Fredo dann sehr fürsorglich in einen gelben Einwegkittel. Dann folgten wir ihr über den breiten Flur, von dem große Türen in kleine Zimmer abgingen. Überall piepte es. Eine geschäftige Ruhe lag über allem. Ein Arzt eilte über den Flur und nickte uns zu. Diese Station schlief nie. Hier kämpften Menschen um ihr Leben. Tag und Nacht.

Millie lag im letzten Zimmer auf der rechten Seite. Sie war ganz klein in dem riesigen Bett, neben dem sich mehrere Monitore auftürmten. Fredo gab ein angstvolles Stöhnen von sich und blieb in der Tür stehen. Er griff nach meiner Hand.

»Kommen Sie rein«, sagte die Schwester. »Ich habe Ihnen und ihrer Tochter zwei Stühle geholt.« Ich schob Fredo vorwärts und bugsierte ihn auf den Stuhl. Dann drehte sie sich zu mir. »Wenn wir schnell ans Bett müssen, schnappen Sie sich die Stühle und gehen zur Seite, ja? Wir sind hier eigentlich nicht so auf Besuch eingestellt. Aber es ist sicherlich gut für ihre Eltern, wenn sie beisammen sein können. Wie lange sind die beiden schon verheiratet?«

Das wusste ich natürlich nicht, weil Millie und Fredo nicht meine Eltern waren, deswegen sagte ich mit fester Stimme: »Schon immer.«

Die Schwester lächelte und ging. Ich setzte mich still neben Fredo, der nach Millies Hand gegriffen hatte.

»Wir sind jetzt hier«, sagte er. »Die Lucy und ich. Marga hat die Mädchen angerufen, die kommen auch, es dauert nur noch ein wenig. Aber wir sind jetzt hier. Wir passen auf dich auf.« Er schwieg eine Weile, dann sagte er, an mich gewandt: »Wir sind seit zweiundvierzig Jahren verheiratet. Millie ist die Liebe meines Lebens.

Sie ist die Erste, an die ich denke, wenn ich morgens aufstehe. Und an sie denke ich auch, wenn ich einschlafe.«

Ich nickte.

»Wenn ich etwas sehe und denke, es könnte Millie gefallen, erzähle ich ihr davon. Millie gefällt viel. Eine schöne Blume auf der Wiese. Eine besonders schöne Wolke am Himmel. Und ich bringe ihr einmal in der Woche eine Eierschecke vom Einkaufen mit. Sie backt ja selbst so viel, aber ich denke, es gefällt ihr, wenn sie auch mal ein Stück Kuchen bekommt.«

Wieder nickte ich. Ich hatte Fredo noch nie so viel auf einmal sprechen hören.

»Sie hat eine schöne Bluse. Mit vielen Blumen drauf. Von der Bluse ist ein Knopf abgefallen. Es war ein besonderer Knopf, der aussah wie eine kleine Rosenknospe. Der Knopf war weg, ich habe ihn überall gesucht, und Millie war sehr traurig. Dann hat Esat mit mir zusammen im Internet neue Knöpfe bestellt. Goldene Knöpfe. Und ich habe alle Knöpfe ersetzt. Ich will nur, dass es ihr gut geht.«

Ich legte ihm eine Hand auf die Schulter, und ein Gerät neben Millie fing an zu piepen. Wir erstarrten gemeinschaftlich, und die Schwester kam ins Zimmer, um irgendwelche Dinge auf einem großen Display einzustellen. Dann ging sie wieder, und wir blieben alleine zurück.

»Du darfst nicht sterben, Millie«, sagte Fredo eindringlich. »Du bist doch die Liebe meines Lebens.«

Und dann drehte er sich zu mir und packte mich förmlich am Schlafittchen. Es war nicht ganz so dramatisch, es war nur die Schulter, auf die Holger mir vorhin so beherzt geschlagen hatte, aber es fühlte sich dramatisch an. »Und du gehst jetzt zu Ben und sagst ihm, dass du ihn liebst.« Fassungslos riss ich die Augen auf. »Das ist ja nicht mehr mit anzusehen. Wie ihr umeinander herumschleicht wie die liebestollen Katzen auf dem Hof.« Entsetzt schüttelte ich den Kopf. »Mädchen«, sagte Fredo, ließ mich aber nicht los. »Wenn du es nicht wenigstens probierst, wirst du in fünfzig Jahren noch darüber nachdenken.«

Jetzt rüttelte er an meiner Schulter wie an einem Apfelbaum. »Seid nicht so zögerlich. Seid mutig! Ich wusste doch auch nicht, dass Millie mich liebte. Aber ich musste es versuchen. Diese wunderschöne Frau und ich, der Landwirt, immer Kuhscheiße am Stiefel. Ich habe einen Strauß Rosen genommen, bin zu ihr gegangen und habe ihr gesagt, dass ich sie liebe. Dass ich alles für sie tun würde. Und sie hat genickt, kurz nachgedacht und mir gesagt, dass sie glaubt, mich auch lieben zu können. So einfach war das. Und seitdem lieben wir uns. Zweiundvierzig Jahre.«

Kapitel 26

Ich stolperte verwirrt, total übermüdet und immer noch mit zitternden Händen durch die Krankenhausflure und fand den Ausgang nicht wieder. Die Klinik war wie Hogwarts. Da, wo vorher noch die Treppe gewesen war, war jetzt eine Kinderstation, und wo ich vorhin rechts abgebogen war, gab es jetzt eine Treppe, die laut Schild aber in den Keller führte.

Wer hätte geglaubt, dass Fredo seine Millie so sehr liebte? Der alte Muffelkopf. Matt ließ ich mich auf einen der Stühle sinken, die hier, wie auch vor der Intensivstation, an der Wand aufgereiht standen, wohl um verirrten Besuchern einen Rastplatz zu gönnen.

Liebe hatte so viele Facetten, und schlussendlich kam sie dann doch daher, wie es ihr passte. Fredo hatte recht. Ich musste es Ben sagen. Ich musste ihm sagen, dass ich ihn liebte. Denn es würde nicht vorbeigehen – es war verdammt noch mal kein grippaler Infekt. Es war eine ernste Angelegenheit. Und ich war zu feige gewesen, es mir selbst einzugestehen. Weil ich doch solche Angst vor der Einsamkeit hatte. Ich hatte Angst davor, dass er mich zurückwies und unsere WG aufkündigte, Angst, wieder in mein altes Leben zurückkehren zu müssen, das es gar nicht mehr gab.

Heute Nacht hatte ich einem Menschen das Leben gerettet.

Überhaupt war in den letzten Monaten so viel passiert, und ich war ein anderer Mensch geworden. Nicht generalüberholt oder optimiert, nur anders. Ich rieb mir das Gesicht und atmete tief durch. Vorhin hatte ich vor Kälte förmlich gebebt, aber jetzt hatte ich ganz warme Hände. Vorsichtig stand ich auf. Ich würde es Ben sagen. Und dabei würde ich mich an seinem Lächeln festhalten, das er nur für mich reserviert zu haben schien. Ich dachte an unsere Nacht im Obstgarten, an die Nähe zwischen uns, als wir getanzt hatten, das unendliche Gefühl der Sicherheit, als er mich eben in den Arm genommen hatte. Ich würde mich daran festhalten, wie ich die Liebe jetzt sah.

Ruckartig drehte ich mich in die andere Richtung und marschierte los. Irgendwo fand ich eine Tür, aber die war wieder mit »Keller« beschriftet, also suchte ich weiter und fand am Ende des nächsten Flurs ganz hinten links wieder eine Treppe. Ich riss die Tür auf, und gleichzeitig ging das Licht im Treppenhaus an. Tief unter mir hörte ich Schritte. Ich trabte den ersten Treppenabsatz nach unten, während von unten jemand nach oben kam. Das Licht war grell und tauchte alles in ein glibberiges Energiesparlampenlicht.

Plötzlich stand Ben vor mir. »Da bist du ja! Ich hab dich gesucht.«

Zwischen uns lag ein Treppenabsatz. Ich stand oben, er unten. »Wir müssen reden«, sagte ich schnell und hielt mich am Treppengeländer fest.

Er legte den Kopf schräg und fixierte mich. »Was ist passiert?«, fragte er knapp.

Ich schüttelte den Kopf. »Nichts mit Millie. Fredo ist bei ihr«, beeilte ich mich zu sagen. »Es geht um uns.« Jetzt musste ich da durch.

Ben schwieg und schien zu warten. Ich suchte derweil nach Worten. So lange, bis Ben seine Hände in die Hosentaschen schob.

»Sprich, Lucy«, sagte er und klang plötzlich seltsam distanziert, was die Sache nicht besser machte. Seine Aufforderung führte nämlich dazu, dass mir kein Wort mehr über die Lippen kam.

Ben blickte mich mit hochgezogener Augenbraue an. »Hör zu,

entschuldige, wenn das alles hier in die falsche Richtung lief. Lass es uns dabei belassen, und wir sehen, wie wir das Problem lösen. Okay? Ich bin unten.«

Mit diesen Worten drehte er sich um und lief zügigen Schrittes die Treppe wieder hinunter.

»Ich habe mich in dich verliebt!«, würgte ich hervor. Leise. Viel zu leise, aber Ben hatte mich gehört. Zumindest blieb er stehen.

»Ach, verdammt«, schob ich hinterher, und dann sagte ich in normalem Tonfall: »Ich liebe dich.«

Das hatte ich noch nie zu jemandem gesagt.

Ben schnappte nach Luft. »Willst du mich verarschen?«

Ich zuckte bei seinen Worten zusammen und schloss die Augen. Alles, was er bisher gesagt hatte, passte nicht. War irgendwie falsch. Aber ich war mir doch ziemlich sicher, Benedict Greifenberg so gut zu kennen, dass er auch mit einer Liebeserklärung meinerseits irgendwie umgehen konnte. Aber nicht ... so!

»Nein.«

Ben setzte sich wieder in Bewegung, und für einen Moment überkam mich Panik, dass er einfach verschwinden würde, doch er trabte die Treppe wieder herauf.

»Sag das noch mal.« In seinen blauen Augen stand eine Gefühlsregung, die ich nicht zuordnen konnte. »Sag noch mal, was du gerade gesagt hast.«

»Ich liebe dich«, sagte ich.

Ben lachte. Aber nicht fröhlich. Eher als hätte ich ihm einen schlechten Witz erzählt. Er rieb sich den Kopf und kniff dabei die Augen zusammen. Ich schien ihm körperlichen Schmerz zu bereiten.

»Okay, egal«, sagte ich, weil mir langsam die Puste ausging. So lange trug ich das jetzt mit mir herum, und das war die Reaktion? Ein Eisklumpen hockte sich in meinen Magen und rammte seine scharfen Spitzen in meine Eingeweide. Ich schob mich an ihm vorbei.

»Oh nein!« Schnell wie der Blitz sprang er die Stufen runter und versperrte mir den Weg. Er starrte auf meine Schuhspitzen. Oder seine.

»Du liebst mich, ja?« Endlich blickte er auf, und ich erkannte ihn für einen Moment nicht wieder. Er sah so furchtbar verletzlich aus. Er rieb sich das Gesicht. »Lucy«, würgte er hervor. »Ich habe mich in dem Moment in dich verliebt, als du in meinen blöden Golf gestiegen bist.« Mir wurde ganz komisch bei seinen Worten. »Ich wusste sehr genau, dass das hier zu einem Problem werden könnte. Deswegen habe ich nichts gesagt. Ich habe mich nicht getraut. Und du warst immer so klar und hast auf unsere Abmachung gepocht ...« Er stieß die Luft aus seinen Lungen, als würde ihm jetzt auch die Puste ausgehen. »Was gut war, weil ich dieses Leben um nichts auf der Welt aufs Spiel setzen wollte.«

»Scheiß Abmachung«, sagte ich trocken. Ben ließ die Hände sinken und starrte mich an. »Wir müssen mutiger sein. Wir sind ja noch jung. Nicht?« Und mit diesen Worten beugte ich mich vor und küsste ihn. Er brauchte einen Moment, doch dann erwiderte er meinen Kuss.

Es war ein heftiger Kuss. Einer, den man vielleicht nur ein einziges Mal im Leben bekam, weil sich so viele Gefühle in einem angesammelt hatten, dass man kaum zum Luftholen kam.

Irgendwann mussten wir aufhören mit dem Küssen. Weil eine Krankenschwester durchs Treppenhaus kam und uns irritiert beäugte. Und Holger kurz darauf seinen Kopf eine Etage über uns durch die Tür steckte und rief: »Ben? Lucy? Wo seid ihr?«

»Hier«, sagte ich ganz schwach von dem Kuss.

Fredo wich Millie fünf Tage lang nicht von der Seite. So lange lag sie auf der Intensivstation und regte sich nicht. Wir versorgten ihn derweil mit Essen, und Ben gelang es, für ihn eine Dusche auf der Orthopädie aufzutreiben. Und an Tag sechs schlug Millie die Augen auf und erklärte, sie wolle jetzt nach Hause.

Das würde noch einige Zeit auf sich warten lassen, aber sie war wach, orientiert und für das, was hinter ihr lag, ziemlich fit. Vielleicht war es auch ein kleines Wunder. Zumindest nannten die Ärzte es so. Millie war sogar so fit, dass Fredo sich von uns überreden ließ, eine Nacht in seinem eigenen Bett zu schlafen und am nächsten Morgen mit Ben zu frühstücken, um sich dann gegen Mittag wieder in die Klinik fahren zu lassen. Weswegen nun ich an diesem Morgen die Stellung hielt und Millie bewachte, die endlich auf eine normale Station verlegt worden war. Sie lag ruhig da und schlief, und so hockte ich an ihrem Bett und schrieb meinen Roman.

»Und? Habt ihr euch endlich ausgesprochen?«

Erschrocken blickte ich auf und sah zu Millie, die aufgewacht war und mich mit zusammengekniffenen Augen betrachtete. Wie lange sie das wohl schon tat?

Ich nickte.

»Gut«, sagte sie und sah aus wie immer. »Dann könnt ihr jetzt ja heiraten und Kinder bekommen. Wir brauchen Kinder in Bredenhofe. Wir Alten sterben schließlich langsam aus«, erklärte sie und verschränkte die Hände auf der Bettdecke.

Ich räusperte mich. »Also, so schnell geht das jetzt auch nicht«, wagte ich einzuwenden. »Mit dem Aussterben und dem Kinderkriegen.«

Millie grinste mich an. »Fredo hat mich gerettet.« Sie dachte einen Moment lang nach und sah an die Zimmerdecke, dann wieder zu mir. »Also in erster Linie natürlich ihr beide. Danke.« Sie streckte ihre Hand aus, und ich ergriff sie. »Aber nach euch Fredo. Ich war zwar bewusstlos, aber ich habe tief in meinem Herzen gespürt, dass er da war. Er ist vielleicht nicht unbedingt ein Vorzeigemann. Ehrlich gesagt, ist er manchmal ein wenig peinlich, weil er ständig so rumgrummelt. Erinnerst du dich, als ihr angekommen seid? Himmel, was hätte ich ihm die Ohren lang ziehen mögen! Aber er ist ein wunderbarer Ehemann und Vater unserer Kinder.

Manchmal sehen die Traummänner anders aus, als wir sie uns vorstellen.«

»Und die Liebe«, sagte ich.

Millie drückte meine Hand. »Und die Liebe«, bestätigte sie mit einem Lächeln. Für einen Moment schloss sie die Augen, und ich dachte, sie wäre wieder eingeschlafen, doch dann drehte sie abrupt den Kopf und sah mich an. »Hast du das echt nicht mitbekommen? Dass der Ben vom ersten Tag an in dich verliebt war?«

Ich schnappte nach Luft und beugte mich vor. »Nein«, sagte ich fest. »Ich war zu sehr damit beschäftigt, ihm nicht zu zeigen, dass ich in *ihn* verliebt war.«

»Dummes Junggemüse«, sagte Mille und schloss mit einem leichten Lächeln auf den Lippen die Augen.

Eine Woche verging, in der wir vor allem damit beschäftigt waren, Fredo zu Millie zu fahren, uns um eine Reha für Millie zu kümmern, den Alltag am Laufen zu halten und über uns selbst zu staunen. Also über Ben und Lucy, die nämlich völlig selbstverständlich die Idee der platonischen Wohngemeinschaft beerdigten und nun ein Paar waren. Nebenbei arbeitete Ben in der Praxis, telefonierte mit seinem Therapeuten, lief mit Helmut kleine Runden, kümmerte sich um die Obstbäume und Millie. Ich befreite den Hof von Unkraut, schrieb weiter an meinem Roman, kümmerte mich um Fredo, lernte aus Millies altem Backbuch und gemeinsam mit Heike, wie man einen Kuchen produzierte, den Menschen gerne aßen, und lief mit Helmut immer größere Runden. Und hin und wieder begegneten Ben und ich uns bei all diesen Dingen, immer noch mit dem Staunen der Veränderung in den Augen. Bei Ben konnte ich es von Anfang an deutlich sehen, und wenn ich in den kleinen Spiegel im Bad sah, den ich mir im Supermarkt gekauft hatte, konnte ich dieses sonderbare Glitzern auch bei mir entdecken.

Ich saß in der Küche und hieb auf die Tastatur ein. Ein einfacher Rührkuchen war im Ofen, und das ganze Haus duftete danach.

»Du musst mal eine Pause machen.« Ben tauchte in der Küche auf. In Holzhackuniform.

»Ich kann nicht«, antwortete ich. »Nur noch ein Kapitel, dann bin ich fertig.«

»Ich werde dich zwingen.«

»Versuch's doch.«

Er klappte den Laptopdeckel runter, und ich konnte gerade noch meine Finger in Sicherheit bringen.

»Wahhh!«, rief ich empört und wollte ihn gerade wüst beschimpfen, aber als ich aufblickte, war er mir so nah, dass ich den Mund wieder zuklappte. Denn jetzt wollte ich nichts mehr sagen. Ich wollte ihn küssen. Und dieses Verlangen war so mächtig, dass es mir fast den Atem raubte. Und dann küsste ich ihn und war mir sicher, dass Dorle Dormann sich, wo auch immer sie war, die Hände rieb und lachte. Das feige Junggemüse war gar nicht mehr feige. Wir waren mutig! Ha!

Ben rutschte vor mir auf einen der Stühle. Er duftete nach frisch geschlagenem Holz und Sommerluft. Dann nahm er meine mühsam vor seinem Laptopdeckel-Anschlag in Sicherheit gebrachten Fingerspitzen in seine Hand und hielt sie ganz still. »Stell dir vor, du hättest dir an Weihnachten eine andere Mitfahrgelegenheit gesucht. Dann hätten wir uns nicht kennengelernt.«

Ich grinste. »Habe ich aber nicht. Vermutlich ist genau das hier der Plan des Universums. Oder der von Dorle Dormann«, fügte ich nachdenklicher hinzu.

»Ja.« Er wiegte den Kopf. »Ich vermute, es war Dorle Dormann. Und jetzt feiert sie im Himmel eine Party und singt den ganzen Tag: Hab ich doch gesagt!«

Bens Handy klingelte, doch er ignorierte es. Für einen Moment saßen wir einfach nur so da, hielten uns an den Händen und sahen uns an. Allerdings hörte das Handy nicht auf zu klingeln, und nachdem Helmut mit einem entnervten Stöhnen aufgestanden war, um zu uns zu kommen und auf die Cargotasche an Bens Hose zu starren, aus der es klingelte, ließ Ben mich los und zog es hervor. Allerdings nur, um es stumm zu schalten.

»Mein Bruder«, erklärte er und legte das Handy mit dem Display nach unten auf die Tischplatte.

»Wieso gehst du nicht ran? Vielleicht ist es wichtig?«

Er schüttelte den Kopf. »Ich rufe ihn zurück. Ich lerne gerade, Prioritäten zu setzen, meine eigenen Bedürfnisse zu erkennen und mich an ihnen zu orientieren.«

Dann lachte er. Herzhaft. »Thema des heutigen Therapiegesprächs. Ich habe jetzt keinen Bock auf meinen Bruder, ich habe Lust darauf, hier noch ein wenig mit dir zu sitzen. In deiner Nähe zu sein. Abgesehen davon habe ich ihn heute schon gesehen.«

»Was? Wo?«

»In der Praxis.«

Ich verzog das Gesicht. »Hat er den Mafiosi gegeben? Schutzgeld und so?«

»Als Patient«, sagte Ben und sah tatsächlich so aus, als wollte er diese elementare Information einfach so stehen lassen.

»Hallo? Er war hier in der Praxis? Gibt es in Hamburg keine Ärzte mehr? Was hat er?«

Ben zog eine Grimasse. »Echt jetzt? Das fragst du mich?«

»Ja, sag es mir. Wir sind … in einer ernsthaften Partnerschaft. Scheiß auf die ärztliche Schweigepflicht.«

Ben betrachtete mich mit hochgezogener Augenbraue. Dann schnaubte er belustigt. »Nie im Leben. Aber es war interessant. Besonders auch, weil er versucht hat, sich an Susi Großmeister vorbeizumogeln.« Er lehnte sich ein wenig zurück, und in seinen Augen lag ein sonderbarer Ausdruck. »Freunde werden Marius und ich in diesem Leben wahrscheinlich nicht mehr. Dafür sind wir zu unterschiedlich. Aber vielleicht ist die Tatsache, dass er sich mich als Arzt ausgesucht hat, mehr, als ich jemals erwartet habe.«

»Kann man eigene Angehörige behandeln? Gibt es da keinen Ehrenkodex?«

Ben dachte einen Moment nach und sah gedankenverloren hinter mir aus dem Fenster. »Ich würde ihn jetzt nur ungern am offenen Herzen operieren, aber so geht das schon.«

»Ben?«

»Hm?«

»Wir haben Dorles Liste des guten Lebens fast abgearbeitet.«

Ben sah mich an. Dann erschien ein kleines Lächeln in seinem Mundwinkel. »Mag schon sein, Lucy Bradford.« Er kniff die Augen zusammen.

»Aber ich glaube, jetzt ist es an uns, eine Liste zu erstellen. Eine eigene Liste mit unseren wichtigsten Punkten für ein gutes Leben. Die wir weitergeben können, falls irgendwann in fünfzig Jahren mal ein im Schneesturm verirrtes Pärchen hier auftaucht.« Ich räusperte mich. »Und wir sollten gleich damit anfangen.«

»Schwebt dir etwas Konkretes vor?« Ben beugte sich nach vorne und griff wieder nach meiner Hand. »Hast du eine Idee? Etwas Elementares für die ›Lucy-und-Ben-Liste des guten Lebens‹?«

Ich nickte. »Ganz wichtig ist es, mutig zu sein. Und mindestens ebenso wichtig, kleine, heimliche Momente im Leben zu installieren. Einer könnte sein, dass wir jetzt ganz schnell nach oben laufen und übereinander herfallen.« Ich senkte meine Stimme zu einem Flüstern. »Du verstehst?«

Er hob eine Augenbraue. »Ich verstehe dich. Ich habe dich vom ersten Moment an verstanden. Ich liebe dich nämlich.«

Kapitel 27

Fast ein Jahr waren wir jetzt in Bredenhofe. Mittlerweile war es November geworden, und im November gab es hier das große Grünkohlessen der Freiwilligen Feuerwehr – ein wichtiger gesellschaftlicher Anlass. Millie ging es wieder gut, sie sollte sich nur noch ein wenig schonen. Was sie natürlich meistens nicht tat. Aber Fredo achtete auf sie, weswegen wir heute auch die traditionelle Grünkohlwanderung hatten ausfallen lassen und stattdessen im noch fast leeren Dorfgemeinschaftshaus saßen und einen heißen Tee tranken. Wir warteten auf all die, die sich mutig in das lustige Schneetreiben gewagt hatten, während wir behaglich die Stille genossen.

»Die kommen hier alle schon volltrunken an, wirst sehen«, erklärte Millie mir gerade, und ich blinzelte sie an, während Ben und Fredo noch Tische rückten und Geschirr stapelten. Ich hatte die Gunst der Stunde nämlich genutzt, um den Kopf gegen die Wand hinter mir zu lehnen und einem Powernap zu frönen. Ich hatte die letzten Wochen durchgearbeitet. Erst hatte ich das Buch fertig geschrieben, dann war das Lektorat dran gewesen, dann die Druckfahnen, und dann musste ich in nächtelangen Sitzungen ja auch noch ein paar neue Übersetzungen erledigen. Der Verlag hatte ernst gemacht und das Buch nicht nur vorgezogen, sondern auch eine tolle Marketingkampagne erstellt, die jetzt angelaufen war.

»Hier.« Ich öffnete die Augen erneut. Millie hielt mir ein Stück Schokolade entgegen. »Du hast zu viel gearbeitet in den letzten

Wochen. So geht das nicht weiter. Du bist schon ganz mager.« Ich lächelte träge und steckte mir die Schokolade in den Mund. Mager fühlte ich mich nicht gerade, aber das wollte ich Millie nun nicht auf die Nase binden. Ich fühlte mich furchtbar erschöpft und furchtbar glücklich. Ich war mutig gewesen, meine Sicht der Liebe zu schreiben, und hatte damit die Menschen im Verlag berührt. Jetzt blieb mir nur zu hoffen, dass mir das mit den Menschen, die das Buch kaufen würden, ebenfalls gelang.

Esat trabte in seiner Postuniform mit einem Päckchen unter dem Arm um die Ecke. »Die sind ja immer noch nicht wieder da«, sagte er und ließ sich neben mir auf einen freien Stuhl fallen.

»Das Essen kommt in einer halben Stunde«, brummte Millie. »Die kommen schon rechtzeitig. Bredenhofer kommen immer rechtzeitig, wenn es ums Essen geht.«

Esat legte das Päckchen vor mich und sah mich erwartungsvoll an. »Ist für dich. Vom Verlag. Ich dachte, ich stecke es nicht in den Briefkasten, sondern bringe es gleich mit.« Er hatte das noch nicht ganz ausgesprochen, da saß ich schon kerzengrade auf meinem Stuhl.

»Ist es das Buch?« Millie hatte die Augen aufgerissen und rief: »Ben! Fredo! Kommt schnell!«

Mit klopfendem Herzen betrachtete ich das Päckchen vor mir. Es hatte definitiv Buchgröße. Aber eigentlich war es noch zu früh. Das Buch sollte erst zu Weihnachten ausgeliefert werden, und ich hatte doch erst vor gar nicht langer Zeit die Druckfahne zurückgeschickt. »Das ist eigentlich zu früh. Das ist etwas anderes«, sagte ich, einfach um mich selbst wieder zu beruhigen. Mir zitterten plötzlich die Hände. Und Ben sah nicht besser aus. Er hatte ganz rote Wangen.

»Wenn es zum Weihnachtsgeschäft erscheinen soll, muss es weit vorher ausgeliefert werden. Das ist ganz sicher dein Buch! Aufmachen«, befahl Esat mit einem Grinsen, und endlich löste ich den Klebestreifen an der Packung.

Es war mein Buch. Ein paar Sekunden lang starrte ich es einfach nur an, dann hob ich es langsam aus dem Karton. Das Cover kannte ich natürlich schon, aber die beiden gemalten Figuren in Rot, Weiß und Gold in der Hand zu halten, war etwas ganz anderes, als eine schnöde PDF-Datei am Bildschirm anzuschauen. Ich glaube, ich stieß leicht hysterische Laute aus. Aber verdammt noch mal, das hier war mein Buch! Ich hatte es geschrieben! Vom ersten bis zum letzten Wort! *Liebesgezeiten* hatte sich der Verlag als Titel ausgedacht, und damit war ich sehr einverstanden gewesen. Ich packte das Buch fester und hob es hoch. »Ich habe echt ein Buch geschrieben!«

Millie, Ben und Esat nahmen mich nacheinander fest in den Arm und gratulierten mir. Und dann drückte mich sogar Fredo fest an sich. Als er mich losließ, schien es, als hätte er eine Träne im Augenwinkel. Und dann kamen die Bredenhofer von ihrer Wanderung zurück und fielen lautstark und mit eisiger Luft im Schlepptau in das Dorfgemeinschaftshaus ein. Sofort wurde mein Buch herumgereicht, meine Schulter gedrückt, Heike hielt genießerisch ihre Nase in die frisch gedruckten Seiten, und alle waren hoch erfreut über den Roman. Den ich geschrieben hatte!

Während des Essens wanderte das Buch von Tisch zu Tisch. Jeder wollte mal gucken, und als ich es irgendwann wieder in die Finger bekam, sah es nicht mehr so aus, als wäre es frisch aus der Druckerpresse gehüpft. Ich steckte es schnell in meine Tasche und widmete mich dann Esats Himbeer-Sahne-Nachspeisentraum. Esat konnte natürlich kochen und hatte so viel von dem Zeug hergestellt, dass wir vermutlich auch noch ganz Husum damit versorgen konnten. Was allerdings nicht geschehen würde, denn die Bredenhofer kamen immer pünktlich zum Essen und aßen immer alles auf. Ich mittlerweile auch. Und so schnappte ich mir mein leeres Schälchen und lief zurück zum Büfett, wo ich mir noch einen kleinen Klecks der süßen Nachspeise auftat. Hier im Nebenraum war es himmlisch ruhig, und ich lauschte auf das Stimmengewirr von nebenan.

Dabei entdeckte ich Esat, der in der Ecke stand und sich an zwei Briefumschlägen festhielt.

»Alles klar bei dir?«, fragte ich und stellte meine Schale zur Seite. Das würde jetzt warten müssen.

»Hm«, brummte er und umklammerte weiterhin die Briefe. So fest, dass seine Fingerknöchel weiß hervortraten. »Ich weiß nicht, was ich tun soll.«

Ich trat näher. »Was ist denn passiert?«, fragte ich arglos, dabei wusste ich das zumindest bei einem der beiden Briefe ganz genau. Das hier war von langer Hand gemeinschaftlich geplant gewesen. Keiner wusste, wer damit angefangen hatte, aber das war auch egal, denn alle hatten mitgemacht.

»Dieser Brief war heute für mich in der Post.« Esat wedelte mit einem der beiden Briefe. »Und der hier lag in der Diele. Ich habe ihn mir vorhin eingesteckt und wollte ihn in einer ruhigen Minute öffnen. Millie sagt, er hätte vor der Tür gelegen. Und er ist eindeutig an mich adressiert.« Er hielt mir den mit Maschine beschriebenen Briefumschlag entgegen. Ich nahm ihn und schaute hinein. Er enthielt weit über achttausend Euro. Das dicke Geldbündel war mit einer Klammer zusammengehalten, in der ein kleiner Zettel steckte. Ebenfalls mit Maschine geschrieben: »Für Esats Zukunft und sein Studium.«

»Kein Absender. Kann man noch nicht mal zurückgeben«, sagte ich langsam.

»Es sind Almosen ...«, fing Esat an, aber ich unterbrach ihn und drückte ihm den Umschlag wieder in die Hand. »Es ist nur Geld, Esat. Offenbar Geld für dein Studium. Für deine Zukunft.«

»Ich kann das nicht annehmen.«

»Ja, was denn sonst?«, fragte ich. »Du kannst es ja nicht zurückgeben!« Ich sah ihn an. »Ach, Esat, du hast hier keine Familie und unterstützt dann noch deine Schwester. Vielleicht kommt das Geld von Menschen, die jetzt einfach mal dich unterstützen wollen. So als Familienersatz.«

Esat räusperte sich. Mehrmals. »Das ist sehr viel Geld. Das würde für sehr lange Zeit reichen.«

Ich nickte. Das ging doch in die richtige Richtung.

»Aber ich kann es nicht annehmen!«, zischte er dann und streckte mir den Umschlag entgegen.

Ich hob abwehrend die Hände. »Ich hab da nichts mit zu tun. Mir kannst du das nicht geben. Steck es doch erst mal ein. Was war in dem anderen Brief?«

Esat schnaufte. Und dann, ganz plötzlich, zog sich ein Grinsen über sein Gesicht. »Ich habe einen Studienplatz!«, japste er.

Heike, die gerade um die Ecke bog, um ihren Teller noch einmal aufzufüllen, gab bei seinen Worten einen Jauchzer von sich und drehte gleich wieder um. Nur um keine zwei Sekunden später in voller Lautstärke den versammelten Bredenhofern zuzurufen: »Er hat den Studienplatz bekommen!«

Es wurde geklatscht und gejohlt, und Esat murmelte: »Die sind hier alle verrückt.«

Epilog

Tausendschön saß im Schnee und sah mich an. Sie war so flauschig wie ein Plüschtier, und ich so erstaunt sie zu sehen, dass ich mitten in einer Schneewehe stehen blieb und mir die kalten Flocken oben in die Gummistiefel rieselten. Ich stellte den Korb, mit dem ich eigentlich Brennholz aus der Scheune hatte holen wollen, neben mich.

»Hallo Tausendschön«, sagte ich. »Frohe Weihnachten!«

Sie bewegte ihren buschigen Schwanz. Dann stand sie auf, streckte sich und trabte durch den Obstgarten in Richtung Wald. Sie zu sehen ließ immer noch heiße Freude in mir aufsteigen, dabei hatte sie uns im Sommer fast jede Woche besucht.

Ein eisiger Wind wehte um die Ecke der Scheune und ließ die kahlen Äste der Obstbäume zittern. Ich packte meinen Korb, zog ihn aus dem Schnee und lief mit nassen Füßen zurück, um mit spitzen Fingern etwas Holz aus dem Vorrat zu ziehen. Hier lebten so viele Spinnen, dass ich eigentlich immer Ben zum Holzholen schickte. Oder Fredo. Die beiden waren schließlich unsere Holzbeauftragten, aber sie hatten gerade keine Zeit. Sie mussten ein Kleinkind durch die Gegend tragen und gurrende Geräusche von sich geben.

Ich packte den Korb voll und stapfte über den Hof zurück in den Flur. Hier schlüpfte ich aus den Stiefeln und zog auch gleich noch die völlig durchnässten Socken aus, die ich über die Heizung schmiss. Barfuß und mit dem Korb unter dem Arm lief ich weiter in die Küche und blieb einen Moment in der Tür stehen.

Der ganze Raum war mit Dorles Weihnachtsschmuck geschmückt. Überall hingen glitzernde Kugeln und brannten Kerzen. Eine bunte Girlande hatte ich von Fenster zu Fenster geschwungen.

Henriette lag auf Dorles Sessel, eingewickelt in eine Decke, die Füße auf den Hocker gebettet. Millie saß auf dem Sofa und schälte Äpfel. Eigene Ernte – wir lagerten unsere Schätze im kühlen Keller, so wie alle Bewohner dieses Hauses die vergangenen Jahrhunderte zuvor. Henriettes Mann und meine Eltern standen in der Küche und kümmerten sich um das hochkomplexe Weihnachtsmenü. Darin kamen selbst gemachter Rotkohl und Käse vor. Mehr hatte ich nicht verstanden, war aber nicht schlimm. Ich steuerte meine Herzoginkartoffeln bei, die bereits in perfekten kleinen Häufchen im Kühlschrank auf ihren Einsatz warteten. Millie würde gleich noch ihren legendären Apfelkuchen in den Ofen schieben. Es gab also Essen in Hülle und Fülle. Am Esstisch hockte Esat mit Marga und ließ sie im Uno gewinnen, und Fredo und Ben saßen mit Anton auf dem Boden und spielten mit kleinen Autos und Teddybären. Es war wie ein Stillleben. Und ganz hinten links stand eine große Kiste, die gestern, einen Tag vor Weihnachten, von Esat persönlich dorthin getragen worden war. Meine Kiste mit den Belegexemplaren. Mein Buch war pünktlich vor den Feiertagen erschienen, und immer noch lief mir ein warmer Schauder über den Rücken, wenn ich daran dachte.

Esat würde nächstes Jahr nach Hamburg gehen und sein Studium beginnen. Er hatte bei einem alten Freund von Heike ein kostenloses Zimmer in bester Lage in Hamburg gefunden. Heikes Freund lebte alleine in einer viel zu großen Wohnung und brauchte ein wenig Gesellschaft und jemanden, der für ihn einkaufen ging. Die beiden hatten sich vor zwei Wochen kennengelernt, sympathisch gefunden und beschlossen, eine WG zu gründen. Fredo und Millie hatten daraufhin entschieden, Esats Zimmer nicht mehr weiterzuvermieten, damit er uns jederzeit besuchen kommen konnte.

Es war ein wunderbarer Weihnachtsabend, und ich konnte fast nicht glauben, was alles in einem Jahr passiert war. Ein neues Leben hatte begonnen, ich hatte neue Fähigkeiten entdeckt, die Einsamkeit war nicht mehr mein ärgster Feind, und Ben und ich teilten unser Leben.

Als unsere Gäste nach einem herrlich gemütlichen und fröhlichen Weihnachtsabend nach Hause oder in ihre Gästebetten verschwunden waren, legte ich mich mit einem zufriedenen Seufzer auf das Sofa und sah hinaus auf den Hof, auf dem Henriette ganz viele Kerzen in Einmachgläsern aufgestellt hatte. Ben gesellte sich zu mir und legte den Kopf auf meine Schulter. Es duftete nach Rotkohl, Holzfeuer und Weihnachten.

Ich griff nach seiner Hand, und seine Finger verflochten sich mit meinen.

Bens Angst war noch da. Es war nicht so, dass sie einfach ausheilte wie der Knöchelbruch von Dr. König. Es war mehr ein langsames, aber stetiges Zurückerobern einzelner Lebensbereiche. Aber mittlerweile spürte Ben sie bereits, wenn sie aufzog, und konnte besser damit umgehen. Diese Angst würde weiter zu ihm gehören. Vielleicht war sie Teil seiner Persönlichkeit geworden, so wie meine Angst vor der Einsamkeit, wobei beides nicht vergleichbar war. Das eine war so groß wie eine Maus, das andere gleich der ganze Brocken.

Aber wir beide bewährten uns im Alltag. Wir lebten zusammen. Ben hatte meinen Roman gelesen – in der lektorierten Endfassung –, und danach hatte er Tränen in den Augen, weil er genau verstanden hatte, in welchem Kapitel mir klar geworden war, dass ich ihn liebte.

Ich streichelte mit einem Finger über seine Wangen, und plötzlich kam Leben in den Mann.

»Ich habe noch was für dich.« Er hüpfte förmlich vom Sofa und kam wenige Minuten später mit einem Teller zurück.

»Was ist das?«, fragte ich verdutzt.

»Ein Stollen. Ganz für dich alleine.« Tatsächlich. Ein Stollen. Der noch lange nicht ausgewachsen war.

»Er ist so groß wie eine Streichholzschachtel!« Empört sah ich ihn an. »Gab es den nicht in groß?«

Ben wackelte vielsagend mit den Augenbrauen. »Manchmal sind es die kleinen Dinge im Leben …«, raunte er dann und drückte mir ein Kästchen in die Hand.

»Ist das auch was Kleines?«, fragte ich verwundert, begann aber sogleich, die Schnur von der Box abzufriemeln.

Gespannt öffnete ich den Deckel. Auf rotem Samt lag dort ein klitzekleiner Eiffelturm. »Oh!«, sagte ich tonlos und blickte auf.

»Der Punkt war noch offen«, erwiderte Ben und lächelte sein Ben-Lächeln, das nur für mich bestimmt war und meine Seele und mein Herz jedes Mal in Aufruhr versetzte.

»Du hast vor, mich auf einer Brücke über der Seine besinnungslos zu küssen?«, flüsterte ich, und im nächsten Moment wurde Ben ganz ernst.

»Ja. Das auch.« Er schien einen Moment zu zögern, dann nahm er in einer schnellen Bewegung meine Hand und streifte einen schlichten Ring über meinen Ringfinger. Ich hielt ganz still, obwohl mir das Herz bis zum Hals schlug. »Ich wollte das auf besagter Brücke tun. Aber so lange kann ich nicht warten. Man sollte nichts aufschieben im Leben.«

Fragend sah er mich an.

»Ja!«, gab ich ihm meine Antwort.

Danke

Ich danke Manfred, meinem wunderbaren Nachbarn, der unser Tor repariert hat, mir seinen Schaukelstuhl geschenkt hat und mit dem ich immer die schönsten Klönschnacks über den Gartenzaun halten konnte. Sag deiner Frau liebe Grüße, ich bin traurig, dass ich sie nicht mehr kennenlernen konnte. Ich vermisse dich.

Ganz besonders danke ich Carola Karth-Neu für ihre intensive Unterstützung bei der Entstehung dieser Geschichte.

Danke an Gerlinde Hobel, Anja Zuzak und Anke Meyer.

Man soll es nicht glauben, aber auch Romanfiguren brauchen Ärzte. So dringend, dass ich bei jedem meiner Romane meine wunderbare Hausärztin und Freundin Dr. Katharina Menninger-Knollmann befragen muss. Sollte etwas medizinisch nicht korrekt sein, lag es nur daran, dass ich die Realität der Geschichte beugen musste.

Ich bin der festen Überzeugung, dass die Welt eine bessere wäre, wenn wir mehr miteinander sprechen würden. Deswegen plädiere ich an dieser Stelle für das Aufstellen von blauen Bänken vor Häusern, damit Menschen sich darauf niederlassen können, um miteinander zu reden. Die Welt braucht mehr blaue Bänke!

Die Liebe macht, was sie will

Kristina Günak
WER MICH NICHT MAG,
HAT KEINEN
GESCHMACK
Roman
288 Seiten
ISBN 978-3-404-18010-3

Wenn Bloggerin Marie ihre schicke Berliner Altbauwohnung behalten will, müssen Mitbewohner her — und zwar schnell! Mit Damian und Matthias ziehen zwei attraktive Männer ein. Eigentlich eine tolle Sache, doch Marie weiß bald nicht mehr, wo ihr der Kopf steht. Denn ihr wird klar, dass sie von nun an ihr Leben mit zwei völlig Fremden teilt. Und was macht man eigentlich, wenn man seinen Mitbewohner geküsst hat, obwohl man weiß, dass das gar keine gute Idee ist ...

Lübbe

Und plötzlich steht die Liebe vor der Tür

Kristina Günak
MAN WIRD JA WOHL
NOCH TRÄUMEN DÜRFEN
Roman
320 Seiten
ISBN 978-3-404-18011-0

Physiotherapeutin Thea traut ihren Ohren nicht, als ihr der Vermieter fristlos kündigt. Dabei läuft die Praxis gerade so gut und die skurrile, aber liebenswerte Hausgemeinschaft ist ihr ans Herz gewachsen. Außerdem lässt Schröder, der gut aussehende neue Nachbar, Theas Herz bei jeder Begegnung höherschlagen. Ein gemeinsames neues Zuhause für alle zu finden scheint aussichtslos, doch zum Glück kommt bei Thea meistens alles anders als gedacht ...

Lübbe